O FAROL

GREENPEACE

A marca FSC é a garantia de que a madeira utilizada na fabricação do papel interno deste livro provém de florestas de origem controlada e que foram gerenciadas de maneira ambientalmente correta, socialmente justa e economicamente viável.

O Greenpeace — entidade ambientalista sem fins lucrativos —, em sua campanha pela proteção das florestas no mundo todo, recomenda às editoras e autores que utilizem papel certificado pelo FSC.

P. D. JAMES

O FAROL

Tradução:
JULIANA A. SAAD

Copyright © 2005 by P. D. James

Proibida a venda em Portugal

Título original:
The Lighthouse

Projeto gráfico da capa:
João Baptista da Costa Aguiar

Foto da capa:
Bel Pedrosa

Preparação:
Mirtes Leal

Revisão:
Ana Maria Barbosa
Marise Simões Leal

Dados Internacionais de Catalogação na Publicação (CIP)
(Câmara Brasileira do Livro, SP, Brasil)

James, P. D.
   O farol / P. D. James ; tradução Juliana A. Saad. — São Paulo : Companhia das Letras, 2006.

   Título original: The lighthouse.
   ISBN 85-359-0853-6

   1. Romance inglês   I. Título.

06-3610   CDD-823

Índice para catálogo sistemático:
1. Romances : Literatura inglesa   823

2006

Todos os direitos desta edição reservados à
EDITORA SCHWARCZ LTDA.
Rua Bandeira Paulista, 702, cj. 32
04532-002 — São Paulo — SP
Telefone: (11) 3707-3500
Fax: (11) 3707-3501
www.companhiadasletras.com.br

*Em memória de meu marido,
Connor Bantry White (1920-64).*

SUMÁRIO

Nota da autora, *9*
Prólogo, *11*

livro I
Morte numa ilha costeira, *43*

livro II
Cinzas na lareira, *111*

livro III
Vozes do passado, *271*

livro IV
Sob o manto da escuridão, *343*

Epílogo, *439*

NOTA DA AUTORA

A Grã-Bretanha é afortunada pela variedade e pela beleza de suas ilhas costeiras, mas o local onde este livro foi ambientado — Combe Island, na costa da Cornualha — não figura entre elas. A ilha e os eventos deploráveis que nela ocorreram, bem como todos os personagens da história, vivos ou mortos, são integralmente fictícios e existem somente no interessante fenômeno psicológico que é a imaginação de um escritor de romances policiais.

P. D. James

PRÓLOGO

1

Não era raro o comandante Adam Dalgliesh ser chamado com urgência para reuniões não agendadas, com pessoas não especificadas, em horários inconvenientes, mas em geral essas reuniões tinham um único propósito: ele podia ter certeza de que, em algum lugar, havia um cadáver aguardando sua atenção. Anteriormente já tinham ocorrido outros chamados urgentes, outras reuniões, e algumas vezes com o mais alto escalão. Dalgliesh, como comandante-adjunto permanente junto ao Comissariado, tinha uma série de funções, as quais, na medida em que cresceram em número e em importância, haviam se tornado tão mal definidas que a maioria de seus colegas desistira de tentar entendê-las. Mas aquela reunião, marcada para as dez e cinquenta e cinco da manhã de sábado, 23 de outubro, no escritório do comissário-adjunto Harkness, no sétimo andar da Nova Scotland Yard, carregava o indubitável presságio de morte — Dalgliesh pôde senti-lo no momento em que entrou na sala. Não tinha nada a ver com a tensão dos rostos ao redor; um debate departamental teria suscitado mais preocupação. O recinto estava, mais exatamente, impregnado daquele tipo de gravidade provocada por uma morte ocorrida em circunstâncias anormais, acarretando um peculiar desconforto, uma desagradável constatação de que existem certas coisas que podem não ser suscetíveis ao controle burocrático.

Havia somente três homens esperando por ele, e Dalgliesh ficou surpreso ao ver Alexander Conistone, do Ministério das Relações Exteriores britânico. Dalgliesh gostava de Conistone, um dos raros excêntricos remanescentes num sistema cada vez mais politizado e conformista. Conistone conquistara renome em gerenciamento de crises; em parte, isso se baseava em sua crença de que não existia emergência que não fosse receptiva a precedentes ou regulamentações departamentais; quando tais ortodoxias fracassavam, porém, ele podia revelar uma perigosa capacidade para criar iniciativas que, sob a ótica da lógica, pareciam fadadas ao desastre. Mas isso nunca ocorria. Dalgliesh, para quem apenas poucos labirintos da burocracia de Westminster eram totalmente estranhos, concluíra havia algum tempo que tal dicotomia de caráter era herdada. Os Conistone tinham sido soldados por várias gerações. Os campos de batalha do passado imperialista da Grã-Bretanha foram adubados com os corpos das vítimas esquecidas do gerenciamento de crises realizado por gerações prévias de Conistones. Mesmo a aparência excêntrica do personagem refletia uma ambigüidade pessoal. Exceção entre os colegas, Conistone se vestia com o esmero estilo risca-de-giz dos funcionários públicos da década de 1930, enquanto seu rosto forte e ossudo, a face sardenta e o impertinente cabelo cor de palha faziam-no parecer um proprietário rural.

Ele estava sentado perto de Dalgliesh, diante de uma ampla janela. Durante os primeiros dez minutos da reunião permaneceu sentado, a cadeira um pouco inclinada, num silêncio incomum, examinando com complacência o panorama de torres e espigões iluminados por um sol matinal completamente fora de estação. Dos quatro homens presentes na sala — Conistone, Adam Dalgliesh, o comissário-adjunto Harkness e um novato do M15 que fora apresentado como Colin Reeves —, Conistone, o mais interessado no assunto em questão, mostrara até aquele momento extrema economia de palavras. Reeves, preocupado com o esforço de lembrar de tudo o que estava sendo discutido sem lançar mão do expediente humilhante de ser visto tomando notas, ainda não abrira a boca. Agora Conistone se preparava para fazer um apanhado geral do que fora dito até aquele momento.

"Assassinato seria o mais constrangedor para nós; e, nas circunstâncias, um suicídio dificilmente seria menos embaraçoso. Morte acidental provavelmente nos deixaria mais aliviados. Devido à identidade da vítima, com certeza haverá repercussão pública, seja qual for a *causa mortis*. Mas, desde que não seja assassinato, poderemos administrar bem a publicidade em torno do caso. O problema é que não temos muito tempo, a data ainda não foi fixada, mas o primeiro-ministro gostaria de marcar essa reunião ultra-secreta de líderes internacionais para o início de janeiro. Uma boa época. O Parlamento não estará reunido, e quase nada acontece logo depois do Natal. Não se espera que nada aconteça. O primeiro-ministro parece ter se decidido por Combe Island. E então, você vai cuidar do caso, Adam? Ótimo."

Antes que Dalgliesh pudesse reagir, Harkness interrompeu: "O nível de segurança, caso algo transpire, não poderia ser mais alto".

Dalgliesh pensou: E mesmo que você saiba, o que eu duvido, não tem a menor intenção de me revelar quem estará presente nessa conferência ultra-secreta, ou qual seu motivo. Como sempre em casos assim, a regra de segurança determinava que só se repassasse uma informação para quem precisasse necessariamente ter conhecimento dela. Dalgliesh até poderia fazer suposições, mas não estava particularmente interessado. Por outro lado, pediam-lhe que investigasse uma morte violenta e havia fatos de que precisava tomar conhecimento.

Antes que Colin Reeves tivesse tempo de compreender que aquela era sua deixa para intervir, Conistone disse: "A coisa toda estará sob controle, obviamente. Não esperamos que haja nenhum problema. Uma situação similar ocorreu alguns anos atrás — antes da sua época, Harkness —, quando um político altamente graduado imaginou que seria bom dar uma trégua a seus agentes de se-

15

gurança e agendou duas semanas em Combe. O sujeito contemplou o silêncio e a solidão do local por dois dias antes de perceber que sua vida não tinha sentido sem suas credenciais. Eu imaginava que era exatamente essa a mensagem que Combe deveria transmitir, mas o tal político não entendeu nada. Realmente, não acho que vamos preocupar nossos amigos ao sul do Tâmisa".

Bem, isso pelo menos era um alívio. Ter os serviços de segurança envolvidos era sempre uma complicação. Dalgliesh refletiu que o serviço secreto, tal como a monarquia, ao abrir mão de sua aura de mistério — atendendo à demanda pública por maior transparência — parecia ter perdido um pouco daquela pátina semi-eclesiástica de autoridade atribuída aos que lidam com mistérios herméticos. Hoje a foto e o nome do diretor do serviço secreto são publicados nos meios de comunicação, e a diretora anterior chegara ao cúmulo de escrever sua autobiografia. O centro de operações, um excêntrico monumento oriental à modernidade que se estende ao longo da margem sul do Tâmisa, parece ter sido projetado para atrair curiosidade, em lugar de repeli-la. Renunciar à aura de mistério tem suas desvantagens; uma organização passa a ser considerada igual a qualquer outra repartição burocrática, dotada de pessoal falível e sujeita aos mesmos erros e trapalhadas. Porém Dalgliesh não esperava ter problema algum com o serviço secreto. O fato de o M15 estar representado por um funcionário de nível médio sugeria que aquela morte isolada numa ilha afastada era a menor das preocupações do momento.

Ele disse: "Não posso partir sem estar ciente de todos os fatos. Você não me informou quase nada, além do nome do defunto, sei apenas o lugar e a suposta maneira como ele morreu. Conte-me mais sobre Combe Island. Onde fica, exatamente?".

Harkness estava num de seus piores humores, seu difícil estado de ânimo era imperfeitamente dissimulado pela presunção e por uma tendência à verborragia. O grande mapa sobre a mesa estava um pouco torto. Franzindo as sobrancelhas, ele o alinhou melhor à borda da mesa, empurrou-o na direção de Dalgliesh e cravou o indicador em determinado ponto.

"É aqui. Combe Island. Na costa da Cornualha, cerca de trinta quilômetros a sudoeste da Lundy Island e a aproximadamente dezenove quilômetros do continente, no caso, Pentworthy. Newquay é a cidade grande mais próxima." Olhou para Conistone. "É melhor você continuar. Afinal, o filho é muito mais seu do que meu."

Conistone falou diretamente com Dalgliesh. "Vou gastar pouco tempo contando a história. Ela explica Combe e, se você não conhece a ilha, poderá começar em desvantagem. Por mais de quatrocentos anos o lugar pertenceu à família Holcombe, que a adquiriu no século XVI, embora ninguém saiba exatamente como. Decerto um Holcombe invadiu a ilha com alguns homens armados, hasteou seu estandarte pessoal e se apoderou do local. É bastante improvável que tenha existido muita competição. O título foi posteriormente ratificado por Henrique VIII, depois que Holcombe se livrou dos piratas mediterrâneos comerciantes de escravos que utilizavam o local como base para suas investidas ao longo das costas de Devon e da Cornualha. Depois disso, Combe ficou mais ou menos esquecida até o século XVIII, quando a família voltou a ter algum interesse na ilha, visitando-a ocasionalmente para observar pássaros ou fazer piqueniques. Depois um tal Gerald Holcombe, nascido no século XIX, decidiu usar a ilha como local de férias familiares. Ele restaurou os chalés e, em 1912, construiu uma casa e acomodações adicionais para os empregados. Todos os verões da inebriante época pré-Primeira Guerra foram passados lá. A guerra mudou tudo. Os dois filhos mais velhos foram mortos, um na França, outro em Gallipoli. Os Holcombe são o tipo de família que perece em guerras, ao contrário daquelas que lucram com elas. Restou apenas o filho mais novo, Henry, que era tuberculoso e desqualificado para o serviço militar. Aparentemente, após a morte dos irmãos, Henry foi oprimido por um forte sentimento de desmerecimento e não parecia interessado em receber sua herança. O dinheiro da família não viera da posse de terras, mas de investimentos bem-sucedidos; e, lá pelo fim da década de 1920, a fonte tinha quase secado. Assim, em 1930, com o dinheiro remanescente e o apoio financeiro de ricos consignatários, Henry organizou um fundo de caridade e passou a ilha para a instituição. Sua idéia era que Combe fosse usada como local de descanso e reclusão para homens que ocupassem postos de grande responsabilidade e precisassem escapar dos rigores de suas vidas profissionais. Nesse momento, pela primeira vez, Conistone se abaixou para abrir sua maleta, de onde retirou uma pasta marcada com a tarja de segurança. Inspecionando os documentos, puxou uma única folha de papel. "Tenho as palavras exatas aqui, elas deixam as intenções de Holcombe bastante claras: *Para homens que empreendem negócios perigosos e difíceis, exercendo funções de alta responsabilidade a serviço da Coroa britânica e seu país, seja nas Forças Armadas, na política, na indústria ou nas artes, que exijam um período restaurador de solidão, silêncio e paz.* Encantadoramente típico de sua época, não é mesmo? Não menciona mulheres, claro. Isso foi em 1930, lembre-se. Todavia, aplicando a convenção consagrada, a palavra 'homens' inclui também as mulheres. Na ilha são aceitos, no máximo, cinco hóspedes. Estes são acomodados, à sua escolha, na casa principal ou num dos chalés de pedra existentes no local. Basicamente, Combe Island oferece paz e segurança. Nas últimas décadas, a segurança provavelmente se tornou o item mais importante. Pessoas que desejam ter tempo para pensar podem ir para Combe sem agentes de segurança, sabendo que lá estarão protegidas e que nada as perturbará. Há um heliponto para receber os hóspedes, além de um pequeno ancoradouro, único meio possível de desembarque pelo mar. Não são aceitos hóspedes eventuais e até os telefones celulares são proibidos — de todo modo, o sinal de celular não chega lá. As pessoas que vão até Combe em geral são indicadas pessoalmente por um dos membros do conselho administrativo que gerencia a ilha, ou por um hóspede prévio, ou por um freqüentador assíduo. Dá para perceber claramente, portanto, que o local é perfeito para os propósitos do primeiro-ministro."

Reeves deixou escapar: "O que há de errado com Chequers?".

Os outros se viraram para ele com o olhar brilhante e interessado de um adulto que se prepara para debochar de uma criança precoce.

Conistone disse: "Nada. Uma casa agradável, pelo que sei, e bastante confortável. Mas os hóspedes de Chequers tendem a despertar atenção. Afinal, não é essa a razão de irem até lá?".

Dalgliesh perguntou: "Como Downing Street tomou conhecimento da ilha?".

Conistone deslizou o papel para dentro de seu arquivo. "Por obra de um dos companheiros do primeiro-ministro, um 'novo-nobre'. Ele foi para Combe para se recuperar da perigosa e árdua responsabilidade de adicionar mais uma cadeia de supermercados ao seu império e mais um bilhão à sua fortuna pessoal."

"Imagino que Combe tenha uma equipe permanente de empregados. Ou será que os vips lavam a própria roupa"?

"Há o secretário executivo, Rupert Maycroft, que antes atuava como advogado em Warnborough. Tivemos que confiar nele e, obviamente, informar ao Conselho Administrativo que o primeiro-ministro ficaria muito grato se certas visitas importantes pudessem ser acomodadas na ilha no início de janeiro. No momento estamos apenas verificando datas e possibilidades, mas pedimos a Maycroft que não aceite reservas a partir de agora. Além dele há a equipe habitual: barqueiro, governanta, cozinheira. Temos algumas informações sobre todos eles. Um ou dois dos hóspedes anteriores eram suficientemente importantes para que todo o sistema de segurança fosse verificado, sempre com a maior discrição. Além dos citados, temos também um médico, o doutor Guy Staveley, e sua esposa, que, parece, fica mais fora do que na ilha. Aparentemente, ela não agüenta o tédio. O doutor Staveley é um refugiado, foragido de uma clínica médica londrina. Parece que fez um diagnóstico errado e uma criança morreu; assim, ele conseguiu um emprego num lugar onde o pior que pode acontecer é alguém cair de um penhasco, e disso ninguém poderá culpá-lo."

Harkness completou: "Somente um dos residentes de Combe tem antecedentes criminais. Jago Tamlyn, o barqueiro, foi preso em 1998 por lesão corporal grave. Parece que houve circunstâncias atenuantes, mas de toda maneira deve ter sido uma agressão séria. Ele pegou um ano. Desde então, não se meteu mais em encrencas".

Dalgliesh perguntou: "Quando os atuais hóspedes chegaram a Combe Island?".

"Todos os cinco, na semana passada. O escritor Nathan Oliver, juntamente com sua filha Miranda e seu revisor, Dennis Tremlett, chegaram na segunda. Um diplomata alemão aposentado, o doutor Raimund Speidel, ex-embaixador em Beijing, chegou da França, em iate particular, na quarta, e o doutor Mark Yelland, diretor do laboratório de pesquisas Haynes Skolling, nas Midlands, que tem sido alvo de ativistas do movimento de defesa dos animais, chegou na quinta. Maycroft poderá lhe dar informações mais precisas."

Harkness interrompeu: "Melhor levar o mínimo de pessoal, pelo menos até saber qual é o quadro. Quanto menor a invasão, melhor".

Dalgliesh retrucou: "Dificilmente será uma invasão, ainda estou aguardando o substituto de Tarrant, mas levarei a detetive-investigadora Miskin e o sargento Benton-Smith. É provável que possamos nos virar sem perito ou fotógrafo oficial neste estágio das investigações, mas, se ficar provado que foi assassinato, vou ter de pedir reforço ou permitir que a polícia local assuma o comando da situação. Vou precisar de um patologista. Quem sabe o Kynaston? Tentarei falar com ele. Ele pode estar fora de seu laboratório, trabalhando em alguma investigação".

Harkness disse: "Não será necessário. Estamos trabalhando com Edith Glenister. Você a conhece, claro".

"Mas ela não se aposentou?"

Conistone respondeu: "Oficialmente há dois anos, mas de vez em quando trabalha, em geral em casos confidenciais, no exterior. Aos sessenta e cinco anos, ela já deve ter dado sua cota de trabalho árduo para o Departamento de Investigações Criminais, atolando os pés em lamaçais, examinando corpos em decomposição".

Dalgliesh duvidava que esse fosse realmente o motivo da aposentadoria oficial da professora Glenister. Ele nunca trabalhara com ela, mas conhecia sua reputação. Era uma das mulheres mais respeitadas no exercício da medicina legal. Era conhecida por sua extraordinária habilidade em determinar a hora da morte, pela rapidez e abrangência de seus relatórios e pela clareza e confiança com que fornecia indícios num tribunal. Glenister também era famosa por sua insistência em separar claramente as funções do legista e do investigador. Dalgliesh sabia que a professora Glenister jamais daria ouvidos aos detalhes ou circunstâncias de um crime antes de examinar o corpo; supostamente para ter certeza de que chegaria ao cadáver sem idéias preconcebidas. Estava curioso diante da perspectiva de trabalhar com ela, e não tinha dúvidas de que a sugestão de utilizar seu trabalho viera do Ministério das Relações Exteriores. Ainda assim, Dalgliesh teria preferido usar seu legista habitual.

Perguntou: "Você estaria insinuando que Miles Kynaston não é digno de confiança?".

Harkness: "Claro que não, mas a Cornualha dificilmente é a praia dele. E, no momento, a professora Glenister está em posto no sudoeste. Seja como for, Kynaston não está disponível, eu já verifiquei". Dalgliesh sentiu-se tentado a dizer algo como *Muito conveniente para o Ministério das Relações Exteriores*. Eles certamente não haviam perdido tempo. Harkness continuou: "Você poderá apanhá-la na base da Força Aérea em St. Mawquay, perto de Newquay. Vão providenciar para que um helicóptero especial remova o corpo para o necrotério usado pela professora Glenister. Ela tratará do caso em caráter de urgência. Você deve receber o relatório amanhã".

Dalgliesh perguntou: "Então o tal secretário executivo, Maycroft, ligou para você logo depois que achou o corpo? Suponho que devia estar seguindo instruções".

Harkness respondeu: "Ele recebeu um número de telefone, foi avisado de que era confidencial e instruído a telefonar para os membros do Conselho Administrativo se alguma coisa inconveniente ocorresse na ilha. Foi avisado de que você chegará de helicóptero e instruído a esperá-lo amanhã, no começo da tarde".

Dalgliesh disse: "Vai ser um tanto difícil para ele explicar aos colegas por que essa morte em particular será tratada por um comandante da polícia metropolitana e um detetive-investigador, em vez de ser confiada ao Departamento de Investigações Criminais local. Mas imagino que você tenha cuidado disso".

Harkness respondeu: "Fizemos o que foi possível. O delegado responsável foi incluído na equipe, claro. Não há necessidade de ficar debatendo qual setor vai assumir o encargo enquanto não soubermos se temos ou não um assassinato nas mãos. Nesse meio tempo, a polícia local vai cooperar. Se for assassinato e caso se comprove que a ilha é tão segura quanto alegam, teremos um número limitado de suspeitos. Isso deverá apressar o inquérito".

Apenas um ignorante em investigação criminal ou alguém que muito oportunamente esqueceu os malogros de seu passado poderia fazer uma apreciação tão inadequada. Um pequeno grupo de suspeitos, certo. Mas, se cada um deles fosse suficientemente prudente e hábil para manter a cabeça no lugar, resistindo ao impulso fatal de dar mais informações do que as solicitadas, isso atrapalharia a investigação e o processo se complicaria.

À saída, Conistone se virou. "Suponho que a comida seja decente em Combe Island. E as camas, são confortáveis?"

Harkness respondeu com frieza: "Não tivemos tempo de perguntar. Francamente, não me ocorreu. Imagino que a cozinheira conheça bem seu ofício, e o estado dos colchões é uma preocupação que concerne a você. Nosso interesse está voltado para um cadáver".

Conistone recebeu a alfinetada com bom humor. "É verdade. Teremos tempo de verificar as amenidades, caso essa reunião secreta do primeiro-ministro realmente tenha lugar. A primeira coisa que os ricos e poderosos aprendem é o valor do conforto. Eu devia ter mencionado que o último membro ainda vivo da família Holcombe reside permanentemente na ilha: trata-se da srta. Emily Holcombe, de oitenta e tantos anos de idade, ex-acadêmica de Oxford, professora de história, creio. Sua matéria, não é mesmo, Adam — mas você não era da outra universidade? Ela será ou uma aliada ou uma completa chateação. E, se conheço alguma coisa sobre mulheres acadêmicas, a última opção parece mais provável. Obrigado por aceitar o caso. Estaremos em contato."

Harkness levantou-se para acompanhar Conistone e Reeves até a saída do prédio. Dalgliesh os deixou no elevador e voltou para seu escritório. Primeiro precisava ligar para Kate e Benton-Smith. Depois, tinha um telefonema mais difícil. Ele e Emma Lavenham haviam combinado passar a noite e o dia seguinte juntos. Se ela tivesse planejado chegar em Londres à tarde, talvez já estivesse a caminho. Ele poderia falar com ela pelo celular. Não seria a primeira ligação daquele tipo e, como sempre, ela estaria mais ou menos preparada. Não reclamaria — Emma jamais reclamava. Acontecia de ambos terem compromissos urgentes, o que tornava seu tempo juntos ainda mais precioso: jamais podiam contar com ele. E havia as três palavras que ele queria dizer a ela e que sabia que jamais poderiam ser ditas pelo telefone. Elas também teriam que esperar.

Dalgliesh enfiou a cabeça na sala de sua assistente. "Susie, localize Miskin e o sargento Benton-Smith. Depois, vou precisar de um carro para ir ao heliporto de Battersea. No caminho, o carro deve apanhar primeiro o sargento Benton-Smith, depois a investigadora Miskin. O kit assassinato da investigadora Miskin está no escritório, providencie para que seja posto no carro, certo?"

A convocação não poderia ter chegado em momento mais inconveniente. Depois de um mês trabalhando incansavelmente dezesseis horas por dia, a fadiga acabara por tomá-lo. Embora soubesse lidar com o cansaço, o que realmente desejava era repouso, paz e os dois abençoados dias na companhia de Emma. Disse para si mesmo que o único culpado pelo fim de semana arruinado era ele mesmo, pois nada o obrigava a aceitar uma possível investigação de assassinato, por mais importante política e socialmente que fosse a vítima ou desafiador o crime. Alguns oficiais superiores teriam preferido que Dalgliesh se concentrasse em iniciativas com as quais estivesse mais intimamente envolvido, como as complicações relativas a policiar uma sociedade multirracial em que os principais desafios eram as drogas, o terrorismo e as organizações criminosas internacionais, ou o projeto de criação de uma nova agência de detetives para lidar com crimes graves que demandassem investigação em todo o território nacional. Os planos certamente seriam infernizados pela política; sempre fora assim, com o policiamento de alto escalão. A polícia metropolitana precisava de oficiais superiores que ficassem à vontade nesse mundo enganoso. Dalgliesh se via na perigosa iminência de tornar-se mais um burocrata, um membro de comitê, um conselheiro, um coordenador — não mais um detetive. Se isso acontecesse, continuaria sendo um poeta? Não era justamente no solo fértil da investigação criminal, no fascínio proporcionado pela revelação gradual da verdade, no esforço compartilhado, na iminência do perigo e na miséria de vidas desesperadas e desiludidas que sua poesia germinava?

Mas agora, com Kate e Benton-Smith a caminho, certas coisas precisavam ser feitas rapidamente. Havia reuniões a cancelar com muito tato, papéis a ocultar, o setor de relações públicas a incluir na ação. Ele sempre mantinha uma valise pronta para essas emergências repentinas, mas a valise estava em seu apartamento em Queenhithe, e ele ficou satisfeito por precisar ligar para lá — jamais ligara para Emma da Nova Scotland Yard. Assim que ouvisse sua voz, Emma saberia o que ele estava prestes a dizer. Faria seus próprios planos para o fim de semana, talvez excluindo-o de seus pensamentos, tanto quanto ele a estava excluindo de sua companhia.

Dez minutos mais tarde, Dalgliesh fechava a porta de sua sala e, pela primeira vez, deu uma olhadela para trás, como quem se afasta de um lugar muito familiar que talvez não volte a ver.

2

Em seu apartamento acima do Tâmisa, a investigadora Kate Miskin ainda estava na cama. Normalmente, bem antes desse horário ela já estaria em seu escritório. Mesmo num dia de folga, já teria levantado, tomado banho e café. Acordar cedo era normal para Kate. Por um lado, esse hábito era escolha própria; por outro, um legado de sua infância, quando, sobrecarregada pelo temor diário de uma catástrofe imaginária, enfiava a roupa no momento em que despertava, na tentativa desesperada de estar pronta para lidar com o desastre iminente, que poderia ser um incêndio num dos apartamentos abaixo, impedindo seu resgate, um avião entrando pela janela adentro, um terremoto destruindo o prédio, a grade da varanda trepidando e depois ruindo em suas mãos. Era sempre com grande alívio que ouvia a voz frágil e ranzinza da avó chamando-a para o chá matinal. A avó de Kate tinha todo o direito de ser ranzinza: além da morte da filha que não quisera pôr no mundo, vivia enclausurada num apartamento alto onde não escolhera viver, sobrecarregada por uma neta ilegítima de quem não queria cuidar e que mal conseguia suportar a dor de amar. Mas sua avó estava morta e, mesmo que o passado não estivesse morto e jamais pudesse extinguir-se, Kate aprendera dolorosamente ao longo dos anos a reconhecer e aceitar o melhor e o pior de seus efeitos sobre ela.

Agora olhava para uma Londres muito diferente. Seu apartamento à beira do rio ficava na ponta de um edifício com janelas para os dois lados, e tinha duas varandas. A sala se abria para sudoeste por sobre o rio e seu tráfego incessante — barcaças, barcos de passeio, lanchas da polícia e da administração portuária de Londres, navios de cruzeiro avançando rio acima para ancorar em Tower Bridge. Do quarto, divisava o panorama de Canary Wharf, com seu cume que parecia um lápis gigante; as águas tranqüilas da West India Dock; a Docklands Light Railway com seus trens que pareciam brinquedos de corda. Ela sempre gostara do estímulo do contraste e ali podia ir do velho ao novo, acompanhando a vida do rio em todas as suas nuances, do amanhecer até o crepúsculo. Ao cair da noite ficava na varanda assistindo a cidade transformar-se num quadro cintilante de luzes, eclipsando as estrelas e pintando o céu com seu fulgor carmesim.

O apartamento, planejado por longo tempo e prudentemente financiado, era seu lar, seu refúgio, sua segurança, o sonho de anos concretizado em tijolo e cimento. Nenhum colega seu fora convidado a visitá-lo, e seu primeiro e único amante, Alan Scully, partira havia muito para a América. Ele quisera levá-la consigo, mas ela se recusara, em parte por medo do compromisso, porém principalmente porque seu trabalho vinha em primeiro lugar. No entanto agora, pela primeira vez desde a última noite que passara com ele, tivera companhia.

Espreguiçou-se na cama larga. Atrás das cortinas transparentes, o céu da manhã era de um azul pálido logo acima de uma faixa estreita de nuvens cinzas. A previsão do tempo era de mais um dia de fim de outono, alternando sol e chuvaradas. Podia ouvir sonzinhos agradáveis vindos da cozinha, a água fervendo na chaleira, a porta de um armário se fechando, barulho de louça. O detetive-investigador Piers Tarrant estava fazendo café. Sozinha pela primeira vez desde a chegada dos dois ao apartamento, reviveu as últimas vinte e quatro horas, não com arrependimento, mas espantada com o que acontecera.

Recebera o telefonema de Piers no escritório, na segunda-feira cedinho. Era um convite para jantar na sexta à noite. Fora um telefonema inesperado; eles não se viam desde que Piers deixara o Grupo para ingressar no setor de antiterrorismo. Ambos haviam trabalhado juntos no Grupo de Investigações Especiais de Dalgliesh durante anos. Respeitavam-se, estimulados por uma rivalidade não declarada de que, ela sabia, o comandante Dalgliesh fizera uso; de vez em quando discutiam exaltadamente, mas sem guardar rancor. Para ela, Piers Tarrant era um dos homens mais atraentes com quem já trabalhara — e continuava pensando assim. Porém, mesmo que ele tivesse emitido sinais tentativos e inquestionáveis de interesse sexual, ela não teria correspondido. Ter um caso com um colega tão próximo era arriscar mais do que a própria competência: um dos dois teria de se afastar da equipe. Fora seu emprego que a libertara do conjunto de prédios comunitários em que vivia antes. Não ia arriscar tudo o que conquistara para seguir aquele caminho sedutor, mas afinal tão complicado.

Ao desligar o celular, Kate se sentira meio confusa com sua pronta aceitação e intrigada com o que haveria por trás do convite. Será que Piers queria uma informação, discutir alguma coisa com ela? Parecia improvável. A fábrica de boatos da polícia metropolitana, geralmente eficiente, espalhara insinuações sobre ele estar insatisfeito com o novo trabalho, mas os homens costumam falar para as mulheres de seus sucessos, não de seus enganos. Depois de perguntar-lhe se gostava de peixe, ele sugerira que os dois se encontrassem no Sheekey's às sete e meia da noite. A escolha de um restaurante altamente sofisticado e que não devia ser barato enviara uma mensagem sutil, embora um tanto confusa. O jantar seria uma espécie de celebração, ou aquela extravagância era habitual em Piers ao convidar uma mulher? Afinal, ele nunca dera a impressão de ter problemas com dinheiro e, segundo os boatos, mulheres tampouco eram problema para ele.

Piers já a esperava quando ela chegou e, ao vê-lo levantar-se para cumprimentá-la, ela percebeu seu rápido olhar apreciativo e ficou feliz por ter se dado ao trabalho de empilhar elaboradamente o farto cabelo loiro que, no trabalho, sempre escovava para trás e usava ou num rabo-de-cavalo, ou preso de encontro à nuca. Vestia uma camisa creme de seda fosca e estava com a única jóia cara que possuía, um par de brincos antigos de ouro, cada um com uma pérola. Ficou agradavelmente intrigada ao observar que Piers também se arrumara com cuidado. Não se lembrava de algum dia tê-lo visto de terno e gravata, e ficou tentada a soltar um "Caprichou, hein?".

Ocuparam uma mesa lateral, perfeita para confidências, que foram escassas. O jantar fora um sucesso: um prazer prolongado e agradável, sem reticências. Ele pouco falara sobre o novo trabalho, mas isso ela já esperava. Conversaram por alto sobre livros lidos recentemente, filmes que haviam encontrado tempo para assistir — bate-papo convencional, que Kate considerou a conversa social cautelosa de dois estranhos num primeiro encontro. Depois haviam passado para um território mais familiar: os casos em que ambos tinham trabalhado juntos, as últimas fofocas da polícia e, ocasionalmente, pequenos detalhes de suas vidas privadas.

Depois do prato principal, um linguado, ele perguntara: "Como o sargento bonitão está se saindo?".

Ela achou graça, sem demonstrar. Piers jamais conseguira disfarçar sua antipatia por Francis Benton-Smith. Para Kate, não era tanto pela extraordinária beleza de Benton quanto por características comuns aos dois em relação ao trabalho: ambição contida, inteligência, uma rota rumo ao topo cuidadosamente calculada e baseada na convicção de ter contribuído positivamente para o policiamento, características essas que, com sorte, seriam reconhecidas com promoções rápidas.

"Vai bem. Talvez um pouco ansioso por agradar, mas não éramos exatamente assim quando fomos recrutados?"

"Dizem por aí que o diretor está pensando nele para o meu cargo."

"Seu antigo cargo? Suponho que seja possível, sim. Afinal, até agora ninguém foi nomeado. Talvez o pessoal da alta cúpula ainda não tenha decidido o que fazer com o Grupo. Podem resolver fechá-lo, quem sabe? Estão constantemente atrás do comandante para outras missões mais importantes, como esse Departamento de Investigações Criminais de âmbito nacional que estão planejando, você deve ter ouvido falar. Ele está sempre em alguma reunião com o pessoal lá de cima."

Na hora da sobremesa, a conversa ficara errática. De repente, Piers dissera: "Não gosto de tomar café logo depois de comer peixe".

"Ou depois desse vinho... Mas preciso de café para ficar sóbria." Era uma inverdade, pensara ela, que jamais bebia a ponto de arriscar perder o controle.

"Podíamos ir para o meu apartamento. É perto daqui."

Ela rebatera: "Ou para o meu. Tenho vista para o rio".

O convite, a aceitação de Piers — tudo transcorrera sem a menor tensão. Ele dissera: "Então vamos para o seu. Só preciso dar uma ligada para casa".

Ele se ausentara por somente dois minutos e ela preferira aguardá-lo no carro. Vinte minutos depois, ao abrir o apartamento e entrar com ele na ampla sala de estar com parede envidraçada dando para o Tâmisa, ela vira o lugar com novos olhos: convencional, mobília moderna, nada de objetos pessoais, nada que mostrasse que a moradora tinha vida privada, pais, família, objetos passados de geração em geração, tudo tão impecável e impessoal quanto nesses apartamentos decorados com esperteza para propiciar uma venda rápida. Sem olhar ao redor, ele se aproximara das vidraças e em seguida transpusera a porta que dava para a varanda.

"Entendo por que você escolheu este apartamento, Kate."

Ela não saíra para a varanda com ele. Ficara olhando suas costas, vendo, adiante dele, as águas escuras e ondulantes riscadas de prateado, os grandes prédios da margem oposta estampados com faixas de luz. Ele a seguira até a cozinha enquanto ela moía os grãos de café, separava as xícaras e esquentava o leite que tirara da geladeira. E quando, depois do café, sentados juntos no sofá, ele se inclinara e beijara sua boca, suavemente porém com firmeza, ela soube o que iria acontecer. Mas já não sabia, desde o primeiro momento no restaurante?

Ele disse: "Eu queria tomar uma ducha".

Ela riu. "Você é tão direto, não é mesmo, Piers? O banheiro fica logo ali."

"Por que você não se junta a mim, Kate?"

"Muito apertado. Vá você primeiro."

Tudo fora tão fácil, tão natural, tão desprovido de dúvida e ansiedade, ou mesmo de pensamentos conscientes. E agora, deitada na cama à luz suave da manhã, escutando o barulho do chuveiro, pensou na noite anterior com um sentimento difuso de prazer, lembranças e frases inacabadas.

"Pensei que você só gostasse de loiras burras."

"Nem todas eram burras. E você é loira."

Ela respondera: "Castanha-clara, não loira-palha".

Ele se virara para ela outra vez e alisara seu cabelo, um gesto inesperado, sobretudo por sua lenta delicadeza.

Ela imaginara que Piers seria um amante experiente e habilidoso, mas não esperava que o sexo entre os dois pudesse ser tão descomplicado e sem tensões. Haviam se entregado um ao outro com desejo, mas também com risadas. E depois, um pouco afastada dele na cama larga, ouvindo sua respiração e sentindo seu calor, achara natural ele estar ali. Sabia que o fato de terem feito amor começara a desfazer um nó composto de autodesconfiança e atitude defensiva que ela guardava no coração como um peso e que, depois do relatório Macpherson, ganhara um reforço de mágoa e sentimento de traição. Piers, cínico e mais politicamente sofisticado do que ela, mostrara ter pouca paciência.

"Todos os comitês de inquérito oficiais sabem o que

se espera que encontrem. Algumas pessoas menos inteligentes aplicam um entusiasmo um tanto exagerado à tarefa. É ridículo perder o emprego por causa dela, ou deixar que ela destrua sua confiança ou lhe tire a paz."

Com tato, às vezes sem palavras, Dalgliesh a convencera a não demitir-se. Mas ela sabia que ao longo dos anos houvera um lento esvaziamento da dedicação, do comprometimento e do entusiasmo ingênuo com que ingressara na força policial. Continuava sendo uma funcionária estimada e competente. Gostava de seu trabalho e não conseguia imaginar outro a que se adequasse ou para o qual estivesse qualificada. Mas tinha medo de envolver-se emocionalmente, criara uma capa de autodefesa e cautela diante das situações que a vida era capaz de criar. Agora, deitada sozinha e ouvindo os débeis ruídos de Piers andando pelo apartamento, sentia uma alegria já quase esquecida.

Fora a primeira a despertar, e, fato inédito, sem aquela ansiedade remanescente da infância. Ficara meia hora na cama, abandonando-se ao contentamento de seu corpo, vendo a luz do dia se intensificar, atenta aos primeiros ruídos do rio, antes de esgueirar-se para o banheiro. O movimento o acordara. Espreguiçando-se, ele estendera o braço para tocá-la, depois se sentara de repente como um boneco de caixa de surpresas descabelado. Os dois riram. Foram juntos para a cozinha e ele espremera as laranjas enquanto ela preparava o chá, e depois levaram suas torradas quentes para a varanda e jogaram as migalhas para as gaivotas estridentes, num turbilhão de asas adejando furiosamente e bicos ávidos. Em seguida, voltaram para a cama.

O barulho do chuveiro cessara. Finalmente estava na hora de levantar e enfrentar as complicações do dia. Ela acabara de sentar-se na cama quando o celular tocou. O som catapultou-a para a ação como se ela nunca o tivesse ouvido antes. Piers veio da cozinha, toalha amarrada à cintura, cafeteira na mão. Ela dissera: "Meu Deus, logo agora".

"Pode ser uma ligação pessoal."
"Não neste telefone."
Ela estendeu a mão para a mesa-de-cabeceira, pegou o celular, escutou atentamente, disse "sim, senhor" e desligou. Sabendo que não conseguia disfarçar a agitação na voz, falou: "Um caso. Suspeita de assassinato. Uma ilha na costa da Cornualha. Ou seja, helicóptero. É para eu deixar o carro em casa. O comandante vai mandar um automóvel pegar Benton, depois eu. Vamos encontrá-lo no heliporto de Battersea".
"E seu kit assassinato?"
Ela já estava em movimento, rápida, sabendo o que era preciso fazer e em que ordem. Gritou da porta do banheiro: "Está no escritório. O comandante vai mandar pôr no carro".
Piers disse: "Se ele vai mandar um carro, é melhor eu andar depressa. Se Nobby Clark estiver dirigindo e me vir aqui, em poucos minutos a máfia dos motoristas fica sabendo. Não vejo razão para fornecer material para as fofocas da cantina".
Pouco depois, Kate jogava a sacola de lona sobre a cama e, velozmente e com método, começava a fazer a mala. Vestiria, como sempre, a calça de lã e a jaqueta de tweed com uma malha de cashmere de gola rulê. Mesmo que a temperatura continuasse branda, não fazia sentido levar roupas de linho ou algodão — uma ilha na Cornualha dificilmente era um local quente. Pôs bons sapatos de caminhada no fundo, com uma muda de calcinha e sutiã. Era só lavar as peças diariamente. Enfiou outra malha mais quente na sacola e adicionou uma camisa de seda enrolada com cuidado. Por cima iam o pijama e o roupão de lã. Acrescentou a *nécessaire* de reserva, que mantinha sempre pronta com os itens de que precisava. Por último, jogou duas cadernetas novas, meia dúzia de esferográficas e um livro lido até a metade.
Cinco minutos depois, os dois estavam vestidos e prontos para sair. Ela foi com Piers até a garagem do sub-

solo. Na porta de seu Alfa Romeo, ele a beijou no rosto e disse: "Obrigado por sua companhia no jantar, obrigado pelo café-da-manhã, obrigado por tudo o que aconteceu entre o jantar e o café. Me mande um postal da sua ilha misteriosa. Oito palavras bastam, sobretudo se forem sinceras. *Queria que você estivesse aqui. Com amor, Kate*".

Ela riu, mas não respondeu. A van que saiu da garagem na frente dele tinha um adesivo no vidro traseiro: *Bebê a bordo*. Piers sempre se enfurecia com aquele tipo de coisa. Apanhou no porta-luvas um cartão manuscrito e encostou-o no vidro. *Herodes a bordo*. Depois ergueu a mão, acenou e se foi.

Kate ficou olhando até ele sair para a rua, com uma buzinada de despedida. Em seguida foi dominada por uma emoção diferente, menos complicada porém familiar. Quaisquer que fossem os problemas que aquela noite extraordinária pudesse produzir, só pensaria neles mais tarde. Em algum lugar, por enquanto apenas imaginário, um corpo jazia na fria abstração da morte. Um grupo de pessoas aguardava a chegada da polícia, algumas aflitas, a maioria apreensiva, uma delas certamente sentindo a mesma mistura embriagante de exaltação e firmeza que ela estava experimentando. Sempre a perturbava o fato de que alguém tivesse que morrer para que ela experimentasse aquela euforia semiculposa. Depois viria a parte de que mais gostava: a reunião da equipe no fim do dia, quando Dalgliesh, ela e Benton-Smith discutiriam os indícios, selecionando alguns, descartando outros ou então organizando-os, como se fossem peças de um quebra-cabeça. Mas ela conhecia a raiz daquele embrião de vergonha. Embora jamais tivessem falado a respeito, achava que Dalgliesh sentia a mesma coisa. Naquele quebra-cabeça, as peças eram as vidas partidas de homens e mulheres.

Três minutos mais tarde, esperando fora do prédio de sacola na mão, viu o carro entrar na rua. A jornada de trabalho começara.

3

O sargento Francis Benton-Smith vivia sozinho no décimo sexto andar de um edifício do pós-guerra na parte noroeste de Sheperd's Bush. Abaixo dele havia quinze andares de apartamentos idênticos, com varandas também idênticas. As varandas, que se estendiam ao longo de cada andar, não ofereciam privacidade, mas só raramente era incomodado pelos vizinhos. Um deles usava o apartamento como *pied-à-terre* e quase nunca estava lá, e o outro, envolvido em algum trabalho misterioso na City, saía de casa ainda mais cedo que Benton e voltava, com discrição conspiratória, de madrugada. O imóvel, antes utilizado como residência de autoridades locais, fora vendido pela municipalidade e reformado por empreiteiras privadas; depois os apartamentos haviam sido comercializados. Mesmo com o hall de entrada reformado, os elevadores modernos sem sinal de vandalismo e a pintura nova, o prédio continuava sendo uma mistura infeliz de economia judiciosa, orgulho cívico e conformidade institucional, mas arquitetonicamente, pelo menos, era inofensivo. A única emoção que suscitava era surpresa com o fato de alguém ter se dado ao trabalho de construí-lo.

Mesmo a ampla vista da sacada era desinteressante. Benton divisava uma região industrial desolada, em preto e vários tons de cinza, dominada por altos blocos retangulares de apartamentos, construções industriais sem personalidade e ruas estreitas com terraços do século XIX que sobreviviam por teimosia e que agora eram o hábitat cuidadosamente preservado de jovens profissionais ambiciosos. O Westway, uma via expressa, elevava-se em curva sobre um estacionamento superlotado com os trailers dos moradores transitórios que viviam embaixo dos pilares de concreto e raramente se aventuravam a sair. Para além dos pilares havia um ferro-velho com montanhas de metal retorcido, destroços de veículos — a barafunda cheia de pontas, que a ferrugem ia comendo, um símbolo da vulnerabilidade da vida humana e da esperança. Mas, quando a noite caía, o cenário se metamorfoseava: a luz tornava-o imaterial e místico. A luz dos semáforos mudava, os carros se moviam como autômatos em ruas líquidas, os altos guindastes com sua única luzinha no topo formando ângulos que lembravam louva-a-deus, ciclopes grotescos da noite. Do céu azul-negro manchado por nuvens espalhafatosas os aviões baixavam em silêncio na direção de Heathrow e, à medida que ia escurecendo, como obedecendo a um sinal, as luzes se acendiam andar por andar nos altos blocos de apartamentos.

Mas nem à noite nem de dia aquela era uma paisagem exclusivamente londrina. Benton sentia que poderia estar olhando para qualquer cidade grande. Nenhum dos pontos de referência de Londres estava à vista — nenhum trecho de rio, nenhuma ponte pintada e profusamente iluminada, nenhuma torre, nenhum domo. Mas aquele anonimato cuidadosamente escolhido, inclusive a paisagem, era o que ele desejava. Não tendo terra natal, não deitara raízes.

Benton se mudara para o apartamento seis meses depois de ingressar na polícia, e ele não poderia ser mais diferente da casa dos seus pais, numa rua arborizada de South Kesington: os degraus brancos que levavam à porta de entrada emoldurada por pilares, a pintura impecável e o reboque imaculado. Decidira abrir mão do pequeno apartamento que ocupava no alto da casa dos pais em parte por considerar constrangedor continuar morando na casa paterna depois dos dezoito anos, mas principalmente por não conseguir conceber a idéia de levar um colega ao apartamento. O simples fato de transpor a porta de entrada da casa era entender o que ela representava: dinheiro, privilégio, a altivez cultural da próspera classe média alta liberal. Mas ele sabia que sua aparente independência de agora era espúria; o apartamento e tudo o que havia dentro dele tinha sido pago por seus pais, pois com o salário que ganhava não teria conseguido se mudar. E se instalara muito bem. Dizia para si mesmo, ironicamente, que só um hóspede entendido em móveis modernos seria capaz de imaginar quanto haviam custado aquelas peças que pareciam tão simples.

Mas não houvera visitas de colegas. Por ser um novo recruta, ele agira com cautela no início, sabendo que estava num período de experiência mais rigoroso e prolongado do que qualquer outra avaliação empregatícia realizada por funcionários superiores. Esperara, se não amizade, tolerância, respeito e aceitação e, em certa medida, obtivera. Porém sabia que ainda era visto com prudente circunspeção. Sentia-se cercado por uma gama de organizações, inclusive a justiça criminal, voltada para a proteção de suas susceptibilidades raciais, como se pudesse ser tão facilmente ofendido quanto uma virgem vitoriana confrontada por um exibicionista. Gostaria que aqueles combatentes raciais o deixassem em paz. Por acaso estariam querendo estigmatizar as minorias como pessoas hipersensíveis, inseguras e paranóides? Mas admitia que o problema, em parte, era obra sua: uma atitude reservada mais profunda e menos perdoável que a timidez, e que inibia a intimidade. Ninguém sabia quem ele era; *ele* não sabia quem era. Não apenas pelo fato de ser mestiço, acreditava. O mundo londrino que conhecia e no qual trabalhava era povoado por homens e mulheres com origens raciais, religiosas e nacionais mistas. E que aparentemente sabiam levar as coisas.

Sua mãe era indiana, seu pai inglês, ela pediatra, ele diretor de uma escola de primeira linha em Londres. Os dois haviam se enamorado e casado quando ela estava com dezessete anos, o pai doze anos mais velho. Tinham se apaixonado perdidamente e continuavam assim. Pelas fotos do casamento, ele sabia que a mãe fora belíssima; ainda era. Além da beleza, trouxera dinheiro para o matrimônio. Desde pequeno, sentira-se um intruso no mundo privado e auto-suficiente dos pais. Ambos eram ocupadíssimos e ele aprendera depressa que o tempo que os dois podiam passar juntos era precioso. Sabia que era amado, que eles se preocupavam com seu bem-estar, mas, ao entrar repentinamente num aposento onde os pais estivessem sozinhos, percebia a nuvem de desapontamento em seus rostos transformando-se depressa em sorrisos de boas-vindas — mas não tão depressa assim. Aparentemente, o fato de terem crenças religiosas diferentes jamais os afligira. O pai era ateu, a mãe católica, e Francis fora criado nesta religião. Mas quando, na adolescência, gradualmente se afastara da fé como quem abandona uma parte da infância, nenhum dos dois pareceu notar ou, se notaram, não acharam adequado questionar o fato.

Os pais o levavam consigo em suas visitas anuais a Delhi, e também lá ele tinha a impressão de ser um alienígena. Era como se suas pernas, penosamente esticadas sobre um globo giratório, não conseguissem pisar com firmeza em nenhum continente. Seu pai adorava ir à Índia, onde se sentia em casa e era recebido com ruidosas exclamações de prazer, ria, fazia brincadeiras com os outros, era objeto de brincadeiras, usava trajes indianos, fazia salamaleques com mais facilidade do que apertava mãos em Londres, despedia-se com muitas lágrimas. Na infância e na adolescência, Benton era recebido efusivamente, com muitas exclamações, achavam-no bonito, inteligente, mas ele ficava sem graça, trocando cumprimentos corteses, sabendo que não pertencia àquele mundo.

Ao ser selecionado para o Grupo de Investigações Especiais de Dalgliesh, alimentara a esperança de ficar mais à vontade em seu trabalho, quem sabe até em seu mundo desconjuntado. Talvez em certa medida isso tivesse ocorrido. Sabia que tinha sorte; o tempo passado no Grupo era um trunfo valioso em matéria de promoção. Seu último caso — também o primeiro —, uma pessoa que morrera num incêndio num museu de Hampstead, fora um teste no qual achava que fora aprovado com louvor. A próxima missão não apresentaria problemas, tinha certeza. O DI Piers Tarrant tinha fama de ser um superior exigente e ocasionalmente ardiloso, mas Benton tivera a impressão de saber lidar com ele, reconhecendo no outro um toque de ambição, cinismo e impiedade que compreendia e que sentia em si mesmo. Mas, com a transferência de Tarrant para a divisão antiterrorista, trabalharia sob o comando da DI Kate Miskin. Miskin era um desafio menos direto, e não apenas por ser mulher. Ela era sempre correta e menos abertamente crítica que Tarrant, mas ele percebia que ela não ficava à vontade tendo-o como colega. Nada a ver com sua cor, sexo ou extração social, embora achasse que Miskin tinha alguns tropeços no que diz respeito a classe social. Ela simplesmente não gostava dele. Só isso. De alguma maneira, e talvez em breve, teria de aprender a lidar com o fato.

Mas agora seus pensamentos se voltaram para seus planos para o dia de folga. Já pedalara até o mercado dos agricultores em Notting Hill Gate e comprara frutas e vegetais orgânicos, além de carne para o fim de semana, e separara uma parte para levar para a mãe, à tarde. Fazia mais de um mês que não aparecia em casa e estava na hora de dar sinal de vida, nem que fosse para amenizar a culpa persistente que sentia por não ser um filho muito presente.

E à noite faria um jantar para Beverley. Ela era uma atriz de vinte e um anos de idade que, recém-saída da escola de arte dramática, conseguira um papel secundário num seriado de TV ambientado numa vila de Suffolk. Tinham se conhecido num supermercado do bairro, local tradicional de paquera para os solitários e temporariamente privados de companhia. Depois de estudá-lo com discrição por um minuto, ela dera o primeiro passo pedindo-lhe que apanhasse uma lata de tomates convenientemente fora de seu alcance. Ele ficara encantado com o aspecto dela, o delicado rosto oval, o cabelo negro e liso cortado em franja acima dos olhos um pouco amendoados, que lhe davam um ar sedutor de delicadeza oriental. Na verdade ela era solidamente inglesa, de um meio com o mesmo perfil profissional do dele. Ficaria muito à vontade na sala de estar de sua mãe. Mas Beverley se livrara dos trejeitos e do sotaque de seu mundo de classe média e trocara o prenome antiquado por outro mais de acordo com sua carreira. Seu papel no seriado, de filha indisciplinada do taberneiro local, capturara a imaginação do público. Corria o boato de que o personagem cresceria, com possibilidades emocionantes — um estupro, um filho ilegítimo, um caso com o organista da igreja, talvez até um assassinato, mas não, é claro, dela mesma ou do bebê. O público, explicara ela a Benton, não gostava de ver bebês assassinados. Beverley estava se tornando uma estrela no efêmero e brilhante firmamento da cultura popular.

Depois do sexo, que Beverley gostava que fosse inventivo, prolongado e inconvenientemente higiênico, ela praticava ioga. Da cama, com a cabeça apoiada no braço, Benton assistia a suas contorções extraordinárias com um afeto fascinado e indulgente. Nesses momentos sabia estar perigosamente próximo do amor, mas não tinha a ilusão de que o caso fosse durar. Beverley, que era tão eloqüente quanto um pregador fanático no que se refere aos perigos da promiscuidade, era adepta da monogamia serial com um limite de tempo cuidadosamente definido para cada parceiro. Em geral, passados seis meses chegava o tédio, explicara. Fazia cinco que estavam juntos e, embora ela ainda não tivesse falado nada, Benton não nutria a expectativa de que seu desempenho sexual ou sua culinária pudessem qualificá-lo para um prazo maior.

Ele ainda estava desempacotando as compras e encontrando lugar para elas na geladeira quando o celular especial, que deixava sobre a mesa-de-cabeceira, começou a tocar. Todas as noites ele estendia a mão para se certificar de que o aparelho continuava ali. Pela manhã, ao sair para o trabalho, colocava-o no bolso desejando que tocasse. Agora, batendo a porta da geladeira, correu para atender, como se temesse que o som fosse parar. Ouviu a breve mensagem, disse "sim, senhor" e desligou. O dia se transformara.

Como sempre, a valise estava pronta. Fora instruído a levar a câmera e o binóculo, ambos de qualidade superior aos dos outros membros da equipe. Isso significava que o serviço estaria por conta deles, sem reforços, sem fotógrafo ou perito, a menos que isso se fizesse necessário. O mistério aumentou seu entusiasmo. E agora não tinha mais nada a fazer, exceto dois telefonemas rápidos, um para a mãe, o segundo para Beverley. Ambos, suspeitava, causariam algum incômodo, mas nenhuma tristeza. Numa mescla de alegria e expectativa receosa, voltou sua atenção para o desafio que o esperava naquela ilha costeira ainda desconhecida.

LIVRO I

MORTE NUMA ILHA COSTEIRA

1

Às sete da manhã do dia anterior, no chalé Atlântico, em Combe Island, Emily Holcombe saiu do chuveiro, enrolou uma toalha na cintura e começou a espalhar creme hidratante nos braços e no pescoço. Isso se tornara um hábito diário nos últimos cinco anos, desde que completara setenta e cinco, mas ela não alimentava a ilusão de que essa rotina pudesse fazer mais que amenizar temporariamente a devastação causada pelos anos, e tampouco se importava muito com o fato. Na juventude e na maturidade pouco se ocupara com a aparência, e ocasionalmente se perguntava se não seria inútil e um pouco degradante iniciar esses rituais demorados quando os resultados já não gratificariam ninguém senão ela mesma. Mas, pensando bem, a quem mais já quisera agradar? Sempre fora bonita, alguns diriam bela — engraçadinha certamente não era —, tinha traços fortes, maçãs altas, grandes olhos castanho-claros debaixo de sobrancelhas retas, nariz fino e levemente aquilino e boca grande e bem desenhada que podia parecer generosa. Para alguns homens, fora intimidante; outros — entre eles os mais inteligentes — se sentiram desafiados por sua sagacidade afiada e reagiram a sua sexualidade latente. Todos os seus amantes haviam lhe dado prazer, nenhum lhe causara dor, e a dor que ela provocara neles estava há muito esquecida, e mesmo na época não a haviam onerado com o remorso.

Agora, consumida toda a paixão, voltara à amada ilha de sua infância e ao chalé de pedra à beira do penhasco onde pretendia viver até o fim da vida. Não tinha a intenção de permitir que alguém, fosse quem fosse, muito menos Nathan Oliver, lhe tomasse o chalé. Respeitava-o como escritor, afinal ele era reconhecido como um dos maiores romancistas do mundo, mas jamais admitira que um talento marcante, ou mesmo a genialidade, dessem a um homem o direito de ser mais egoísta e auto-indulgente do que era comum na maioria das pessoas de seu gênero.

Afivelou o relógio. Quando voltasse para o quarto, Roughtwood já teria removido a bandeja do chá matinal, que tomava pontualmente às seis e meia, e o café-da-manhã já teria sido servido na sala de jantar: cereal caseiro com nozes e frutas, geléia, manteiga sem sal, café, leite morno. As torradas só seriam feitas depois que ele a ouvisse cruzar a porta da cozinha. Pensou em Roughtwood com satisfação e algum afeto. Tomara uma boa decisão para ambos. Ele fora motorista de seu pai, e quando ela, a única remanescente dos Holcombe, ocupara a casa da família na região de Exmoor para resolver os detalhes finais com o leiloeiro e selecionar os poucos itens que desejava manter consigo, ele manifestara o desejo de falar-lhe.

"Visto que a senhora resolveu fixar residência na ilha, eu gostaria de me candidatar ao posto de mordomo."

Combe Island era sempre chamada de "a ilha" pela família e seus empregados, assim como a Combe House, na ilha, era apenas "a casa".

Recuperando-se do susto, ela dissera: "Que diabos vou fazer com um mordomo, Roughtwood? Não temos mordomo desde a época de meu avô, e não vou precisar de motorista. Não são permitidos automóveis na ilha, exceto o buggy que entrega comida nos chalés, como você deve saber".

"Usei a palavra mordomo genericamente, madame. O que eu tinha em mente eram as tarefas de um criado pessoal, mas ciente de que essas palavras poderiam levar a crer que eu estava a serviço de um cavalheiro, achei mordomo uma descrição mais conveniente, embora não inteiramente apropriada."

"Você tem lido muito P. G. Wodehouse, Roughtwood. Você sabe cozinhar?"

"Meu alcance é limitado, madame, mas creio que julgará os resultados satisfatórios."

"Ah, bom, provavelmente não haverá muito movimento na cozinha. A casa oferece serviço de jantar e provavelmente vou me inscrever. Mas, e a sua saúde? Francamente, não me vejo no papel de enfermeira; não tenho paciência com doença — nem com as minhas nem com as dos outros."

"Há mais de vinte anos não consulto um médico, madame. Não julguei necessário. E sou vinte e cinco anos mais moço que a senhora. Perdoe-me mencionar esse fato."

"Claro, no curso natural das coisas, é provável que eu me vá antes. Quando isso acontecer, acho que não haverá alojamento para você na ilha. E eu não gostaria que você virasse sem-teto aos sessenta anos."

"Isso não seria problema, madame. Tenho uma casa em Exeter, no momento alugada, com móveis, para temporadas — em geral para professores da universidade. Pretendo morar lá, depois de me aposentar. Sinto carinho pela cidade."

Por que Exeter?, ela se perguntara. O que Exeter teria representado no misterioso passado de Roughtwood? Afinal, não era uma cidade que provocasse maior afeição, exceto em seus residentes.

"Sendo assim, podemos fazer um teste. Terei de consultar os outros membros do Conselho Administrativo. Isso significa que o Fundo terá que me disponibilizar dois chalés, preferencialmente adjacentes. Imagino que nenhum de nós deseje compartilhar o mesmo banheiro."

"Sem dúvida eu preferiria chalés separados, madame."

"Nesse caso verei o que pode ser feito e fazemos uma experiência de um mês. Se o arranjo não for conveniente, podemos separar-nos sem ressentimentos."

Isso ocorrera quinze anos antes, e os dois continuavam juntos. Ele mostrara ser um excelente criado e um cozinheiro surpreendente. Com o passar do tempo, ela passara a fazer as refeições da noite no chalé Atlântico, e não na casa. Ele tirava férias duas vezes por ano, sempre de exatos dez dias. Ela não fazia a menor idéia de para onde ele ia ou o que fazia, nem ele jamais lhe dissera. Ela sempre imaginara que os moradores permanentes da ilha estivessem fugindo de alguma coisa, ainda que, como no seu caso, os itens da lista costumassem ser aceitos pelos incomodados de sua geração e não merecessem virar assunto: barulho, celulares, vandalismo, bêbados inoportunos, o politicamente correto, a ineficiência e o ataque à excelência rebatizada de elitismo. Ela continuava sabendo tanto sobre ele quanto sabia quando ele era motorista de seu pai, e na época raras vezes o via: um rosto quadrado e imóvel, olhos semi-ocultos pela aba do boné de chofer, cabelo excepcionalmente loiro para um homem, aparado com precisão em meia-lua na base do pescoço espesso. Eles haviam estabelecido uma rotina agradável para ambos. Diariamente, às cinco da tarde, sentavam-se juntos no chalé dela para jogar palavras-cruzadas; em seguida tomavam uma ou duas taças de vinho tinto — o único momento em que comiam ou bebiam juntos —, depois ele voltava para seu próprio chalé para preparar o jantar.

Ele era aceito como parte integrante da vida na ilha, mas ela se dava conta de que sua existência privilegiada, de pouco trabalho, provocava nos outros membros da equipe de empregados certo ressentimento contido. Ele tinha tarefas específicas, não formalizadas por meio de contrato escrito, mas, mesmo nas raras emergências, nunca se oferecia para ajudar. Os outros achavam que ele lhe era devotado porque ela era a última Holcombe; ela achava isso improvável e não teria apreciado que fosse assim. Mas tinha de admitir que ele corria o risco de tornar-se indispensável.

Entrando em seu quarto, com as duas janelas dando vista tanto para o mar como para a ilha, ela avançou para a janela norte e abriu as persianas. A noite fora tempestuosa, mas agora o vento amainara e virara uma brisa forte. Adiante da trilha que levava à entrada do chalé, o terreno se elevava gentilmente, e no topo estava uma figura silenciosa, enraizada com a solidez de uma estátua. Nathan Oliver tinha os olhos fixos no chalé. Estava a apenas vinte metros de distância e ela sabia que ele a vira. Afastou-se da janela mas continuou a vigiá-lo tão intensamente quanto sabia que ele a vigiava. Ele não se moveu; o corpo imóvel contrastando com o torvelinho da cabeleira branca desordenada pelo vento. Se não estivesse tão desconcertantemente imóvel, poderia passar por um profeta enfurecido do Velho Testamento. Tinha os olhos fixos no chalé, com um desejo concentrado que, ela percebeu, ia além dos motivos racionais a que ele apelava para explicar por que queria o lugar — que sempre vinha para Combe Island acompanhado pela filha Miranda e pelo revisor Dennis Tremlett e que, portanto, necessitava de chalés adjacentes. O chalé Atlântico, o único afastado dos outros, era o mais almejado da ilha. Será que ele também tinha necessidade, como ela, de viver naquela borda perigosa, ouvindo dia e noite o estrondo da maré a arremessar-se contra o penhasco, dez metros abaixo? Afinal, aquele era o chalé em que ele nascera e onde vivera até sair de Combe sem explicação, aos dezesseis anos, e dar início a sua jornada solitária para tornar-se escritor. Seria esse o âmago da coisa? Teria ele passado a acreditar que seu talento arrefeceria sem aquele lugar? Era doze anos mais jovem que ela, mas será que teria uma premonição de que sua obra, e quem sabe sua vida, estavam próximos do fim, e que só conseguiria encontrar paz de espírito no lugar onde nascera?

 Pela primeira vez ela se sentiu ameaçada pela força da vontade de Oliver. E nunca conseguia livrar-se dele. Nos últimos sete anos, ele desenvolvera o hábito de vir para a ilha a cada três meses, permanecendo por exatas duas semanas. Mesmo sem ter conseguido desalojá-la — e como poderia? —, sua presença recorrente em Combe perturbava a paz de Emily. Pouca coisa a assustava, exceto a irracionalidade. Seria possível que a obsessão de Oliver fosse um sintoma nefasto de algo ainda mais perturbador? Estaria ele enlouquecendo? E imóvel ela permaneceu, relutando em descer para o café enquanto ele ficasse ali, e mais cinco minutos se passaram até que, finalmente, ele se virou e se afastou, andando no alto do penhasco.

2

Na sua vida em Londres, Nathan Oliver tinha uma rotina que pouco variava em suas visitas trimestrais a Combe Island. Em Combe, ele e a filha adotavam os hábitos gerais dos hóspedes. Almoço leve, geralmente sopa, frios e salada, entregue todas as manhãs por Dan Padgett, de acordo com instruções passadas por telefone por Miranda para a sra. Burbridge, a governanta, que as transmitia à cozinheira. O jantar podia ser tanto no chalé como na casa principal, mas Oliver preferia comer no chalé Peregrino, com Miranda cozinhando.

Na manhã de sábado ele passara quatro horas trabalhando com Dennis Tremlett, editando seu último romance. Preferia editar em provas preliminares impressas do manuscrito, excentricidade que atrapalhava um pouco mas era aceita por seus editores. Fazia um intenso trabalho de edição, modificando inclusive o enredo, escrevendo no verso das páginas da prova com sua minúscula caligrafia empinada, e depois passando as páginas para Tremlett, para que as copiasse de modo mais legível em outra cópia da prova. À uma da tarde fizeram uma pausa para o almoço; lá pelas duas a refeição frugal já fora consumida, Miranda terminara de lavar a louça e guardara as vasilhas na prateleira da varanda externa para serem recolhidas mais tarde. Tremlett saíra mais cedo para almoçar com os empregados, no refeitório de serviço. Oliver costumava dormir à tarde até as três e meia, quando Miranda o acordava para o chá vespertino. Hoje ele decidira não fazer a sesta: queria descer até o ancoradouro e esperar a chegada de Jago Tamlyn, o barqueiro, com a lancha. Estava ansioso para confirmar que a amostra de sangue colhida na véspera por Joanna Staveley chegara em segurança ao laboratório do hospital.

Às duas e meia, mais ou menos, Miranda desaparecera de binóculo no pescoço, dizendo que ia observar pássaros na costa noroeste da ilha. Pouco depois, tendo guardado cuidadosamente os dois jogos de provas na gaveta da escrivaninha e deixando a porta do chalé destrancada, Oliver saiu, andando ao longo da borda do penhasco, em direção à íngreme trilha de pedra que conduzia ao ancoradouro. Miranda devia ter andado depressa, pois não conseguiu avistá-la em meio à vegetação rasteira.

Quando se casou, Oliver tinha trinta e quatro anos. A decisão fora menos um impulso motivado pela necessidade sexual ou psicológica do que a convicção de que havia algo levemente suspeito num heterossexual que permanecesse francamente celibatário, sugestão de excentricidade ou, o que era ainda mais constrangedor, de incapacidade de atrair uma parceira adequada. Nesse aspecto, não esperava maiores dificuldades, mas estava disposto a fazer as coisas com calma. Afinal, era um bom partido; não pretendia passar pela humilhação de uma recusa. Mas a tarefa, empreendida sem entusiasmo, revelara-se inesperadamente rápida e direta. Em apenas dois meses de jantares e eventuais pernoites num hotelzinho discreto no campo, ele se convencera de que Sydney Bellinger seria uma escolha apropriada, visão que ela deixara bem claro que também adotava. A moça já conquistara renome como eminente jornalista política; a confusão gerada de vez em quando por seu prenome ambivalente até que tivera suas vantagens. E se sua beleza histriônica resultava mais de dinheiro, maquiagem exímia e gosto impecável para roupas do que propriamente da natureza, mais do que isso ele não desejava. Certamente não amor romântico. E, embora mantivesse rígido controle sobre seu apetite sexual para não ser dominado por ele, as noites que passavam juntos lhe proporcionavam todo o prazer que poderia esperar receber de uma mulher. Era ela quem comandava, ele quem aquiescia. Ele imaginou que para ela o relacionamento oferecia idênticas vantagens, e isso lhe pareceu razoável; os casamentos mais bem-sucedidos sempre se baseavam na convicção dos dois parceiros de terem obtido uma situação desejável.

Podia ter durado até hoje — embora ele jamais tivesse contado com a permanência —, não fosse o nascimento de Miranda. Nesse ponto ele concordava que a responsabilidade fora principalmente dele. Aos trinta e seis anos, e pela primeira vez, detectara em si um desejo irracional: a vontade de ter um filho, ou mesmo uma filha, a aceitação de que, para um ateu convicto, isso deveria pelo menos trazer a esperança de uma imortalidade vicária. A paternidade era, afinal de contas, um dos absolutos da existência humana. Não tivera o menor controle sobre o próprio nascimento, a morte era inevitável e provavelmente seria tão incômoda quanto o nascimento, mantinha o sexo mais ou menos sob controle. Restava a paternidade. Não vivenciar esse tributo universal ao otimismo humano era, para um escritor, deixar uma lacuna de experiência que poderia limitar as possibilidades de seu talento. O nascimento fora um desastre. Mesmo com a clínica onerosa, o parto fora prolongado e malfeito, o recurso final ao fórceps terrivelmente doloroso, a anestesia menos eficiente do que Sydney esperava. A ternura visceral, que se manifestara debilmente em sua primeira visão da nudez viscosa e ensangüentada da filha, fenecera depressa. Duvidava que Sydney tivesse chegado a senti-la. Talvez o fato de o bebê ser levado de imediato para a UTI não tivesse ajudado muito.

Em uma visita a Sydney, perguntara: "Você não quer segurar o bebê?".

Sydney, agitada, remexia a cabeça sobre o travesseiro. "Pelo amor de Deus, me deixe descansar! Acho que essa criança não está com vontade de ser chacoalhada de um lado para o outro, se estiver se sentindo tão mal quanto eu."

"Que nome você quer dar a ela?" Ainda não haviam discutido o assunto.

"Pensei em Miranda. Parece um milagre ela ter sobrevivido. É um milagre eu ter sobevivido. Volte amanhã, está bem? Agora preciso dormir. E avise aí que não quero saber de visita. Se você está querendo álbum de família, esposa sentadinha na cama corada de triunfo maternal segurando um bebê apresentável, tire isso da cabeça. E fique sabendo que para mim chega desse negócio brutal."

Sydney fora uma mãe extremamente ausente; mais afetuosa do que ele teria imaginado pela amostra na clínica, mas sempre viajando. Ele estava bem de dinheiro; juntando o que os dois ganhavam dava para pagar uma enfermeira, uma governanta e uma faxineira. O escritório de Oliver, no alto da casa, era território proibido para a criança, mas quando ele descia ela o seguia por todos os cantos, como um bichinho de estimação; introvertida e falando pouco, aparentemente satisfeita. Mas aquilo não podia durar.

Quando Miranda estava com quatro anos, Sydney, em uma de suas passagens pela casa, dissera: "Não podemos continuar assim. Ela precisa da companhia de outras crianças. Algumas escolas aceitam até crianças de três anos. Vou pedir a Judith que investigue".

Judith era a secretária dela, mulher de eficiência fantástica. No caso, mais do que eficiente, ela fora surpreendentemente sensível. Coletou brochuras, fez visitas, foi atrás de referências. No fim conseguiu reunir marido e mulher e, de pasta na mão, fez seu relatório. "High Trees, perto de Chichester, parece ser a melhor. É uma casa agradável, com um jardim muito grande, não tão longe do mar. As crianças pareciam felizes enquanto eu estava lá; visitei a cozinha e mais tarde fiz uma refeição com as crianças menores naquilo que chamam de 'ala do maternal'. Muitas das crianças têm pais que trabalham no exterior, e a diretora parece mais preocupada com a saúde e a felicidade geral do que com resultados acadêmicos. Talvez isso não conte tanto, vocês disseram que Miranda parece não se destacar, do ponto de vista acadêmico. Acho que ela seria feliz lá. Posso organizar uma visita, se vocês quiserem conhecer a diretora e dar uma olhada na escola."

Mais tarde, Sydney dissera: "Posso me organizar para ir na próxima quarta-feira à tarde, e acho melhor você ir junto. Acho que vai ficar esquisito se as pessoas souberem que a gente despachou a garota para a escola e que só um dos dois se deu ao trabalho de ir até lá conferir".

E assim os dois foram juntos — tão distantes, tão estranhos um ao outro que mais pareciam inspetores escolares. Sydney desempenhou o papel de mãe zelosa com brilhantismo. A análise que fez das necessidades da filha e da expectativa que tinham em relação a ela foi impressionante. Ele mal podia esperar o momento de estar de volta no escritório para colocar tudo no papel. Mas as crianças de fato pareciam desinibidamente felizes, e uma semana depois Miranda foi mandada para lá. A escola aceitava alunos mesmo fora do período letivo e, nas poucas vezes em que foi conveniente que Miranda passasse parte das férias em casa, a menina parecia sentir saudades de High Trees. Depois de High Trees veio um internato que proporcionava uma educação razoavelmente sólida, com o tipo de atenção quase maternal que Sydney julgava desejável. As aulas não tinham ultrapassado alguns exames do nível secundário, mas Oliver concluiu que Miranda dificilmente se qualificaria para entrar em alguma faculdade renomada, como Cheltenham Ladies' College ou St. Paul's.

Miranda estava com dezesseis anos quando ele e Sydney se divorciaram. Ele ficou surpreso com a paixão com que Sydney enumerou seus defeitos.

"Você é realmente um homem lamentável, egoísta, grosseiro, patético. Será que não percebe a que ponto suga a vida das outras pessoas, o quanto as usa? Por que quis estar presente quando Miranda nasceu? Sangue e desordem não são exatamente do seu agrado, não é mesmo? E não era por minha causa que você estava lá. Se sentia alguma coisa por mim, era aversão física. Achou que gostaria de escrever sobre o nascimento e escreveu sobre o nascimento. Você precisa estar presente, não é? Precisa escutar, olhar e observar. Só quando obtém corretamente os detalhes físicos é que consegue produzir todo o insight psicológico, todo aquele sentimento humano. O que foi mesmo que escreveu aquele crítico do *Guardian*? Nunca teremos nada tão próximo de um moderno Henry James! De fato, você tem o dom da palavra, não é? Nesse ponto concordo. Bem, mas tenho minhas próprias palavras. Não preciso do seu talento, nem da sua reputação, nem do seu dinheiro, nem da sua ocasional atenção na cama. Podemos muito bem ter um divórcio civilizado. Não gosto de propalar meus fracassos. Este emprego em Washington facilita as coisas. Vou ficar presa aqui pelos próximos três anos."

Ele dissera: "E Miranda? Ela parece ansiosa para sair do internato".

"Você é que está dizendo. A garota quase não se comunica comigo. Quando ela era pequena se comunicava, mas agora não mais. Só Deus sabe o que você vai fazer com ela. Até onde posso ver, ela não se interessa por nada."

"Acho que ela se interessa por pássaros; pelo menos recorta fotos de aves e cola naquele quadro, no quarto dela."

Ele sentira um grande frêmito de autocongratulação. Percebera alguma coisa sobre Miranda que Sydney não sabia. Suas palavras eram uma afirmação de paternidade responsável.

"Pois bem, ela não encontrará muitos pássaros em Washington. Melhor que fique por aqui. Afinal, o que eu ia fazer com ela?"

"E eu, o que vou fazer? É melhor ela ficar com a mãe."

Ao ouvir isso, Sydney rira. "Ora, francamente, arranje outra desculpa! Ela que cuide da casa para você! Vocês podem passar férias naquela ilha onde você nasceu. Deve haver uma quantidade suficiente de pássaros lá para que ela fique feliz. E você economiza o salário da governanta."

Ele economizara o salário, e de fato havia pássaros em Combe, embora a Miranda adulta mostrasse menos entusiasmo pela observação de pássaros que a Miranda criança. A escola pelo menos a ensinara a cozinhar. Ela saíra de lá aos dezesseis anos com essa única qualificação e um histórico acadêmico medíocre, e durante os últimos dezesseis anos havia vivido e viajado com ele como sua governanta, serenamente eficiente, sem queixas, aparentemente feliz. Ele nunca considerara necessário consultá-la quanto às migrações trimestrais e quase cerimoniais que faziam da casa de Chelsea a Combe: para ele, seria tão inadequado quanto consultar Tremlett. Para ele, era óbvio que os dois eram apêndices dóceis de seu talento. Se interpelado — o que ele nunca era, nem mesmo pelos inconvenientes apelos internos que sabia que os outros poderiam chamar de consciência —, já tinha uma resposta na ponta da língua: os dois haviam escolhido um estilo de vida, ganhavam salários adequados, eram bem nutridos e abrigados. Em suas viagens internacionais, acompanhavam-no em grande estilo. Nenhum dos dois parecia querer coisa melhor ou possuía qualificações para tal.

O que o surpreendera em sua primeira volta a Combe, sete anos antes, fora a alegria repentina e eufórica que o tomara ao desembarcar da lancha. Incorporara aquela euforia com a imaginação romântica de um menino: o conquistador triunfante que toma posse de seu território duramente conquistado, o explorador que finalmente descobre a praia encantada. E naquela noite, em pé junto ao chalé Peregrino, contemplando o litoral distante da Cornualha, teve certeza de que tivera razão ao voltar. Ali, naquela paz cingida pelo oceano, o avanço inexorável da decadência física poderia ser retardado, ali suas palavras voltariam.

Mas ele também sabia, desde a primeira vez em que voltara a vê-lo, que precisava ter o chalé Atlântico. Ali, naquele chalé de pedra que parecia ter brotado do perigoso penhasco logo abaixo, ele nascera — e ali morreria. Essa necessidade avassaladora era reforçada por considerações de espaço e conveniência, mas havia algo mais elementar, algo em seu sangue, que respondia ao latejo rítmico e constante do oceano. Seu avô fora marujo e morrera no mar. Seu pai fora barqueiro nos velhos tempos de Combe e os dois haviam vivido juntos no chalé Atlântico até Oliver completar dezesseis anos e finalmente ter condições de escapar das fúrias alcoólicas do pai, que se alternavam com momentos de afeição lacrimosa, e partir sozinho para tornar-se escritor. Ao longo daqueles anos de dificuldades, viagens e solidão, sempre que pensava em Combe era como um lugar de emoções violentas, de perigo, uma ilha para não se visitar, uma vez que ali estavam os traumas esquecidos do passado. Andando pelo penhasco em direção ao ancoradouro, pensou em como era estranho regressar a Combe com aquela certeza de estar voltando para casa.

3

Passava um pouco das três e, em seu escritório no segundo andar da torre central da casa de Combe, Rupert Maycroft trabalhava elaborando estimativas para o próximo ano fiscal. Numa mesa similar posicionada contra a parede do outro lado da sala, Adrian Boyde verificava em silêncio as contas do trimestre fechado em 13 de setembro. Nenhum dos dois se dedicava a sua tarefa favorita e ambos trabalhavam sem ruído, sossego somente interrompido pelo barulho do papel. Em sua cadeira, Maycroft alongou as costas e pousou os olhos no cenário oferecido pela ampla janela em curva. A temperatura amena, incongruente com a estação, se mantinha. Havia apenas uma leve brisa, e o mar, encrespado, estendia-se tão profundamente azul quanto num dia claro de verão, sob um céu quase sem nuvens. À direita, numa escarpa de rocha, erguia-se o velho farol com suas paredes brancas cintilantes encimadas pela lanterna vermelha que confinava a luz hoje extinta, um elegante símbolo fálico do passado, restaurado amorosamente, mas redundante. Às vezes ele achava aquele simbolismo perturbador. À esquerda avistava os braços em curva da entrada do ancoradouro e as colunas miradas das luzes do cais. Aquela vista e aquele aposento haviam determinado sua decisão de vir para Combe.

Mesmo agora, dezoito meses depois, às vezes ele ainda se surpreendia com o fato de estar na ilha. Tinha só cinqüenta e oito anos, gozava de boa saúde, e sua mente, salvo engano, funcionava bem. Mesmo assim, se aposentara precocemente de seu trabalho como advogado de província e ficara feliz com isso. A decisão fora precipitada pela morte de sua mulher, dois anos antes. O desastre de automóvel fora brutalmente inesperado, como sempre são os acidentes fatais, mesmo quando previstos e tema de repetidos alertas. Ela saíra de Warnborough rumo à cidadezinha próxima para participar de uma reunião do clube do livro e dirigia muito depressa numa estrada estreita que, por infelicidade, se tornara perigosamente familiar para ela. Ao fazer uma curva em alta velocidade em seu Mercedes, colidira de frente com um trator. Nas semanas subseqüentes ao acidente, a dor aguda fora amortecida pelas formalidades inerentes ao luto: o inquérito, o funeral, os votos de pêsames, aparentemente intermináveis, a visita prolongada do filho e da nora, que tratavam de definir as disposições para seu futuro conforto doméstico — agindo, às vezes, como se ele não estivesse presente. E quando, cerca de dois meses depois, a dor inesperadamente o dominara, ele se surpreendera tanto com a força como com o inesperado do sentimento, composto de remorso, culpa e uma saudade difusa, desfocada. O Conselho Administrativo de Combe Island estava entre os clientes de sua firma. Os fundadores originais haviam considerado Londres o âmago sombrio de maquinações dúplices e ardilosas visando iludir provincianos ingênuos e haviam preferido um escritório de advocacia local e com longa tradição. A firma representava os interesses do Conselho até hoje, e quando alguém sugeriu que ele ocupasse temporariamente o posto em Combe para cobrir o vácuo entre a aposentadoria do secretário executivo residente e a nomeação de seu sucessor, ele aproveitara a oportunidade para se afastar da advocacia. A aposentadoria oficial tornara o afastamento definitivo. Dois meses depois de sua indicação para o posto em Combe, fora informado de que o emprego era seu, se assim o desejasse.

Ficara feliz com a mudança. As anfitriãs de Warnborough, quase todas ex-amigas de Helen, suavizavam o leve tédio de sua domesticidade provinciana com a euforia da intenção beneficente. Em pensamentos, ele parafraseava Jane Austen: *Um viúvo que possua casa e rendimento confortável deve estar precisando de uma esposa.* A intenção era boa, mas desde a morte de Helen ele se sentia sufocado pelas gentilezas. Começara a temer os habituais convites semanais para almoços ou jantares. Será que havia mesmo abandonado seu emprego e vindo para esta ilha distante apenas para escapar dos galanteios inoportunos das viúvas locais? Nos períodos de introspecção, como o de agora, admitia que talvez fosse esse o motivo de sua decisão. As potenciais sucessoras de Helen pareciam-se tanto entre si que ficava difícil distingui-las umas das outras: tinham a idade dele ou eram um pouco mais novas, com feições agradáveis (algumas delas eram realmente bonitas), gentis, bem vestidas e bem cuidadas. Eram solitárias e acreditavam que ele também se sentisse assim. A cada jantar, temia esquecer algum nome, repetir as mesmas perguntas insípidas sobre filhos, férias ou passatempos já formuladas antes, sempre com o mesmo interesse fingido. Podia imaginar os telefonemas ansiosos da última anfitriã depois de um lapso cuidadosamente calculado: *Como foram as coisas com o Rupert Maycroft? Ele parecia estar gostando de conversar com você. Já telefonou?* Não, ele não telefonara, mas sabia que algum dia, num momento de surdo desespero, solidão ou fraqueza, haveria de fazê-lo.

Sua decisão de desistir da sociedade no escritório de advocacia e mudar-se — de início, temporariamente — para Combe Island fora recebida com as previsíveis expressões públicas de pesar. Os outros haviam dito que sentiriam muito sua falta, falaram do enorme apreço que sentiam por ele, mas era impossível não perceber que ninguém tentara dissuadi-lo. Ele se consolou com o pensamento de que havia sido respeitado — talvez até mesmo um pouco amado por seus clientes de longa data, quase todos herdados do pai. Para eles, era a epítome do advogado de família tradicional, do amigo confiável, depositário de segredos, protetor e conselheiro. Redigira seus testamentos, ocupara-se com eficiência de suas transações imobiliárias, representara-os perante os magistrados locais, todos eles conhecidos seus, sempre que cometiam algum pequeno delito, em geral estacionamento em local proibido ou excesso de velocidade. O caso mais grave de que tinha lembrança era o furto cometido numa loja local pela esposa de um clérigo, escândalo que alimentara deliciosas fofocas na cidade durante várias semanas. Ele apelara para circunstâncias paliativas e o caso fora tratado com delicadeza; mediante a apresentação de laudos médicos, o episódio se encerrara com o pagamento de uma pequena multa. Seus clientes sentiriam sua falta, iriam lembrar-se dele com afetuosa nostalgia, mas não por muito tempo. A firma de Maycroft, Forbes e Macintosh iria crescer, novos sócios seriam recrutados, novas instalações seriam montadas. O jovem Macintosh, que deveria obter suas credenciais no ano seguinte, já expusera seus planos. Seu próprio filho, o único que ele e Helen haviam tido, sem dúvida os apoiaria. O filho estava trabalhando em Londres, na City, num escritório com mais de quarenta advogados, alto nível de especialização, clientela bem posicionada e ampla inserção na mídia nacional.

  Fazia um ano e meio que estava em Combe. Paradoxalmente, agora que havia rompido com as rotinas tranqüilizadoras que o sustentavam e que fortaleciam seu eu íntimo, sentia-se mais sereno e mais inclinado a questionamentos pessoais. No início a ilha o deixara confuso. Como toda beleza, ela o aplacava e perturbava ao mesmo tempo. Tinha uma capacidade extraordinária de provocar a introspecção, nem sempre melancólica, mas em geral suficientemente indagadora para produzir desconforto. Quão previsíveis e resguardados tinham sido seus cinqüenta e oito anos de vida, a infância superprotegida, a escola preparatória cuidadosamente escolhida, os estudos até os dezoito anos numa escola pública pouco conhecida mas respeitada, e a faculdade, como seria de se esperar, em Oxford!

Ele decidira abraçar a profissão do pai, não porque ela o entusiasmasse e nem mesmo — hoje ele percebia — como resultado de uma opção consciente, mas devido a um vago respeito filial e ao conhecimento de que havia um emprego garantido esperando por ele. Seu casamento fora menos um caso de paixão que uma escolha entre as garotas adequadas disponíveis no Clube de Tênis de Warnborough e nos clubes de artes dramáticas locais. Jamais tomara uma decisão realmente difícil, jamais fora torturado por uma opção complexa, jamais se envolvera com esportes perigosos ou realizara algum feito que ultrapassasse as conquistas de sua carreira. Seria — ponderava ele — porque era filho único, mimado e superprotegido? De sua infância, as palavras que evocava mais freqüentemente eram de sua mãe: "Não mexa aí, querido, é perigoso", "Saia daí, querido, você pode cair", "Acho melhor esquecer essa garota, querido, ela não é bem seu tipo".

Achava que aquele ano e meio em Combe fora razoavelmente bem-sucedido; ninguém dissera o contrário. Mas reconhecia que havia cometido dois enganos, ambos novas contratações, ambos decorrentes de más indicações. Daniel Padgett e a mãe haviam chegado à ilha no fim de junho de 2003. Padgett lhe escrevera, embora não o conhecesse pelo nome, indagando se havia vagas para uma cozinheira e um ajudante geral. O ajudante geral da época estava prestes a se aposentar, e a carta, bem escrita, convincente e acompanhada de referências, parecera oportuna. Não havia necessidade de cozinheira, mas a sra. Plunkett dera a entender que um reforço no plantel seria bem-vindo. Fora um erro. A sra. Padgett já era uma mulher muito doente, com apenas alguns meses de vida, meses esses que aparentemente decidira passar em Combe Island — que, quando criança, costumava contemplar da praia quando visitava Pentworthy e que, em sua imaginação, se tornara uma espécie de Xangri-lá. Padgett, auxiliado por Joanna Staveley e ocasionalmente pela sra. Burbridge, a governanta, passava quase todo o tempo cuidando da mãe. A sra. Staveley e a sra. Burbridge jamais haviam reclamado, mas Maycroft sabia que elas estavam arcando com a loucura dele. Dan Padgett era um excelente ajudante geral, mas conseguira deixar claro, mesmo sem ser explícito, que não gostava de morar na ilha. Maycroft entreouvira a sra. Burbridge dizer à sra. Plunkett: "Claro, ele nunca viveu numa ilha... e, agora que a mãe se foi, acho que não fica aqui por muito tempo". *Nunca viveu numa ilha*, em Combe, era uma censura e tanto.

E havia ainda Millie Tranter, de dezoito anos. Ele a contratara porque Jago, o barqueiro, encontrara-a desabrigada e pedindo esmolas em Pentworthy e telefonara para ele perguntando se podia levá-la para a ilha até ela se organizar. Aparentemente, as únicas opções eram essas: deixá-la à mercê do primeiro predador masculino que aparecesse, ou entregá-la à polícia. Millie chegara e recebera um quarto no antigo estábulo, juntamente com as funções de auxiliar a sra. Burbridge na rouparia e a sra. Plunkett na cozinha. Essa parte, pelo menos, estava correndo bem, mas Millie e seu futuro continuavam sendo uma incógnita mortificante. Não era mais permitida a entrada de crianças na ilha, e Millie, embora adulta do ponto de vista legal, era imprevisível e teimosa como uma criança. Não poderia permanecer indefinidamente em Combe.

Maycroft olhou para seu colega do outro lado do aposento, para o rosto comprido e sensível, para a pele muito branca que parecia impermeável ao sol e ao vento, para a mecha de cabelo escuro caída sobre a testa. Era o rosto de um erudito. Boyde chegara à ilha alguns meses antes de Maycroft, também ele um fugitivo da vida. Boyde viera para Combe Island graças aos auspícios da sra. Evelyn Burbridge, que, em sua qualidade de viúva de clérigo, mantinha certos vínculos com o mundo eclesiástico. Ele jamais interrogara nenhum dos dois diretamente, mas sabia, como supunha que metade da ilha também soubesse, que Boyde, um pastor anglicano, abandonara seu apostolado fosse por ter perdido a fé, fosse devido ao alcoolismo — ou quem sabe por uma combinação das duas coisas. Maycroft sentia-se incapaz de compreender ambas as possibilidades. Para ele, o vinho sempre fora fonte de prazer, não uma necessidade, e o hábito que cultivava com Helen, de freqüentar a igreja aos domingos, era a afirmação semanal de seu caráter anglicano e de um comportamento adequado — obrigação razoavelmente agradável e despojada de fervor religioso. Seus pais viam o entusiasmo religioso com desconfiança, e todas as ousadas inovações eclesiásticas que ameaçassem sua confortável ortodoxia recebiam da mãe o mesmo comentário: "Somos anglicanos, querido, não fazemos esse tipo de coisa". Ele achava esquisito o fato de Boyde ter de se demitir em decorrência de dúvidas recentes em relação ao dogma; a julgar pelos discursos públicos de alguns bispos, a perda da fé no dogma pelos pastores anglicanos era um risco ocupacional. Pior para a igreja, melhor para ele. Hoje, Maycroft seria incapaz de imaginar seu trabalho em Combe sem Adrian Boyde na outra escrivaninha.

Constrangido, deu-se conta de que devia estar olhando pela janela havia mais de cinco minutos. Determinado, voltou a atenção e a cabeça para o trabalho à sua frente. Mas suas boas intenções se frustraram. Depois de uma pancada na porta, Millie Tranter invadiu o aposento. Ela raramente vinha ao escritório, mas sempre chegava da mesma maneira, parecendo materializar-se do lado de dentro antes que os ouvidos de Maycroft tivessem tempo de ouvi-la bater.

Sem procurar esconder a agitação, Millie falou: "Está a maior confusão lá no porto, senhor Maycroft. O senhor Oliver falou para o senhor ir até lá agora mesmo. Ele está louco da vida! Parece que é porque Dan deixou as amostras de sangue dele caírem no mar".

Millie parecia insensível ao frio. No momento estava celebrando o calor do dia usando um jeans de cintura baixa cheio de fivelas e uma camiseta curta que mal cobria seus seios de criança. A cintura estava descoberta e o umbigo ostentava um piercing dourado. Maycroft pensou que talvez fosse melhor ter uma conversa com a sra. Burbridge sobre as roupas de Millie. Teoricamente os hóspedes não teriam oportunidade de privar com ela, vestida ou despida, mas ele não acreditava que seu predecessor teria tolerado a visão da barriga nua de Millie.

Ele disse, então: "O que você estava fazendo no ancoradouro, Millie? Não devia estar ajudando a senhora Burbridge com as roupas?".

"Já acabei, né? Ela falou que eu podia cair fora. Fui ajudar o Jago a descarregar."

"Jago é perfeitamente capaz de descarregar sozinho. Acho melhor você voltar para a rouparia, Millie. Deve haver algo de útil para você fazer."

Millie fez uma pantomima de olhar para cima com impaciência, mas saiu sem discutir. Maycroft desabafou: "Por que eu sempre falo com essa menina em tom professoral? Será que a entenderia melhor se tivesse tido uma filha? Você acha que há alguma possibilidade de ela ser feliz aqui?".

Boyde ergueu os olhos e sorriu. "Se eu fosse você, não me preocupava, Rupert. A senhora Burbridge acha que ela é útil, e as duas se dão bem. É um prazer ter jovens por perto. Quando Millie enjoar de Combe, irá embora."

"Eu acho que ela fica por causa do Jago. Ela não sai do chalé do Ancoradouro. Espero que não crie complicações por lá. Jago é realmente indispensável."

"Eu acho que Jago sabe como lidar com uma paixão adolescente. Se você está preocupado com a possibilidade de encrenca, no caso de Jago seduzir a garota — ou ela a ele, o que parece mais provável —, pode parar de se preocupar. Não vai acontecer."

"Não?"

Adrian Boyde disse gentilmente: "Não, Rupert. Não vai".

"Ah, bom. Imagino que isso seja um alívio. Acho que

eu não estava realmente preocupado. O que eu não sabia era se Jago teria tempo ou energia para isso. Mas a maioria das pessoas encontra tempo e energia para dedicar ao sexo."

"Você quer que eu desça até o ancoradouro?", perguntou Adrian.

"Não, não. É melhor eu ir."

Boyde era a pessoa menos indicada para enfrentar Oliver. Por um segundo, Maycroft ficou irritado com o fato de que a sugestão fora feita.

A caminhada até o ancoradouro era um de seus passeios favoritos. Geralmente era com ânimo inspirado que ele cruzava o pátio diante da casa e enveredava pela trilha estreita e coberta de cascalho que levava aos degraus que desciam pela encosta até o cais. Agora o ancoradouro estava diante dele, lá embaixo, como uma estampa colorida de livro de histórias: as duas torres mirradas com luzes no topo ladeando a passagem estreita, o gracioso chalé de Jago Tamlyn com a fileira de grandes vasos de argila em que ele plantava gerânios no verão, os rolos de cordas e as impecáveis estacas de amarração, as águas internas tranqüilas e, para lá da entrada do porto, o mar encapelado e o contrafluxo distante da corrente. Às vezes, na hora da atracagem, ele se levantava da escrivaninha e descia até o ancoradouro para assistir em silêncio à chegada da lancha, com o prazer atávico dos ilhéus esperando através das idades a chegada de um navio longamente aguardado. Mas agora ele vencia devagar os últimos degraus, ciente de que sua aproximação era observada.

No cais estava Oliver, rígido de fúria. Sem prestar atenção nele, Jago descarregava a lancha. Padgett, rosto tomado de uma palidez cinzenta, estava encostado na parede da cabine como se estivesse diante de um pelotão de fuzilamento.

"Alguma coisa errada?", indagou Maycroft.

Pergunta estúpida. O silêncio peremptório e a face lívida de Oliver apontavam para um delito bem mais do que insignificante cometido por Padgett.

Oliver disse: "Pois então, algum de vocês conte a ele! Não fiquem aí parados, digam o que houve".

Jago falou, com voz inexpressiva. "Os livros que a senhora Burbridge tomou emprestados da biblioteca, mais alguns sapatos e bolsas que eram da senhora Padgett e que Dan estava levando para doar a uma organização beneficente, e mais a amostra de sangue do senhor Oliver caíram no mar."

A voz de Oliver, embora controlada, estava trepidante de indignação. "Repare na ordem: primeiro vêm os livros da senhora Burbridge — obviamente uma perda irreparável para a biblioteca pública local. Depois, algum pobre aposentado que passar no bazar beneficente em busca de um par de sapatos barato vai se desapontar. E o fato de eu ser obrigado a tirar outra amostra de sangue não tem a menor importância, diante dessas duas grandes catástrofes!"

Jago abriu a boca para falar, mas Oliver apontou para Padgett. "Ele que responda. Ele não é criança. A culpa foi dele."

Padgett tentou responder com dignidade. Disse: "O pacote com a amostra de sangue e as outras coisas estavam dentro de uma sacola de lona pendurada no meu ombro. Eu me debrucei na amurada para olhar a água e a sacola escorregou":

Maycroft virou-se para Jago. "Você não parou a lancha? Por que não puxou a sacola com um gancho?"

"Foram os sapatos, senhor Maycroft. Eles eram pesados e afundaram num instante. Dan gritou, avisando, mas não deu tempo."

"Quero falar com você, Maycroft. Imediatamente, por favor, em seu escritório", disse Oliver.

Maycroft virou-se para Padgett. "Conversamos mais tarde."

De novo aquele tom professoral. Quase acrescentou 'Não se preocupe muito com o assunto', mas sabia que o apoio implícito nessas palavras só faria aumentar a irritação de Oliver. O pânico no rosto de Padgett deixou-o preocupado. Certamente era desproporcional ao delito. Os livros da biblioteca seriam pagos; a perda dos sapatos e das bolsas não faria mais do que provocar um sentimento de tristeza — e isso no próprio Padgett. Talvez Oliver fosse um desses infelizes que têm pavor patológico de agulhas, mas, nesse caso, por que teria pedido para colher sua amostra de sangue na ilha? Provavelmente um hospital no continente teria simplesmente picado seu polegar, que era o método mais moderno de realizar o exame. Esse pensamento evocou a lembrança dos exames de sangue que sua mulher tivera de fazer uns quatro anos antes, ao ser tratada de uma trombose surgida depois de uma viagem aérea prolongada. Essa lembrança, num momento tão incongruente, só piorou as coisas. Diante do semblante lívido e duro de Oliver, em que os ossos salientes davam a impressão de ter virado pedra, a imagem dele e da mulher sentados juntos no ambulatório do hospital não fez mais que reforçar seu sentimento de inadequação. Helen teria dito: *Enfrente o homem. Você está no comando. Não permita que ele o intimide. Ele não está com nenhuma doença grave. Ninguém foi prejudicado. Colher uma nova amostra de sangue não vai matá-lo.* Então de onde tinha saído aquela convicção irracional de que, de alguma maneira, isso poderia ocorrer?

Os dois subiram em silêncio pela trilha que levava até a casa, Maycroft ajustando os passos ao ritmo dos de Oliver. Ele o vira pela última vez dois dias antes, por ocasião da tão esperada reunião em seu escritório para discutir a questão do chalé Atlântico. Agora, olhando de cima para a bela cabeça que mal lhe chegava ao ombro, para o vigoroso cabelo branco agitado pela brisa, Maycroft viu, com uma compaixão relutante, que mesmo naquele curto período de tempo Oliver parecia ter envelhecido visivelmente. Alguma coisa — seria a autoconfiança, a arrogância, o ânimo? — se esvaíra dele, que agora avançava com dificuldade pela trilha, a cabeça tão fotografada parecendo desproporcionalmente pesada para o corpo miúdo e debilitado. O que havia de errado com o homem? Ele tinha apenas sessenta e oito anos, pouco mais que a meia-idade pelos padrões modernos, mas parecia ter mais de oitenta.

No escritório, Boyde levantou-se e, obedecendo a um aceno de Maycroft, retirou-se sem fazer ruído. Oliver recusou a cadeira que lhe foi oferecida e, segurando-se firmemente no seu encosto, encarou Maycroft do outro lado da escrivaninha. Sua voz estava controlada, as palavras foram pronunciadas com serenidade.

"Tenho apenas duas coisas a dizer e serei breve. Em meu testamento, dividi o que o Tesouro teve a bondade de me permitir reter entre minha filha e o Fundo Fiduciário de Combe Island, em partes iguais. Não tenho outros dependentes, não participo de nenhum fundo caritativo e tampouco alimento o desejo de aliviar o Estado de suas obrigações para com os menos afortunados. Nasci nesta ilha e acredito no que ela proporciona — ou costumava proporcionar. A menos que receba a garantia de que serei bem-vindo sempre que quiser vir para cá, e de que poderei usufruir das acomodações de que necessito para meu trabalho, modificarei meu testamento."

Maycroft perguntou: "Essa não é uma reação muito drástica a um episódio claramente acidental?".

"Não foi um acidente. Ele fez de propósito."

"Claro que não. Por que faria isso? Ele foi descuidado e tolo, mas não fez por querer."

"Posso lhe garantir que foi por querer. Padgett jamais deveria ter recebido permissão para vir para cá com a mãe. Era evidente que ela estava à beira da morte quando eles vieram; ele deu informações erradas sobre a saúde dela e sobre sua capacitação profissional. Mas não estou aqui para discutir Padgett ou para lhe dizer como fazer seu trabalho. Já disse o que tinha a dizer. A menos que as coisas mudem por aqui, meu testamento será alterado assim que eu voltar para o continente."

Falando com cautela, Maycroft disse: "Claro, essa é uma decisão sua. Só posso dizer que sinto muito se você acha que o decepcionamos. Você pode vir sempre que quiser: isso está bem claro no regulamento do Fundo. Todos os nascidos na ilha têm esse direito e, que eu saiba, você é a única pessoa viva a quem isso se aplica. Emily Holcombe tem direito moral a usar o chalé Atlântico. Se ela consentir em mudar-se, o chalé será seu".

"Sendo assim, sugiro que a informe quanto ao preço de sua teimosia."

Maycroft perguntou: "Mais alguma coisa?".

"Sim. Eu lhe disse que queria dizer duas coisas. A segunda é que pretendo fixar residência em Combe assim que as providências necessárias forem tomadas. Naturalmente, exigirei acomodações adequadas. Enquanto aguardo uma decisão sobre o chalé Atlântico, sugiro que se façam obras no chalé Peregrino para que ele fique aceitável, pelo menos temporariamente."

Maycroft esperava ardentemente que sua fisionomia não traísse a consternação que o invadiu. Disse: "Claro, transmitirei o conteúdo de nossa conversa ao Conselho Administrativo do Fundo. Será preciso estudar o regimento. Não sei se é possível haver moradores permanentes além dos que trabalham aqui. Emily Holcombe, naturalmente, está prevista no regimento".

Oliver replicou: "O regimento diz que todos os indivíduos nascidos na ilha têm admissão garantida. Eu nasci em Combe. Não há limitação quanto ao período de permanência. Penso que você irá constatar que o que proponho é legalmente possível, sem necessidade de alterar os termos do regimento".

Sem dizer mais nada, deu meia-volta e se foi. Fitando a porta que ele fechara com força, quase batendo, Maycroft afundou na cadeira tomado por uma onda de depressão que lhe pesou fisicamente sobre os ombros. Aquilo era uma catástrofe. Será que o emprego que aceitara como opção temporária descomplicada, como intervalo tranqüilo para acostumar-se à perda de Helen, avaliar seu passado e decidir sobre seu futuro iria acabar em fracasso e humilhação? Os membros do Conselho Administrativo sabiam que Oliver sempre fora difícil, mas seu predecessor conseguia lidar com ele.

Não ouviu Emily Holcombe bater à porta, mas de repente ela estava cruzando o aposento em sua direção. E lhe disse: "Estive conversando com a senhora Burbridge na cozinha. Millie está matraqueando sobre um problema ocorrido lá embaixo, no ancoradouro. Pelo que entendi, Dan deixou a amostra de sangue de Oliver cair na água".

Maycroft respondeu: "Oliver esteve aqui reclamando. Ele reagiu muito mal. Tentei explicar que tinha sido um acidente". Sabia que a consternação e — sim — o fracasso estavam escritos em seu semblante.

Ela disse: "Estranho tipo de acidente. Suponho que seja possível refazer o exame. Deve restar algum sangue naquelas veias rancorosas. Será que você não está levando esse episódio muito a sério, Rupert?".

"Isso não é tudo. Estamos com um problema. Oliver está ameaçando retirar o Fundo de seu testamento."

"Seria uma inconveniência, mas não um desastre. Não estamos à beira da falência."

"Ele fez outra ameaça. Quer morar aqui permanentemente."

"Mas ele não pode. Trata-se de um projeto impossível."

Profundamente infeliz, Maycroft falou: "Talvez não seja impossível. Tenho de examinar o regimento. Talvez não tenhamos amparo legal para recusar-lhe entrada".

Emily Holcombe foi em direção à porta, depois se voltou para encará-lo: "Legal ou ilegalmente, ele não virá. Se ninguém mais tem coragem para impedir que ele venha, eu tenho".

4

O local que Miranda Oliver e Dennis Tremlett haviam descoberto lhes parecera propício e inesperado como um pequeno milagre: uma depressão relvada na parte baixa do penhasco, uns cem metros ao sul de uma antiga capela de pedra e a menos de três metros de um paredão de doze metros sobre uma pequena enseada de mar turbulento. A depressão, com altas rochas de granito dos dois lados, só era acessível a quem descesse e escorregasse pela encosta íngreme juncada de pedras e coberta por uma vegetação densa. A descida não era particularmente difícil, mesmo para Dennis, com sua perna defeituosa: bastava pendurar-se nos ramos, convenientemente disponíveis em todo o percurso. Mas era improvável que o local atraísse alguém que não estivesse em busca de um refúgio secreto, e para avistá-lo seria preciso debruçar-se sobre a borda protuberante e farelenta do penhasco. Miranda descartara alegremente essa possibilidade: inebriada pelo desejo, pela excitação e pelo otimismo da esperança, deixara de lado as contingências improváveis e os medos espúrios. Dennis tentara imbuir-se da mesma confiança, forçando-se a incutir na voz o entusiasmo que, sabia, ela esperava e precisava que ele sentisse. Para ela, a proximidade da perigosa borda do penhasco realçava a invulnerabilidade do esconderijo e conferia contundência erótica à sessão de amor dos dois.

Agora, deitados, estavam próximos fisicamente, mas distantes em pensamento, rostos voltados para a tranqüilidade azul do céu e para uma massa de nuvens brancas. O calor incomum do sol de outono aquecera as rochas que os cercavam, e ambos estavam nus da cintura para cima. Dennis vestira o jeans sem fechar o zíper, e a saia de veludo cotelê de Miranda se amontoava sobre suas coxas. O resto da roupa formava uma pilha a seu lado, com o binóculo jogado por cima. Dennis, satisfeitas as necessidades físicas mais urgentes, estava com todos os outros sentidos extaordinariamente aguçados. Seus ouvidos — como sempre quando estava na ilha — latejavam com uma cacofonia de sons: o estrondo do mar, as ondas batendo e espumando e, de vez em quando, o grito estridente de uma gaivota. Sentia o cheiro da relva pisada, o cheiro forte da terra, um cheiro tênue e não identificado, agridoce, das plantas de folhas bulbosas que se destacavam, muito verdes, sobre o cinza-prata do granito, o cheiro do mar e o aroma pungente da transpiração sobre os corpos quentes depois do sexo.

Ouviu Miranda soltar um pequeno suspiro de satisfação e felicidade. Foi tomado por uma onda de ternura e gratidão; virou o rosto para ela e contemplou seu perfil tranqüilo. Ela sempre tinha aquela expressão depois de fazerem amor, o sorriso secreto e complacente, o rosto liso, parecendo muito mais jovem, como se uma mão tivesse passado sobre sua pele removendo as linhas tênues da meia-idade incipiente. Em sua primeira vez juntos ela era virgem, mas não houvera nada de hesitante ou de passivo na cópula voraz dos dois. Ela se abrira para ele como se aquele momento pudesse compensar todos os anos mortos, e a realização sexual liberara nela mais que a realização da necessidade física semiconsciente de relacionar-se com um corpo cálido e receptivo, de receber amor. As horas roubadas não haviam servido apenas para acalmar o anseio premente por amor físico: os dois também as gastavam em conversas — às vezes inconseqüentes, mas em geral um despejar de ressentimentos e tristezas longamente reprimidos e represados.

Ele sabia, em parte, como fora a vida dela com o pai; fazia doze anos que a observava. Mas, se em algum momento sentira pena dela, essa fora apenas uma emoção passageira, desprovida de afeto. A eficiência ostensiva de Miranda, sua reserva, seu modo de tratá-lo — mais como um criado do que como o assistente pessoal do pai —, tornavam-na pouco atraente e intimidadora a seus olhos. Ele achava que a filha e o pai se mereciam. Oliver sempre fora um feitor exigente, sobretudo durante as turnês promocionais no exterior. Dennis não entendia por que ele se dava ao trabalho de fazê-las: comercialmente, eram desnecessárias. A explicação oficial de Oliver era que um escritor precisa entrar em contato com seu público, conversar com as pessoas que compram seus livros e os lêem, retribuir com o pequeno gesto de assinar os exemplares que lhe levavam. Dennis desconfiava que houvesse outras razões. As turnês teriam a função de satisfazer a uma necessidade de afirmação pública do respeito e mesmo da adoração que tantos milhares de pessoas sentiam pelo escritor.

Mas as turnês eram uma fonte de tensão, que se manifestava num desfiar de exigências e num estado de irritação que só a filha e Tremlett testemunhavam. Miranda passara a ser vista com hostilidade devido às críticas e solicitações constantes que o pai jamais manifestava diretamente. Ela inspecionava os quartos de hotel em que o instalavam, preparava seus banhos quando ele não entendia o complicado mecanismo que controlava a água quente e a água fria, o chuveiro e a banheira, cuidava para que não houvesse interferências com seu tempo livre, providenciava que lhe servissem sem demora as coisas que gostava de comer, mesmo nos horários mais inconvenientes. Ele tinha idiossincrasias. Miranda e a garota de RP que o acompanhava na turnê tinham de assegurar que os leitores que queriam cópias autografadas lhes fornecessem seus nomes escritos em letra de fôrma. Obrigava-se a agüentar longas sessões de autógrafos de bom humor, mas, uma vez que largava a caneta, não tolerava novos pedidos, fosse de funcionários da livraria ou de amigos. Diplomaticamente, Miranda recolhia os exemplares e os levava para o hotel, prometendo que estariam autografados na manhã seguinte. Tremlett sabia que ela era considerada um apêndice irritante à turnê, uma pessoa cuja eficiência peremptória contrastava com a boa vontade com que o pai famoso se dispunha a divulgar seu trabalho. Ele próprio sempre recebia quartos inferiores nos hotéis, mas as acomodações eram mais luxuosas do que todas as coisas a que estava acostumado, por isso nunca reclamava. Desconfiava que Miranda teria recebido o mesmo tratamento se seu sobrenome não fosse Oliver e se o pai não precisasse dela no quarto ao lado.

E, agora, deitado calmamente ao lado dela, ele relembrou o início do romance. Tinha sido num hotel em Los Angeles. O dia fora longo e estressante, e às onze e meia, quando ela finalmente conseguira acomodar o pai para a noite, Dennis a vira meio encostada à porta de seu quarto, de ombros caídos. Parecia incapaz de passar o cartão no leitor. Num impulso, ele o tirara da mão dela e abrira a porta. Percebeu que o rosto dela estava pálido de exaustão e que ela estava à beira das lágrimas. Instintivamente, envolvera-a com o braço e a ajudara a entrar. Ela se pendurara nele e, alguns minutos depois — ele já não sabia como acontecera —, seus lábios haviam se encontrado e os dois se beijavam apaixonadamente, entre murmúrios incoerentes de amor. Ele se perdera num labirinto de emoções, mas o despertar repentino do desejo fora mais forte e o trajeto na direção da cama parecera natural e inevitável, como se os dois sempre tivessem sido amantes. Miranda é que assumira o comando, ela é que gentilmente se desprendera de seu abraço e apanhara o telefone. Pedira champanhe para dois e ordenara "Traga imediatamente, por favor". Ela é que o instruíra a esperar no banheiro até o champanhe ser trazido, ela é que pendurara o aviso de "Não perturbe" do lado de fora da porta.

Nada disso importava, agora. Ela estava apaixonada. Ele a despertara para uma vida de que ela se apropriara com a determinação obstinada dos carentes, uma vida de que ela jamais abriria mão — ou seja, que jamais o deixaria partir. Mas ele não queria partir, pensou Dennis. Ele a amava. Se aquilo não fosse amor, como chamá-lo? Também ele fora despertado para sensações quase aterradoras em sua intensidade: o triunfo masculino da posse, gratidão por ser capaz de dar e receber tanto prazer, tanta ternura, tanta autoconfiança, o apaziguamento do temor de que nunca encontraria nada além de sexo solitário — de que isso era tudo o que era capaz de obter, tudo o que merecia.

Mas, agora que estava ali, na leve exaustão pós-coito, foi novamente tomado pela ansiedade. Medos, esperanças, planos pulavam em sua cabeça como bolinhas de loteria. Sabia o que Miranda desejava: casamento, um lar e filhos. Disse para si mesmo que também desejava essas coisas. Ela estava radiantemente otimista; para ele, tudo parecia um sonho distante, irrealizável. Quando os dois conversavam e ele ouvia os planos dela, tentava não destruí-los, mas não conseguia partilhá-los. Enquanto ela externava uma torrente de fantasias felizes, ele percebia com tristeza que ela jamais conhecera de fato o pai. Parecia estranho que ela, a filha de Oliver, que vivera com ele e viajara com ele pelo mundo todo, conhecesse menos a essência do homem do que Dennis, com doze anos de convivência. Ele sabia que era mal pago, explorado, que jamais era merecedor da confiança plena de Oliver, a não ser que trabalhassem num romance. Mas, por outro lado, recebera muita coisa: fora retirado do barulho, da violência, da humilhação do seu emprego de professor e, mais tarde, das incertezas e da má remuneração de seu trabalho como revisor freelancer; tinha a satisfação de participar, por pouco que fosse, mesmo sem o menor reconhecimento, do processo criativo; de ver uma massa de idéias incoerentes se aglutinarem e virarem um romance. Era um revisor meticuloso: cada pequena notação, cada acréscimo ou supressão eram um prazer físico. Oliver se recusava a ser revisado por seus editores, e Dennis sabia que seu valor ia muito além do trabalho de revisor. Oliver nunca o deixaria ir embora. Nunca.

Seria possível, ponderava, deixar as coisas como estavam? As horas roubadas que, com jeito, poderiam tornar mais freqüentes... A vida secreta que deixaria tudo mais tolerável... O frêmito do sexo intensificado por ser fruto proibido... Mas isso também era impossível. Considerar essa hipótese era uma traição ao amor e à confiança dela. De repente, lembrou-se de palavras havia muito esquecidas, versos de um poema — seria de Donne? *Quem pode estar mais seguro que nós, que ninguém/ Pode trair, a não ser nós mesmos?* Embora aquecido pelo corpo nu de Miranda, a traição deslizou como uma cobra para dentro de sua mente e lá ficou, enrodilhada, sonolenta, mas irremovível.

Ela ergueu a cabeça. Sabia um pouco do que ele estava pensando. O amor tinha isso de terrível: ele sentia que havia dado a ela a chave de sua mente e que ela podia visitá-la sempre que quisesse.

Ela disse: "Querido, vai dar tudo certo. Sei que você está preocupado. Não se preocupe. Não há motivo para isso". E repetiu, com uma firmeza próxima da obstinação: "Vai dar tudo certo".

"Mas ele precisa da gente. Depende de nós. Não vai deixar a gente ir embora. Não vai permitir que a nossa felicidade atrapalhe a vida dele, o jeito como ele vive, a maneira como trabalha, as coisas a que está acostumado. Sei que algumas pessoas não se importariam, mas com ele é diferente. Não pode mudar. Seria o fim dele, como escritor."

Miranda se ergueu sobre um cotovelo e olhou para Dennis: "Mas, querido, isso é ridículo. E mesmo que ele tivesse de desistir de escrever, seria mesmo tão horrível? Alguns críticos estão dizendo que ele já escreveu o que tinha de escrever. De todo modo, ele não precisa abrir mão de nós. Podemos morar no seu apartamento, pelo menos no início, e ir todos os dias para a casa dele. Vou achar uma governanta de confiança que durma na casa de Chelsea, assim ele não ficará sozinho à noite. Talvez seja até melhor para ele. Sei que ele respeita você, acho até que ele gosta de você. Vai querer que eu seja feliz. Sou a única filha dele. Eu o amo. Ele me ama".

Ele não tinha coragem de dizer a verdade a ela, mas acabou dizendo, devagar: "Acho que a única pessoa que ele ama é ele mesmo. Ele é uma passagem. A emoção flui através dele. Ele é capaz de descrever, mas não de sentir. Não no lugar dos outros".

"Mas, querido, isso não pode ser verdade. Pense naqueles personagens todos, tão variados, tão ricos. Todos os críticos dizem a mesma coisa. Ele não poderia escrever como escreve se não entendesse os personagens, se não sentisse por eles."

Dennis disse: "Ele sente, sim, por seus personagens. Ele é seus personagens".

Miranda deitou-se sobre Dennis e olhou-o nos olhos, os seios quase tocando o rosto dele. De repente, imobilizou-se. Ele viu o rosto dela — agora voltado para cima —, pálido como granito e hirto de medo. Com um movimento desajeitado, desvencilhou-se dela e puxou o jeans. Em seguida, também olhou para cima. Por um momento, desorientado, só conseguiu ver uma silhueta negra, imóvel e sinistra, plantada na borda do penhasco, bloqueando a luz. Então a realidade se impôs. A silhueta tornou-se real e reconhecível. Era Nathan Oliver.

5

Era a terceira visita de Mark Yelland a Combe Island. Como das outras vezes, reservara o chalé Murrelet, situado no ponto mais ao norte da costa sudeste. Embora mais afastado da borda do despenhadeiro que o chalé Atlântico, fora construído sobre um pequeno espigão e tinha uma das melhores vistas de Combe. Em sua primeira visita, dois anos antes, assim que entrou na tranqüilidade de suas paredes de pedra soube que finalmente encontrara um lugar onde, por duas semanas, as ansiedades cotidianas de sua vida perigosa poderiam ser deixadas de lado para que refletisse sobre seu trabalho, seus relacionamentos, sua vida, cercado por uma paz que nunca encontrara, nem no laboratório nem em casa. Ali estaria livre dos problemas, tanto dos grandes como dos insignificantes, que diariamente dependiam de suas decisões. Ali não precisava de seguranças, nem de vigilância policial. Ali poderia dormir à noite com a porta destrancada e as janelas abertas para o céu e o oceano. Ali não havia gritos, não havia rostos distorcidos pelo ódio, nem cartas perigosas de abrir, nem telefonemas ameaçando sua vida e a segurança de sua família.

Chegara na véspera, trazendo o mínimo necessário e os CDs e os livros cuidadosamente selecionados que só em Combe teria tempo de escutar e ler. O relativo isolamento do chalé era motivo de satisfação; nas duas visitas anteriores não falara com ninguém durante duas semanas inteiras. Suas refeições haviam sido fornecidas de acordo com as instruções escritas que deixara ao chegar, juntamente com os vasilhames e as garrafas térmicas. Não desejava reunir-se aos outros hóspedes durante o jantar formal servido na casa. A solidão fora uma revelação. Ele nunca se dera conta de que o fato de estar completamente sozinho pudesse ser tão satisfatório e restaurador. Em sua primeira visita, não estava seguro de que seria capaz de suportá-lo, mas depois percebera que o retiro, embora induzisse à introspecção, era mais libertador do que doloroso. Retomara os traumas de sua vida profissional transformado em aspectos que era incapaz de explicar.

Tal como na visita anterior, deixara um substituto competente em seu lugar. Os regulamentos do Ministério do Interior exigiam que sempre houvesse um responsável oficial — ou um suplente — no laboratório ou de plantão, e seu suplente era experiente e confiável. Haveria crises — sempre havia —, mas por duas semanas o suplente se encarregaria delas. Só em caso de extrema urgência ele telefonaria para o chalé Murrelet.

Nem bem começara a desempacotar os livros, encontrara a carta de Mônica entre os dois volumes de cima. Pegou-a da escrivaninha e leu novamente, devagar e prestando atenção em cada palavra, como se ela contivesse um significado oculto que só uma releitura escrupulosa poderia discernir.

> Querido Mark, creio que deveria ter tido a coragem de falar diretamente com você, ou pelo menos de ter lhe entregado esta carta antes que você partisse, mas não consegui. Talvez seja melhor assim. Você poderá lê-la em paz, sem precisar fingir que está mais sentido do que está, e eu não terei que ficar justificando uma decisão que deveria ter tomado anos atrás. Quando você voltar de Combe Island, não estarei mais aqui. Escrever que "vou voltar para a casa da mamãe" é humilhante e patético, mas é o que decidi fazer e o que é sensato. Ela tem espaço de sobra, e as crianças

sempre gostaram da antiga sala de brinquedos e do jardim. Já que decidi pôr fim ao nosso casamento, é melhor fazer isso antes que eles comecem o secundário. Há uma boa escola local que pode aceitá-los imediatamente. E eu sei que eles estarão em segurança. Nem sei por onde começar a explicar o quanto isso vai significar para mim. Acho que você jamais compreendeu realmente o terror que vivi dia após dia, não apenas por mim, mas também por Sophie e Henry. Sei que você nunca abrirá mão de seu trabalho e não estou pedindo que o faça. Eu sempre soube que eu e as crianças não estamos em sua lista de prioridades. Bem, tenho as minhas próprias prioridades. Não estou mais disposta a sacrificar Sophie, Henry e a mim mesma a sua obsessão. Não há pressa quanto aos trâmites legais de separação ou divórcio — para mim, tanto faz —, mas imagino que seja melhor dar início à papelada quando você voltar. Mando-lhe o nome de meu advogado assim que me instalar. Por favor, não se preocupe em responder. Tenha um bom descanso.
Mônica

Na primeira leitura, ele ficara surpreso com a calma com que recebera a decisão dela. Também ficara surpreso com o fato de não ter imaginado o que ela estava planejando. E tudo fora mesmo planejado. Ela e a mãe tinham se aliado. Uma nova escola fora encontrada, e as crianças haviam sido preparadas para a mudança — tudo isso acontecendo e ele sem se dar conta. Será que a sogra tinha dado uma mãozinha na elaboração da carta? Alguma coisa, na coerência de seu estilo direto, era mais típica da sogra que de Mônica. Por um momento cedeu à fantasia de vê-las sentadas lado a lado, compondo um primeiro rascunho. Também o intrigou perceber que lamentava mais perder Sophie e Henry que o término de seu casamento. Não sentia nenhum grande ressentimento contra a esposa, mas teria preferido que ela escolhesse melhor o momento. Ela poderia pelo menos tê-lo deixado desfrutar daquelas duas semanas de repouso sem essa preocupação adicional. Mas, pouco a pouco, foi invadido pela fúria, como se alguma substância tóxica estivesse sendo derramada em sua mente, talhando e destruindo sua paz. E sabia contra quem, com intensidade crescente, ela era direcionada.

Era obra do acaso que Nathan Oliver estivesse na ilha. Também era acidental o fato de Rupert Maycroft ter mencionado quem eram os outros hóspedes ao recebê-lo no ancoradouro. Tomou uma decisão. Alteraria seus planos, telefonaria para a sra. Burbridge, a governanta, e perguntaria quem havia feito reservas para jantar na casa naquela noite. Se Nathan Oliver estivesse entre os convivas, interromperia sua solidão e se juntaria ao grupo. Havia certas coisas que precisava dizer a Nathan Oliver. Somente dizendo-as poderia aplacar aquela onda de raiva e amargura e voltar sozinho para o chalé Murrelet para que a ilha operasse seu misterioso ofício de cura.

6

Ele estava em pé, de costas para ela, olhando pela janela que dava para o sul. Quando ele se virou, Miranda viu um rosto tão rígido e sem vida quanto uma máscara. Somente uma pulsação acima de seu olho direito traía a amargura que lutava para controlar. Ela obrigou seus olhos a encontrar os dele. O que estava esperando? Uma centelha de compreensão, de piedade?

Ela disse: "Não queríamos que você descobrisse desse jeito".

A voz dele estava calma, as palavras impregnadas de veneno. "Claro que não. Sem dúvida vocês estavam planejando me contar tudo depois do jantar. Não preciso que me digam há quanto tempo estão tendo um caso. Em San Francisco percebi que você finalmente tinha encontrado alguém para foder. Confesso que não me ocorreu que tivesse sido obrigada a se servir de Tremlett — um aleijado pobretão, empregado meu. Na sua idade, transar com ele no meio do mato como uma colegial no cio é obsceno. Você foi obrigada a pegar o único homem disponível que apareceu, ou foi uma escolha premeditada, com o objetivo de me incomodar? Afinal, poderia ter se dado melhor. Você tem certos trunfos a oferecer. É minha filha, o que conta a seu favor. Depois que eu morrer, a menos que mude meu testamento, você será uma mulher razoavelmente rica. Possui predicados domésticos úteis. Nos dias de hoje, em que, segundo me dizem, é difícil encontrar e manter uma boa cozinheira, sua única habilidade poderia ser um atrativo..."

Ela sabia que a conversa seria difícil, mas não a esse ponto, não imaginava enfrentar aquela raiva mordaz, aquela amargura. Toda esperança de que o pai pudesse ser razoável, de que fosse possível conversar e planejar o que seria melhor para todos, esfumou-se em desespero.

Ela disse: "Pai, nós nos amamos. Queremos nos casar".

Não viera bem preparada. Percebeu, com um aperto no coração, que parecia uma criança manhosa pedindo um doce.

"Então se casem. Os dois são maiores de idade. Não precisam do meu consentimento. Suponho que Tremlett não tenha nenhum impedimento legal."

De repente, as palavras se atropelaram na boca de Miranda: ela falou dos planos impossíveis dos dois, de suas fantasias felizes — que, à medida que ia falando, se transformavam em pedrinhas verbais de desesperança jogadas contra aquele rosto implacável, aquela ira, aquele ódio.

"Não queremos abandonar você. Nada precisa mudar. Eu passaria o dia com você, Dennis também. Podíamos encontrar uma mulher confiável para assumir minhas funções na casa, para que você não fique sozinho à noite. Quando houver turnês, podemos viajar com você, como sempre." Repetiu: "Nada precisa mudar".

"Quer dizer que você passaria o dia comigo? Não preciso de doméstica nem de acompanhante noturna. Caso precisasse, sem dúvida seria simples consegui-las. É só pagar o preço. Suponho que você não esteja se queixando do seu salário..."

"Você sempre foi generoso."

"E o Tremlett, está?"

"Não conversamos sobre dinheiro."

"Porque vocês partiram do princípio, imagino, de que viveriam às minhas custas, de que sua vida podia continuar mansa como sempre foi." Fez uma pausa, depois declarou: "Não tenho a menor intenção de ter um casal a meu serviço".

"Quer dizer que você despediria o Dennis?"

"Você ouviu o que eu disse. Já que, pelo jeito, vocês fizeram os planos de vocês e organizaram meu futuro por mim, posso perguntar onde pretendem morar?"

Com um fio de voz, ela gaguejou: "Pensamos no apartamento do Dennis".

"Só que, evidentemente, aquele apartamento é meu, e não de Tremlett. Comprei-o para instalá-lo quando ele começou a trabalhar para mim em período integral. Ele o aluga mobiliado, em condições ridículas, especificadas num contrato legal que me dá o direito de pôr fim à locação com um mês de aviso prévio. Claro que Tremlett poderá comprá-lo pelo preço de mercado. Não tenho uso para aquele apartamento."

"Mas ele deve estar valendo o dobro do que você pagou em 1997."

"Azar de vocês."

Ela tentou falar, mas não conseguia articular as palavras. A raiva — e uma tristeza tanto mais terrível por ela não saber se era por causa dela mesma ou por ele — subiu como um muco nauseante em sua garganta, asfixiando as palavras. Ele lhe dera as costas novamente e olhava pela janela. O silêncio no aposento era absoluto, mas ela conseguia perceber o som rascante de sua própria respiração e, de repente, como se aquele som sempre presente tivesse sido silenciado durante algum tempo, voltou a ouvir o murmúrio sonoro do mar. E então, inesperada e desastradamente, engoliu em seco e recobrou a voz.

"Você tem certeza de que pode se virar sem nós? Será que de fato não entende tudo o que eu faço por você nas suas turnês? Verifico o quarto no hotel, preparo seu banho, reclamo por você quando os detalhes não estão do seu gosto, ajudo a organizar as sessões de autógrafos, protejo sua reputação de gênio que, por mais famoso que seja, se importa com seus leitores, fico atenta para que lhe sirvam a comida e o vinho de que gosta... E Dennis? Tudo bem, ele é seu secretário e revisor, mas é mais do que isso, não é? Por que você alardeia que seus livros não precisam de edição? Porque ele ajuda você a editá-los — é mais que um revisor. Com todo o tato, para que você não precise admitir nem para você mesmo o quanto ele é importante. Nos últimos anos, o enredo não é um dos seus pontos fortes, não é? Quantas idéias você deve ao Dennis? Quantas vezes você o utiliza como caixa de ressonância? Quem mais faria tanto por tão pouco?"

Ele não se voltou e ela não viu o rosto dele, mas mesmo de costas suas palavras foram ouvidas com clareza. A voz, contudo, ela foi incapaz de reconhecer.

"É melhor que você discuta com seu amante o que exatamente pretende fazer. Se resolver juntar os trapinhos com Tremlett, quanto antes, melhor. Não pretendo ver você novamente na casa de Londres e gostaria que Tremlett me devolvesse as chaves do apartamento assim que possível. No meio tempo, não comente esse assunto com ninguém. Estou me fazendo entender? Não comente com ninguém. Esta ilha é pequena, mas deve haver espaço suficiente para que fiquemos fora do caminho um do outro pelas próximas vinte e quatro horas. Depois disso, cada um pode seguir seu caminho. Vou passar mais dez dias aqui. Posso fazer as refeições na casa principal. Vou reservar lugares na lancha de amanhã à tarde, e espero que você e seu amante estejam nela."

7

Maycroft não estava entusiasmado com a perspectiva do jantar de sexta-feira. Raramente ficava, quando havia reserva de algum dos hóspedes. A ansiedade não resultava da importância deles, mas de sua responsabilidade, como anfitrião, de estimular a conversa e garantir que a noite fosse um sucesso. E, como Helen tantas vezes salientara, ele não era bom em conversa fiada. Inibido por sua cautela de advogado, não participava do tipo mais popular de bate-papo — fofocas bem informadas e levemente maliciosas — e lutava, às vezes desesperadamente, para evitar a banalidade de questionar o hóspede sobre sua estada em Combe ou fazer observações a respeito do tempo. Os hóspedes, figuras ilustres em seus diferentes campos de atuação, certamente teriam coisas interessantes a dizer sobre suas vidas profissionais, coisas que ele teria ficado fascinado em ouvir —, mas eles iam para Combe justamente para escapar delas. De vez em quando ocorriam noites memoráveis, quando, deixando a discrição de lado, os hóspedes conversavam livre e apaixonadamente. Em geral eles se davam bem entre si; os muito ricos e famosos nem sempre gostavam uns dos outros, mas se sentiam à vontade na topografia da jurisdição privilegiada de seus pares. Maycroft, no entanto, duvidava que os dois convivas daquela noite obtivessem prazer na companhia um do outro. Depois da irrupção de Oliver em seu escritório e de suas ameaças, estava mortificado com a perspectiva de entreter o homem durante um jantar completo, com entrada, prato principal e sobremesa. E tinha ainda Mark Yelland. Aquela era a terceira visita de Yelland à ilha, mas era a primeira vez que ele fazia reserva para jantar. Devia haver razões perfeitamente compreensíveis para o fato, por exemplo o desejo de fazer uma refeição mais elaborada, mas para Maycroft era uma ocasião sinistra. Depois de ajustar a gravata uma última vez diante do espelho do vestíbulo, tomou o elevador para descer de seu apartamento, na torre central, até a biblioteca, para participar dos habituais drinques de antes do jantar.

O dr. Guy Staveley e a esposa, Joanna Staveley, já haviam chegado. Ele estava de pé ao lado da lareira com uma taça de xerez na mão, enquanto Jo se instalara elegantemente numa das cadeiras de braço de espaldar alto, o copo ainda intocado na mesinha a seu lado. Ela sempre se vestia com esmero para o jantar, sobretudo depois de uma ausência, como se uma feminilidade cuidadosamente realçada fosse uma demonstração pública de que reassumira seu posto. Esta noite vestia um terninho de seda composto de calça afunilada e túnica. A cor era sutil, um ouro-esverdeado muito claro. Helen saberia dizer o nome certo da cor, o lugar onde Jo comprara a roupa e quanto havia pago por ela. Se Helen estivesse a seu lado, mesmo com a presença de Oliver, o jantar não o amedrontaria.

A porta se abriu e Mark Yelland apareceu. Embora os hóspedes pudessem solicitar o buggy, era óbvio que viera a pé do chalé Murrelet. Tirando o sobretudo, pendurou-o no encosto de uma das cadeiras. Era a primeira vez que via Jo Staveley, e Maycroft apresentou os dois. Faltavam vinte minutos para que soasse o gongo do jantar, mas o tempo transcorreu sem transtornos. Jo, como sempre que estava na presença de um homem bonito, se suplantou em ser agradável, e Staveley de alguma maneira descobriu que ele e Yelland haviam ambos estudado na Universidade de Edimburgo, embora não na mesma época. Staveley encontrou suficientes assuntos acadêmicos e experiências e conhecidos comuns para manter a conversa animada.

Eram quase oito horas e Maycroft começou a alimentar a esperança de que Oliver tivesse mudado de idéia, mas, no momento em que o gongo soou, a porta se abriu e ele entrou. Com um aceno e um seco boa-noite aos presentes, despiu o casaco, pendurou-o ao lado do de Yelland e reuniu-se ao grupo. Juntos, desceram para a sala de jantar, um andar abaixo. No elevador, nem Oliver nem Yelland falaram, limitando-se a tomar conhecimento da presença um do outro com um gesto de cabeça, como rivais que observam as formalidades mas guardam as palavras e a energia para a competição que se seguirá.

Como sempre, havia um cardápio escrito na caligrafia elegante da sra. Burbridge. Primeiro bolinhas de melão ao molho de laranja, depois galinha-d'angola com legumes grelhados e, para terminar, suflê de limão. A entrada já estava servida. Oliver pegou a colher e o garfo e contemplou o prato de cenho franzido, como se o irritasse o fato de alguém desperdiçar tempo fazendo bolas de melão. A conversa foi superficial, até que a sra. Plunkett e Millie entraram empurrando um carrinho com a galinha-d'angola e os legumes. O prato principal foi servido.

Mark Yelland segurou o garfo e a faca, mas não fez nenhum gesto para começar a comer. Em vez disso, com os cotovelos na mesa e a faca levantada como se fosse uma arma, olhou diretamente para Nathan Oliver, do outro lado da mesa, e disse, com tranqüilidade ameaçadora: "Suponho que o personagem do diretor de laboratório do romance que você vai lançar no ano que vem seja baseado em mim — um personagem que você teve o cuidado de pintar tão arrogante e insensível quanto pôde sem que o homem se tornasse completamente implausível".

Sem levantar os olhos do prato, Oliver disse: "Arrogante, insensível? Se essa é a sua reputação, imagino que possa haver alguma confusão na cabeça do público. Posso garantir-lhe que na minha, não. Jamais o vi antes. Não o conheço. Não tenho o menor desejo de conhecê-lo. Não tenho o costume de plagiar a vida; um único modelo vivo é suficiente para minha arte: eu mesmo".

Yelland baixou o garfo e a faca. Seus olhos continuavam fixos em Oliver. "Você nega ter encontrado um membro jovem da minha equipe para interrogá-lo sobre o que acontece no meu laboratório? Aliás, eu gostaria de saber como conseguiu o nome dele. Decerto por intermédio dessa turma do movimento de defesa dos animais que inferniza perigosamente a vida dele e a minha. Sem dúvida você o impressionou com sua reputação para obter a opinião dele sobre a legitimidade do trabalho, sobre como ele justificava o que estava fazendo, sobre quanto os primatas estavam sofrendo."

Oliver respondeu em tom casual: "Fiz as pesquisas necessárias. Queria me inteirar de certos fatos relativos à organização de um laboratório — a capacitação do pessoal, as condições em que os animais são mantidos, como são alimentados, o que comem e como o alimento é obtido. Não fiz perguntas sobre personalidades. Sou um pesquisador de fatos, não de emoções. Preciso saber como as pessoas agem. Sei como elas se sentem".

"Você faz idéia da arrogância do que acaba de dizer? Ah, temos sentimentos, sim, senhor. Sinto pelos pacientes que sofrem de mal de Parkinson e fibrose cística. É por isso que eu e meus colegas dedicamos nosso tempo a tentar encontrar uma cura para esses males, à custa de grande sacrifício pessoal."

"Eu achava que as vítimas sacrificiais fossem os animais. Eles é que sofrem a dor; as glórias são suas. Não é verdade que você não se incomodaria em ver cem macacos morrerem, e em condições nada fáceis, se isso significasse que sua pesquisa seria publicada primeiro? A luta pela glória científica é tão brutal quanto a do mercado comercial. Para que fingir o oposto?"

Yelland disse: "Sua preocupação com os animais não parece interferir em sua rotina diária. Você parece estar apreciando sua galinha-d'angola, veste couro, sem dúvida daqui a pouco tomará leite com seu café. Quem sabe começa a prestar atenção no modo como alguns animais —

um grande número deles, ao que parece — são sacrificados para a obtenção de carne? Pode ter certeza de que eles morreriam com muito mais conforto em meu laboratório, e por razões bem mais respeitáveis".

Oliver dissecava sua galinha com todo o cuidado. "Eu sou carnívoro. Todas as espécies são predadoras umas das outras — aparentemente essa é a lei da natureza. Eu gostaria que matássemos nosso alimento de forma mais humana, mas como-o sem escrúpulos. Para mim isso parece muito diferente de usar um primata para fins experimentais sem que ele tenha como beneficiar-se, sob a alegação de que o *Homo sapiens* é tão intrinsecamente superior a todas as outras espécies que temos o direito de explorá-las como bem entendermos. Parece-me que o Ministério do Interior fiscaliza os níveis de dor permitidos e que em geral busca esclarecimentos detalhados sobre os analgésicos em uso, e suponho que isso amenize um pouco as coisas. Não me entenda mal. Não sou membro das organizações que o perturbam e tampouco as apóio. Não estou em posição de fazer parte de nada desse tipo, uma vez que já me beneficiei de descobertas feitas com o uso de animais e certamente ainda me beneficiarei de outras no futuro. Aliás, eu não esperava que você fosse um homem religioso."

Yelland disse, sucinto: "Não sou. Não acredito em nada que seja sobrenatural".

"Você me surpreende. Tive a impressão de que adotava uma visão de Velho Testamento quanto a esses assuntos. Acredito que esteja familiarizado com o primeiro capítulo do Gênesis: *Deus os abençoou e lhes disse: Sede fecundos, multiplicai-vos, enchei a Terra e submetei-a; dominai sobre os peixes do mar, as aves do céu e todos os animais que rastejam sobre a terra*. Essa é uma ordem divina que nunca tivemos dificuldade para obedecer. O homem, o grande predador, o explorador supremo, o árbitro da vida e da morte por permissão divina."

A galinha-d'angola de Maycroft estava sem gosto, era

um bolo em sua boca. Que desastre. A discussão estava estranha, o jantar se transformara em duelo antifônico em que apenas um dos participantes, Yelland, demonstrava paixão genuína. Oliver estava preocupado com alguma coisa que não tinha nada a ver com Yelland. Percebeu que os olhos de Jo brilhavam ao mover-se de um interlocutor para outro, como quem assiste a uma partida de tênis extraordinariamente longa. Sua mão direita esfarelava um pãozinho, cujos fragmentos ia pondo na boca, sem manteiga, os olhos atentos. Achou que alguém devia dizer alguma coisa, mas como Staveley permanecia sentado num silêncio cada vez mais constrangido, falou: "Talvez nossa opinião fosse diferente se sofrêssemos de algum distúrbio neurológico ou se um filho nosso sofresse. Talvez essas pessoas sejam as únicas com direito de falar sobre a validade moral dessas experiências".

Oliver disse: "Não tenho a menor intenção de falar em nome delas. Não comecei esta discussão. Não tenho opinião definida nem a favor nem contra. Meus personagens têm, mas esse é outro assunto".

Yelland interveio: "Isso é uma falácia! Você dá voz a seus personagens — às vezes uma voz perigosa. E é hipocrisia fingir que só estava interessado em informações sobre a rotina do laboratório. O garoto lhe contou coisas que não tinha o direito de revelar".

"Não tenho controle sobre o que as pessoas resolvem me dizer."

"Seja lá o que for que ele lhe disse, agora se arrependeu. Pediu demissão do emprego. Era um de meus assistentes mais capacitados. Está fora de qualquer pesquisa importante, talvez esteja fora da ciência como um todo."

"Então talvez você devesse duvidar do nível de comprometimento dele. Diga-se de passagem que o cientista de meu romance é mais indulgente e complexo do que você parece ter entendido. Talvez não tenha lido as provas com suficiente compreensão. Ou então, claro, talvez você esteja forçando sua personalidade — ou o que teme que seja percebido como sua personalidade — na minha criação. Aliás, eu gostaria de saber como teve acesso às provas. Minha editora tem um controle rígido sobre sua distribuição."

"Nem tão rígido assim. Há subversivos nas editoras, tanto quanto nos laboratórios."

Jo resolveu que estava na hora de intervir. Disse: "Acho que nenhum de nós gosta de usar primatas em pesquisas. Os macacos e os chimpanzés são parecidos demais conosco para que fiquemos à vontade. Por que você não usa ratos em suas experiências? É difícil sentir muito afeto por ratos".

Yelland fitou-a como quem julga se tanta ignorância merecia resposta. Oliver manteve os olhos no prato. Yelland disse: "Mais de oitenta por cento das experiências são feitas com ratos, e algumas pessoas sentem afeto por eles. Os pesquisadores, por exemplo".

Jo insistiu. "Mesmo assim, algumas das pessoas que protestam devem ser movidas por compaixão genuína. Não estou falando das violentas, que só estão atrás de emoção. Mas sem dúvida algumas delas sentem um ódio genuíno da crueldade e desejam que ela acabe."

Yelland observou com rispidez: "Acho difícil acreditar nessa hipótese, uma vez que elas devem saber que o que estão fazendo com sua violência e intimidação é forçar a pesquisa para fora do Reino Unido. Ela continuará sendo feita, mas em países que não possuam leis de proteção aos animais como as que temos aqui. Este país vai sofrer economicamente, porém os animais sofrerão ainda mais".

Oliver acabara seu prato. Colocou o garfo e a faca lado a lado sobre o prato com todo o cuidado e se ergueu. "Acho que esta noite já me proporcionou estímulo que chegue. Desculpem-me se me retiro agora. Preciso voltar para o chalé Peregrino."

Maycroft fez menção de levantar-se da cadeira. "Chamo um buggy para levá-lo até lá?" Sabia que sua voz tinha um tom conciliatório, quase servil, e odiou-se por isso.

"Não, obrigado. Ainda não estou decrépito. Por favor, não se esqueça de providenciar a lancha para amanhã à tarde, conforme solicitei."

Sem nenhum gesto para os outros convivas, retirou-se do aposento.

Yelland falou: "Devo desculpas aos senhores. Eu não devia ter abordado esse assunto. Não foi para isso que vim para Combe. Eu só soube que Oliver estava na ilha ao chegar aqui".

A sra. Plunkett entrara com uma bandeja de suflês e começava a recolher os pratos. Staveley disse: "Ele está estranho. Parece óbvio que alguma coisa o aborreceu".

Só Jo comia. Com ar despreocupado, disse: "Ele vive em estado de aborrecimento permanente".

"Mas não a esse ponto. E por que estará querendo a lancha amanhã? Será que vai embora?"

Maycroft respondeu: "Do fundo do meu coração, espero que sim". Voltou-se para Mark Yelland: "O próximo livro dele vai criar problemas para você?".

"O livro terá alguma influência, vindo de quem vem. E será um presente para o movimento de libertação dos animais. Minha pesquisa está correndo sério risco e minha família também. Não tenho a menor dúvida de que esse diretor fictício será considerado um retrato meu. Não posso processá-lo, evidentemente, e ele sabe disso. Publicidade é a última coisa que desejo. Ele foi informado de coisas que não tinha o direito de saber."

Staveley observou, com tato: "Mas não são coisas que todos temos o direito de saber?".

"Não se forem usadas para demonizar pesquisas que podem salvar vidas. Não se caírem nas mãos de tolos ignorantes. Espero que ele tenha a intenção de deixar a ilha amanhã. Ela certamente é pequena demais para nós dois. Agora vou pedir licença a todos, não vou esperar pelo café."

Amarrotou o guardanapo e jogou-o sobre o prato; depois, cumprimentando Jo com um gesto da cabeça, saiu abruptamente. O silêncio foi quebrado pelo ruído da porta do elevador.

Maycroft disse: "Sinto muito. A discussão foi um desastre. Eu devia ter dado um jeito de interrompê-la".

Jo comia seu suflê com satisfação evidente. "Não fique se desculpando, Rupert. Você não é responsável por tudo o que acontece de errado nesta ilha. Mark Yelland só fez reserva para o jantar porque queria confrontar Nathan, e Nathan fez o jogo dele. Comam seus suflês, senão eles murcham."

Maycroft e Staveley empunharam suas colheres. De repente se ouviu uma série de estampidos que pareciam tiros ao longe e as toras dentro da lareira se inflamaram. Jo Staveley comentou: "Vai ser uma noite de ventania".

8

Quando a esposa estava em Londres, o dr. Guy Staveley não gostava de noites tempestuosas, pois para ele, em seu isolamento, a cacofonia de uivos, gemidos e lamúrias produzida pela tormenta soava como um bizarro lamento humano. Porém agora, com Jo em casa, a violência no exterior das paredes de pedra do chalé Golfinho enfatizava reconfortantemente o aconchego e a segurança internos. Mas por volta da meia-noite o pior já passara e a ilha flutuava serena sob um céu de estrelas. Ele olhou para a cama idêntica à sua onde Jo estava sentada de pernas cruzadas vestindo um robe de cetim rosa que lhe acentuava os seios. Era comum ela se vestir de maneira provocante — despudorada, às vezes —, sem parecer notar o efeito que causava; depois de fazerem amor, porém, Jo cobria sua nudez com o recato de uma noiva vitoriana. Era uma das peculiaridades que, depois de vinte anos de casamento, ele ainda achava inexplicavelmente tocantes. Ele gostaria que os dois estivessem juntos numa cama de casal para poder estender o braço e tocá-la, transmitindo-lhe de alguma forma a gratidão que sentia por sua sexualidade absoluta e generosa. Ela estava de volta a Combe havia um mês e, como sempre, voltava para a ilha como se jamais tivesse partido, como se o casamento deles fosse normal. Ele se apaixonara por ela desde o primeiro encontro, e não era um homem que amasse facilmente ou fosse capaz de mudar. Jamais haveria outra mulher para ele. Sabia que para ela era diferente. Ela estabelecera suas condições na manhã do casamento, antes que, desafiando as convenções, os dois saíssem juntos do apartamento para o cartório.

"Eu amo você, Guy, e acho que continuarei a amá-lo, mas não estou apaixonada. Já estive, e foi um tormento, uma humilhação e um alerta. Por isso agora estou me instalando ao lado de alguém que respeito e de quem gosto muito, alguém com quem desejo passar toda a minha vida, e pretendo levar uma vida tranqüila."

Naquela época o acordo tinha parecido aceitável, e ainda parecia.

Com voz cuidadosamente despreocupada, ela disse: "Estive na clínica, em Londres, e falei com Malcolm e June. Eles querem que você volte. Não puseram anúncios para encontrar substituto para você e não pretendem pôr, pelo menos por enquanto. Estão terrivelmente sobrecarregados, claro". Fez uma pausa, depois acrescentou: "Seus antigos pacientes estão perguntando por você".

Ele não abriu a boca. Ela prosseguiu: "A história daquele garoto virou notícia antiga. De todo modo, a família dele já não mora na região. Para alívio geral, imagino".

Ele queria dizer: Ele não era "aquele garoto"; seu nome era Winston Collins. Um menino que tinha uma vida horrível e o sorriso mais feliz que já vi numa criança.

"Querido, você não pode ficar se culpando eternamente. Acontece o tempo todo na medicina, em tudo quanto é hospital. Sempre foi assim. Somos humanos. Falhamos, fazemos julgamentos errôneos e cometemos erros de cálculo. E em noventa e nove por cento das vezes acaba dando certo. Com a atual carga de trabalho, o que você podia esperar? E a mãe era uma criatura ansiosa e ultra-exigente, todo mundo sabe disso. Se não ficasse ligando para você desnecessariamente tantas vezes, talvez o filho ainda estivesse vivo. Você não mencionou esses fatos no inquérito."

Ele disse: "Eu não ia jogar a responsabilidade numa mãe enlutada".

"Está bem, desde que você admita a verdade para si

mesmo. E ainda por cima toda aquela questão racial, acusações de que as coisas teriam sido diferentes se o garoto fosse branco. O assunto não teria dado em nada se os paladinos da raça não tivessem se apropriado dele."

"Também não vou me justificar apontando as acusações raciais injustas. Winston morreu de peritonite. Nos dias de hoje, é inconcebível. Eu devia ter ido quando a mãe ligou. Essa é uma das primeiras coisas que se aprende em medicina — jamais corra riscos com uma criança."

"Então você está pensando em ficar aqui para sempre, cuidando da hipocondria de Nathan Oliver, esperando que um dos escaladores aprendizes de Jago caia de um penhasco? Os trabalhadores temporários consultam clínicos em Pentworthy, Emily nunca fica doente e está claramente decidida a viver até os cem anos, os hóspedes só vêm quando estão bem de saúde. Que tipo de trabalho é esse, para alguém com a sua competência?"

"O único que, no momento, acredito ter condições de assumir. E quanto a você, Jo?"

Ele não estava perguntando sobre o uso que ela fazia de suas habilidades de enfermeira quando voltava sozinha para o apartamento vazio deles em Londres. O apartamento estava mesmo vazio? E o que dizer de Tim, Maxie e Kurt, nomes que Jo mencionava de vez em quando sem maiores explicações e, aparentemente, sem a menor culpa? Ela mencionava festas, espetáculos teatrais, concertos, restaurantes, mas havia perguntas que, receoso da resposta, ele não ousava formular. Com quem ela tinha ido, quem pagara, quem a levara de volta para o apartamento, quem passara a noite em sua cama? Ele achava estranho que ela não percebesse a intensidade de seu desejo de saber e seu medo de vir a saber.

Ela estava dizendo, despreocupada: "Ora, quando não estou aqui, trabalho. Da última vez foi no pronto-socorro do hospital St. Jude. Todos lá estão ultra-estressados, sobrecarregados de trabalho. Faço o que posso, mas sempre em regime de meio período. Minha consciência social tem limites. Se você quiser ver a vida nua e crua, dê um pulinho num pronto-socorro num sábado à noite. Tem de tudo: bêbados, drogados, cabeças quebradas e palavrões para todo lado. Estamos dependendo muito de mão-de-obra importada. Acho isso inadmissível — os conselheiros viajando pelo mundo no maior conforto, recrutando os melhores médicos e enfermeiros que conseguem encontrar em países que precisariam deles muito mais do que nós. Lamentável".

Ele queria dizer: Nem todos são recrutados. Viriam de todo modo, em busca de melhores salários e melhores condições de vida, e quem pode culpá-los? Mas estava com muito sono para entrar em discussões políticas. Perguntou, sem maior curiosidade: "O que aconteceu com o sangue do Oliver? Você ficou sabendo, claro, do vendaval hoje no porto... que aquele idiota do Dan deixou o material cair no mar".

"Você me contou, querido. Oliver vem amanhã às nove horas para eu colher outra amostra. Ele não está muito feliz com a idéia. Nem eu. O homem odeia agulhas. Ele que agradeça aos céus por eu ser profissional e gostar de pegar a veia logo na primeira vez. Duvido que você conseguisse."

"Eu sei que não conseguiria."

Ela disse: "Na minha época, vi parte da equipe médica colhendo sangue. O espetáculo não é bonito. Bem, pode ser que Oliver nem apareça".

"Ele vem. Acha que talvez esteja anêmico. Quer verificar isso. Por que não viria?"

Jo sentou-se na beira da cama de costas para ele, deixou cair o robe e pegou a parte de cima do pijama. Disse: "Se ele realmente está planejando partir amanhã, talvez prefira esperar para fazer o exame em Londres. Seria o mais sensato. Não sei, é só uma intuição. Eu não ficaria surpresa se Oliver não aparecesse amanhã às nove".

9

Oliver percorreu sem pressa o trajeto até o chalé Peregrino. A raiva que o possuíra depois do encontro com Miranda era estimulante em suas justificativas, mas ele sabia com que velocidade podia cair da vibração de suas alturas num atoleiro de desesperança e depressão. Precisava ficar sozinho e caminhar para livrar-se daquele tumulto energizante e perigoso de fúria e autocomiseração. Durante uma hora, açoitado pelo vento crescente, andou de um lado para outro junto à beira do penhasco, tentando disciplinar a confusão de sua mente. Já tinha passado de sua hora habitual de ir para a cama, mas ele precisava montar guarda até que a luz do quarto de Miranda fosse finalmente apagada. A disputa com Mark Yelland pouco o preocupava. Diante da traição de sua filha e de Tremlett, aquela discussão fora um mero exercício de semântica. Yelland não tinha como prejudicá-lo.

Por fim, cruzou silenciosamente a porta destrancada do chalé e fechou-a atrás de si. Miranda, se não estivesse dormindo, teria o cuidado de não aparecer. Normalmente, nas raras ocasiões em que saía sozinho à noite, ela ficava à escuta, mesmo que já estivesse deitada, atenta para o barulho da porta. Haveria uma luz acesa para ele, e ela desceria para preparar um leite quente. Naquela noite a sala estava às escuras. Imaginou uma vida sem a dedicação afetuosa da filha, mas se convenceu de que isso não aconteceria. Amanhã ela recuperaria o bom senso. Tremlett seria dispensado e o episódio se encerraria. Se necessário, ele podia viver sem Tremlett. Miranda se daria conta de que não podia trocar o conforto, o luxo das viagens ao exterior, o privilégio de ser sua única filha e a perspectiva da herança pelas manobras lascivas e sem dúvida incompetentes de Tremlett num apartamentinho de um só dormitório num bairro insalubre e perigoso de Londres. Tremlett não podia ter economizado grande coisa de seu salário. Miranda só possuía o que ele lhe dava. Nenhum dos dois tinha qualificações para obter um emprego que lhes permitisse viver no centro de Londres, mesmo modestamente. Não, Miranda não iria embora.

Despido e pronto para deitar-se, puxou as cortinas de linho, cobrindo a janela. Como sempre, deixou uma fresta de alguns centímetros para que o ambiente não ficasse totalmente escuro. Imóvel sob as cobertas, entregou-se ao prazer de ouvir o uivo do vento até sentir que resvalava do platô de consciência mais depressa do que temia.

Um grito alto e agudo que sabia ser seu jogou-o de novo para o estado de vigília. A escuridão da janela continuava sendo cortada pela fina linha de luz. Estendeu uma mão vacilante para a lâmpada de cabeceira e encontrou o interruptor. O quarto clareou com reconfortante normalidade. Tateando em busca do relógio, viu que eram três da manhã. A tempestade se dissipara; sentiu-se rodeado por uma calma anormal e sinistra. Despertara do mesmo pesadelo que, ano após ano, transformava sua cama num núcleo de horror, às vezes repetindo-se por várias noites, mas em geral tão espaçadamente que ele começava a esquecer-se de seu poder. O pesadelo nunca variava. Estava montado em pêlo num grande cavalo malhado que corria pelo céu, bem acima do mar. O dorso do animal era tão amplo que suas pernas não tinham como prender-se, e ele era jogado violentamente de um lado para outro, conforme o cavalo empinasse ou refugasse por entre estrelas incandescentes. Não havia rédeas; em desespero, ele tentava segurar-se na crina para equilibrar-se. Conseguia ver o canto dos grandes olhos dardejantes da besta e a saliva espumando em sua boca entre os relinchos. Sabia que a queda era inevitável e que despencaria, os braços debatendo-se convulsivamente no ar, rumo a um horror inimaginável que o aguardava sob a superfície negra e sem ondas do mar.

Algumas vezes acordava caído no chão, mas naquela noite as cobertas estavam emaranhadas em torno de seu corpo. De vez em quando seu grito despertava Miranda e ela entrava no quarto, tranqüilizadora, objetiva, perguntando se ele precisava de alguma coisa, se gostaria que ela preparasse uma xícara de chá para os dois. Ele dizia: "Foi só um sonho ruim, só um sonho ruim. Volte para a cama". Mas naquela noite sabia que ela não viria. Ninguém viria. Ficou deitado, olhando para a linha de luz, distanciando-se do horror, depois pouco a pouco levantou-se da cama, aproximou-se da janela aos tropeções e abriu-a para a ampla panóplia de estrelas e o mar luminoso.

Sentiu-se incomensuravelmente pequeno, como se sua mente e seu corpo tivessem encolhido e ele estivesse sozinho num globo que girava, de olhos erguidos para a imensidão. As estrelas estavam lá, movendo-se de acordo com as leis da física, mas seu brilho se refletia apenas na cabeça dele, uma cabeça que rateava, e nos olhos que já não conseguiam ver com clareza. Tinha só sessenta e oito anos, mas lenta e inexoravelmente sua luz estava se apagando. Sentiu-se solitário, como se não houvesse outros seres vivos. Não havia ajuda em nenhum lugar da Terra, nem em nenhum daqueles mundos mortos que giravam com sua cintilação ilusória. Ninguém escutaria se ele cedesse ao impulso quase irresistível de gritar bem alto na noite insensível: *Não me tire minhas palavras! Devolva minhas palavras!*

10

Em seu quarto no último andar da torre, Maycroft insistia em dormir. Toda vez que acordava, acendia a luz e olhava a hora no relógio de cabeceira, na esperança de constatar que já ia amanhecer. Duas e dez, três e quarenta, quatro e vinte da manhã. Estava tentado a levantar-se, fazer um chá e ouvir o noticiário da madrugada no rádio, mas resistiu. Em vez disso, tentou se acomodar para mais uma ou duas horas de sono, mas o sono não veio. Pelas onze da noite, na véspera, começara a ventar — não uma ventania contínua, mas rajadas erráticas que uivavam na chaminé e transformavam os períodos de calmaria em lapsos sinistros, de tranqüilidade anormal, em vez de períodos de alívio. Mas ele já dormira durante tempestades mais fortes do que aquela depois de ter chegado a Combe. Normalmente o pulsar constante do mar o acalmava, porém hoje o rumor crescia dentro do quarto em golpes cavos e intrusivos que pareciam acompanhar o uivo do vento. Tentou controlar os pensamentos, mas as mesmas ansiedades, os mesmos presságios voltavam com força renovada sempre que ele acordava.

Seria real a ameaça de Oliver de viver permanentemente na ilha? Se fosse, como impedi-lo legalmente? Será que o Conselho Administrativo o responsabilizaria por aquele fracasso? Teria sido possível lidar melhor com o homem? Seu predecessor aparentemente suportara Oliver e seus humores, então por que para ele era tão difícil? E por que Oliver requisitara a lancha para hoje? Sem dúvida pretendia partir. A idéia o animou por um momento, mas se Oliver partisse cheio de raiva e amargura, os prognósticos para o futuro seriam negros. E o fato seria considerado uma falha sua. Depois de dois meses na ilha fora confirmado no cargo, mas sentia que ainda estava sendo testado. Podia demitir-se ou ser mandado embora com três meses de aviso prévio. Fracassar num emprego que todos consideravam uma sinecura, um emprego que ele próprio vira como um interlúdio pacífico de introspecção, seria vergonhoso pessoal e publicamente. Desistindo de dormir, estendeu a mão e pegou o livro que estava lendo.

Acordou de novo com um sobressalto quando a capa dura de *A última crônica de Barset* bateu no chão. Pegou o relógio e viu, consternado, que já eram oito e trinta e dois, tarde para dar partida ao dia.

Eram quase nove da manhã quando ligou pedindo o café-da-manhã, e meia hora depois pegou o elevador para seu escritório. Agora já racionalizara parcialmente as ansiedades torturantes da noite, mas elas haviam deixado um legado de maus presságios de que não conseguia desvencilhar-se nem com os rituais costumeiros e reconfortantes do desjejum. Apesar de seu atraso, a sra. Plunkett chegara com a refeição cinco minutos depois de ele pedi-la: a pequena tigela de ameixas secas, o bacon crocante, mas não duro — exatamente como ele gostava —, o ovo frito sobre a fatia de pão frito na gordura do bacon, o bule de café e a torrada quente trazidos no momento exato em que estava pronto para comê-los, além da geléia caseira. Comeu, mas sem prazer. O desjejum, em sua perfeição, parecia um lembrete deliberado do conforto físico e da rotina harmoniosa de sua vida em Combe. Não estava disposto a recomeçar mais uma vez e temia a inconveniência e o desgaste de ter de achar um lugar para morar e de construir um novo lar. Mas, se Nathan Oliver viesse morar permanentemente em Combe, era isso que teria de fazer.

Assim que entrou no escritório, viu Adrian Boyde em sua mesa, digitando números na calculadora. Ficou surpreso ao vê-lo trabalhando no sábado, mas depois se lembrou que Boyde dissera que ia trabalhar por algumas horas para completar a declaração de impostos agregados e as contas trimestrais. Ainda assim, o dia começava de maneira incomum. Os dois homens se cumprimentaram e o silêncio se abateu. Maycroft olhou para a mesa à sua frente e de súbito sentiu que estava vendo um estranho. Seria imaginação sua ou Adrian estava sutilmente diferente — o rosto mais pálido, os olhos sombrios, o corpo menos relaxado? Ao olhar de novo, viu que a mão de seu colega não se movia sobre os papéis. Será que também tivera uma noite difícil? Teria sido contagiado por aquela sensação agoniante de desastre? Percebeu uma vez mais, com força renovada, a que ponto se apoiava em Boyde: sua quieta eficiência, a companhia silenciosa quando trabalhavam juntos, seu bom senso, que lhe parecia a mais admirável e útil das virtudes, a humildade, que não tinha nada a ver com servilismo ou subserviência. Eles jamais haviam mencionado questões pessoais nas vidas de ambos. Por que, então, sentia que suas incertezas, a dor da perda da esposa — que conseguia esquecer por dias seguidos, mas que de repente o enchia de uma saudade quase incontrolável — eram compreendidos e aceitos? Não compartilhava da crença religiosa de Adrian. Seria simplesmente o fato de sentir-se diante de um homem bom?

Tudo o que sabia fora Jo Staveley quem lhe contara, num momento, jamais repetido, de confidência impulsiva. "O pobre-diabo caiu de cara no chão, podre de bêbado, durante a comunhão. Uma velha senhora devota, com o cálice nos lábios, perdeu o equilíbrio. O vinho derramou. Gritos, consternação geral. Os mais inocentes da congregação acharam que ele estava morto. Suponho que a paróquia e o bispo haviam sido tolerantes com sua pequena fraqueza, mas aquilo era ir longe demais".

No entanto, no fim quem o salvara fora Jo. Boyde já estava na ilha havia mais de um ano e se mantivera sóbrio até a noite lamentável da recaída. Três dias depois, ele deixara Combe. Na época, Jo estava em seu apartamento de Londres, numa de suas escapadas periódicas do tédio da ilha, e o acolhera, mudara-se com ele para um chalé perdido no campo, ajudara-o a parar novamente de beber e, pouco antes de o próprio Maycroft chegar à ilha, levara-o de volta para Combe. O assunto jamais fora abordado, mas Boyde provavelmente devia a vida a Joanna Staveley.

O telefone sobre a mesa tocou, assustando-o. Eram nove e vinte e cinco da manhã. Não percebera que estava sentado distraído, numa espécie de fuga. Ao telefone, Jo parecia irritada: "Você viu o Oliver? Por acaso ele não está com você? Ele tinha de vir à enfermaria às nove para tirar outra amostra de sangue. Imaginei que talvez não aparecesse, mas ele podia ter telefonado para avisar".

"Será que ele não perdeu a hora ou esqueceu?"

"Já liguei para o chalé Peregrino. Miranda disse que ouviu o pai sair mais ou menos às sete e meia. Comentou que estava no quarto e que os dois não haviam se falado. Ela não sabe aonde ele ia. Ontem à noite ele não mencionou que ia tirar sangue hoje."

"Não está com Tremlett?"

"Tremlett já está no chalé Peregrino. Chegou logo depois das oito para completar algum trabalho atrasado. Diz que não põe os olhos em Oliver desde ontem. Claro, Oliver talvez tenha saído cedo com a intenção de dar uma caminhada antes da consulta, mas, se foi isso, por que ainda não chegou? Além do mais, nem tomou café-da-manhã direito. Miranda contou que ele fez um chá — o bule ainda estava quente quando ela entrou na cozinha —, mas que só comeu uma banana. Talvez só esteja querendo nos pregar uma peça, porém Miranda está preocupada".

Então o mau presságio se justificava. Aí vinha encrenca. Era improvável que tivesse acontecido alguma coisa com Oliver. Se a intenção dele era apenas complicar as coisas não aparecendo na consulta marcada e indo dar uma caminhada, organizar uma equipe de busca seria nova fonte de irritação. E com justiça: fazia parte do espírito da ilha que os hóspedes fossem deixados em paz. Mas ele já não era jovem. Estava ausente sem explicação havia quase duas horas. E se estivesse caído em algum lugar, vítima de infarto ou derrame, como ele, o responsável pela ilha, iria justificar sua falta de iniciativa?

Disse: "É melhor começarmos a procurar. Fale com Guy, por favor. Vou ligar para as pessoas e pedir que venham para cá. É mais prudente você ficar na enfermaria e me avisar, se ele aparecer".

Pôs o fone no gancho e se virou para Boyde: "Oliver sumiu. Devia ter ido à enfermaria às nove para tirar sangue, mas não foi".

Boyde disse: "Miranda vai ficar preocupada. Posso ir até lá e depois fazer uma busca no nordeste da ilha".

"Então faça isso, Adrian. E, se o encontrar, disfarce. Se ele entrou em pânico porque ia tirar sangue, a última coisa que vai querer é uma equipe de busca."

Cinco minutos depois, um pequeno grupo, convocado por telefone, estava reunido na frente da casa principal. Roughtwood, pouco cooperativo como sempre, dissera a Adam que estava muito ocupado para ajudar, mas o dr. Staveley, Dan Padgett e Emily Holcombe estavam lá — Emily porque chegara à enfermaria às nove e quinze para tomar sua vacina anual contra a gripe. Jago fora convocado em seu chalé, mas ainda não aparecera. O grupinho olhava para Maycroft à espera de instruções. Ele se dominou e começou a pensar no que fazer em seguida.

E então, súbita e caprichosamente como sempre em Combe, formou-se um nevoeiro, em alguns lugares não mais que um delicado véu translúcido, em outros espesso e úmido, ocultando o azul do céu, transformando a torre maciça da casa numa presença fantasmagórica — sentida, mas não vista — e isolando a delicada cúpula vermelha que encimava o farol, de modo que ela parecia um objeto bizarro flutuando no espaço.

Ao ver como a cerração se adensava, Maycroft disse:

"Não adianta ir muito longe por enquanto. Vamos até o farol e depois a gente resolve o que faz".

Todos avançaram juntos, com Maycroft à frente. Ele ouvia vozes na surdina atrás de si, mas uma a uma as silhuetas foram desaparecendo na névoa e as vozes esmaeceram e sumiram. E então, de repente, desconcertantemente, o farol estava diante dele, a coluna côncava erguendo-se para o nada. Erguendo os olhos, sentiu um segundo de vertigem, mas teve medo de tentar equilibrar-se apoiando as mãos na parede brilhante e ver a construção inteira, irreal como um sonho, estremecer e dissolver-se na neblina. A porta estava entreaberta e, com cuidado, ele empurrou o carvalho maciço e procurou o interruptor. Sem interromper seus passos cruzou a sala de combustível e subiu o primeiro lance de escadas; foi até a metade do segundo chamando por Oliver em voz baixa, como se temesse quebrar o silêncio envolto em névoa. Enfrentando a futilidade do chamado tímido, interrompeu a subida e gritou com força para a escuridão. Não houve resposta e ele não viu luz alguma. Ao descer, estacou na entrada e gritou para a neblina: "Parece que ele não está aqui. Fiquem onde estão".

Mais uma vez, não houve resposta alguma. Sem pensar e sem propósito definido, deu a volta no farol até a face que dava para o mar e se apoiou na parede olhando para cima, grato pela solidez do duro granito que lhe amparava as costas.

E aí, tão misteriosamente como surgira, o nevoeiro começou a se desmanchar. Frágeis e indistintos véus de névoa flutuaram ao longo do farol, reuniram-se, depois se dissolveram. Aos poucos as formas e as cores se revelaram e o que era misterioso e intangível tornou-se conhecido e real. Nesse momento, ele viu. Seu coração deu um salto e desatou a bater-lhe furiosamente no peito, fazendo estremecer seu corpo inteiro. É provável que tenha gritado, mas não ouviu som algum — só o grasnido estridente de uma gaivota. E, pouco a pouco, o horror se revelou, primeiro por trás de um tênue véu de bruma que se desfazia, depois com absoluta clareza. As cores foram restauradas, só que mais intensas do que em sua memória — as paredes cintilantes, a alta lanterna vermelha circundada pela grade branca, a imensidão azul do mar, o céu limpo como num dia de verão.

E lá no alto, contra a alvura do farol, pendia um corpo: as fibras azuis e vermelhas do cabo de montanhismo esticadas contra a grade, o pescoço manchado e comprido como o de um peru, a cabeça grotescamente grande caída de lado, as mãos de palmas para fora como numa paródia de bênção. O morto calçava sapatos, mas ainda assim, durante um segundo de desorientação, ele teve a impressão de ver os pés pendentes lado a lado, pateticamente nus.

Tinha a sensação de que alguns minutos haviam se passado, mas sabia que o tempo fora suspenso. Foi então que ouviu um grito agudo e contínuo. Virando-se para a direita, avistou Jago e Millie. A garota tinha os olhos erguidos para Oliver e gritava tão ininterruptamente que mal conseguia tomar fôlego.

Em seguida surgiu a equipe de busca, dando a volta no farol. Ele não discernia palavras, mas o ar parecia vibrar com a mistura de grunhidos, gritinhos, exclamações, lamentos e soluços — uma cena em surdina que os gritos de Millie e os guinchos agudos das gaivotas tornavam terrível.

LIVRO II

CINZAS NA LAREIRA

1

Faltavam poucos minutos para a uma da tarde e Rupert Maycroft, Guy Staveley e Emily Holcombe estavam reunidos pela primeira vez desde a descoberta do corpo. Emily, que tinha ido para o chalé Atlântico, voltara para a casa principal a pedido de Maycroft. Mais cedo, vendo que seus esforços para acalmar e consolar Millie só exacerbavam o ruidoso descontrole da jovem, ela anunciara que, como obviamente não havia nada de útil que pudesse fazer, iria para o chalé e voltaria se e quando sua presença fosse necessária. Millie, que a cada oportunidade se dependurava histericamente em Jago, fora removida com delicadeza e confiada aos cuidados mais adequados da sra. Burbridge, para ser consolada com conselhos equilibrados e chá quente. Pouco a pouco, uma normalidade artificial fora imposta. Havia ordens a dar, telefonemas a fazer e empregados a acalmar. Maycroft sabia que fizera essas coisas — e com calma surpreendente —, mas já não se lembrava claramente das palavras que pronunciara nem da seqüência dos eventos. Jago voltara para o ancoradouro e a sra. Plunkett, com obrigações a cumprir, fora preparar o almoço e aprontar sanduíches. Joanna Staveley estava no chalé Peregrino, mas Guy, de semblante cinzento, ficara ao lado de Maycroft, falando e caminhando como se fosse um autômato e não proporcionando nenhum apoio real.

Maycroft tinha a sensação de que o tempo se fragmentara e de que vivera as últimas duas horas mais como uma série de cenas vívidas desconectadas umas das outras — cada uma delas repentina e indelével como uma fotografia — do que como uma seqüência contínua de eventos. Adrian Boyde em pé ao lado da maca contemplando o corpo de Oliver e depois erguendo lentamente a mão direita que parecia muito pesada e fazendo o sinal-da-cruz. Ele próprio ao lado de um silencioso Guy Staveley andando para o chalé Peregrino para dar a notícia a Miranda e ensaiando mentalmente as palavras que usaria. Todas lhe pareciam inadequadas, banais, sentimentais ou brutalmente sucintas: enforcado, corda, morto. A sra. Plunkett, de rosto austero, servindo chá num bule imenso que não se lembrava de ter visto antes. Dan Padgett, que agira tão sensatamente no farol, de repente pedindo que lhe garantissem que a culpa não era dele, que o sr. Oliver não se suicidara por causa da amostra de sangue perdida, e de sua própria resposta irritada: "Não seja ridículo, Padgett. Um homem inteligente não se suicida porque tem de colher sangue pela segunda vez. É uma providência muito simples. Nada do que você tenha feito ou deixado de fazer tem essa importância". O rosto de Padgett estremecendo e depois rompendo em lágrimas infantis no momento em que ele se virou para ir embora. Ele próprio imóvel ao lado da cama da enfermaria enquanto Staveley esticava o lençol que cobria o corpo de Oliver e percebendo pela primeira vez, com uma intensidade desesperada no olhar, a estampa do papel de parede. Mais vívido do que tudo, como uma imagem refletida na parede do farol: o corpo dependurado, o pescoço espichado e os pés pateticamente descalços balançando — que seu cérebro lhe dizia que não estavam descalços. E era assim, ele percebeu, que a morte de Oliver ficaria impressa em sua memória.

Agora, por fim, tivera oportunidade de clarear a mente e discutir a chegada da polícia com as pessoas que, no seu entender, tinham o direito de ser consultadas. A escolha da sala de estar de seu apartamento privado, mais do que uma decisão específica, fora decorrência de um pacto implícito entre os presentes. Ele dissera: "Precisamos conversar agora, antes da chegada da polícia. Vamos para algum lugar onde não nos perturbem. Adrian ficará no escritório tomando conta das coisas. Não receberemos telefonemas". Virara-se para Staveley e perguntara: "No seu chalé ou no meu apartamento, Guy?".

Staveley respondera: "Não seria melhor ficarmos na casa principal? Assim estaremos aqui quando a polícia chegar".

Maycroft pediu a Boyde que telefonasse para a sra. Plunkett e lhe dissesse para servir sopa, sanduíches e café em seu apartamento, depois o grupo tomou o elevador. Foram transportados até o alto da torre em silêncio.

Uma vez na sala do apartamento, Maycroft fechou a porta e todos se sentaram: Emily Holcombe no sofá de dois lugares com Staveley ao lado. Maycroft virou uma das cadeiras de espaldar alto da lareira para ficar de frente para os dois. O movimento, que naquele ambiente deveria ser um gesto familiar e doméstico, ganhou um ar portentoso. Mesmo sua sala de estar, em que tantas vezes os três haviam se reunido, durante um momento desconcertante tornou-se tão estranha e formal quanto o lobby de um hotel. Era toda mobiliada com peças familiares que trouxera da sala de estar da falecida esposa: o sofá e as poltronas confortáveis forradas com chintz, as cortinas combinando, a mesa oval de mogno com as fotografias do casamento deles e do filho dos dois emolduradas em prata, as delicadas estatuetas de porcelana, as aquarelas visivelmente amadoras da região dos lagos pintadas pela avó de Helen. Ao trazer aquelas coisas ele devia ter esperado recriar as noites tranqüilas que ele e Helen haviam passado juntos. Mas agora, com assombro, percebeu a que ponto sempre detestara cada objeto daquela apinhada domesticidade feminina.

Olhando para os colegas diante de si, sentiu-se tão sem graça quanto um anfitrião socialmente inepto. Guy Staveley estava sentado rigidamente ereto, como um estranho cônscio da inconveniência de sua visita. Emily, como sempre, parecia confortavelmente à vontade, com um braço estendido sobre o encosto do sofá. Vestia calça preta, botas e um volumoso suéter castanho-claro de lã fina, além de longos brincos de âmbar. Maycroft estava surpreso com o fato de ela ter se dado ao trabalho de trocar de roupa — mas, afinal, ele e Staveley haviam feito o mesmo, talvez por acharem que a informalidade do sábado fosse inadequada na presença da morte.

Disse, percebendo na própria voz uma nota de cordialidade forçada: "O que vão beber? Tenho xerez, uísque, vinho, as coisas de sempre".

Por que dizer aquilo?, perguntou-se. Os outros sabiam muito bem o que havia para beber. Emily Holcombe pediu xerez, e Staveley, surpreendentemente, uísque. Maycroft não tinha água no aposento e, murmurando um pedido de desculpas, foi buscá-la na pequena cozinha. Ao voltar, serviu as bebidas e uma taça de Merlot para si. Disse: "Foi servido um almoço quente ao meio-dia e meia no refeitório dos empregados para quem estivesse em condições de comer alguma coisa, mas achei melhor fazermos um lanche aqui em cima. Os sanduíches não vão demorar".

A sra. Plunkett previra as necessidades do trio. Quase imediatamente ouviu-se uma batida na porta. Staveley foi abrir. A sra. Plunkett entrou empurrando um carrinho com pratos, xícaras e pires, jarras e duas grandes garrafas térmicas. Na parte de baixo havia duas travessas cobertas com guardanapos. Maycroft agradeceu, e a sra. Plunkett dispôs a louça e os alimentos com a reverência de quem prepara uma cerimônia religiosa. Maycroft quase esperava que ela fizesse uma mesura ao se retirar.

Avançando para a mesa, levantou os guardanapos úmidos que cobriam as travessas e anunciou: "Quase todos de presunto, parece, mas há alguns de ovo e de agrião, se vocês não quiserem comer carne".

Emily Holcombe disse: "Não consigo imaginar nada menos convidativo. Por que a morte violenta deixa a pessoa com tanta fome? Talvez fome seja a palavra errada — necessitada de alimento, mas de coisas apetitosas. Sanduíches não atendem a essa necessidade. O que há nas garrafas térmicas? Sopa, imagino, ou então café". Aproximou-se de uma das garrafas, desenroscou a tampa e cheirou. "Sopa de galinha. Sem imaginação, mas nutritivo. Mas isso pode esperar. O que temos de fazer é decidir como vamos jogar esse jogo. Não temos muito tempo."

"Jogar?" As palavras *Isto não é um jogo* ficaram soltas no ar, não pronunciadas.

Como reconhecendo que sua frase fora mal interpretada, Emily disse: "Decidir o que vamos dizer ao comandante Dalgliesh e sua equipe. Imagino que haverá uma equipe".

Rupert disse: "Estou aguardando três pessoas. A polícia metropolitana ligou para avisar que ele vem acompanhado de um detetive investigador e de um sargento, mais ninguém".

"Uma invasão bem graduada, não é mesmo? Um comandante da polícia metropolitana e um detetive investigador. E por que não uma equipe da polícia local? Eles devem ter recebido alguma explicação."

Rupert já esperava a pergunta e estava preparado. "Acho que é por causa da importância da vítima e da insistência dos conselheiros quanto à necessidade de discrição e privacidade no tratamento do caso. Seja o que for que Dalgliesh faça, é improvável que suas providências suscitem o tumulto e a exposição na mídia que forçosamente ocorreriam se a polícia local fosse chamada."

Emily observou: "Mas isso não é suficiente, Rupert. Como a polícia metropolitana ficou sabendo que Oliver havia morrido? Imagino que você tenha telefonado para eles. Por que não chamar a polícia de Devon e da Cornualha?".

"Porque, Emily, fui instruído a entrar em contato com um número de telefone em Londres se houvesse algum percalço preocupante na ilha. Que eu saiba, essa sempre foi a conduta prevista."

"Sim, mas que número é esse? Telefone de quem?"
"Isso ninguém me disse. Minhas instruções eram: entrar em contato e ser discreto. Sinto muito, Emily, mas está de acordo com uma linha de conduta determinada há bastante tempo e tenho a intenção de adotá-la. Já a adotei."
"Há bastante tempo? É a primeira vez que ouço falar nisso."
"Provavelmente porque nunca aconteceu uma crise dessa magnitude antes. É um procedimento muito razoável. Você, melhor que ninguém, sabe como alguns de nossos hóspedes são importantes. A idéia é lidar com eventos desagradáveis com eficácia, rapidez e o máximo de discrição."

Emily disse: "Suponho que Dalgliesh vai querer interrogar-nos juntos, quer dizer, todos nós, hóspedes e empregados".

Maycroft respondeu: "Realmente, não faço idéia. As duas coisas: primeiro juntos e depois separadamente, imagino. Conversei com os empregados e providenciei para que estejam disponíveis aqui na casa. Achei aconselhável. A biblioteca é o melhor aposento para os interrogatórios. Dalgliesh também vai precisar interrogar os hóspedes, claro. Não quis perturbar Miranda Oliver, e ela e Dennis Tremlett ainda estão em seus chalés. Ela deixou claro que desejava ficar sozinha".

Emily falou: "Suponho que abra uma exceção para Tremlett. Por falar nisso, como Miranda recebeu a notícia? Imagino que você e Guy tenham se encarregado de contar a ela — você por ser o responsável aqui, e Guy para lidar com eventuais reações físicas ao choque. Muito adequado".

Haveria um traço de ironia na voz de Emily?, pensou Maycroft. Olhou de relance para Staveley, sem obter resposta. Disse: "Sim, fomos juntos. Foi menos traumático do que eu temia. Ela ficou chocada, claro, mas não se descontrolou. Permaneceu perfeitamente calma — estóica, até. Tremlett ficou mais abalado que ela. Conseguiu se dominar, mas parecia arrasado. Achei que fosse desmaiar".

Staveley disse baixinho: "Estava apavorado".
Maycroft continuou: "Aconteceu uma coisa bem esquisita. Tive a impressão de que Oliver tinha queimado alguns papéis antes de sair esta manhã. Havia uma pilha de cinzas e alguns vestígios enegrecidos na lareira da sala".
"Miranda ou Tremlett comentaram alguma coisa? Você comentou alguma coisa?", quis saber Emily.
"Não, não falei. Achei que não era o momento certo, ainda mais que eles não disseram nada."
"Duvido que a polícia os deixe continuar nessa falta de comunicação", comentou Emily.
Guy Staveley não fez nenhuma observação. Alguns segundos depois, Maycroft disse a Emily Holcombe: "A senhorita Oliver fez questão de ver o corpo. Tentei dissuadi-la, mas achei que não tinha o direito de impedi-la. Fomos os três até a enfermaria. Guy baixou o lençol até logo abaixo do queixo, para não expor a marca da corda. A senhorita Oliver insistiu para que ele puxasse o lençol até mais embaixo. Olhou atentamente para as marcas, disse 'obrigada' e se afastou. Não tocou o corpo. Guy cobriu-o de novo e saímos".
Emily disse: "A polícia pode achar que você deveria ter sido mais firme".
"Sem dúvida", respondeu Maycroft. "Eles têm uma autoridade que eu não tenho. Concordo que teria sido melhor se eu tivesse conseguido dissuadi-la, mas não vejo como poderia ter feito isso. Ele estava... Bem, você sabe como estava o corpo de Oliver, Emily. Você o viu."
"Muito rapidamente, graças a Deus. Mas eu gostaria de ser orientada sobre como responder ao questionamento da polícia. É claro que vamos dizer a verdade, mas quanto de verdade devemos revelar? Por exemplo, se o comandante Dalgliesh perguntar se a tristeza de Miranda Oliver pela morte do pai é genuína, o que devemos responder?"
Agora Maycroft sentiu que estava em terreno mais firme. "Não podemos falar por outras pessoas. É óbvio que

Dalgliesh vai querer falar com ela. Ele que chegue às suas próprias conclusões; afinal, é um detetive."

Emily retrucou: "Pessoalmente, não vejo como a tristeza dela pudesse ser genuína. A moça era uma escrava do pai — e o mesmo se aplica a Tremlett, se você quer saber minha opinião. Mas, no caso de Tremlett, as relações entre os dois eram bem mais complexas. Supostamente ele era revisor e assistente pessoal, mas acho que fazia muito mais do que revisar. O último livro de Oliver, *A filha do coveiro*, foi recebido com respeito, porém sem entusiasmo. Um Nathan Oliver de segunda. Não foi esse o livro que Oliver finalizou quando Tremlett estava no hospital, quando tentaram fazer alguma coisa com a perna dele? Por falar nisso, o que há de errado com a perna dele?".

A voz de Staveley saiu seca: "Ele teve pólio quando criança. Por isso ficou manco".

Maycroft virou-se para Emily Holcombe: "Você está sugerindo que Tremlett é que escreve os romances?".

"Claro que não é ele que escreve. Nathan Oliver é que escreve. Mas, na minha opinião, Tremlett desempenha um papel mais importante na vida de Oliver que o de revisar, por mais que seja meticuloso; revisar e tomar conta das cartas dos fãs. Dizem que Oliver sempre recusou ser revisado por seus editores. Por que isso? Afinal, ele tinha Tremlett. E o que dizer do próprio Oliver? Não temos razão para fingir que ele era um hóspede bem-vindo ou agradável. Duvido que haja alguém na ilha que deseje que ele ainda estivesse vivo."

Guy Staveley ficara em silêncio. Mas agora falou: "Acho que seria sensato postergar esta discussão até a chegada de Jo. Ela não deve demorar. Adrian vai dizer a ela que estamos aqui".

Emily Holcombe interveio: "Por que precisamos dela? Esta, supostamente, seria uma reunião de residentes permanentes, e não da equipe de apoio. Jo dificilmente pode ser considerada residente permanente".

Guy Staveley disse em voz baixa: "Ela tem o direito de participar na qualidade de minha esposa".

"Outro papel que ela não cumpre em tempo integral."
O rosto cinzento de Staveley ficou rubro. Ele empurrou a cadeira como se tivesse a intenção de levantar-se, mas, ao ver a expressão suplicante de Maycroft, afundou outra vez no assento.

Maycroft falou: "Não vamos chegar a lugar algum se ficarmos atacando uns aos outros, mesmo antes da chegada da polícia. Pedi a Jo que se unisse a nós, Emily. Vamos esperar mais cinco minutos".

"Onde ela está?"

"No chalé Peregrino. Sei que Miranda disse que queria ficar sozinha, mas Guy e eu achamos que talvez ela gostasse de ter uma mulher por perto. Pode ter um choque retardado. Afinal, Jo é uma enfermeira experiente. Voltará direto para lá, depois de conversarmos, se achar que pode fazer alguma coisa para ajudar. Talvez Miranda queira que ela passe a noite no chalé."

"Na cama de Nathan? Duvido!"

Maycroft insistiu: "Não é bom Miranda ficar sozinha, Emily. Quando Guy e eu fomos dar a notícia, perguntei se ela não queria mudar-se para a casa principal. Temos duas suítes desocupadas. Ela foi veementemente contra a idéia. É um problema. Talvez aceite que Jo fique. Jo disse que não se importaria de passar a noite numa poltrona na sala, se isso for útil".

Emily Holcombe estendeu o copo. Maycroft foi até a garrafa de xerez. "Fico grata por você não ter pensado em me chamar para dispensar consolo feminino. Uma vez que tenho a opinião de que esta ilha — que é a minha principal preocupação — ficará mais feliz sem a intrusão periódica de Nathan Oliver, teria achado difícil manifestar as inverdades costumeiras."

"Espero que você não expresse sua opinião de forma tão direta ao comandante Dalgliesh", disse Maycroft.

"Se ele fizer jus a sua fama de inteligente, não vai ser preciso."

Nisso, escutaram-se passos. A porta se abriu e Joanna Staveley reuniu-se ao grupo. Para Maycroft, como sempre, ela trouxe uma onda tônica de confiante sexualidade que ele achava mais atraente que incômoda. O espesso cabelo loiro com sua faixa estreita de raízes mais escuras estava preso na nuca com um lenço de seda azul, dando ao rosto bronzeado uma expressão de franqueza sem artifícios. As coxas fortes eram contidas por um jeans bem justo, e a jaqueta de brim aberta deixava ver uma camiseta que recobria seios desimpedidos. Diante de sua vitalidade, o marido parecia um homem desanimado a caminho da velhice, e mesmo os ossos delicados do bonito rosto de Emily pareciam tão descarnados e pontudos quanto a face da morte. Maycroft lembrou-se de uma coisa que Emily dissera quando Jo voltara para a ilha: "É uma pena que a gente não pratique teatro amador. Jo estaria perfeita no papel de garçonete loira de bom coração". Pelo menos Jo tinha coração; quanto a Emily Holcombe, ele não estava seguro.

Jo se instalou na poltrona vazia e esticou as pernas com um suspiro de alívio. Disse: "Graças a Deus acabou. A pobre criança na verdade não me queria lá, e por que diabos ia querer? A gente mal se conhece. Deixei dois comprimidos para dormir e disse a ela que os tomasse à noite com leite morno. Ela não quer sair do chalé, foi inflexível. Aquela garrafa é do seu Merlot habitual, Rupert? Sirva um pouco para mim, querido. Exatamente do que estou precisando".

Maycroft serviu o vinho e entregou a ela, dizendo: "Eu estava justamente dizendo que não me agrada a idéia de ela passar a noite sozinha naquele chalé".

"Ela não vai ficar sozinha. Me falou que Dennis Tremlett vai se mudar para lá. Que ela vai dormir na cama do pai e ele na dela."

Emily disse: "Se é isso o que ela quer, é uma solução. Dadas as circunstâncias, não é hora de pensar no que é adequado".

Jo riu. "Eles não estão preocupados com o que é adequado! Estão tendo um caso. Não me pergunte como, mas o fato é que estão tendo um caso."

A voz de Staveley soou anormalmente áspera. "Você tem certeza, Jo? Eles lhe contaram?"

"Não foi preciso. Cinco minutos com eles no mesmo aposento e a coisa ficou óbvia. São amantes." Ela se virou para Emily Holcombe: "É uma pena você não ter ido com os rapazes dar a notícia, Emily. Teria percebido o clima no ato".

Emily respondeu secamente: "É provável. A idade ainda não embotou por completo as minhas percepções".

Observando-as, Maycroft percebeu o olhar rápido que as duas trocaram — um olhar, pensou, de divertida cumplicidade feminina. As duas mulheres não podiam ser mais diferentes. Ele tivera a impressão de que, se alguma delas nutrisse algum sentimento forte em relação à outra, seria de antipatia. Agora se dava conta de que, se as quatro pessoas reunidas naquela sala tivessem de discordar, as duas mulheres seriam aliadas. Foi um desses momentos de insight das nuances da personalidade — a que raramente fora sensível antes de chegar à ilha — que ainda tinham o poder de surpreendê-lo.

"É uma complicação, claro, pelo menos para eles. Talvez até para nós. Será que contaram a Oliver? Se contaram, poderia ser um motivo", disse Emily.

O silêncio que se seguiu durou apenas alguns segundos, mas foi absoluto. A mão de Jo Staveley congelou no ar, segurando a taça de vinho que levava em direção aos lábios. Em seguida ela a recolocou sobre a mesa com cuidado deliberado, como se o mais leve som pudesse ser fatal.

Emily Holcombe parecia não se dar conta do efeito daquela única palavra acusatória e mal recebida. Disse: "Um motivo para o suicídio de Oliver. Jo me contou sobre a cena extraordinária ocorrida no jantar de ontem. Não era um comportamento normal, nem em Nathan em seus piores momentos. Acrescente-se a isso o fato de que seu último romance foi uma decepção, mais a velhice chegando, mais o esgotamento de seu talento, e dá para entender por que ele achou que estava na hora de sair de cena. É óbvio que dependia quase totalmente da filha, e é provável que de Tremlett também. Se tivesse acabado de saber que os dois tinham a intenção de trocá-lo por satisfações mais convencionais, o fato poderia ter sido o catalisador".

Jo Staveley interveio: "Mas, se Tremlett se casasse com Miranda, Oliver não iria necessariamente perdê-lo".

"Talvez não, mas é possível que houvesse uma mudança nas prioridades de Tremlett — que imagino não seria bem-vinda. Ainda assim, concordo que não é da nossa conta. Se a polícia quiser explorar esse atalho fascinante, eles que descubram sozinhos."

Staveley falou devagar, como consigo mesmo: "Há contra-indicações para o suicídio".

De novo se fez silêncio. Maycroft resolveu que estava na hora de pôr fim às especulações. A conversa estava ficando perigosamente fora de controle. Disse: "Acho que devemos deixar tudo isso para a polícia. O trabalho deles é investigar os fatos, o nosso é cooperar de todas as maneiras possíveis".

Jo perguntou: "A ponto de contar à polícia que dois de seus suspeitos estão tendo um caso?".

"Jo, ninguém é suspeito. Ainda não sabemos como Oliver morreu. É melhor evitar esse tipo de conversa inadequada e irresponsável", afirmou Maycroft.

Jo insistiu: "Desculpe-me, mas se o que ocorreu foi um assassinato — tem de ser uma possibilidade, Guy disse mais ou menos isso —, sem dúvida somos todos suspeitos. Só estou perguntando até que ponto devo ir no que informar voluntariamente. Ou seja, contamos ao comandante que o falecimento não será motivo de pesar universal? Que, no que nos diz respeito, ele era um pé no saco? Contamos que ele estava ameaçando mudar-se para cá de vez, tornando as vidas de nós todos um inferno? Mais especificamente, contamos a ele sobre Adrian Boyde?".

124

A voz de Maycroft estava anormalmente firme. "Respondemos às perguntas que ele nos fizer, e respondemos com a verdade. Falamos por nós, e não pelos outros, e isso inclui Adrian. Se alguém achar que está correndo o risco de se comprometer, tem o direito de recusar-se a responder a outras perguntas sem a presença de um advogado."

Jo disse: "Que, imagino, não pode ser você".

"Claro que não. Se essa morte deixar dúvidas, serei tão suspeito quanto todos os outros. Você teria de mandar vir um advogado do continente. Esperemos não chegar a esse ponto."

"E os outros hóspedes, o doutor Yelland e o doutor Speidel? Eles já foram informados sobre a morte de Oliver?"

"Ainda não conseguimos entrar em contato com eles. Quando ficarem sabendo o que aconteceu, talvez queiram ir embora. No curso normal dos acontecimentos, acho que o comandante Dalgliesh não terá como impedi-los. Afinal, a ilha dificilmente será um paraíso de paz e solidão com a polícia vasculhando tudo. Imagino que ele vai ter de interrogá-los antes que partam. Um dos dois pode ter visto Oliver andando na direção do farol."

Emily Holcombe perguntou: "Esse comandante e seus subordinados têm a intenção de permanecer na ilha? Somos supostos oferecer-lhes hospitalidade? Imagino que não virão com as próprias rações. Somos supostos alimentá-los à custa do Conselho Administrativo? Quem são essas pessoas?".

"Como eu disse, são só três. O comandante Dalgliesh, uma detetive, Kate Miskin, e um sargento, Francis Benton-Smith. Consultei a senhora Burbridge e a senhora Plunkett. Achamos que podemos acomodar os dois subordinados em quartos da ala do estábulo e dar ao comandante Dalgliesh o chalé da Foca. Serão tratados como os outros residentes. Terão o almoço e o café-da-manhã servidos em seus aposentos e poderão juntar-se a nós na sala de jantar para a refeição noturna ou recebê-la em seus aposentos, como preferirem. Penso que é aceitável. O que acham?"

Emily quis saber: "E os empregados semanais? Foram avisados?".

"Consegui entrar em contato com eles pelo telefone. Dei uma semana de férias remuneradas. Não haverá barco para Pentworthy na segunda de manhã."

Emily observou: "Providências ditadas por Londres, sem dúvida. E como você explicou a eles sua magnanimidade súbita e atípica?".

"Não expliquei nada. Simplesmente falei que com apenas dois hóspedes na ilha a presença deles não seria necessária. A notícia da morte de Oliver será dada esta noite, provavelmente tarde demais para os jornais de domingo. A senhorita Oliver concordou com a escolha do momento e com o fato de não desejarmos que a imprensa local chegue primeiro."

Emily Holcombe se aproximou da mesa. "Assassinato ou não, eu vou precisar da lancha na segunda de manhã. Tenho consulta com o dentista em Newquay às onze e meia."

Maycroft franziu as sobrancelhas. "Não convém, Emily. A imprensa pode estar à espreita."

"Em Newquay? Duvido. Se estiverem em algum lugar, será no porto de Pentworthy. E posso lhe garantir que tenho competência de sobra para lidar com a imprensa, tanto a local como a nacional."

Maycroft não fez mais objeções. Achava que, de modo geral, conduzira a reunião com mais eficiência do que imaginara. Guy fora de pouca ajuda. O homem parecia estar se distanciando emocionalmente da tragédia. Talvez isso não fosse surpreendente; depois de escapar das responsabilidades de clínico-geral, era provável que estivesse decidido a evitar todas as outras. Mas essa dissociação era preocupante. Maycroft dependia bastante do apoio de Guy.

Emily interveio: "Se algum de vocês quiser comer, é melhor pegar um sanduíche já. A polícia não demora a chegar. Depois, volto para o chalé Atlântico — se você estiver de acordo, Rupert. Sugiro que a gente deixe esse assunto para os homens, Jo. Um comitê de recepção de duas pessoas está de bom tamanho. Não convém estimular a presunção de nossos hóspedes. Não são os indivíduos mais distintos que já recebemos por aqui. E não precisam me incluir no grupo da biblioteca. Se o comandante quiser falar comigo, ele que marque uma hora".

A porta se abriu e Adrian Boyde entrou. Trazia um binóculo pendurado no pescoço. Disse: "Acabo de avistar o helicóptero. A polícia já vai chegar".

2

O helicóptero Twin Squirrel matraqueava sobre o sul da Inglaterra, imprimindo sua sombra sobre os campos outonais como um arauto sinistro e onipresente de catástrofes potenciais. O clima incerto e tempestuoso da semana anterior se mantinha. De vez em quando nuvens negras coagulavam acima deles, depois despejavam sua carga com tamanha força concentrada que o helicóptero parecia estar colidindo contra uma parede de água. E aí, de repente, as nuvens iam embora e os campos lavados pela chuva apareciam lá embaixo sob o sol, viçosos como no auge do verão. A paisagem se desdobrava com a delicadeza de um bordado, com os trechos de floresta bordados em lã verde-escura e os campos de linho — alguns em tons amenos de marrom, ouro-pálido e verde —, as sinuosas estradas secundárias e os rios dispostos em tiras de seda cintilante. As cidadezinhas, com suas igrejas de torres quadradas, eram milagres de bordadura meticulosa. Ao olhar para seu companheiro, Dalgliesh viu os olhos de Benton-Smith fitarem fascinados o panorama móvel e tentou adivinhar se também para ele o cenário parecia uma coisa planejada, ou se em sua imaginação o helicóptero passava sobre uma paisagem imensa, menos verdejante, e domesticada com menos precisão.

Dalgliesh não se arrependia de ter escolhido Benton-Smith para fazer parte da equipe, pois julgava que ele trazia consigo as qualidades que valorizava num detetive: inteligência, coragem e bom senso. Elas não costumavam vir juntas. Esperava que Benton-Smith também tivesse sensibilidade, mas essa era uma qualidade mais difícil de avaliar; o tempo sem dúvida o diria. Uma preocupação menor era se Kate e Benton-Smith trabalhariam bem em equipe, agora que Piers Tarrant se afastara. Não era necessário que gostassem um do outro; exigia que se respeitassem e cooperassem como colegas. Mas Kate também era inteligente. Sabia a que ponto o antagonismo declarado podia ser destrutivo para o sucesso de uma investigação. Podia confiar plenamente em seu discernimento.

Viu que ela estava lendo uma brochura fina, *A agência Nº 1 de Mulheres Detetives*, com uma intensidade resoluta que entendia bem. Kate não gostava de helicópteros. Uma fuselagem alada pelo menos transmitia à pessoa a impressão subconsciente de que aquela máquina semelhante a um pássaro tinha a função de voar. Só que agora eles estavam firmemente encaixados num aparelho barulhento que, mais do que um projeto, parecia uma montagem dedicada à louca tentativa de desafiar a gravidade. Kate mantinha os olhos pregados no livro, mas só ocasionalmente virava uma página, pois sua mente estava menos envolvida com as peripécias da gentil e cativante detetive botsuana do livro de Alexander McCall Smith do que com a acessibilidade do colete salva-vidas e sua indubitável ineficácia. Se o motor falhasse, Kate dava como certo que o helicóptero cairia como uma pedra.

Agora, naquele ruidoso interlúdio entre as convocações e a chegada, Dalgliesh fechava a mente para os problemas profissionais e confrontava um medo pessoal e mais inabordável. Primeiro, falara a Emma Lavenham de seu amor, e não verbalmente, mas por carta. Teria sido uma manobra da covardia — o desejo de não ver a rejeição nos olhos dela? Não houvera rejeição. Os momentos que passavam juntos, roubados de suas vidas independentes e superocupadas, eram de uma felicidade concentrada e quase amedrontadora: a intensidade sexual; a paixão recíproca, variada e sem complicações; as horas a dois, cuidadosamente planejadas, passadas sem outras companhias em restaurantes, teatros, galerias e concertos; as refeições informais no apartamento dele, os dois juntos na varanda estreita, copos na mão, com o Tâmisa a lamber os paredões vinte metros abaixo; as conversas e os silêncios que eram mais que a ausência de palavras. Esse era o fim de semana que deveriam estar tendo agora. Mas não era a primeira vez que o trabalho exigia prioridade, causando desapontamento. Ele e Emma estavam acostumados com as frustrações ocasionais, que apenas aumentavam o triunfo do encontro seguinte.

Sabia que essa existência regida por fins de semana não era o mesmo que viver junto, e seu temor secreto era de que Emma se desse por satisfeita com ela. A carta que lhe escrevera tinha sido uma clara proposta de casamento, não um convite para um romance. Ela tinha aceitado, ele achava, só que o tema casamento nunca mais fora mencionado entre os dois. Tentou entender por que isso era tão importante para ele. Seria o medo de perdê-la? Mas se o amor deles não podia sobreviver sem o laço de um compromisso legal, que futuro teria? Ele não tinha achado coragem para falar em casamento, e absolvia a própria covardia com o pensamento de que era prerrogativa dela fixar a data. Mas conhecia as palavras que temia ouvir: "Qual é a pressa, querido? Temos que decidir agora? Não estamos perfeitamente felizes do jeito que estamos?".

Obrigou-se a voltar para o presente e, olhando para baixo, teve a ilusão bem conhecida de ver uma paisagem urbana subindo ao encontro deles. Aterrissaram suavemente no heliporto de Newquay e, quando as hélices pararam de girar, desafivelaram os cintos na esperança de que houvesse alguns minutos de atraso para poder esticar as pernas. A esperança se frustrou. Quase de imediato a dra. Glenister emergiu da sala de espera do embarque e avançou vigorosamente para eles, bolsa pendurada no ombro e valise marrom na mão. Vestia calça preta enfiada em botas de couro de cano alto e jaqueta de tweed ajustada ao corpo. Quando ela se aproximou e olhou para cima, Dalgliesh viu um rosto pálido, de linhas finas e ossos delicados, quase eclipsado por um chapéu preto de abas largas que ela usava com certo tom desafiador. Ela embarcou sem permitir que Benton-Smith a ajudasse a instalar as bagagens, e Dalgliesh fez as apresentações.

A dra. Glenister disse ao piloto: "Poupe-me do blablablá sobre segurança. Tenho a sensação de passar a vida nessas engenhocas e aguardo com toda a confiança o momento de morrer numa delas".

Sua voz era extraordinária, uma das mais bonitas que Dalgliesh já escutara. Seria uma arma poderosa no banco de testemunhas. Não poucas vezes Dalgliesh vira, nos tribunais, os rostos dos jurados serem seduzidos pela beleza de uma voz humana para em seguida entrarem num estado de desconcertada aquiescência. A miscelânea de informações desconexas sobre ela que haviam chegado até ele ao longo dos anos sem serem solicitadas — em geral depois de ela ter participado de algum caso particularmente notório — formava um conjunto intrigante e surpreendentemente detalhado. Ela era casada com um funcionário público graduado que se aposentara muito tempo antes, agraciado com as honrarias costumeiras, e que, depois de um período lucrativo atuando como diretor não-executivo numa empresa da City, agora dedicava seus dias a velejar e observar pássaros na região de Orwell. A esposa jamais adotara seu nome ou usara seu título. E por que deveria? Mas o fato de que o casamento gerara quatro filhos, todos homens bem-sucedidos em suas distintas áreas de atuação, sugeria que um casamento visto como pouco caloroso tivera seus momentos de intimidade.

Uma coisa ela e Dalgliesh tinham em comum: embora seu livro sobre patologia forense tivesse sido amplamente aclamado, ela nunca permitira que sua foto fosse estampada numa orelha de livro, assim como não participara de nenhuma atividade de divulgação da obra. Dalgliesh tampouco — no início, para tristeza de seus editores. A editora Herne & Illingworth, justa, mas rigorosa no que dizia respeito aos contratos de seus autores e extremamente pé-no-chão em matéria de negócios, em outras questões mostrava uma ingenuidade que não era deste mundo. A reação de Dalgliesh à insistência da editora por fotografias, sessões de autógrafos, leituras de poemas e outras atividades públicas fora, na opinião dele próprio, bastante inspirada: além de pôr em risco a confidencialidade de seu trabalho na Scotland Yard, essas coisas o exporiam à vingança dos assassinos que mandara para a prisão, o mais notório dos quais estava prestes a receber liberdade condicional. Seus editores haviam concordado com sóbria condescenência e não se tocara mais no assunto.

Viajaram em silêncio, poupados da necessidade de iniciar alguma conversa pelo barulho dos motores e a curta distância do trajeto. Alguns minutos bastaram para que cruzassem o azul enrugado do canal de Bristol e quase na mesma hora Combe Island estava embaixo deles, surgindo inesperadamente das ondas, multicor e nítida como uma fotografia colorida, com seus rochedos de granito prateado elevando-se da espuma branca das ondas. Dalgliesh refletiu que era impossível avistar do alto uma ilha em alto-mar sem sentir uma agitação do espírito. Banhada pelo sol outonal, ali se estendia um mundo em outra dimensão guardado pelo mar, ilusoriamente calmo, mas reativando memórias infantis de livros de mistério, alvoroço e perigo. Para uma criança, toda ilha é uma ilha do tesouro. Mesmo para a mente adulta, Combe, como todas as ilhotas, emitia uma mensagem paradoxal: o contraste entre seu calmo isolamento e a força latente do oceano, que tanto protegia como ameaçava sua paz auto-suficiente e sedutora.

Dalgliesh se virou para a dra. Glenister: "Já esteve na ilha antes?".

"Nunca, embora tenha alguma informação sobre ela. Todos os visitantes são proibidos de desembarcar, exceto quando necessário. Há um farol automático, moderno, na ponta noroeste da ilha, o que significa que Trinity House, a instituição responsável pelos faróis, tem de vir fiscalizar de vez em quando. Nossa visita será uma das necessidades menos bem-vindas de Combe."

Quando a descida foi iniciada, Dalgliesh tratou de interiorizar as principais características do lugar. Se as distâncias se tornassem importantes, sem dúvida um mapa seria providenciado, mas esta era sua oportunidade de memorizar a topografia. A ilha se estendia de nordeste para sudoeste, a cerca de dezenove quilômetros da terra firme, com a face leste ligeiramente côncava. Havia uma só construção de proporções, que dominava a ponta sudoeste da ilha. A casa de Combe, como outras mansões vistas do alto, tinha a precisão perfeitamente ordenada de uma maquete de arquiteto. Era uma casa extravagante, de pedra, com duas alas e uma portentosa torre central tão semelhante a uma ameia que a ausência de torreões parecia uma aberração arquitetônica. Na fachada virada para o mar, quatro longas janelas arqueadas cintilavam ao sol, e na parte de trás havia construções paralelas de pedra — estábulos, aparentemente. Uns cinqüenta metros adiante estava o heliponto, assinalado com uma cruz. Numa saliência de rocha a oeste da casa erguia-se um farol, com a elegante torre branca encimada por uma lanterna vermelha.

Dalgliesh conseguiu fazer-se ouvir: "Seria possível fazermos um sobrevôo bem baixo da ilha antes de aterrissar? Eu gostaria de ter uma visão geral".

O piloto assentiu com a cabeça. O helicóptero se elevou, fez um desvio na direção oposta à casa, depois baixou sobre o litoral nordeste da ilha. Havia oito chalés de pedra erguidos a intervalos irregulares, quatro nas elevações da parte noroeste e quatro a sudeste. O centro da ilha era um matagal multicor com maciços de arbustos e alguns capões de árvores esguias, cruzado por trilhas tão apagadas que lembravam rastros de animais. Na verdade, a ilha parecia inviolada; nenhuma praia, nenhum rendilhado de espuma recuando com a onda. As elevações eram mais altas e mais impressionantes a noroeste, onde um contraforte de rochas pontiagudas correndo para o mar como dentes quebrados emergia da explosão das ondas. Dalgliesh viu que uma faixa mais baixa e estreita da elevação rodeava toda a parte sul da ilha, interrompida somente pela entrada estreita do ancoradouro. Olhando aquele porto de cidade de brinquedo do alto, era difícil imaginar o terror e o desespero dos escravos capturados ao desembarcar naquele lugar de horror.

E ali, pela primeira vez, havia evidência de vida. Um homem atarracado, de cabelo escuro, calçando botas altas de borracha e pulôver de gola rulê, saiu de um chalé de pedra no desembarcadouro. Ficou parado, protegendo os olhos com a mão e olhando para eles por um momento, para em seguida, desinteressando-se da chegada do helicóptero, virar-se e entrar novamente no chalé.

Não avistaram nenhum outro sinal de vida, mas, quando o circuito se completou e eles se preparavam para pousar no círculo de aterrissagem, três personagens saíram da casa e andaram na direção deles com a precisão ordenada de participantes de um desfile militar. Os dois da frente estavam vestidos com mais formalidade do que sem dúvida era usual na ilha, colarinhos imaculados, ambos de gravata. Dalgliesh se perguntou se teriam trocado de roupa antes de ele chegar, e se o cuidado da providência manifestava uma mensagem sutil: estava sendo recebido oficialmente não numa cena de crime, mas numa casa enlutada. Além dos três personagens masculinos, não havia mais ninguém à vista. A fachada dos fundos da casa era desprovida de ornatos, com um amplo pátio de pedra entre os dois conjuntos paralelos de estábulos que, a julgar pelas janelas munidas de cortinas, pareciam ter sido transformados em moradias.

Desembarcaram e se curvaram para passar sob as hélices do helicóptero, que giravam em velocidade decrescente, e em seguida avançaram para o comitê de recepção. Percebia-se claramente qual dos três homens estava no comando. Ele deu um passo à frente: "Comandante Dalgliesh, sou Rupert Maycroft, secretário executivo da ilha. Este é meu colega e médico residente, Guy Staveley, e este é Dan Padgett". Fez uma pausa, como se não soubesse como classificar Padgett, depois disse: "... Ele tomará conta da bagagem".

Padgett era um jovem franzino, de rosto mais pálido do que seria de esperar em alguém que mora numa ilha, cabelo aparado rente expondo os ossos do crânio levemente abaulado. Vestia jeans escuro e camiseta branca. A despeito da aparente fragilidade, tinha braços compridos e musculosos e mãos grandes. Cumprimentou-os com a cabeça, mas não falou.

Dalgliesh fez as apresentações e todos trocaram apertos de mão. A professora Glenister recusou-se com firmeza a separar-se de suas malas. Dalgliesh e Kate retiveram seus kits assassinatos, e Padgett acomodou sem dificuldade o resto da bagagem sobre os próprios ombros, pegou a valise de Benton e avançou para um buggy. Maycroft fez um gesto na direção da lateral da casa, indicando claramente que os convidava a segui-lo, mas sua voz sumiu no barulho renovado do helicóptero. Olharam o aparelho erguer-se suavemente no espaço, fazer uma curva que talvez fosse um gesto de adeus, e voar na direção do mar.

Maycroft disse: "Imagino que primeiro queiram ver o corpo".

A dra. Glenister respondeu: "Eu gostaria de fazer um exame completo antes que o comandante Dalgliesh ouça o que quer que seja sobre as circunstâncias da morte. O corpo foi removido?".

"Foi levado para uma de nossas duas enfermarias. Espero que não tenha sido um erro. Baixamos o corpo e nos pareceu... bem... desumano deixá-lo sozinho junto à torre, mesmo coberto por um lençol. Parecia uma coisa natural deitá-lo numa maca e trazê-lo para a casa. Deixamos a corda no farol."

Dalgliesh perguntou: "Sem ninguém tomando conta? Quer dizer, o farol está trancado?".

"Não, é impossível trancá-lo porque a chave se extraviou. Quando o farol foi reformado, recebemos uma chave — pelo menos foi o que me disseram —, mas faz anos que desapareceu. Jamais se julgou necessário substituí-la. Não temos crianças na ilha e não permitimos a entrada de hóspedes eventuais, de modo que não havia razão para manter o farol trancado. Há um ferrolho pelo lado de dentro. O hóspede que pagou pela reforma — um homem apaixonado por faróis — costumava sentar-se na plataforma abaixo da lanterna e queria ter a certeza de que ninguém o perturbaria. Nunca nos demos ao trabalho de remover o ferrolho, mas duvido que alguém se sirva dele."

Maycroft estava conduzindo o grupo não para a porta dos fundos da casa, mas, contornando a ala esquerda, na direção de uma entrada frontal cercada de pilastras. O bloco central, com suas duas janelas compridas e encurvadas no primeiro e no segundo andar, sob a maciça torre quadrada, erguia-se acima deles mais inquietantemente formidável do que quando visto do ar. Quase sem querer, Dalgliesh parou e olhou para cima.

Considerando aquilo um convite para romper o que se transformara num silêncio desconfortável, Maycroft disse: "Extraordinário, não é mesmo? O arquiteto era discípulo de Leonard Stokes e, depois que Stokes morreu, usou como modelo a casa que Stokes construiu para Lady Digby em Minterne Magna, no condado de Dorset. A fachada principal da casa de Lady Digby fica na parte de trás e é por lá que se entra na casa, mas Holcombe queria que tanto os aposentos principais, com as longas janelas arqueadas, como a porta de entrada dessem para o mar. Nossos hóspedes, os que entendem alguma coisa de arquitetura, gostam de sublinhar que o projeto foi sacrificado em nome da pretensão, e que Combe não tem nada da brilhante coordenação de estilos obtida por Stokes em Minterne. Duas janelas arqueadas em lugar de quatro e o projeto da entrada deixam a torre muito volumosa. Nunca estive em Minterne, mas imagino que tenham razão. Quanto a mim, considero esta casa imponente. Acho que me acostumei com ela".

A porta da frente, de carvalho escuro incrustado com pesados ornamentos de ferro batido, estava aberta. Entraram num hall quadrado com piso de ladrilhos em motivo formal, mas intrincado. Ao fundo, uma ampla escadaria se ramificava para a esquerda e para a direita, dando acesso a uma galeria elevada que recebia luz por um grande vitral com uma imagem romantizada do rei Artur e dos cavaleiros da Távola Redonda. O hall tinha poucos móveis rebuscados de carvalho — estilo que sugeria que o proprietário original buscava mais a ostentação senhorial do que o conforto. Era difícil imaginar alguém sentado naquelas cadeiras pomposas ou no comprido assento de madeira de encosto alto e ricamente entalhado.

Maycroft disse: "Temos um elevador, venham por aqui".

O aposento em que entraram, via-se, era utilizado ao mesmo tempo como escritório, vestiário e depósito. Havia uma escrivaninha com sinais de uso, uma fileira de ganchos com capas de chuva penduradas e uma prateleira baixa para botas. Desde a chegada, não houvera sinal de vida. Dalgliesh perguntou: "E onde estão todos, neste momento? Hóspedes e empregados?".

Maycroft respondeu: "Os empregados foram avisados de que serão chamados para responder a perguntas. Estão esperando na casa principal ou em seus aposentos. Pedi-lhes que se reúnam mais tarde na biblioteca. No momento só estamos com dois hóspedes, além da filha de Oliver, Miranda, e do revisor, Dennis Tremlett. Quanto aos outros dois, não há como entrar em contato com eles. Claro, não seria normal que ficassem nos chalés, num dia como hoje. Podem estar em qualquer lugar da ilha, mas quando a noite cair acredito que possamos comunicar-nos com eles por telefone. Nenhum dos dois fez reserva para o jantar".

Dalgliesh disse: "Talvez eu precise falar com eles antes. Há alguma maneira de localizá-los?".

"Só mandando uma equipe de busca atrás deles, mas preferi não fazê-lo. Achei melhor manter as pessoas reunidas na casa principal. O costume aqui é jamais perturbar os hóspedes, a não ser que absolutamente necessário."

Dalgliesh ficou tentado a responder que um assassinato impõe suas próprias necessidades, mas ficou em silêncio. Seria preciso interrogar os dois hóspedes, mas isso podia esperar. Agora o mais importante era manter os residentes juntos.

Maycroft disse: "As duas enfermarias ficam na torre, imediatamente abaixo do meu apartamento. Talvez não seja muito prático, mas o ambulatório fica no mesmo andar, que é tranqüilo. Dá para transportar uma maca neste elevador, embora nunca tenha sido necessário antes. Trocamos o elevador há três anos — já era mais do que tempo".

Dalgliesh perguntou: "Você não encontrou nenhum bilhete do senhor Oliver no farol — ou em outro lugar?".

"No farol não, mas não pensamos em procurar. Nem revistamos seus bolsos, por exemplo. Francamente, não nos ocorreu. Teria parecido muito inadequado."

"E a senhorita Oliver não mencionou algum bilhete deixado no chalé?"

"Não. Essa é uma pergunta que eu não gostaria de ter feito. Eu tinha ido dizer a ela que o pai havia morrido. Estava lá como amigo, não como policial."

Essas palavras, embora pronunciadas com tranqüilidade, traíam uma ponta de crítica. Quando olhou para Maycroft, Dalgliesh viu que ele havia corado. Não respondeu. Maycroft fora o primeiro a ver o corpo de Oliver; nas circunstâncias, estava se saindo bem.

Surpreendentemente, quem falou foi a dra. Glenister. Ela disse secamente: "Esperemos que seus colegas reconheçam a diferença".

O elevador, revestido de madeira entalhada e com um banco acolchoado em couro ao fundo, era confortável. Duas das paredes eram espelhadas. Ao ver os rostos de Maycroft e Staveley refletidos ao infinito enquanto eram içados para o alto, Dalgliesh ficou impressionado com a diferença entre os dois homens. Maycroft parecia mais jovem do que imaginara. O homem não fora para Combe Island depois de aposentar-se? Ou se aposentara muito cedo ou o tempo fora generoso com ele. E por que não? A vida de um advogado do interior dificilmente expõe um homem a um risco de infarto maior que o normal. Seu cabelo, de um castanho-claro sedoso, começava a rarear, mas não dava sinais de ficar grisalho. Seus olhos, embaixo de sobrancelhas niveladas, eram cinza-claros, e sua pele quase não tinha rugas, com exceção de três vincos rasos e paralelos na testa. Mas ele não possuía nem sinal do vigor da juventude. Dalgliesh teve a impressão de que era um homem consciencioso adaptando-se à meia-idade e tratando de evitar as batalhas, mais do que vencê-las; um advogado de família que se pode consultar com segurança quando se quer um acordo, mas inadequado para os rigores de uma disputa.

Guy Staveley, certamente o mais jovem dos dois, parecia dez anos mais velho que o colega. Seu cabelo estava desbotando, agora era cinza opaco, com uma tonsura de calvície no topo. Era alto, Dalgliesh calculava que medisse mais de um metro e oitenta, e seu passo era inseguro, andava com os ombros ossudos caídos e o queixo projetado para a frente, como se estivesse pronto para encontrar mais uma vez as injustiças da vida. Dalgliesh lembrou-se da observação casual de Harkness: *Fez um diagnóstico errado e uma criança morreu; assim, ele conseguiu um emprego num lugar onde o pior que pode acontecer é alguém cair de um penhasco, e disso ninguém poderá culpá-lo.* Dalgliesh sabia que há coisas que acontecem com um homem que o marcam para sempre, tanto no corpo como na mente; coisas que nunca mais podem ser esquecidas, descartadas, tornadas menos dolorosas com o recurso à razão ou mesmo ao remorso. Já vira, nos rostos de enfermos crônicos, aquele olhar de Staveley, de resistência paciente e sem esperança.

3

O elevador parou sem dar solavanco e o grupo seguiu Maycroft por um corredor de paredes creme e chão de ladrilhos até uma porta à direita.

Maycroft tirou do bolso uma chave com uma etiqueta. Disse: "Este é o único aposento que podemos trancar, e por sorte não perdemos a chave. Imaginei que vocês gostariam de ter certeza de que o corpo não fora mexido".

Afastou-se para que todos entrassem, depois ele e o dr. Staveley se posicionaram ao lado da porta, no interior do aposento.

Era uma peça surpreendentemente ampla, com duas janelas altas com vista para o mar. A parte superior de uma delas estava aberta, e as delicadas cortinas creme que a cobriam flutuavam, erráticas como uma respiração difícil. Os móveis eram uma mescla de conforto doméstico e praticidade. O papel de parede William Morris, as duas poltronas vitorianas com encosto em capitonê e a escrivaninha regência posicionada sob a janela se adequavam à informalidade despretensiosa de um quarto de hóspedes, enquanto a maca cirúrgica, a mesinha retrátil e a cama de solteiro com suas alavancas e seu encosto móvel tinham um pouco da impessoalidade austera de um quarto de hospital. A cama estava posicionada transversalmente às janelas. Daquela altura, o paciente só conseguiria ver o céu, mas talvez até essa vista restrita fosse um lembrete reconfortante de que havia um mundo fora daquela enfermaria isolada. Apesar da brisa que entrava pela janela aberta e da pulsação constante do mar, Dalgliesh teve a impressão de que a atmosfera tinha um odor acre, e o aposento era tão claustrofóbico quanto uma cela.

Os travesseiros haviam sido removidos e postos sobre uma das duas poltronas, e o cadáver, coberto com um lençol, se delineava por baixo do tecido como à espera dos cuidados de um coveiro. A professora Glenister abriu sua valise sobre a mesinha e retirou uma capa de plástico, uma embalagem com luvas e uma lupa. Ninguém falou enquanto ela vestia a capa e calçava as luvas finas sobre os dedos longos. Aproximando-se da cama, ela fez um sinal para Benton-Smith, que removeu o lençol, dobrando-o meticulosamente de cima para baixo e depois de um lado para o outro antes de transportar o quadrilátero de linho, com o cuidado de quem participa de uma cerimônia religiosa, e posicioná-lo sobre os travesseiros. Depois, sem que lhe fosse solicitado, ele acendeu a única luz no alto da cama.

A professora Glenister se voltou para os dois personagens em pé ao lado da porta: "Não preciso mais de vocês, obrigada. Um helicóptero especial para o transporte do morto virá até aqui oportunamente. Eu acompanharei o corpo. Talvez os senhores possam aguardar o senhor Dalgliesh e equipe no escritório".

Maycroft entregou a chave a Dalgliesh. Disse: "Fica no segundo andar, na frente da biblioteca. O elevador pára no vestíbulo que separa os dois aposentos".

Hesitou por um instante e lançou um último e demorado olhar para o cadáver, quase como se achasse necessário algum gesto final de respeito, nem que fosse uma inclinação da cabeça. Depois, sem uma palavra, ele e Staveley se retiraram.

O rosto de Oliver não era estranho a Dalgliesh; ele o vira freqüentemente em fotografias ao longo dos anos, e as imagens cuidadosamente escolhidas haviam transmitido sua mensagem, impregnando os traços finos de força intelectual e até de nobreza. Agora tudo havia mudado. Os olhos vidrados estavam semi-abertos, dando ao morto um aspecto de arguta malevolência, e sentia-se um débil fedor de urina, vindo de uma mancha na parte da frente da calça — a humilhação final da morte súbita e violenta. A mandíbula estava caída e o lábio superior, retraído, expunha os dentes, num esgar. Um fio de sangue escorrera da narina esquerda e secara: agora, preto, parecia um inseto saindo da toca. O cabelo espesso, cinza-ferro com mechas de prata, brotava da testa alta em ondas penteadas para trás; as mechas prateadas, mesmo na morte, brilhavam à luz da janela e teriam parecido artificiais se as sobrancelhas não mostrassem a mesma mistura discordante de cores.

Ele era baixo; Dalgliesh calculou que não teria mais que um metro e sessenta e cinco; a cabeça era desproporcionalmente grande, em comparação com os ossos delicados dos pulsos e dos dedos. Vestia o que parecia ser uma jaqueta de caça vitoriana, de tweed azul-marinho e cinza, cintada, com quatro bolsos chapados e abas abotoadas, uma camisa cinza de colarinho aberto e calça de veludo cotelê também cinza. Os sapatos marrons rústicos e resistentes, engraxados com cuidado, pareciam incongruentemente pesados para uma compleição tão esguia.

A professora Glenister ficou algum tempo em silêncio contemplando o cadáver, depois tocou gentilmente os músculos do rosto e do pescoço e em seguida verificou as articulações de cada um dos dedos curvados sobre o lençol de baixo como se, na morte, tentassem agarrá-lo.

Inclinou a cabeça, aproximando-a do cadáver, depois se ergueu e disse: "O *rigor mortis* já está bem estabelecido. Estimo a hora da morte entre sete e meia e nove desta manhã, provavelmente mais para sete e meia. Com esse nível de *rigor* há pouca utilidade em tentar despi-lo. Se mais tarde for possível fazer uma estimativa mais precisa, farei isso, mas duvido que consiga chegar a uma conclusão mais exata, mesmo supondo que o estômago contenha alguma coisa".

A marca da corda na branca magreza do pescoço era

tão vívida que parecia artificial, uma simulação de morte, não a morte em si. Sob a orelha direita havia um grande hematoma, sem dúvida provocado pelo nó; Dalgliesh calculou que media cerca de cinco centímetros quadrados. A marca circular da corda, logo abaixo do queixo, destacava-se com a clareza de uma tatuagem. A professora Glenister examinou-a, depois entregou a lupa a Dalgliesh.

"A questão é: esta morte foi provocada por enforcamento ou por estrangulamento manual? Não chegaremos a nenhuma conclusão a partir do nó do lado direito do pescoço. O hematoma é extenso, sugerindo um nó grande e bem firme. O aspecto interessante no pescoço está aqui, à esquerda, onde temos dois hematomas circulares nítidos, provavelmente provocados por dedos. Eu esperaria ver a marca de um polegar à direita, mas a marca do nó não permite que se veja. Deduzo que o agressor é destro. Quanto à causa da morte, acredito que não precise de minha opinião, comandante. Ele foi estrangulado. O enforcamento veio depois. Há uma marca superficial nítida da corda propriamente dita que apresenta um padrão regular e repetido. Mais precisa e diferente do que eu esperaria de uma corda comum. Pode ser uma corda com um núcleo central forte, provavelmente de náilon, com uma cobertura externa em padronagem. Um cabo de escalada, por exemplo."

Falava sem olhar para Dalgliesh. Ele pensou: *Ela deve achar que fui informado sobre o modo como ele morreu, mas não vai perguntar. E nem precisa, dada esta ilha e seus penhascos.* Mesmo assim, a dedução fora surpreendentemente rápida.

Olhando para baixo, para as mãos enluvadas da professora Glenister movendo-se sobre o cadáver, a mente de Dagliesh obedecia às suas próprias compulsões, mesmo enquanto ele reagia aos imperativos do presente. Impressionava-o, como em seu primeiro caso de assassinato, nos tempos de jovem detetive, o absoluto da morte. Uma vez que o corpo esfriava e o *rigor mortis* iniciava seu avanço inevitável e previsível, era quase impossível acreditar que aquele trambolho endurecido de pele, ossos e músculos algum dia estivera vivo. Animal algum jamais ficava tão morto quanto um homem. Seria porque muito mais se perdera com aquele endurecimento final — não apenas as paixões animais e as urgências da carne, mas também toda a abrangência de vida da mente humana? Aquele corpo pelo menos deixava um memorial a sua existência, mas mesmo seu rico legado de imaginação e acertos verbais parecia uma bagatela infantil diante daquela negatividade final.

A professora Glenister virou-se para Benton-Smith, que estava um pouco afastado, em silêncio. "Este não é seu primeiro caso de assassinato, sargento — ou é?"

"Não, senhora. É meu primeiro assassinato por estrangulação manual."

"Então é melhor dar uma boa olhada."

Passou a lupa para ele. Benton-Smith levou algum tempo examinando e depois devolveu a lupa sem comentários. Dalgliesh lembrou-se que Edith Glenister fora uma professora notável. Agora, com um pupilo por perto, a tentação de investir-se de seu antigo papel de pedagoga estava se mostrando irresistível. Em vez de ressentir-se por Glenister instruir seu comandado, Dalgliesh achou a atitude tocante.

A professora Glenister continuava a ensinar Benton-Smith. "O estrangulamento manual é um dos aspectos mais interessantes da medicina legal. Naturalmente, não pode ser auto-infligido, pois a inconsciência interviria e a pressão relaxaria. Isso significa que normalmente se presume que o estrangulamento sempre é um homicídio, a menos que haja evidências convincentes do contrário. A maior parte dos estrangulamentos é manual e espera-se encontrar a marca da constrição no pescoço da vítima. Algumas vezes vemos arranhões ou a impressão de unhas feita quando a vítima tenta afrouxar o aperto do agressor. Não há evidência disso aqui. Os dois hematomas quase idênticos no lado esquerdo do pescoço sobre o corno da tireóide sugerem fortemente que se trata de um estrangulamento, obra de um adulto destro, e que foi usada apenas uma das mãos. A pressão entre o polegar e o dedo significa que a laringe foi comprimida; talvez haja escoriações atrás dela. Em pessoas mais velhas, tais como a vítima em questão, pode haver fratura do corno superior da tireóide, na base. Somente quando a compressão foi muito violenta tendem a existir fraturas mais extensas. A morte pode advir de muito pouca violência e pode, mesmo, não ser intencional. Um aperto forte desse tipo pode resultar em morte por inibição vagal ou anemia cerebral, não asfixia. Você compreende os termos que empreguei?"

"Sim, senhora. Posso fazer uma pergunta?"

"Claro que sim, sargento."

"É possível avaliar o tamanho da mão, se é uma mão feminina ou masculina, e se há alguma anormalidade?"

"Ocasionalmente, mas com ressalvas, em particular no que diz respeito a alguma anormalidade na mão. Nos casos em que há marcas nítidas do polegar e do dedo, é possível fazer uma estimativa da distância entre os dois, mas só uma estimativa. É preciso cautela quanto a afirmar com muita certeza o que é e o que não é possível. Peça ao comandante que lhe conte sobre o caso Harold Loughans, de 1943."

O olhar que ela dirigiu a Dalgliesh era ligeiramente desafiador. Dessa vez ele decidiu não deixá-la levar a melhor e começou a narrar: "Harold Loughans estrangulou a dona de um pub, Rose Robinson, e roubou a féria do dia. O suspeito não tinha dedos na mão direita, mas o médico-legista, Keith Simpson, forneceu evidências de que o estrangulamento teria sido possível se Loughans estivesse montado sobre sua vítima, de modo que o peso de seu corpo pressionasse a mão para baixo. Isso explicou a ausência de marcas de dedos. Loughans declarou-se inocente e Bernard Spilbury representou a defesa. O júri acreditou na evidência apresentada por Spilbury, que alegava que Loughans seria incapaz de estrangular a senhora Robinson, e ele foi absolvido. Mais tarde, confessou".

A professora Glenister disse: "Esse caso é um alerta para as testemunhas técnicas e os jurados que sucumbem ao culto à celebridade. Bernard Spilbury era tido como infalível, especialmente por ser uma testemunha esplêndida. Esse não foi o único caso em que mais tarde ficou provado que estava errado". Voltou-se para Dalgliesh: "Acho que isso é tudo o que preciso ver ou fazer aqui. Espero realizar a autópsia amanhã de manhã, e acredito que terei condições de apresentar um relatório verbal preliminar por volta do meio-dia".

Dalgliesh respondeu: "Eu trouxe meu laptop, e sem dúvida há um telefone no chalé em que estou hospedado. A conexão deve ser segura".

"Então telefono para você amanhã ao meio-dia para lhe dar uma panorâmica."

Enquanto Benton-Smith recolocava o lençol sobre o cadáver, Dalgliesh perguntou: "Não existe um estudo novo sobre como colher impressões digitais da pele?".

"É um estudo cheio de problemas. Recentemente, tive uma conversa com um dos cientistas envolvidos nos experimentos, mas o único sucesso obtido até agora foi nos Estados Unidos, onde é possível que um nível mais alto de umidade tenha determinado que uma quantidade maior de suor se depositasse. A área do pescoço é muito macia para receber uma impressão detectável e é improvável que se consigam suficientes detalhes do desenho da impressão. Outra possibilidade é esfregar a área escoriada e tentar colher DNA, mas duvido que isso possa ser usado no tribunal, dadas as possibilidades de contaminação por terceiros ou pelos fluidos corporais da própria vítima no pós-morte. Esse método de análise de DNA é particularmente sensível. Claro, se o assassino tentou mover o corpo e manuseou o cadáver tocando em alguma outra área da pele, isso poderia fornecer uma superfície melhor que a área do pescoço para coleta de impressões digitais ou DNA. Se ele estivesse com as mãos sujas de óleo ou graxa, isso também elevaria as possibilidades de se encontrarem impressões digitais. Mas não acho que nesse caso haja esperança disso. Obviamente, a vítima estava totalmente vestida e duvido que possamos encontrar algum sinal de contato em sua jaqueta."

Kate falou pela primeira vez: "Supondo que tenha sido suicídio, mas que ele quisesse que parecesse assassinato. Oliver poderia ter feito essas marcas de dedos no próprio pescoço?".

"A julgar pela pressão necessária para produzir tais marcas, eu diria que isso é improvável. Em minha opinião, Oliver estava morto quando foi empurrado da grade do parapeito, mas saberei com mais certeza quando abrir o pescoço."

A professora Glenister recolheu seus instrumentos e fechou a maleta. Disse: "Suponho que vocês só pedirão o helicóptero depois de visitar a cena do crime. Talvez encontrem evidências que desejem levar para o laboratório. Isso me dá a oportunidade de fazer uma caminhada. Volto em quarenta minutos. Se precisarem de mim antes, estarei na trilha do penhasco noroeste".

E se retirou, sem nem um olhar para o cadáver. Dalgliesh foi até seu kit assassinato e muniu-se de luvas, depois insinuou os dedos nos bolsos da jaqueta de Oliver. A única coisa que encontrou foi um lenço limpo e dobrado no bolso de baixo do lado esquerdo e, no lado direito, um estojo duro contendo um par de óculos de leitura em forma de meia-lua. Sem muita esperança de que esses itens indicariam alguma informação útil, ele os colocou num saco separado e devolveu-os ao morto. Os dois bolsos da calça estavam vazios, com exceção de uma pequena pedra de formato curioso que, pelos fiapos de tecido aderidos a ela, provavelmente estava ali há tempos. As roupas e os sapatos seriam removidos na sala de autópsia e enviados para o laboratório.

Kate disse: "Me surpreende um pouco ele não estar carregando sequer uma carteira, mas acho que ninguém precisa disso na ilha".

Dalgliesh declarou: "Nenhum bilhete de suicídio. Claro que ele poderia ter deixado no chalé, mas a essa altura a filha já teria dito alguma coisa a respeito".

Kate comentou: "Ele pode ter guardado na gaveta da escrivaninha ou deixado meio escondido. Talvez não quisesse que as pessoas saíssem atrás dele antes de ele conseguir chegar ao farol".

Benton ajeitava o lençol. Disse: "Mas será que foi mesmo suicídio, senhor? Não há dúvida de que ele não teria como infligir essas escoriações a si mesmo".

"Não, eu não acho que ele tenha feito isso, sargento. Mas, até recebermos o relatório da autópsia, é melhor não começar a fazer conjecturas ou traçar teorias."

Eles estavam prontos para sair da enfermaria. O lençol que cobria o corpo de Oliver parecia ter ficado mais macio, moldando, mais que escondendo, a ponta do nariz e os ossos dos braços imóveis. E agora, pensou Dalgliesh, o aposento tomará posse do morto. Parecia-lhe, como sempre, que o ar estava imbuído da irrevogabilidade final e do mistério da morte; do alto de sua normalidade e permanência, o papel de parede desenhado, as cadeiras cuidadosamente posicionadas, a escrivaninha de estilo regência pareciam zombar da transitoriedade da vida humana.

4

O dr. Staveley foi com eles até o escritório. Maycroft disse: "Eu gostaria que Guy ficasse aqui. Ele é, efetivamente, meu suplente, embora isso jamais tenha sido formalizado. Ele pode se lembrar de detalhes adicionais e ir complementando o que eu disser".

Dalgliesh sabia que a proposta era mais para proteger Maycroft do que para colaborar com as investigações. Maycroft era advogado e estava ansioso para ter uma testemunha observando tudo que fosse dito. Mas não via nenhuma razão válida para opor-se e, assim, não o fez.

A primeira impressão de Dalgliesh ao entrar no escritório foi de uma sala de estar confortavelmente mobiliada, sem, todavia, ter alcançado êxito total em sua adaptação para local dedicado a negócios oficiais. A ampla janela arqueada dominava tanto o ambiente que os olhos demoravam um pouco para notar a peculiar dicotomia do aposento. Dois dos painéis da janela estavam totalmente abertos para a brilhante e cambiante extensão do mar, que, apenas no momento em que Dalgliesh se deteve fitando-o, passou de azul pálido a azul profundo. Dali, o bater da rebentação era atenuado, mas o ar zumbia com fragor melancólico e plangente. Por algum tempo, o indomável parecia tranqüilo e adormecido, e o aposento, com sua confortável adequação, exibia uma pacífica invulnerabilidade.

Os olhos de Dalgliesh tinham prática em absorver rapidamente e sem aparentar curiosidade o que um aposento denunciava sobre seu ocupante. Ali, naquele espaço herdado, e não organizado pessoalmente, a mensagem era ambígua. Uma escrivaninha de mogno e uma cadeira com encosto oval estavam dispostas em frente à janela, e na outra ponta, encostadas na parede, ficavam uma escrivaninha menor, uma cadeira e uma mesa retangular que apoiava uma impressora e uma máquina de fax. Perto dela havia um grande cofre preto com uma fechadura de combinação. Quatro arquivos cinza estavam dispostos na parede oposta à da janela, a modernidade deles contrastando com as delicadas e antigas estantes de livros com frente de vidro que ficavam ao lado da engalanada lareira de mármore. As duas guardavam uma mistura incongruente de volumes com capa de couro e livros mais práticos. Dalgliesh conseguia discernir a capa vermelha do *Who's Who,* o pequeno dicionário *Oxford* e um atlas alojados entre fileiras de arquivos. Havia também várias pequenas pinturas a óleo, mas apenas o quadro pendurado sobre a lareira causava algum impacto: mostrava um grupo de pessoas tendo como pano de fundo a grandiosa Combe House, e seu dono, junto com a mulher e os filhos, posava orgulhosamente em frente da casa. O quadro mostrava três irmãos, dois em uniforme do exército e o terceiro, um pouco afastado dos outros, segurando as rédeas de um cavalo. Era um quadro meticulosamente exagerado, mas o relato que fazia da família era inequívoco. Não havia dúvidas do motivo pelo qual havia permanecido na casa ao longo de décadas, justificando seu lugar menos por mérito artístico que pelo escrupuloso delineamento da devoção familiar e pela lembrança nostálgica de uma geração perdida.

Como se pressentisse que o aposento exigia alguma explicação, Maycroft disse: "Herdei o escritório do secretário executivo anterior, o coronel Royde-Matthews. Os móveis e os quadros pertencem à casa. Guardei a maioria de minhas coisas num depósito quando aceitei este emprego".

Então ele viera para a ilha sem nenhuma sobrecarga. O que mais, pensou Dalgliesh, ele havia deixado para trás?

Continuando, Maycroft falou: "Por favor, sentem-se.

Se pusermos uma das cadeiras da escrivaninha junto das quatro poltronas perto da lareira, talvez fiquemos mais confortáveis".

Benton-Smith fez isso. Eles então sentaram-se em semicírculo em frente à lareira vazia, encimada por uma cornija excessivamente trabalhada; a situação era de tal forma parecida com uma cerimônia religiosa que Dalgliesh quase esperava que algum deles começasse a fazer orações. Benton-Smith tinha posto sua cadeira meio afastada das poltronas e, naquele momento, tirava discretamente seu bloco de notas.

Maycroft foi logo dizendo: "Eu nem preciso dizer a vocês quão ansiosos estamos todos aqui para cooperar com seu inquérito. A morte de Oliver e, particularmente, a maneira horrível como ela ocorreu chocaram toda a ilha. Temos uma história violenta, mas isso ficou no passado. Não houve nenhuma morte de causas não-naturais — de fato morte alguma — na ilha desde o fim da última guerra, com exceção da senhora Padgett, que se foi duas semanas atrás. Ela foi cremada no continente na última sexta-feira. Seu filho ainda está conosco, mas deve partir em breve".

Dalgliesh disse: "Naturalmente, necessitarei falar com todas as pessoas em particular, além de encontrá-las todas juntas na biblioteca. Fui informado sobre alguns fatos da história da ilha, inclusive sobre o estabelecimento do Conselho Administrativo de Combe Island. Também sei alguma coisa sobre as pessoas que residem aqui. O que preciso saber é como Nathan Oliver se encaixava em tudo isso, e quais eram as relações entre ele, seus empregados e os hóspedes. Meu negócio não admite invenções, seja exagerando tendências pessoais ou descobrindo motivos inexistentes, o que eu necessito aqui é de franqueza".

O alerta era inconfundível. A voz de Maycroft carregava um traço de ressentimento: "E você a terá. Eu não vou fazer de conta que as relações com Oliver eram harmônicas. Ele vinha para cá regularmente, a cada trimestre, e desde que estou aqui — e imagino que na época do meu predecessor também — sua chegada nunca foi recebida com alegria. Francamente, ele era um homem difícil, exigente, crítico, nem sempre educado com os empregados e sujeito a alimentar ressentimentos, genuínos ou não. O regimento do Conselho Administrativo de Combe Island determina que todo aquele que tiver nascido aqui não pode ter sua entrada recusada, mas não especifica qual a freqüência e a duração das visitas. Oliver é — era — a única pessoa viva nascida na ilha, e não podíamos deixar de admitir sua presença, embora francamente eu pergunte aos meus botões se o comportamento dele não justificaria uma recusa. Estava ficando mais difícil com o passar dos anos e, sem dúvida, tinha seus problemas. Seu último livro não foi tão bem recebido quanto os anteriores, e ele talvez sentisse o talento declinando. A filha dele e seu revisor/secretário talvez possam lhe contar mais a respeito disso. Meu principal problema era que ele queria o chalé de Emily Holcombe, o Atlântico. Você verá no mapa que é o que está mais próximo do penhasco, com vistas maravilhosas. A senhorita Holcombe é o último membro vivo da família e, embora tenha se demitido há anos de seu posto no Conselho, tem o direito, protegido pelo regimento do Conselho, de viver na ilha pelo resto da vida. Ela não tem intenção alguma de sair do chalé Atlântico nem eu tenho intenção de pedir-lhe que se mude de lá".

"O senhor Oliver se mostrou particularmente difícil ao longo dos últimos dias? Ontem, por exemplo?"

Maycroft olhou para o dr. Staveley. O médico disse: "Ontem talvez tenha sido o dia mais infeliz que Oliver passou aqui na ilha. Ele tinha coletado sangue na quinta-feira, o sangue foi retirado por minha esposa, que é enfermeira. Ele pediu para fazer o exame porque estava reclamando de excesso de cansaço e imaginou que poderia estar anêmico. Parecia uma precaução razoável e eu decidi solicitar uma série de exames na amostra coletada. Nós usamos um serviço privado de patologia anexo ao hospital de Newquay. A amostra foi perdida no mar por Dan Padgett, que estava levando algumas roupas de sua mãe para a loja do Exército da Salvação situada na cidade. Foi obviamente um acidente, mas Oliver reagiu com violência. No jantar se envolveu numa discussão furiosa com um de nossos hóspedes, o doutor Mark Yelland, diretor do Laboratório Haynes-Skolling, sobre seu trabalho de pesquisa com animais. Oliver saiu da sala de jantar antes de a refeição terminar, dizendo que queria reservar a lancha para hoje à tarde. Ele não falou claramente que tinha intenção de ir embora, mas isso estava implícito. Essa foi a última vez que o vi com vida".

"Quem iniciou a discussão do jantar, Oliver ou o doutor Yelland?"

Maycroft pareceu pensar antes de dizer: "Acho que foi o doutor Yelland, mas é melhor perguntar diretamente quando for falar com ele. Não tenho uma lembrança nítida. Pode ter sido qualquer um dos dois".

Dalgliesh não estava inclinado a levar muito a sério a relutância de Maycroft. Um cientista eminente não lançava mão de assassinato para resolver uma discussão ocorrida no jantar. Ele conhecia alguma coisa sobre a reputação de Mark Yelland. Era um homem que, devido à profissão que escolhera, estava acostumado a suscitar controvérsias violentas e sem dúvida tinha desenvolvido estratégias para lidar com elas. Era improvável que assassinato fosse uma delas. Ele perguntou: "Você acha que o senhor Oliver era irracional a ponto de ser considerado mentalmente instável?".

Houve uma pausa e então Staveley falou: "Eu não tenho competência para dar uma opinião, mas duvido que um psiquiatra fosse tão longe em sua afirmação. O comportamento de Oliver durante o jantar foi antagônico, mas não irracional. Ele me dava a impressão de ser um homem profundamente infeliz. Não me surpreenderia se decidisse pôr um fim a sua infelicidade".

Dalgliesh perguntou: "Assim, de forma tão espetacular?".

Foi Maycroft quem respondeu: "Acho que nenhum de nós o compreendia de fato".

O dr. Staveley parecia arrepender-se de sua última declaração. E falou: "Conforme eu disse, não tenho envergadura para dar uma opinião sobre o estado de espírito de Oliver. Quando falei que o suicídio não me surpreenderia, imagino que seja porque ele estava claramente infeliz e porque qualquer outra coisa seria inconcebível".

"E o que houve com Dan Padgett?"

Maycroft explicou: "Eu falei com ele, é claro. Oliver queria que fosse despedido, mas isso não era possível. Como eu disse, foi um acidente. Não foi intencional e não havia por que cogitar da hipótese de mandá-lo embora. Mas cheguei a sugerir a Padgett que talvez ele pudesse procurar um emprego no continente. Ele disse que já planejava ir embora da ilha, uma vez que sua mãe tinha morrido. Havia decidido ir para Londres e matricular-se numa dessas novas faculdades. Já tinha até escrito em busca de informações e, aparentemente, esse tipo de escola não demonstra muita preocupação com o fato de ele não ter notas altas. Eu disse a Padgett que ele havia tomado uma sábia decisão ao optar por deixar Combe e começar a vida em outro lugar. Ele viera ao escritório esperando uma repreenda, mas saiu mais animado do que nunca. Talvez animado seja o termo errado — ele estava exultante".

"E não há ninguém nesta ilha que possa ser descrito como inimigo de Oliver? Ninguém que pudesse odiá-lo a ponto de querer vê-lo morto?"

"Não. Para mim, não foi assassinato. Acho que deve haver alguma outra explicação, e espero que você consiga encontrá-la. Enquanto isso, imagino que queira que todos permaneçam na ilha. Acho que posso garantir que os empregados serão cooperativos, mas não tenho controle sobre nossos hóspedes, o doutor Raimund Speidel, diplomata alemão e ex-embaixador em Beijing, e o doutor Yelland. Evidentemente, o mesmo se aplica à senhorita Oliver e a Tremlett."

Dalgliesh disse: "No presente momento, não tenho poder para evitar que alguém deixe a ilha, mas, obviamente, espero que ninguém faça isso. Porém, se alguém o fizer, será interrogado de toda maneira, só que com mais publicidade do que se tivesse permanecido".

Maycroft falou: "A senhorita Holcombe tem uma consulta marcada no dentista em Newquay na segunda de manhã. Fora isso, a lancha ficará no ancoradouro".

Dalgliesh perguntou: "Como pode ter certeza de que ninguém consegue ancorar na ilha sem ser visto?".

"Não há registro de que alguém já tenha feito isso. O ancoradouro é o único local seguro para se desembarcar pelo mar. Além do mais, há bastante gente dentro e em torno da casa, o suficiente para manter vigilância contínua ou, até mesmo, organizada. Como você pôde ver, a entrada do ancoradouro é bem estreita, e temos sensores óticos nos dois lados. Se um barco chegar durante a noite, as luzes se acendem. O chalé de Jago fica no cais. Ele dorme com as cortinas abertas e acordaria imediatamente, caso isso ocorresse. Mas nunca aconteceu. Suponho que existam uns dois lugares onde alguém poderia tentar desembarcar na maré baixa nadando de um barco em alto-mar, mas não sei como esse suposto invasor poderia subir o penhasco sem ter um cúmplice na ilha, e ambos precisariam ser escaladores experientes."

"E quem na ilha é um escalador experiente?"

Era óbvio que Maycroft falava com alguma relutância: "Jago. Ele é instrutor de escalada habilitado e ocasionalmente permite que os hóspedes que julga competentes pratiquem com ele. Mas, olhe, acho que você pode esquecer a possibilidade de que um de nós tenha abrigado um hóspede indesejável. Embora seja reconfortante, não é uma idéia factível".

E não era somente o problema de desembarcar. Se Oliver tivesse sido atraído para o farol por alguém que conseguisse entrar na ilha e talvez se escondido durante a noite, o assassino teria de saber que o farol estaria destrancado e onde encontrar as cordas de escalada. Dalgliesh não tinha dúvida de que o suposto assassino era alguém de Combe, mas a questão do acesso teria de ser levantada. Essa seria certamente uma pergunta feita pela defesa caso alguém fosse levado a julgamento.

Ele disse: "Preciso de um mapa da ilha mostrando os chalés e seus atuais ocupantes".

Maycroft foi até a gaveta da escrivaninha e disse: "Temos vários. Obviamente, os hóspedes precisam deles para se localizar na ilha. Imagino que estes forneçam detalhes suficientes tanto das construções, quanto do terreno".

Entregou os mapas dobrados para Dalgliesh, Kate e Benton-Smith. Dalgliesh foi até a outra escrivaninha e abriu seu mapa a fim de estudá-lo. Kate e Benton-Smith o acompanharam.

Maycroft disse: "Já assinalei os ocupantes atuais. A ilha tem sete quilômetros e meio de comprimento e se entende de nordeste para sudoeste. Pelo mapa, dá para ver que é mais larga no meio, cerca de três quilômetros, e que se afunila ao norte e ao sul. Tenho um apartamento aqui na casa, bem como a governanta, senhora Burbridge, e a cozinheira, senhora Plunkett. Millie Tranter, que auxilia a senhora Burbridge, tem suas acomodações nos estábulos reformados, e também Dennis Tremlett, revisor e secretário do senhor Oliver. Empregados temporários, contratados por semana no continente, também são alojados nos antigos estábulos. Atualmente não há nenhum. Existem dois apartamentos na casa para os hóspedes que preferem não ficar nos chalés, mas em geral ficam desocupados, como estão agora. Jago Tamlyn, que é nosso barqueiro e responsável pelo gerador, vive no chalé do Ancoradouro, no porto. Avançando para leste, temos o chalé Peregrino, ocupado no momento pela senhorita Oliver. Depois, duzentos e cinqüenta metros adiante, fica o chalé da Foca, desocupado no momento e onde talvez você queira se instalar. Depois vem o chalé da Capela, onde está Adrian Boyde, meu secretário. O nome se deve a uma capela quadrada localizada cinqüenta metros mais ao norte. O chalé no extremo ponto sudeste é o Murrelet, presentemente ocupado pelo doutor Yelland, que chegou na quinta-feira".

Maycroft tomou fôlego e prosseguiu na explicação: "Agora, avançando na direção da margem oeste, o chalé mais ao norte é o Pardela, onde está hospedado o doutor Speidel, que chegou na última quarta-feira. Cerca de quatrocentos metros ao sul fica o chalé Atlântico, ocupado pela senhorita Emily Holcombe. O chalé dela é o maior que temos na ilha, e fica mais isolado. O mordomo da senhorita Holcombe, Arthur Roughtwood, está instalado na parte menor do chalé. Depois temos o chalé Puffin, onde morava Martha Padgett até sua morte, há duas semanas. Só tem um quarto, de modo que Dan tinha suas acomodações no setor do estábulo. Depois da morte da mãe ele se mudou para o chalé, para remover os pertences dela. Por fim, temos o chalé Golfinho, a noroeste do farol". Maycroft olhou para o colega. "Esse é ocupado por Guy e sua esposa, Joanna. Jo é enfermeira formada, e ela e Guy tomavam conta de Martha até ela morrer".

Dalgliesh disse: "No momento você tem seis empregados, sem contar o doutor Staveley. Não é possível que eles dêem conta de todo o trabalho, quando todos os chalés estão ocupados".

"Usamos os serviços de empregados temporários vindos do continente, sobretudo para a limpeza. Eles permanecem aqui durante uma semana. Todos estão conosco há vários anos e são confiáveis — e, obviamente, discretos. Eles não costumam trabalhar nos fins de semana. No momento estamos reduzindo o número de hóspedes, na expectativa da chegada dos VIPs que nos disseram que viriam para cá. Você provavelmente sabe mais a respeito desse assunto do que eu."

Havia um traço de ressentimento na voz de Maycroft?

Ignorando-o, Dalgliesh prosseguiu: "Embora me pareça improvável que possam ajudar em alguma coisa, eu gostaria de ter os nomes e os endereços dos trabalhadores temporários".

"Tenho certeza que não terão como ajudar. Eles raramente vêem os hóspedes ou falam com eles. Vou examinar os registros, mas acho que apenas um ou dois temporários estiveram aqui na mesma época em que Oliver estava hospedado, e duvido que tenham posto os olhos nele."

Dalgliesh pediu: "Me conte o que sabe sobre as pessoas daqui".

Houve uma pausa. Maycroft então respondeu: "Estou numa situação difícil. Se há algum indício de que um de nós seja suspeito de homicídio, sinto-me obrigado a aconselhar que ele ou ela telefone para um advogado. Eu não poderia representá-los". Ele fez uma nova pausa e disse: "Como também, naturalmente, não poderia defender a mim mesmo. Minha posição é odiosa. Essa situação é difícil, singular".

Dalgliesh falou: "Para nós dois. Enquanto eu não receber o relatório da autópsia, não posso ter certeza do que estou investigando. Espero ter notícias da doutora Glenister durante o dia de amanhã. Até lá, parto do princípio de que esta é uma morte suspeita, nada mais. Seja qual for o resultado do relatório, ele terá que ser investigado, e quanto mais cedo obtivermos uma resposta, melhor será para todos. O hematoma no pescoço de Oliver, quem foi o primeiro a notá-lo?".

Os dois homens se entreolharam. Guy Staveley disse: "Acho que fui eu. Não consigo ter certeza. Eu me lembro de que, quando notei o hematoma pela primeira vez, meu olhar cruzou com o de Rupert. Tive a impressão de que estávamos pensando a mesma coisa, mas nenhum de nós falou sobre isso enquanto não levamos o cadáver para a enfermaria e ficamos a sós. Mas todo aquele que viu o corpo de Oliver pode ter notado a escoriação. A senhorita Oliver deve tê-la visto. Ela insistiu em ver o cadáver do pai e me fez abaixar o lençol que o cobria".

"E algum de vocês mencionou o hematoma para alguém?"

Maycroft respondeu: "Achei importante desencorajar especulações até a chegada da polícia. Naturalmente, imaginei que haveria algum tipo de investigação. Fui imediatamente até o escritório e telefonei para o número que me deram. Fui instruído a fechar a ilha e aguardar novas instruções. Vinte minutos depois, informaram-me de sua vinda".

Depois de uma pausa, prosseguiu: "Conheço as pessoas desta ilha. Sei que estou aqui há apenas um ano e meio, mas é tempo suficiente para compreender o básico sobre elas. A idéia de que uma delas poderia ter matado Oliver me parece bizarra. Tem de haver outra explicação, por mais implausível que pareça".

"Então me diga o que sabe sobre elas."

"A senhora Burbridge, a governanta, é viúva de um clérigo e está aqui há seis anos; Lily Plunkett, a cozinheira, há doze. Até onde sei, nenhuma delas jamais teve algum motivo específico para não gostar de Oliver. Adrian Boyde, meu secretário, é ex-padre. Esteve fora, de licença, e voltou pouco antes de minha chegada a Combe. Duvido que seja capaz de matar alguma criatura viva. Imagino que você conheça a história de Emily Holcombe. Como único membro vivo de sua família, tem o direito de morar aqui, segundo o regulamento do Conselho Administrativo, e ao vir morar aqui trouxe seu serviçal, Arthur Roughtwood. E há Jago Tamlyn, o barqueiro e eletricista. O avô dele havia trabalhado como barqueiro aqui em Combe."

Kate perguntou: "E Millie Tranter?".

"Millie é a única pessoa jovem entre nossos empregados e imagino que ela goste dessa distinção. Tem apenas dezoito anos. Ela ajuda a senhora Plunkett na cozinha, serve a mesa e, de modo geral, se faz útil para a senhora Burbridge."

Dalgliesh disse: "Preciso ver a senhorita Oliver, se ela já estiver se sentindo bem o bastante para falar. Tem alguém com ela agora?".

"Somente Dennis Tremlett, o revisor de Oliver. Guy e eu fomos juntos dar a notícia da morte de Oliver. Jo ligou para ver se havia algo que ela pudesse fazer. Dennis Tremlett ainda continua lá, portanto Miranda não está sozinha."

Dalgliesh pediu a Maycroft e Staveley: "Gostaria que vocês dois fossem comigo ao farol. Talvez convenha ligar para a biblioteca para avisar as pessoas que estão esperando que eu estarei com elas o mais breve possível. Ou talvez você prefira liberá-las para que possam voltar às suas atividades e reuni-las novamente quando voltarmos".

Maycroft respondeu: "Acho que elas preferem esperar. Antes que eu saia daqui, há algo mais que precise?".

"Seria bom se pudéssemos usar o cofre. Pode haver evidências que necessitem ser guardadas em segurança até que sejam enviadas para o laboratório. Receio que isso signifique que teremos de alterar o segredo. Seria muito inconveniente para você?"

"De maneira alguma. A escritura de propriedade e outros documentos importantes não estão na ilha. As informações sobre nossos hóspedes anteriores são, obviamente, confidenciais, mas esses papéis estarão tão seguros nos arquivos quanto no cofre. O espaço deve ser grande o suficiente para atender às suas necessidades. Eu algumas vezes me pergunto se esse cofre não foi construído para abrigar um cadáver."

Ele ficou imediatamente ruborizado, como se de repente tivesse se conscientizado de que seu comentário tinha sido inadequado. Para disfarçar o momento de constrangimento, disse: "Rumo ao farol!".

Benton abriu a boca para comentar algo, mas fechou-a logo em seguida. Provavelmente estava prestes a fazer alguma alusão a Virginia Woolf, porém pensou melhor. Dando uma olhada para o rosto de Kate, Dalgliesh sentiu que seu subordinado tinha tomado uma sábia decisão.

5

Dalgliesh e seus dois colegas, além de Maycroft e Staveley, saíram da casa pela porta da frente e tomaram o caminho estreito ao longo da borda do penhasco. Dalgliesh viu que cerca de cinco metros abaixo se situava o penhasco inferior, que avistara do alto, do helicóptero. Visto de cima, o apertado platô parecia tão foliado quanto um jardim planejado. Os pedaços gramados entre as rochas eram de um verde brilhante, e as grandes pedras com suas superfícies planas de granito prateado pareciam ter sido assentadas com cuidado e precisão. De suas fendas caía uma profusão de flores brancas e amarelas com suas folhas de textura esponjosa. Dalgliesh também reparou que aquele penhasco inferior oferecia uma rota escondida para o farol a qualquer pessoa bastante ágil para escalá-lo.

Maycroft, que andava entre Dalgliesh e Kate, ia fazendo um resumo da restauração do farol. Dalgliesh tentava entender se essa tagarelice era um mecanismo de defesa contra o constrangimento anteriormente protagonizado no escritório, ou se Maycroft estava tentando impor alguma normalidade à caminhada, como se estivesse falando com hóspedes mais convencionais e menos ameaçadores.

"O farol foi construído nos moldes do famoso farol erguido por Smeaton, demolido em 1881 e posteriormente reconstruído em Plymouth Hoe em homenagem a Smeaton. O daqui é tão elegante e quase tão alto quanto o outro. Foi negligenciado depois que o farol moderno foi construído na ponta noroeste da ilha, e durante a última guerra, quando Combe foi evacuada, sofreu um incêndio que destruiu os três andares superiores. Depois disso, ficou abandonado. Um de nossos hóspedes, apaixonado por faróis, forneceu o dinheiro para a restauração. O trabalho foi realizado com notável atenção para os detalhes e, na medida do possível, obedeceu ao projeto original. O farol em funcionamento é automático e controlado pela Trinity House. O barco da Trinity House vem periodicamente a Combe para fazer a inspeção."

Agora, eles haviam saído do caminho estreito e subiam uma colina gramada em forma de espiral, depois desceram em direção à porta de entrada do farol. A porta era de carvalho maciço e adornada com uma maçaneta ornamental, quase alta demais para ser alcançada, além de ostentar uma tranca de ferro batido e uma fechadura. Dalgliesh notou, assim como sabia que Kate e Benton-Smith também notariam, que a porta de entrada não deveria ser visível da colina gramada. O farol era ainda mais impressionante visto de perto do que à distância. As paredes um tanto côncavas e brilhantes, tão luzidias que pareciam recém-pintadas, erguiam-se cerca de quinze metros até a elegante superestrutura contendo as luzes, suas paredes seccionadas elevando-se até um teto abobadado, no formato de chapéu de mandarim com um pompom e um cata-vento. Toda a parte superior do edifício, que parecia excentricamente simplista e infantil, era pintada de vermelho e cingida por uma plataforma murada. Havia quatro estreitas janelas envidraçadas bem acima da porta, as duas de cima tão pequenas e distantes que mais pareciam vigias.

Empurrando a pesada porta de carvalho, Maycroft se manteve à parte, permitindo que Dalgliesh e o resto do grupo entrassem primeiro. A sala circular do andar térreo era obviamente utilizada como depósito. Havia meia dúzia de cadeiras dobráveis de um lado e uma fileira de ganchos nos quais estavam dependurados casacos e calças impermeáveis. À direita da porta estava uma pesada arca e, bem acima dela, seis ganchos que seguravam cordas de escalada — cinco delas meticulosamente enroladas. A sexta, no último gancho, pendia solta e tinha um laço na ponta de uns quinze centímetros de diâmetro. O nó era do tipo lais de guia, com dois meios-laços, uma combinação estranha. Com certeza, quem tivesse habilidade para amarrar um lais de guia teria confiança na capacidade de não escorregar naquele tipo de nó. E por que não montar inicialmente o laço usando um único nó corrediço numa ponta da corda? O complicado método utilizado indicava duas possibilidades sobre seu usuário: ou era uma pessoa inexperiente no manuseio de cordas ou alguém tão confuso e agitado que não conseguia pensar com coerência.

Dalgliesh disse: "Na opinião dos senhores, este laço e este nó estão exatamente como estavam na primeira vez em que os viram, logo depois que o corpo foi descido?".

Foi Staveley quem respondeu: "Estão exatamente iguais. Lembro-me de ter achado o laço malfeito e de ter ficado surpreso ao constatar que Oliver sabia amarrar um lais de guia".

"Quem enrolou novamente o cabo e recolocou-o no gancho?"

Maycroft falou: "Jago Tamlyn. Logo que começamos a empurrar a maca de volta para a casa. Eu o chamei para cuidar da corda e mandei que a colocasse no gancho ao lado das outras".

E com a porta destrancada, a corda estaria acessível a quem precisasse interferir nela. Ela seria enviada para o laboratório com a expectativa de encontrar, se não impressões digitais, pelo menos o DNA de mãos suadas. Mas qualquer evidência, mesmo que decifrável, já estava comprometida, pensou Dalgliesh.

Ele disse: "Vamos subir até a galeria. Eu gostaria de ouvir exatamente o que aconteceu desde o momento em que Oliver foi dado como desaparecido".

Todos começaram a subir, em fila única, a escadaria circular de madeira rente às paredes. Uma sala sucedia a outra, cada uma delas menor que a outra e todas restauradas meticulosamente. Maycroft, notando o óbvio interesse de Benton, articulou uma breve descrição do local à medida que iam subindo.

"O andar térreo, como vocês viram, é predominantemente usado para guardar o equipamento de escalada de Jago. A arca guarda botas de escalada, luvas, correias, tiras de couro, mosquetões, grampos e estribos e outras coisas. Originalmente, esse cômodo deveria servir para armazenar água, que teria de ser bombeada e aquecida num fogão, caso o vigia do farol quisesse tomar banho."

"Agora estamos entrando no local onde a eletricidade era gerada e as ferramentas guardadas. Em seguida, temos a sala de combustível usada para guardar o óleo e, acima, a despensa, onde a comida enlatada era mantida. Atualmente, os faróis possuem refrigeradores e freezers, mas no passado os vigias tinham de se virar com enlatados. Estamos passando agora pela sala da manivela a caminho da sala das baterias. As baterias são usadas para fornecer energia para a lanterna, caso os geradores não funcionem. Há pouco para se ver aqui, mas acho que o salão é mais interessante. Os vigias costumavam cozinhar e fazer suas refeições aqui, usando um forno a carvão ou um fogão movido a gás de bujão."

Ninguém mais falou enquanto eles subiam. E chegaram todos ao quarto, um aposento circular com espaço suficiente apenas para dois beliches estreitos com gaveteiros embaixo. As camas eram cobertas com cobertores xadrez idênticos. Ao levantar a ponta de um deles, Dalgliesh verificou que debaixo havia somente um colchão duro. Os cobertores, muito bem esticados sobre as camas, pareciam não ter sido mexidos. Numa tentativa de recriar a atmosfera doméstica, o restaurador tinha colocado fotos da família do vigia, além de dois pratos de porcelana com textos religiosos inscritos — *Abençoe esta casa* e *A paz esteja convosco*. Aquele era o único aposento que dava a Dalgliesh a sensação de como devia ter sido a vida dessas pessoas, falecidas tanto tempo atrás.

Eles estavam subindo os degraus curvos e estreitos da área de trabalho, que era equipada com um modelo de radiofone, um barômetro, um termômetro e um grande mapa das Ilhas Britânicas pregado na parede. Uma cadeira dobrável estava encostada na parede.

Maycroft disse: "Alguns dos nossos hóspedes mais animados costumam carregar uma cadeira para a plataforma em torno da lanterna. Eles podem não somente desfrutar da melhor vista da ilha, como também ler em absoluta privacidade. Estes degraus, passando por uma porta através da galeria, conduzem até a lanterna".

As janelas de todos os aposentos pelos quais passaram estavam fechadas. O ar, embora não estivesse viciado, encontrava-se parado, e isso, aliado ao confinamento contínuo daqueles espaços cada vez menores, tornava o ambiente claustrofóbico. No entanto, agora que estava na plataforma externa, Dalgliesh respirou fundo, aspirando o ar salgado e revigorante que derivava do mar — a brisa era tão fresca que o fez sentir-se como um prisioneiro que acabava de ser libertado. O cenário que se descortinava ali fora era espetacular: Combe Island repousava tranquila lá embaixo, os suaves tons de verde e marrom do cerrado central faziam um sóbrio contraste com o brilho dos penhascos de granito e o mar cintilante. O grupo então circundou o parapeito da plataforma em direção ao lado onde se podia avistar o mar. As ondas cortantes conspurcavam o horizonte como se uma mão gigantesca tivesse mergulhado um pincel na tinta e manchado de branco a imensidão azul.

Eles se depararam com uma viração errática que, numa altura daquelas, possuía a intensidade de um vento potente, e instintivamente todos os cinco agarraram o parapeito com força. Ao olhar para Kate, Dalgliesh viu-a tragar o ar fresco com a voracidade de alguém que esteve confinado por muito tempo. E então o vento cessou, parecendo que o mar revolto tinha se acalmado.

Olhando para baixo, Dalgliesh viu que daquele lado

da plataforma, virado para o mar, não havia nada debaixo deles, exceto um caminho de uns poucos metros pavimentado por pedras e delimitado por uma parede rudimentar também de pedra. Logo à frente, uma grande rocha, em sua magnífica singeleza, escarpava em camadas polidas em direção ao mar. Ele debruçou-se sobre o parapeito e sentiu um segundo de desorientadora vertigem. Em que extremo de desespero ou com que exultação aniquiladora poderia um homem arremessar-se em direção a tal infinito? E por que escolher o degradante horror do enforcamento? Por que não saltar dentro do vazio?

Ele disse: "Onde, exatamente, a corda foi fixada?".

De novo foi Maycroft quem tomou a iniciativa: "Imaginamos que ele tenha caído deste local aqui. Oliver estava balançando a aproximadamente três metros e meio a quatro metros abaixo, não posso ser mais preciso que isso. Ele deve ter prendido a corda no parapeito, trançando-a em torno da grade e amarrando-a depois no alto, em cima do baluarte. O resto da corda ficou simplesmente solto, no chão".

Dalgliesh não fez comentários. A presença de Maycroft e Staveley inibia a possibilidade de discussão com seus colegas e, portanto, seria preciso esperar. Gostaria de poder ter visto como exatamente a corda estava amarrada no parapeito. A tarefa deve ter exigido algum tempo, e seu autor, fosse Oliver ou outra pessoa, teria de ter avaliado a altura da queda. Ele virou-se para Staveley: "É assim também que você se lembra da cena, doutor?".

"Sim. Talvez fosse de se esperar que estivéssemos muito chocados para guardar detalhes, mas, como tivemos que desamarrar a corda do parapeito para poder baixar o corpo, isso obviamente consumiu algum tempo. Tentamos forçar a corda, mesmo enrolada. Mas, por fim, vimos que teríamos de ter o trabalho de desenrolá-la toda."

"Vocês dois eram as únicas pessoas que estavam aqui, na lanterna?"

"Jago tinha nos seguido até aqui. Nós três começamos

a puxar o corpo para cima. Paramos quase na mesma hora. Pareceu-nos horrível a idéia de estarmos esticando ainda mais o pescoço de Oliver. Não sei por que optamos por essa linha de ação. Suponho que foi só porque o corpo estava muito mais próximo da lanterna que do chão."

Maycroft disse: "É penoso até pensar na cena. Tive um momento de pânico quando me veio à cabeça que poderíamos decapitar o corpo. Parecia que a única coisa certa a fazer era baixá-lo gentilmente. Desatamos a corda e então Jago passou-a por uma das barras da grade, usando-a como freio. Guy e eu iríamos dar conta sem problema, por isso eu disse a Jago que descesse para segurar o corpo".

Dalgliesh perguntou: "Quem mais estava lá com vocês?".

"Somente Dan Padgett. A senhorita Holcombe e Millie já tinham ido embora."

"E o resto dos empregados e os hóspedes?"

"Eu não telefonei para a senhora Burbridge nem para a senhora Plunkett para informá-las de que Oliver estava desaparecido; assim, elas não se juntaram ao grupo de busca. Eu só conseguiria entrar em contato com o doutor Speidel e com o doutor Yelland se eles estivessem em seus chalés, mas obviamente nem tentei. Como hóspedes, eles nada tinham a ver com a tarefa de procurar Oliver. De todo modo, não havia motivo para perturbá-los sem necessidade. Mais tarde, quando falei com Londres e fiquei sabendo que vocês estavam a caminho, telefonei para os chalés, mas ninguém atendeu em nenhum deles. É provável que ambos estivessem em algum lugar na parte noroeste da ilha. Imagino que ainda estejam por lá."

"Então a equipe de busca consistia de vocês dois, Jago, a senhorita Holcombe, Dan Padgett e Millie Tranter?"

"Eu não pedi à senhorita Holcombe ou Millie para ajudar na busca. Millie chegou depois com Jago, e a senhorita Holcombe estava no ambulatório quando Jo me telefonou. Ela tinha ido tomar sua vacina antigripe anual. Adrian Boyde e Dennis Tremlett tinham ido fazer a busca no lado leste da ilha, e Roughtwood disse que estava muito ocupado para ajudar. De fato, a busca não chegou a tomar vulto realmente. Nós estávamos juntos do lado de fora da casa quando baixou uma neblina e parecia não haver muito sentido em ir mais adiante do que o farol até que a névoa se dissipasse. Isso em geral ocorre em Combe, e muito rapidamente."

"E você foi de fato o primeiro a ver o corpo?"

"Sim, com Dan Padgett logo atrás de mim."

"O que o fez pensar que Oliver poderia estar dentro ou, mesmo, perto do farol? Esse era um lugar que ele visitava com freqüência?"

"Acho que não. Mas é claro que o objetivo da ilha é que as pessoas tenham privacidade. Não ficamos vigiando nossos hóspedes. É que estávamos próximos do farol e me ocorreu procurar lá primeiro. A porta não estava trancada, então eu subi um andar e, da escada, chamei Oliver pelo nome. Achei que ele me escutaria se estivesse lá dentro. Não sei lhe dizer com clareza por que decidi andar em torno do farol. Parecia a coisa mais natural a fazer no momento. De toda maneira, a neblina estava bem densa e parecia inútil prosseguir com as buscas. Foi só quando eu estava lá em cima, na parte da plataforma com vista para o mar, que a névoa se desfez de repente e eu pude ver o corpo. Millie e Jago estavam vindo do ancoradouro rumo ao farol. E, quando os dois entraram, ela começou a gritar e então Guy e a senhorita Holcombe apareceram."

"E a corda?"

Foi Staveley quem respondeu: "Quando vimos que Jago tinha agarrado o corpo de Oliver e o colocado no chão, nós dois descemos imediatamente. Dan Padgett estava de pé e Jago ajoelhado ao lado do corpo. Ele disse: 'Ele se foi, senhor. Não há sentido em tentarmos ressuscitá-lo'. E então afrouxou o nó em torno do pescoço de Oliver e retirou a corda pela cabeça dele".

Maycroft continuou: "Eu mandei Jago e Dan pegarem a maca e um lençol. Guy e eu esperamos em silêncio. Acho que viramos as costas para o corpo de Oliver e ficamos observando o mar, pelo menos eu fiquei. Não tínhamos nada com que cobri-lo e me pareceu, bem... meio indecente, ficar olhando para o rosto distorcido de Oliver. A impressão é que tinha transcorrido um longo tempo até a volta de Jago e Dan e, àquela altura, Roughtwood tinha chegado. A senhorita Holcombe deve tê-lo mandado. Ele ajudou Dan e Jago a levantar o corpo e colocá-lo na maca. Nós saímos em direção à casa, Dan e Roughtwood iam empurrando a maca, que possui rodinhas. Guy e eu andávamos cada um de um lado da maca. Chamei Jago: 'Pegue a corda e coloque-a de volta no farol, mas não toque no nó ou no laço, está claro? Haverá um inquérito e a corda certamente fará parte das evidências'".

Dalgliesh perguntou: "Não lhe ocorreu levar a corda com você?".

"Não havia por que fazer isso. Todos achávamos que estávamos lidando com suicídio. A corda teria sido um estorvo para eu manejar e guardar e, para mim, ela estaria tão segura no farol quanto em qualquer outro lugar. Francamente, nem me ocorreu que a corda estivesse sujeita a algum risco. O que mais eu poderia ter feito com ela? Ela tinha se tornado um objeto de horror, era melhor que ficasse distante dos olhos de todos."

Mas não do alcance público, pensou Dalgliesh. Com a porta destrancada, qualquer um, na ilha, poderia ter acesso à corda. Quanto mais pessoas tivessem mexido no laço, mais difícil seria descobrir quem tinha amarrado o nó de laço ou lais de guia e se garantido duplamente com os dois meios-laços. Ele precisava conversar com Jago Tamlyn. Supondo que esse fosse mesmo um caso de assassinato, Jago era o único que poderia dizer como a corda estava. Seria útil ter Jago ali com eles, mas Dalgliesh estava ansioso em não ter mais pessoas que o necessário na cena do crime, e tampouco tinha desejo de complicar o inquérito nesse estágio, revelando, mesmo que indiretamente, sua linha de pensamento.

Ele disse: "Por enquanto, acho que vamos parar por aqui. Obrigado".

Desceram em silêncio, Guy Staveley caminhando com cuidado, como se fosse um velho. Por fim alcançaram o hall de entrada do farol. A corda listrada de azul e vermelho, frouxamente enrolada com seu pequeno laço corrediço na ponta, parecia, aos olhos de Dalgliesh, ter se transformado sutilmente num objeto prodigioso, imbuído de um poder latente. Essa foi uma reação que ele já havia vivenciado antes ao contemplar a arma de um crime: a normalidade do aço, da madeira e da corda e seu terrível poder. Como se estivessem de comum acordo, todos observaram a corda em silêncio.

Dalgliesh virou-se para Maycroft: "Gostaria de dar uma palavrinha com Jago Tamlyn antes de ver o grupo de residentes. Ele pode ser encontrado rapidamente?".

Maycroft e Staveley entreolharam-se. Staveley falou: "Ele pode ter ido até a casa. A maioria das pessoas provavelmente deve estar na biblioteca no momento, mas talvez ele não quisesse ficar esperando lá em cima e, nesse caso, pode ainda estar no ancoradouro. Se estiver por lá, vou acenar para ele".

Dalgliesh virou-se para Benton-Smith: "Encontre-o para nós, sargento". Dalgliesh não deixou de perceber o rápido rubor que subiu pelas faces de Staveley. Ele podia imaginar o curso do pensamento do médico. Dalgliesh estaria assegurando que o doutor não tivesse oportunidade de se comunicar com Jago antes desse primeiro encontro?

Benton-Smith respondeu: "Sim, senhor". E saiu rapidamente do farol, sumindo de vista. Ele teria que descer a borda do penhasco em direção ao ancoradouro. A espera parecia interminável, mas de fato não devia ter trans-

170

corrido mais que cinco minutos antes que escutassem passos no chão de pedra e duas figuras aparecessem na curva do farol.

Vindo em direção a eles caminhava o homem de atitude vigilante que tinham avistado na baía, do alto do helicóptero. A primeira impressão de Dalgliesh era de alguém que possuía boa aparência e exsudava masculinidade e confiança. Jago Tamlyn era baixo, Dalgliesh achava que ele devia ter menos de um metro e setenta, e tinha uma compleição forte, sua corpulência enfatizada pela grossa malha azul-escura com desenhos intrincados, típica de marinheiros. Ele também vestia calça de veludo cotelê enfiada para dentro de botas de borracha de cano alto pretas. Era bem moreno, com um rosto longo de traços marcantes, cabelo preto curto encaracolado e desgrenhado. Tinha barba curta e olhos azuis, com íris da cor de safira emoldurados por um par de sobrancelhas vincadas que faziam contraste com a pele queimada de sol. Jago contemplou Dalgliesh fixamente, seus olhos eram atentos e especulativos. Mas, sob o olhar de Dalgliesh, estes rapidamente passaram a mostrar a aquiescência desapaixonada de um soldado raso em missão. Jago tinha agora uma expressão facial que não deixava transparecer nada.

Maycroft apresentou Dalgliesh e Kate, usando seus postos e nomes completos com grande formalidade, o que sugeria que se esperava que fossem trocados apertos de mãos, mas ninguém fez isso. Jago fez um cumprimento com a cabeça e manteve-se em silêncio. Dalgliesh rodeou o farol, guiando o grupo rumo ao lado voltado para o mar. Ele falou sem rodeios com Jago: "Eu gostaria que você me contasse o que ocorreu desde o momento em que foi chamado para juntar-se ao grupo de busca".

Jago ficou em silêncio por uns cinco segundos. Dalgliesh considerou estranho ele precisar de tempo para refrescar a memória. Quando falou, a narrativa veio fluente e sem hesitação.

"O senhor Boyde me telefonou do escritório dizendo

que o senhor Oliver não tinha aparecido no ambulatório conforme o esperado, e me pediu para subir e ajudar a procurá-lo. Àquela altura a neblina estava começando, e eu não via sentido em fazer uma busca, mas mesmo assim subi a trilha que vai do ancoradouro até a casa. Millie Tranter estava no chalé e correu atrás de mim. Quando conseguimos avistar o farol, a névoa clareou e, subitamente, vimos o corpo. O senhor Maycroft estava lá com Dan Padgett. Dan estava tremendo e soluçando. Millie começou a gritar e então o doutor Staveley e a senhorita Holcombe deram a volta no farol. O senhor Maycroft, o doutor Staveley e eu entramos e subimos até a galeria. Começamos a puxar o corpo para cima e aí o doutor Staveley disse que deveríamos baixá-lo em vez de subi-lo. Enrolamos a corda em torno da barra superior do parapeito de modo a controlar a descida. O senhor Maycroft me mandou descer para apanhar o corpo e isso foi exatamente o que fiz. Quando consegui segurá-lo, o senhor Maycroft e o doutor Staveley deixaram a corda cair aqui embaixo."

Jago ficou em silêncio. Depois de uma pausa, Dalgliesh perguntou: "Você depôs o corpo no chão sem ajuda?".

"Sim, senhor. Dan veio ajudar, mas não era necessário. O senhor Oliver não era pesado."

Novamente, fez-se uma pausa silenciosa. Era claro que Jago tomara a decisão de não adiantar nenhuma informação: pretendia limitar-se a responder às perguntas que lhe fossem feitas.

Dalgliesh disse: "Quem estava com você quando deitou o corpo no chão?".

"Somente Dan Padgett. A senhorita Holcombe tinha dado o fora, é isso."

"Quem afrouxou e retirou a corda?"

A pausa foi maior nesse momento: "Acho que fui eu".

"Há alguma dúvida a respeito disso? Estamos falando sobre acontecimentos desta manhã. Não é fácil alguém esquecer um episódio desses."

"Fui eu. Acho que Dan ajudou. Digo, eu cuidei do nó

e ele começou a puxar, para tirar a corda. Tínhamos acabado de passá-la pela cabeça quando o senhor Maycroft e o doutor Staveley chegaram."

"Então vocês dois tiraram juntos a corda?"

"Isso mesmo."

"E por quê?"

Nesse momento Jago olhou direto para Dalgliesh. E falou: "Parecia o certo a fazer. A corda tinha penetrado profundamente no pescoço dele. Não podíamos deixá-lo ali daquele jeito. Não seria decente".

"E então?"

"O senhor Maycroft mandou que eu e Dan fôssemos pegar a maca. O senhor Roughtwood, o mordomo da senhorita Holcombe, estava aqui quando voltamos."

"Essa foi a primeira vez que você viu o senhor Roughtwood no local?"

"Eu lhe disse, senhor. Depois que Millie e a senhorita Holcombe se foram, ficamos só nós três e Dan. Roughtwood chegou quando estávamos buscando a maca."

"O que aconteceu com a corda?"

"O senhor Maycroft me mandou colocá-la junto com as outras, então eu a enrolei e pus de volta no gancho."

"Você a enrolou assim tão solta? As outras cordas estão enroladas com mais cuidado."

"Sou eu quem cuida do equipamento de escalada. As cordas são responsabilidade minha. Elas são mantidas sempre desse jeito. Mas essa era diferente. Não fazia sentido enrolá-la como as outras, eu não ia usá-la novamente. Essa corda está azarenta agora. Eu não apostaria nela a minha vida nem nenhuma outra. O senhor Maycroft disse que não era para tocar no nó. Disse que deveria haver um inquérito e que talvez o investigador quisesse ver a corda."

Dalgliesh continuava a fazer perguntas a Jago.

"Mas obviamente você já tinha tocado nela, e você disse que Padgett também tocou nela."

"Pode ser. Eu a segurei para afrouxar o laço e passá-lo por cima da cabeça. Eu sabia que Oliver estava morto e que nada poderia ajudá-lo, mas não era apropriado deixá-lo daquele jeito. Eu me recordo que Dan sentiu a mesma coisa."

"Ele foi capaz de ajudar, apesar de sua consternação? Qual era o estado dele logo que chegou aqui?"

Kate percebeu que a pergunta feita por seu chefe não era bem-vinda. Jago respondeu depressa: "Ele estava consternado, como você disse. Mas, senhor, melhor seria perguntar a ele mesmo sobre seus sentimentos. Acho que eram muito parecidos com os meus. Foi um choque".

Dalgliesh disse: "Obrigado, senhor Tamlyn. O senhor foi muito claro. Agora, eu gostaria que você examinasse o nó cuidadosamente".

Jago fez o que lhe foi pedido, mas não falou nada. Kate sabia que Dalgliesh podia ser paciente quando paciência era o quesito que lhe trazia os melhores resultados. Ele esperou, e então Jago disse: "O senhor Oliver sabia fazer um nó de laço, mas aparentemente não tinha muita confiança nele. Tem uns seis centímetros a mais. Desajeitado".

"Você saberia dizer se o senhor Oliver tinha conhecimento de que um nó de laço era um tipo de nó seguro para ser usado?"

"Eu me lembro que ele conseguia amarrar um nó de laço, senhor Dalgliesh. O pai dele era um barqueiro e o criou depois da morte da mãe. Ele viveu em Combe até ser evacuado junto com os outros residentes quando a guerra estourou. Depois disso, ele morou aqui com o pai até completar dezesseis anos e cair fora. O pai dele certamente deve tê-lo ensinado como fazer um lais de guia, o nó de laço."

"E a corda, você sabe dizer se ela parece estar do mesmo jeito de quando você a pendurou no gancho?"

Jago olhou para a corda. Seu rosto estava sem expressão. Ele respondeu: "Parece que sim".

"'Parece que sim' não, senhor Tamlyn. Quero saber se a corda está de fato como antes ou não."

"Difícil responder a essa questão. Não reparei muito em como ela estava. Eu somente a enrolei e pendurei no gancho. Foi como eu já falei, senhor. A corda parece estar como a deixei."

Dalgliesh concluiu: "Isso é tudo, por ora. Obrigado, senhor Tamlyn".

Maycroft concordou com a cabeça, dispensando o barqueiro. Jago virou-se para ele num gesto que poderia ter a intenção de manifestar seu repúdio a Dalgliesh e às suas atividades: "Não faz sentido voltar para a lancha, senhor. Não é preciso. O motor está uma seda, agora. Estarei na biblioteca, junto com os outros".

Todos ficaram olhando enquanto Jago caminhava vigorosamente na margem e desaparecia. Dalgliesh fez um aceno de cabeça para Kate. Ela abriu seu kit assassinato, calçou as luvas de látex, abriu um saco de provas grande e, com muito cuidado, retirou a corda do gancho e jogou-a dentro, lacrando-o. Tirando uma caneta do bolso, deu uma olhada no relógio e anotou a hora e o conteúdo do saco. Benton-Smith adicionou seu nome. Maycroft e Staveley assistiam em silêncio, sem sequer entreolharem-se, mas Dalgliesh percebeu um leve tremor de desconforto, como se somente agora eles tivessem noção real de todas as implicações da presença dele e de seus colegas na ilha.

De repente, Staveley disse: "Acho melhor voltar para a casa e certificar-se de que todos estão na biblioteca. Emily não irá, mas o resto do pessoal deve estar lá".

Sem esperar por resposta, ele saiu meio desajeitado pela porta e prosseguiu caminhando rápido e com surpreendente desenvoltura. Por alguns segundos, ninguém falou nada. Depois Dalgliesh se virou para Rupert Maycroft e disse: "Preciso que o farol seja trancado. Há alguma possibilidade de encontrar a chave?".

Maycroft continuava observando a saída de Staveley. Levou um susto. "Posso tentar. Até hoje, é claro, ninguém se preocupou com isso. Não tenho muitas esperanças. A chave pode ter se perdido há anos. Mas Dan Padgett ou mesmo Jago podem substituir a fechadura inteira, embora eu duvide que tenhamos alguma fechadura nesta ilha forte o bastante para essa porta. Vai levar algum tempo. Se não der certo, eles podem fixar ferrolhos externos bem fortes. Mas isso, obviamente, não impedirá que as pessoas entrem."

Dalgliesh virou-se para Benton: "Você pode ver isso tão logo terminemos nossa reunião na biblioteca, sargento? Se tivermos que confiar em ferrolhos, eles terão de ser selados com fita adesiva. Isso não evitará a entrada, mas ao menos saberemos se alguém o fizer".

"Sim, senhor."

Por ora estava concluído o que tinham a fazer no farol. Estava na hora de conhecer os residentes de Combe.

6

Cruzaram o amplo hall rumo à biblioteca. Antes de abrir a porta, Maycroft falou: "A maioria dos atuais residentes deve estar aqui, com exceção da senhorita Oliver e do senhor Tremlett. Obviamente, não os incomodei. A senhorita Holcombe e Roughtwood estão no chalé Atlântico, disponíveis para serem entrevistados mais tarde. Quando você tiver terminado aqui, tentarei de novo contatar o doutor Speidel e Mark Yelland".

Entraram num aposento idêntico em formato e tamanho ao escritório de Maycroft. Também ele era provido de uma grande janela em curva e tinha uma vista desimpedida para o mar e o céu. Mas a sala era, visivelmente, uma biblioteca, com estantes de mogno munidas de portas de vidro cobrindo as três outras paredes de alto a baixo. À direita da porta, a estante fora adaptada para acomodar uma coleção de CDs. Havia duas cadeiras de couro de espaldar alto diante da lareira e outras dispostas ao redor de uma grande mesa oblonga no centro do aposento. O grupo se instalara ali, com exceção de duas mulheres que haviam preferido as cadeiras de couro e de uma loira mais jovem, de compleição robusta, que, de pé, olhava pela janela. Guy Staveley estava ao lado dela. Ela se virou quando Dalgliesh entrou, acompanhado do pequeno grupo, e fitou-o com um olhar de franca avaliação, com seus olhos notáveis, de íris de um tom quente de castanho, da cor do melado.

Sem esperar ser apresentada, disse: "Sou Joanna Staveley. Guy lida com as doenças, eu forneço esparadrapos, laxantes e placebos. O ambulatório fica no mesmo andar da enfermaria, caso precisem de nós".

Ninguém falou nada. Houve um barulho de cadeiras sendo afastadas quando os quatro homens da mesa fizeram menção de levantar-se de seus lugares, mas logo mudaram de idéia e permaneceram sentados. A pesada porta de mogno era sólida demais para permitir que o murmúrio de vozes alcançasse o pequeno grupo no hall, mas agora o silêncio era total e era difícil acreditar que ele jamais tenha sido quebrado. Todas as janelas, com exceção de uma, estavam fechadas, e mais uma vez Dalgliesh estava fortemente consciente do bater das ondas.

É óbvio que Maycroft tinha ensaiado mentalmente o que dizer e, embora não completamente à vontade, fez as apresentações com tranqüila segurança e com mais autoridade do que Dalgliesh esperava.

"Este é o comandante Dalgliesh, da Nova Scotland Yard e seus colegas, a detetive investigadora Miskin e o sargento Benton-Smith. Eles estão aqui para investigar as circunstâncias da morte trágica do senhor Oliver, e eu garanti ao comandante Dalgliesh que todos nos comprometemos a cooperar inteiramente, a fim de ajudá-lo a estabelecer a verdade." Ele se virou para Dalgliesh e continuou: "E agora eu gostaria de apresentar meus colegas". Fez um aceno com a cabeça em direção às duas mulheres sentadas nas poltronas: "A senhora Burbridge é nossa governanta, a pessoa que controla e organiza todas as tarefas domésticas, e a senhora Plunkett é nossa cozinheira".

A sra. Plunkett era uma mulher de compleição sólida e bochechas fartas, com um rosto simples, mas agradável. Vestia um avental branco em torno de sua ampla estrutura. A roupa estava rigidamente engomada, e Dalgliesh cogitou se ela a havia vestido para proclamar de maneira inequívoca seu lugar na hierarquia da ilha. O cabelo escuro exibindo as primeiras mechas acinzentadas caía em ondas marcadas contidas por um pente, que as mantinha presas na parte de trás da cabeça, num estilo que Dalgliesh tinha visto retratado em fotografias da década de trinta. Ela estava sentada com aparente calma, e suas mãos fortes, com dedos redondos como salsichas e pele levemente avermelhada, descansavam no amplo colo. Os olhos eram pequenos e brilhantes — mas não hostis, pensou Dalgliesh — e estavam fixos nele com o experiente escrutínio de um cozinheiro avaliando os potenciais méritos e inaptidões de uma candidata a ajudante de cozinha.

A sra. Burbridge parecia realmente ser a decana da casa. Ela estava sentada ereta em seu assento, tão quieta como se estivesse posando para um quadro. Possuía um corpo compacto com busto alto e cheio e pulsos e tornozelos delicados. Suas mãos, brancas e com unhas curtas e sem esmalte, repousavam soltas, sinalizando ausência de tensão. O cabelo cinza-aço estava cuidadosamente trançado e preso num coque, no alto da cabeça. Os olhos aguçados, fixos em Dalgliesh por trás dos óculos de armação prateada, eram mais questionadores que especulativos. Sua boca era generosa e firme e ele sentiu que ela carregava sua autoridade com leveza: uma dessas mulheres que conquistaram seu caminho mais por nunca imaginar que ele pudesse ser questionado do que por tentar ganhá-lo à força.

As duas mulheres permaneceram sentadas, mas seus rostos contorceram-se brevemente em sorrisos polidos e atenciosos.

Maycroft dirigiu, então, sua atenção para o grupo que estava à mesa: "Você já conhece Jago Tamlyn. Jago trabalha não somente como marinheiro responsável pela lancha, como também é eletricista e mantém nosso gerador funcionando; sem ele estaríamos sem contato com o continente, sem luz e energia. Ao lado de Jago temos Adrian Boyde, meu assistente pessoal, depois Dan Padgett, o jardineiro e faz-tudo do local e, na ponta, Millie Tranter. Millie ajuda com as roupas e também na cozinha".

Dalgliesh não pretendia que a ocasião fosse solene, mas não alimentava nenhuma ilusão. Sabia que não tinha como deixar o grupo à vontade e também que toda tentativa nesse sentido seria risível, e nenhuma manifestação formal de pesar pela morte de Oliver, nenhuma trivialidade sobre a triste inconveniência de sua presença poderia disfarçar essa verdade incômoda. Era nas entrevistas individuais a serem feitas depois que Dalgliesh esperava saber mais coisas, mas se alguém ali tivesse visto Oliver naquela manhã, particularmente se ele estava a caminho do farol, quanto mais rápido ele soubesse, melhor. E ainda havia outra vantagem nesse questionamento em grupo. Toda declaração poderia ser questionada de imediato pelos presentes, se não por palavras, pelo menos por olhares. Seus suspeitos poderiam ficar mais confiantes, depois, na conversa privada, mas era ali, com todos juntos, que as relações entre eles tinham maior probabilidade de se revelar. E ele precisava saber, se possível, a hora exata da morte. Estava seguro de que a avaliação preliminar da dra. Glenister se mostraria precisa: Oliver morrera em torno das oito horas daquela manhã. Mas um intervalo de dez minutos poderia fazer a diferença entre um álibi inabalável e um que pudesse ser desafiado, entre a dúvida e a certeza, entre a inocência e a culpa.

Ele disse: "Eu ou um de meus agentes vai conversar individualmente com cada um de vocês, mais tarde ou amanhã. Talvez os senhores possam informar ao senhor Maycroft se têm a intenção de sair desta casa ou de deixar seus aposentos. Mas agora, aproveitando que estamos reunidos, quero saber se alguém viu o senhor Oliver, seja depois de ele sair da sala de jantar, mais ou menos às nove e quinze da noite passada, seja em algum momento da manhã de hoje".

Fez-se silêncio. Os olhos de Dalgliesh e sua equipe passearam em torno do grupo, mas, no início, ninguém falou. Então a sra. Plunkett quebrou o silêncio. "Eu o vi no jantar. Ele saiu quando entrei na sala de jantar para começar a retirar o prato principal. Servi o café às nove e meia, aqui na biblioteca, como normalmente faço. Mas o senhor Oliver não voltou. Vi-o no jantar. Na manhã de hoje fiquei ocupada na minha cozinha fazendo o café-da-manhã do senhor Maycroft e preparando o almoço." A sra. Plunkett fez uma pausa e então acrescentou: "Ninguém quis almoçar, o que foi uma pena, pois fiz *saumon-en-croûte*. Nem adianta tentar esquentar depois. Um desperdício, mesmo. Desculpe, senhor, mas eu não tenho como ajudá-lo".

Ela lançou um olhar para a sra. Burbridge, como se estivesse transmitindo um sinal. A sra. Burbridge falou em seguida: "Jantei em meu próprio apartamento e depois li até dez e meia, quando saí para respirar um pouco de ar fresco. Não vi ninguém. O vento tinha aumentado e as rajadas estavam mais fortes do que eu imaginava, por isso não fiquei fora mais do que quinze minutos. Esta manhã não saí do meu apartamento, passei a maior parte do tempo no meu quarto de costura. Só saí depois que o senhor Maycroft telefonou para avisar que tinham encontrado o senhor Oliver enforcado".

Kate perguntou: "Na noite passada, para qual direção você andou?".

"Fui em direção ao farol e voltei, caminhei ao longo do penhasco superior. Essa é uma caminhada que faço com freqüência antes de dormir. Como eu disse, não vi ninguém."

Adrian Boyde estava sentado em disciplinada calma, os ombros flexionados e as mãos debaixo da mesa. Dos quatro ali sentados, ele, que tinha sido poupado da visão do corpo enforcado de Oliver, parecia o mais perturbado. Seu rosto, da cor de papel, brilhava devido à transpiração, uma mecha solitária de cabelo escuro estava grudada na umidade da testa suada e, de tão negro, seu cabelo parecia artificialmente pintado. Até então, Boyde tinha ficado com os olhos baixos, fitando as próprias mãos, mas naquele momento ele levantou os olhos e olhou fixamente para Dalgliesh.

"Ceei sozinho no meu chalé e não saí depois. Esta

manhã saí cedo para vir trabalhar, pouco antes das oito, e andei através da ilha, mas não vi ninguém até que, mais ou menos às nove e vinte, o senhor Maycroft chegou e juntou-se a mim no escritório."

Agora eles olhavam para Dan Padgett. Seus olhos pálidos e nitidamente cheios de medo adejaram ao redor como se buscasse se certificar de que era mesmo sua vez de falar. Passou a língua pelos lábios. Os outros esperaram. As palavras dele, quando saíram, foram breves e ditas, num tom forçado de bravata que soava constrangedoramente hostil. Dalgliesh tinha experiência demais para supor que medo significava culpa; eram em geral os mais inocentes que se mostravam mais aterrorizados em inquéritos criminais. Mas ele estava interessado na razão de tanto medo. Já percebera que a antipatia geral por Oliver tinha uma causa mais profunda que sua personalidade desagradável e as discussões sobre acomodações. A srta. Emily Holcombe, com o prestígio de seu nome, sem dúvida poderia enfrentar Oliver. Ele estava ansioso para entrevistá-la. Será que Padgett tinha sido uma vítima mais vulnerável do falecido?

Padgett dizia: "Fiz uma caminhada antes do jantar, mas já estava a caminho do chalé às oito da noite e, depois disso, não saí novamente. Não vi o senhor Oliver na noite passada e nem hoje de manhã".

Millie disse: "Nem eu", e olhou para Kate do outro lado da mesa como se a desafiasse a falar o contrário. Dalgliesh achou surpreendente o fato de que alguém que dificilmente parecia ser mais que uma criança escolhesse ou pudesse ser escolhida para trabalhar em Combe. Com certeza aquela ilha pequena, isolada e diligentemente controlada seria impensável para a maioria das adolescentes. Millie vestia uma jaqueta bem curta de jeans azul desbotado toda ornamentada com etiquetas, e o tempo todo movia-se inquieta na cadeira, de modo que, de vez em quando, Dalgliesh podia enxergar um relance de fatia delicada de pele jovem entre o cós da calça e a parte inferior da jaqueta. O cabelo dela estava penteado para trás e preso num rabo-de-cavalo. Alguns fios indisciplinados saltavam da franja e obscureciam um pouco seu rosto anguloso, enfeitado por pequenos olhos inquietos. Não havia o menor sinal de seu sofrimento mais recente, e sua boca miúda estava imobilizada numa expressão de beligerância amuada. Dalgliesh julgou que aquele não era o momento propício para questionar Millie mais detalhadamente. Todavia, com tato e habilidade, e privadamente, ela poderia se mostrar mais informativa que seus colegas mais velhos.

Os olhos de todos se voltaram para Jago. Ele disse: "Visto que o senhor Oliver estava tão animado e bem no jantar, se fosse vocês não estaria tão interessado na tarde de sexta-feira. Eu jantei no meu chalé. Salsichas e purê de batatas, caso queiram saber. Esta manhã saí com a lancha por uns quarenta minutos para testar o motor, ele tem dado um pouco de trabalho. Fiquei fora de quinze para as oito até umas oito e vinte da manhã, não fui muito longe".

Kate perguntou: "Aonde você foi? Quero dizer, em que direção?".

Jago olhou para ela como se a pergunta fosse incompreensível. "O trecho foi uma reta só para a frente e o mesmo caminho de volta, senhorita. Não era o caso de fazer um cruzeiro marítimo."

Kate manteve a calma. "Por acaso você passou pelo farol?"

"E como eu poderia se fui direto para o mar e voltei?"

"Mas você pôde ao menos avistar o farol?"

"Eu até poderia se estivesse olhando naquela direção, mas não estava."

"O farol dificilmente passa despercebido, não acha?"

"Eu estava ocupado com a lancha. Não vi nada nem ninguém. Voltei do mar e fiquei sozinho no meu chalé até Millie aparecer, lá pelas nove e meia. A novidade seguinte foi o senhor Boyde ligando para me contar que o senhor Oliver estava desaparecido e me pedindo para juntar-me ao grupo. O resto já lhes contei."

Millie entrou no meio: "Você disse que não iria testar a lancha antes das nove e meia. E prometeu me levar com você!".

"Bem, mudei de idéia. E não fiz promessa alguma, Millie."

"Você nem queria que eu fosse com você procurar o senhor Oliver. Mandou-me ficar no chalé. Não sei por que você ficou tão bravo." A garota parecia prestes a chorar.

Nem Staveley nem tampouco sua esposa tinham se sentado. Ambos preferiram ficar de pé, perto da janela. Observando-os juntos, Dalgliesh ficou estarrecido com a disparidade entre os dois. A impressão que Staveley passava, de tensão interna disciplinada por uma mediocridade cultivada, enfatizava a vitalidade exuberante de sua esposa. Ela era apenas alguns poucos centímetros mais baixa que o marido e possuía seios generosos e pernas longas. Seu cabelo loiro, com raízes mais escuras, era tão abundante quanto o do marido era escasso, e estava preso para trás por duas presilhas vermelhas. Alguns fios amarelos pendiam encaracolados sobre a testa, emoldurando um rosto em que os primeiros sinais do tempo acentuavam, em vez de diminuir, a segura feminilidade de Joanna Staveley. Seria fácil imaginá-la como um personagem, ela cabia direitinho no papel da mulher sexualmente exigente que domina o marido mais fraco e ineficiente. Dalgliesh, como sempre desconfiado de estereótipos, lembrou que a realidade por vezes pode ser mais sutil e mais interessante. E pode também ser mais perigosa. De todas as pessoas na sala, Joanna Staveley era quem estava mais à vontade. Para essa reunião ela tinha se trocado e usava uma roupa mais formal do que certamente escolheria para usar num dia de trabalho. A jaqueta creme de matelassê, usada com calça preta de corte reto, tinha o discreto brilho da seda. Ela a usava aberta, revelando uma camiseta preta cujo decote era baixo o suficiente para revelar o colo.

Joanna disse: "Você ficou conhecendo meu marido, claro, quando foram à cena do crime, ou será que suicídio não é mais crime? Suicídio assistido é considerado crime, não? Mas não acredito que Oliver precisasse de ajuda. Essa era uma coisa que ele tinha de fazer por si mesmo".

Kate disse: "Será que, a exemplo dos outros, a senhora poderia responder à pergunta, senhora Staveley?".

"Eu estava com o meu marido aqui no jantar da noite passada. Nós dois ficamos para o café na biblioteca. Voltamos para o chalé Golfinho e permanecemos juntos até irmos para a cama, pouco antes das onze da noite. Nenhum de nós saiu do chalé. Eu não compartilho dessa paixão por caminhadas para pegar ar fresco antes de ir para a cama. Tomamos café juntos no chalé — grapefruit, torrada e café — e depois viemos para o ambulatório para esperar por Oliver. Ele deveria ter chegado para tirar sangue às nove. Quando eram nove vinte e ele ainda não tinha chegado, comecei a ligar para as pessoas para saber o que estava fazendo ele se atrasar. Ele era um obsessivo e, a despeito de sua aversão a agulhas, esperava que telefonasse para cancelar ou que fosse pontual. Eu não me juntei à equipe de busca, mas meu marido o fez. A primeira vez que ouvi o que aconteceu foi quando Guy voltou para me contar. Mas você já sabe tudo sobre isso."

Dalgliesh replicou: "Mas seria bom escutar de você".

Ela sorriu: "Meu relato dificilmente diferiria do narrado pelo meu marido. Se quiséssemos fabricar um álibi, teríamos tempo de sobra antes de você chegar".

Era óbvio que a franqueza dela tinha constrangido as outras pessoas do grupo. No silêncio que se seguiu, foi quase possível escutar um fino tremor de choque. Os indivíduos ali presentes tiveram o cuidado de não fitar os olhos uns dos outros.

Então a sra. Burbridge falou: "Mas certamente não estamos aqui para fornecer álibis uns aos outros, não é mesmo? Não é preciso álibi para um suicídio".

Jago interrompeu: "Entretanto um suicídio também não motiva a vinda de um policial de elite da polícia metropolitana, que ainda por cima chega de helicóptero. O que há de errado com a polícia da Cornualha? Imagino que eles devem ter competência para investigar um suicídio". Ele fez uma pausa e então completou: "Ou um crime, se for o caso".

Todos os olhares se voltaram para Dalgliesh. Ele disse: "Ninguém está questionando a competência da polícia local. Estou aqui com a concordância do regimento policial da Cornualha. Eles estão sob pressão, assim como todas as forças policiais. E é importante esclarecer esse caso o mais depressa possível e com o mínimo de publicidade. No momento o que estou investigando é uma morte suspeita".

A sra. Burbridge disse, amável: "Mas o senhor Oliver era um homem importante, um autor famoso. As pessoas falam sobre ele ganhar o prêmio Nobel. Você não pode ocultar a morte, não esta morte".

Dalgliesh retrucou: "Não a estamos escondendo, somente tentando explicá-la. A notícia da morte de Oliver já foi dada a seus editores e, provavelmente, será anunciada hoje à noite nos noticiários de tevê e rádio e constará dos jornais de amanhã. Não será permitido que nenhum jornalista desembarque na ilha e quaisquer perguntas serão encaminhadas e a seguir respondidas pelo setor de relações públicas da polícia metropolitana".

Maycroft olhou para Dalgliesh e, como se tivessem ensaiado, disse: "Provavelmente deve haver uma série de especulações, mas espero que nenhum de vocês piore a situação comunicando-se com o mundo exterior. Homens e mulheres saturados por grandes responsabilidades vêm para Combe em busca de paz e sossego. O Conselho Administrativo quer assegurar que essas pessoas continuem a encontrar esse sossego e essa paz. A ilha tem correspondido às intenções de seu doador original, mas apenas porque as pessoas que trabalham aqui — todos vocês — são dedicadas, leais e completamente discretas. Estou pedindo a vocês que mantenham essa lealdade e discrição e ajudem o senhor Dalgliesh a descobrir a verdade sobre a morte do senhor Oliver o mais depressa possível".

Nesse momento, a porta foi aberta. Todos os olhos da sala se viraram para o recém-chegado. Ele caminhava com calma e confiança e tomou assento numa das cadeiras vazias em torno da mesa.

Dalgliesh estava surpreso, como ele freqüentemente ficava quando conhecia um cientista renomado, com a juventude de Mark Yelland. Ele era alto, mais de um metro e oitenta, e tinha cabelo loiro encaracolado cujo comprimento e desalinho enfatizavam sua aparência de juventude. O rosto atraente era salvo da insipidez da boa aparência convencional pela mandíbula bem contornada, que fazia um belo conjunto com a boca firme. Dalgliesh raramente havia visto um rosto tão devastado pela exaustão ou tão marcado pela exposição prolongada à responsabilidade e ao excesso de trabalho. Mas a autoridade do homem era incontestável.

Ele falou: "Mark Yelland. Eu somente peguei a mensagem na secretária eletrônica sobre a morte de Oliver quando retornei ao chalé Murrelet na hora do almoço. Suponho que o propósito desta reunião é tentar estabelecer a hora da morte".

Dalgliesh adiantou: "Estou perguntando se você viu o senhor Oliver depois do jantar, ou em algum momento da manhã de hoje".

A voz de Yelland era surpreendente, um pouco áspera e com um traço de sotaque do leste de Londres: "Você deve ter sido informado sobre a nossa altercação na mesa de jantar. Não vi ninguém, vivo ou morto, esta manhã antes de entrar nesta sala. Não tenho como ser mais útil que isso acerca de horários".

Fez-se silêncio. Maycroft olhou para Dalgliesh. "Isso é tudo por ora, comandante? Então, muito obrigado a todos por terem vindo. Por favor, certifiquem-se de que eu ou alguém da equipe do senhor Dalgliesh saibam onde podemos encontrar vocês, caso seja necessário."

Todos os presentes, com exceção da sra. Burbridge, levantaram-se e começaram a sair com o ar macambúzio de um grupo de estudantes de idade madura depois de uma aula particularmente difícil. Num gesto brusco, a sra. Burbridge levantou-se, olhou o relógio e disparou para Maycroft, ao passar por ele junto à porta:

"Achei que você conduziu as coisas com muita competência, Rupert, mas sua advertência para que fôssemos leais e discretos estava longe de ser necessária. Quando é que alguém nesta ilha foi outra coisa senão leal e discreto durante o tempo em que esteve aqui?"

Dalgliesh falou em voz baixa para Yelland quando este se dirigia para a porta: "Por favor, espere um pouco, doutor Yelland". Depois que Benton-Smith fechou a porta atrás dos residentes que saíam, Dalgliesh disse: "Eu lhe pedi que ficasse porque você não respondeu quando lhe perguntei se havia falado com o senhor Oliver depois das nove e meia da noite, ontem. Continuo aguardando uma resposta para minha pergunta".

Yelland dirigiu-lhe um olhar firme. Dalgliesh ficou novamente impressionado com a força do homem.

Yelland disse: "Não gosto de ser interrogado, sobretudo em público. Foi por isso que demorei um pouco para vir até aqui. Não vi Oliver nem falei com ele esta manhã, quando, certamente, seria o momento relevante, a menos que ele tenha escolhido tarde da noite para lançar-se na escuridão final. Mas vi-o depois do jantar. Quando ele saiu, segui-o até lá fora".

E aquele, pensou Dalgliesh, era um fato que nem Maycroft nem Staveley haviam considerado suficientemente importante para lhe contar.

"Eu o segui porque havíamos tido uma discussão mais azeda que esclarecedora. Só fiz reserva para o jantar porque verifiquei que Oliver estaria lá. Queria provocá-lo quanto a seu novo livro, obrigá-lo a justificar o que escrevera. Mas percebi que havia descarregado nele uma raiva que tinha suas raízes em outro lugar. Descobri que ainda havia coisas que precisava dizer a ele. Com algumas pessoas eu não teria me dado ao trabalho. Estou acostumado com ignorância e com malícia. Bem, talvez não acostumado, propriamente, mas na maioria das vezes consigo lidar com elas. Com Oliver foi diferente. Ele é o único romancista contemporâneo que leio, em parte porque não tenho muito tempo para leituras de lazer, mas sobretudo porque o tempo gasto lendo os livros dele não é jogado fora. Ele não trata de trivialidades. Suponho que oferece aquilo que Henry James disse ser o propósito de um romance: ajudar o coração do homem a conhecer-se. Um pouco pretensioso, mas, para os que têm necessidade dos sofismas da ficção, há uma dose de verdade nisso. Minha intenção não era justificar o que faço — afinal, a única pessoa que preciso convencer sou eu mesmo —, mas queria que ele entendesse, ou pelo menos uma parte de mim queria. Eu estava muito cansado e tinha bebido muito vinho no jantar. Não que estivesse bêbado, mas tinha a cabeça confusa. Penso que tinha dois objetivos antagônicos: fazer as pazes, de certo modo, com um homem cuja dedicação total à sua arte eu compreendia e admirava, e avisá-lo de que, se ele voltasse a se meter com minha equipe ou com meu laboratório, eu abriria uma ação judicial. Claro que não abriria. Isso provocaria exatamente o tipo de publicidade que temos de evitar. Mas continuava zangado. Ele parou de andar quando me aproximei e pelo menos se virou na escuridão para me ouvir."

Mark Yelland fez uma pausa. Dalgliesh esperou. Yelland prosseguiu: "Agumentei que poderia até usar — essa palavra é bem adequada — cinco primatas no decorrer de determinada experiência. Eles seriam bem cuidados: adequadamente alimentados, exercitados, distraídos e até amados. A morte deles seria mais fácil que qualquer morte natural, e essas mortes poderiam algum dia ajudar a aliviar, talvez mesmo curar, a dor de centenas de milhares de seres humanos, poderiam pôr fim a algumas das enfermidades mais penosas e intratáveis que o homem já conheceu. Será que não deveria existir uma aritmética do sofrimento? Eu queria perguntar a ele o seguinte: se o uso de cinco dos meus animais pudesse salvar uma vida inteira de sofrimento, ou até mesmo as vidas de cinqüenta mil outros *animais* — não seres humanos —, será que ele conseguiria enxergar a perda desses cinco primatas como algo justificável, como algo que faz sentido e que tem uma razão humanitária? E, se fosse assim, por que não salvar vidas humanas, então? Oliver me respondeu o seguinte: 'Não estou interessado no sofrimento dos outros, sejam seres humanos, sejam animais. Eu estava engajado numa discussão'. Eu disse: 'Mas você é um grande escritor da alma humana. Você compreende o sofrimento'. Lembro-me claramente de sua resposta: 'Eu escrevo sobre ele; eu não o compreendo. Não consigo senti-lo de maneira indireta. Se eu realmente pudesse sentir o sofrimento, não poderia escrever sobre ele. Você está perdendo o seu tempo, doutor Yelland. Nós dois fazemos o que temos de fazer. Não há escolha para nenhum de nós dois. Mas existe um fim. Para mim, o fim está bem próximo'. Ele falou expressando um cansaço tão intenso que parecia que nada mais adiantava. Eu me virei e fui embora. Acreditava ter conversado com um homem no limite de suas forças. Oliver estava tão enjaulado quanto qualquer um de meus animais. Não ligo para nenhuma contra-indicação ao suicídio. Estou convencido de que Nathan Oliver se matou".

Dalgliesh disse, em voz baixa: "Muito obrigado. E esse foi o fim da conversa e a última vez que você o viu ou falou com ele?".

"Sim, a última vez. Talvez a última vez que não importa quem tenha feito isso." Yelland parou de falar por alguns segundos e depois acrescentou: "A menos, obviamente, que seja um assassinato. Mas estou sendo ingênuo. Provavelmente estou atribuindo muita importância às últimas palavras de Oliver. A polícia metropolitana não enviaria seu formidável detetive-poeta para investigar um suposto suicídio numa ilha costeira".

Se as palavras não tinham a intenção de ridicularizar, tinham tido sucesso em soar como gracejo. Kate estava em pé, perto de Benton, e pareceu ter escutado um rosnado baixo, como o de um cachorrinho zangado. O ruído era tão cômico que ela teve que se segurar para não rir.

Yelland continuou: "Talvez eu devesse acrescentar que jamais havia encontrado Nathan Oliver antes do jantar da noite passada e do nosso encontro em seguida. E agora, se você, obviamente, não tiver mais nada a perguntar, eu gostaria de voltar ao chalé Murrelet".

Ele saiu tão rápido quanto tinha chegado.

Benton disse: "Isso foi bizarro, senhor. Primeiro ele admite que somente resolveu jantar na casa para provocar uma discussão com Oliver, depois ele o segue até lá fora para apaziguá-lo, ou para ameaçá-lo ainda mais. Ele não parece bem certo de suas intenções, e é um cientista".

Dalgliesh falou: "Mesmo os cientistas são capazes de irracionalidades. Yelland vive e trabalha sob ameaças constantes contra ele e sua família. O Hayes-Skolling é um laboratório particularmente alvejado pelos grupos de proteção aos animais".

Benton comentou: "Então ele vem para Combe e deixa a esposa e os filhos desprotegidos?".

Kate interrompeu: "Nós não temos como saber disso, mas uma coisa é certa, senhor. Levando em conta o relato do doutor Yelland, ninguém poderia ser convencido de que foi assassinato. Ele parecia bastante determinado a nos persuadir que Oliver se matou".

Benton disse: "Talvez porque acredite verdadeiramente nisso. Afinal de contas, ele não viu aquelas marcas no pescoço de Oliver".

"Não, mas ele é um cientista. Se ele as fez, deve saber que estão onde estão."

7

Miranda Oliver disse ao telefone que estava pronta para ser entrevistada caso o comandante Dalgliesh quisesse vê-la. Uma vez que imaginava que iria entrevistar uma filha enlutada, Dalgliesh achou por bem — uma medida diplomática — levar Kate junto com ele. Havia coisas que ele desejava que Benton fizesse: as distâncias entre os chalés e o farol precisavam ser verificadas, assim como também era necessário tirar fotos do penhasco inferior, principalmente dos lugares onde poderia ser relativamente fácil para uma pessoa subir ou descer escorregando. O penhasco inferior trazia um problema: por ser coalhado de arbustos, pareciam existir poucas dúvidas de que as pessoas que viviam nos chalés da costa oeste poderiam percorrer os metros finais que conduziam ao farol sem serem vistas.

O chalé Peregrino era maior do que parecera do ar, quando seu tamanho era ofuscado pela grandiosidade da Combe House e até mesmo por seu vizinho, o chalé da Foca. Era construído numa depressão rasa, meio escondida do caminho, e ficava mais afastado da beira do penhasco que os outros. Sua construção era nos moldes dos demais chalés, com paredes de pedra, uma varanda na frente, duas janelas no térreo e duas no segundo andar, bem debaixo do teto de ardósia. No entanto, havia algo levemente desolador, até mesmo ameaçador apesar dessa conformidade total. Talvez fosse a distância entre o chalé e o penhasco, o que, junto com a concavidade do terreno, dava uma impressão de isolamento, produzindo a imagem de um chalé projetado para ser menos atraente que seus vizinhos.

As cortinas estavam puxadas nas janelas do térreo. Havia uma aldrava simples de ferro na porta, que se abriu quase imediatamente depois da batida gentil de Kate. Miranda Oliver afastou-se para o lado e, com um gesto rígido, mandou-os entrar.

Dalgliesh dedicara meio minuto à verificação dos fatos importantes sobre Nathan Oliver no *Who's Who* antes de sair de seu escritório, e sabia que ele se casara em 1970 e tinha trinta e seis anos quando a filha nascera. Mas a jovem que naquele momento olhava para ele com tranqüilidade aparentava ter mais que trinta e dois anos. Tinha busto alto e um início de imponência matronal. Ele via pouca semelhança entre ela e o pai, com exceção do nariz consistente e da testa alta munida de copioso cabelo castanho-claro, puxado para trás e preso na base da nuca por um laço de lã. Sua boca era pequena, mas firme, entre bochechas levemente marsupiais. Sua característica mais notável eram os olhos cinza-esverdeados que agora o avaliavam com calma. Não exibiam mostras de choro recente.

Dalgliesh fez as apresentações. Já passara muitas vezes por momentos como aquele durante sua carreira de detetive; jamais fora uma tarefa fácil, assim como não era fácil para nenhum outro policial que conhecia. Sabia que precisava encontrar palavras formais para expressar as condolências, mas estas, aos seus ouvidos, soavam sempre insinceras na melhor das hipóteses ou, na pior, exageradamente sentimentais e inadequadas. Mas desta vez estava preparado.

Uma vez feitas as apresentações, Miranda Oliver falou: "Como é de se imaginar, minha perda é imensa. Afinal, eu sou filha dele e tenho sido sua colaboradora mais próxima durante a maior parte de minha vida adulta. Mas a morte do meu pai é também uma perda para a literatura e para o mundo". Ela fez uma pausa e perguntou: "Posso lhes oferecer alguma coisa? Café? Chá?".

A situação pareceu quase bizarra para Dalgliesh. Ele disse: "Nada, obrigado. Desculpe-me ter de incomodá-la num momento como este, mas tenho certeza que você compreenderá os motivos". Uma vez que não lhes foram oferecidas cadeiras, complementou: "Podemos nos sentar?".

O ambiente em que estavam ocupava toda a extensão do chalé. A área destinada às refeições era próxima a uma porta que conduzia ao que Dalgliesh presumia ser a cozinha. Na parte extrema da sala ficava o escritório de Oliver. Havia uma pesada escrivaninha de carvalho em frente à janela com vista para o mar e ao lado uma mesa quadrada com computador e impressora. Duas das paredes eram ocupadas por estantes de carvalho contendo livros. O cantinho da área de refeições também servia como sala de estar, com duas cadeiras perpendicularmente posicionadas nas laterais da lareira de pedra e um conjunto de sofá disposto abaixo da janela. A impressão geral era de austeridade e ausência de conforto. Não era possível detectar nenhum cheiro de fumaça ou queimado, mas a grade da lareira estava repleta de papéis enegrecidos e cinzas brancas.

Sentaram-se à mesa de jantar. Miranda Oliver mostrava-se bem-composta, como se esta fosse uma visita social. Foi então que escutaram passos pesados descendo as escadas e, em seguida, um homem jovem apareceu na sala. Ele provavelmente escutara a batida na porta e devia estar sabendo da chegada deles, mas seus olhos moveram-se de Dalgliesh para Kate como se estivesse surpreso com a presença dos dois. Ele usava calça jeans e um espesso suéter Guernsey azul, cujo volume acentuava a fragilidade de seu usuário. Diferentemente de Miranda Oliver, ele parecia devastado, seja por tristeza ou por medo, ou mesmo talvez uma mistura dos dois. Tinha um rosto jovial, com uma expressão vulnerável, e seus lábios praticamente não tinham cor alguma. O cabelo castanho era bem cortado, com uma franja muito curta que encimava um par de olhos fundos, o que lhe conferia a aparência de jovem monge.

Dalgliesh podia quase esperar que uma tonsura lhe coroasse a cabeça.

Miranda Oliver disse: "Este é Dennis Tremlett. Ele era revisor e secretário do meu pai. Acho melhor dizer-lhes que Dennis e eu estamos noivos — mas talvez meu pai tenha mencionado isso no jantar de ontem".

"Não", respondeu Dalgliesh, "nada nos foi dito sobre isso." Ele pensou se devia ou não dar parabéns ao casal. Em vez disso, falou: "Poderia fazer o favor de juntar-se a nós, senhor Tremlett?".

Tremlett aproximou-se da mesa. Dalgliesh percebeu que ele estava mancando um pouco. Depois de um momento de hesitação, ele se sentou ao lado de Miranda. Ela lhe lançou um olhar possessivo e um tanto aziago e estendeu a mão para ele. Tremlett pareceu na dúvida quanto a apertá-la ou não, mas seus dedos se tocaram de leve antes que ele escondesse as duas mãos debaixo da mesa.

Dalgliesh perguntou: "O noivado de vocês é recente?".

"Soubemos que estávamos apaixonados durante a última viagem de papai aos Estados Unidos. Em Los Angeles, para ser exata. Só ontem ficamos formalmente noivos, e contei para meu pai ontem à noite."

"E como ele recebeu a notícia?"

"Ele disse que já suspeitava havia algum tempo que eu e Dennis estávamos gostando um do outro, e que portanto não era surpresa para ele. Ficou feliz por nós e falou rapidamente sobre os planos para o futuro, de como poderíamos morar no apartamento que ele havia comprado para o uso de Dennis, pelo menos até termos um lar só nosso. Eu disse ao meu pai que iríamos assegurar que ele fosse bem cuidado e garanti que Dennis e eu iríamos continuar a vê-lo todos os dias. Ele sabia que não podia se virar sem nós dois e jamais cogitaríamos que ele precisasse fazê-lo. Mas, naturalmente, tudo isso acarretaria algumas mudanças na vida dele. Depois que tudo isso aconteceu, ficamos pensando se meu pai estava apenas fingindo estar feliz por nós ou se estava mais preocupado do que percebemos pela possibilidade de morar sozinho. Ele não precisaria fazer isso. Íamos encontrar uma boa governanta para a casa e, como já falei, Dennis e eu pretendíamos estar com meu pai todos os dias, mas talvez a notícia tenha sido mais chocante para ele do que percebi no momento."

Kate falou: "Então foi você quem deu a notícia. Vocês não confrontaram seu pai juntos?".

A escolha do verbo foi desafortunada. O rosto de Miranda Oliver ficou completamente vermelho e ela respondeu de imediato com os lábios semicerrados: "Eu não o confrontei. Eu sou filha dele. Não houve confronto. Contei a novidade para meu pai, que ficou muito feliz por mim, pelo menos foi o que achei".

Kate voltou-se para Dennis Tremlett: "Você falou com o senhor Oliver em algum momento, depois de sua noiva contar-lhe as novidades?".

Tremlett estava piscando, como se tentasse conter as lágrimas, e foi com um esforço perceptível que seus olhos encontraram os dela: "Não, não houve oportunidade. Ele jantou na casa principal e voltou para o chalé depois de eu ir embora. Não voltei a vê-lo".

Sua voz tremia. Kate voltou-se para Miranda: "Como estava seu pai desde que vocês chegaram a Combe? Ele lhe parecia estar esgotado, preocupado? De alguma maneira parecia não ser ele mesmo?".

"Andava muito quieto. Sei que ele estava preocupado por estar envelhecendo e temia que seu talento pudesse estar desaparecendo. Ele não dizia nada, mas eu podia intuir, nós éramos muito próximos. Senti que ele estava infeliz." Ela se virou para Tremlett: "Você sentiu a mesma coisa, não foi, querido?".

O uso da palavra afetuosa, quase chocante na sua imprevisibilidade, foi deliberado; era um termo recentemente incorporado e ainda não completamente familiar, que mais parecia carregar uma pitada de desafio do que verdadeiramente ser uma carícia. Tremlett pareceu não notar.

Ele se virou para Dalgliesh e disse: "Ele não me contava muita coisa; não éramos realmente próximos, não no tocante a assuntos pessoais. Eu era apenas seu revisor e secretário. Sei que ele estava preocupado, uma vez que seu último livro não tinha sido tão bem recebido quanto os anteriores. É óbvio que ele já faz parte do cânone agora; os críticos sempre o respeitaram muito. Mas ele mesmo é que não estava satisfeito. Demorava mais tempo para escrever e as palavras já não brotavam com tanta facilidade. Mas continuava a ser um escritor esplêndido". Nesse momento, a voz de Dennis ficou embargada.

Miranda retomou a palavra: "Imagino que o senhor Maycroft, o doutor Staveley e os outros tenham dito a vocês que meu pai era difícil. Ele tinha todo o direito de ser difícil. Tinha nascido aqui e, segundo as normas do Conselho Administrativo, não podia ser impedido de visitar Combe Island sempre que desejasse. Ele devia ficar no chalé Atlântico, precisava do local para seu trabalho e tinha direito a ele. Emily Holcombe poderia ter se mudado facilmente, mas ela insistia em não fazê-lo. E então, no começo, houve uma complicação porque papai insistia que Dennis e eu devíamos estar aqui, com ele. Exige-se que os hóspedes venham sozinhos para a ilha, mas meu pai adotou a perspectiva de que, se Emily Holcombe podia ter Roughtwood, ele também poderia trazer Dennis e eu. De toda maneira, ele tinha de fazer isso — ele precisava de nós dois. O senhor Maycroft e Emily Holcombe dirigem juntos este lugar. Eles não parecem compreender que meu pai é — era — um grande escritor. Regras bobas não se aplicavam a ele".

Dalgliesh perguntou: "Você sentia que seu pai estava suficientemente deprimido, a ponto de tirar a própria vida? Sinto muito, mas isso é algo que preciso perguntar-lhe".

Miranda olhou de relance para Dennis, como se essa fosse uma pergunta que deveria ter sido dirigida mais a ele que a ela. Ele estava sentado rigidamente, olhando para baixo, para as mãos entrelaçadas, e não levantou os olhos para fitá-la. Miranda então respondeu: "Essa é uma sugestão péssima, comandante. Meu pai não era o tipo de homem que se mata e, caso escolhesse fazer isso, não o teria feito de uma maneira tão horrível. A feiúra o repugnava e o enforcamento é um ato repugnante. Ele tinha todas as razões para viver. Ele tinha fama, segurança e talento. Ele tinha a mim. Eu o amava".

Foi Kate quem interrompeu. Ela jamais se mostrava insensível e somente em raras ocasiões demonstrou falta de tato, mas nunca deixava de fazer uma pergunta direta por inibição ou excesso de cuidado. Ela falou: "Talvez ele estivesse mais chateado com a sua decisão de casar-se do que deixou transparecer. Afinal de contas, isso significaria uma enorme perturbação na vida dele. E se ainda por cima estivesse preocupado com assuntos que não lhe confidenciou, essa pode ter sido a gota d'água".

Miranda virou-se para Kate, semblante congestionado. Quando falou, sua voz estava quase descontrolada: "Isso é uma coisa horrível de se dizer! O que você está insinuando é que Dennis e eu fomos responsáveis pela morte de papai. Isso é cruel e também ridículo. Você pensa que eu não conhecia meu pai? Nós vivemos juntos desde que saí da escola e eu cuidei dele, tornei a vida dele confortável, estive a serviço de seu talento".

Dalgliesh falou com delicadeza: "Era isso que minha colega tinha em mente. Você e o senhor Tremlett estavam obviamente decididos a não deixar seu pai sofrer, a continuar assumindo a responsabilidade de cuidar dele, e o senhor Tremlett permaneceria como seu secretário. Mas seu pai talvez não tenha compreendido o quanto vocês pensaram nisso tudo. A investigadora Miskin estava lhe fazendo uma pergunta bastante razoável, não havia nada de cruel ou insensível. Sabemos que depois que você deu a notícia a seu pai, ele jantou na casa principal — um fato incomum — e estava bastante aborrecido. Além disso, ele solicitou a lancha para esta tarde. Na verdade, não disse que pretendia deixar a ilha, mas isso estava implícito. Por acaso disse a algum de vocês dois que pretendia partir?".

Dessa vez eles se entreolharam. Dalgliesh podia ver que a pergunta era tão inesperada quanto indesejada. Houve uma pausa.

Dennis Tremlett falou: "No começo da semana ele mencionou algo nesse sentido, disse-me que talvez fosse passar um dia no continente. Ele não falou o motivo. Acho que pode ser algo relacionado à pesquisa".

Kate comentou: "Mas requisitar a lancha para depois do almoço não daria a ele o dia inteiro no continente. Ele costumava sair da ilha quando passava temporadas aqui?".

Novamente houve uma pausa. Se qualquer dos dois, Tremlett ou a srta. Oliver, estivesse tentado a mentir, aquele intervalo de tempo lhes permitiria raciocinar que a polícia tinha como confirmar o que eles dissessem com Jago Tamlyn. Por fim, Tremlett falou: "Ocasionalmente ele saía, mas não era comum. Não consigo me lembrar da última vez que tenha feito isso".

Dalgliesh podia perceber uma mudança, sutil, mas inconfundível, no teor das perguntas e nas respostas dos dois. Ele decidiu mudar sua linha de ação: "Seu pai lhe explicou alguma coisa sobre seu testamento? Há alguma organização, por exemplo, que iria se beneficiar com a morte dele?".

Ele viu que com essa pergunta era mais fácil lidar. Miranda disse: "Eu sou a única filha dele e naturalmente sua principal beneficiária. Ele me contou isso alguns anos atrás. Pode ter deixado alguma coisa para Dennis, como agradecimento pelos serviços prestados ao longo dos últimos doze anos, e eu acho que mencionou isso. Também me contou que deixaria dois milhões de libras para o Conselho Administrativo de Combe Island; ele queria que parte desse valor fosse empregada na construção de um outro chalé, que deveria receber seu nome. Não sei se ele alterou o testamento recentemente. Se o fez, não me disse nada. Sei que estava cada vez mais insatisfeito com o fato de o Conselho não disponibilizar o chalé Atlântico para ele. Imagino que estejam agindo instruídos pelo senhor Maycroft. Ninguém tem idéia do quanto esse chalé significava para papai. O lugar onde ele trabalha é muito importante para ele, e o chalé Peregrino não é realmente o local adequado. Sei que temos dois quartos, o que a maioria dos chalés não tem. Mas meu pai nunca se sentiu em casa aqui. O senhor Maycroft e Emily Holcombe jamais pareceram compreender que meu pai era um dos maiores escritores da Inglaterra e que havia coisas de que ele precisava para seu trabalho: o lugar adequado, a vista certa, espaço suficiente e privacidade. Ele queria o chalé Atlântico, e isso poderia muito bem ter sido arranjado. Se ele tiver cortado o Conselho do testamento, ficarei muito satisfeita".

Kate perguntou: "Quando exatamente você deu a notícia do noivado para seu pai?".

"Por volta das cinco horas da tarde de ontem, talvez um pouco mais tarde. Dennis e eu tínhamos ido dar um passeio no penhasco e eu voltei sozinha. Papai estava aqui lendo, eu entrei, fiz um chá e dei-lhe a notícia. Ele foi bastante amável, mas não falou muita coisa, a não ser que estava feliz por nós e que podia prever que isso iria acontecer. Então ele disse que iria jantar na casa principal, aí eu liguei para a senhora Burbridge e informei-a de que haveria uma pessoa a mais para o jantar. Papai disse que havia um convidado com o qual desejava particularmente encontrar-se. Ele deveria estar se referindo ao doutor Speidel ou ao doutor Yelland, porque eles são os dois únicos hóspedes."

"Ele lhe contou por quê?"

"Não, não disse. Falou que ia subir para o quarto e descansar até a hora de trocar de roupa para o jantar. Não o vi novamente até ele descer, pouco antes das sete e meia, e sair em direção a Combe House. Ele apenas disse que não chegaria tarde."

Dalgliesh virou-se para Tremlett: "E quando você o viu pela última vez?".

"Pouco antes da uma da tarde. Eu estava indo para o

meu quarto no antigo estábulo, agora convertido em aposentos, para almoçar como costumeiramente faço. O senhor Oliver me informou que não iria precisar de mim à tarde, ele não fazia isso numa sexta-feira. Foi então que decidi fazer uma caminhada. Avisei a Miranda aonde estava indo e sabia que ela iria me encontrar, para conversarmos sobre nossos planos. Mais tarde, depois do passeio, ela decidiu falar com o pai dela, e eu voltei para meu quarto. Vim para o chalé Peregrino às oito horas da noite, esperando que o senhor Oliver estivesse aqui para jantar comigo e com Miranda, mas ela me falou que ele tinha ido para a casa principal. Não o vi novamente."

Dessa vez as palavras tinham fluído rapidamente e com mais facilidade. Será que elas, por acaso, tinham sido ensaiadas?

Kate olhou para Miranda e disse: "Seu pai deve ter voltado bem tarde".

"Ele voltou mais tarde do que eu esperava, escutei-o entrando e olhei para meu relógio de cabeceira. Era pouco mais que onze. Não veio dar-me boa-noite. Geralmente fazia isso, mas nem sempre. Suponho que não quisesse me perturbar. De minha janela pude vê-lo sair cerca de sete e vinte da manhã de hoje. Eu tinha acabado de sair do banho e estava me vestindo naquela hora. Quando desci, vi que ele tinha feito chá e comido uma banana. Imaginei que tivesse saído para uma caminhada matinal e fosse voltar para tomar o café-da-manhã completo."

Não foi feita a menor menção à pilha de papéis carbonizados na lareira. Dalgliesh estava um pouco surpreso com o fato de eles não terem sido retirados, mas talvez Miranda Oliver e Dennis Tremlett tenham achado que isso seria inútil, uma vez que era quase certo que Maycroft e Staveley teriam reportado o que tinham visto ali.

Dalgliesh perguntou: "Foram queimados alguns papéis aqui. Você pode me falar alguma coisa sobre isso?".

Tremlett engoliu em seco, porém não disse nada. Lançou um olhar suplicante para Miranda, mas ela estava preparada: "Estas são provas revisadas do livro mais recente do meu pai. Ele estava trabalhando neles, fazendo alterações importantes. Meu pai jamais teria feito isso. Alguém deve ter entrado no chalé durante a noite".

"Mas a porta não estava trancada?"

"Não. Ela raras vezes fica porque não há necessidade disso aqui na ilha. Quando ele voltou na noite passada, deve ter trancado, isso era o normal, uma simples questão de hábito, mas poderia facilmente ter se esquecido ou não ter se incomodado. Ela não estava trancada quando levantei hoje de manhã, mas nesse caso não deveria estar trancada mesmo. Meu pai pode tê-la deixado destrancada quando saiu."

"Mas ele deve ter visto a destruição dos papéis. Isso deve ter horrorizado seu pai. Não seria natural que ele tivesse acordado você para perguntar o que tinha acontecido?"

"Talvez, mas ele não fez isso."

"Você não acha isso muito surpreendente?"

E agora Dalgliesh enfrentava olhos francamente antagônicos. "Tudo o que aconteceu desde ontem é surpreendente. É surpreendente que meu pai esteja morto. Ele pode não ter notado ou, caso o tenha, talvez tivesse optado por não me incomodar."

Dalgliesh olhou para Dennis Tremlett: "Quão importante é a perda? Se estas forem as primeiras provas, presumivelmente deve haver um segundo conjunto aqui e um outro com os editores de Oliver".

Tremlett conseguiu recuperar a voz: "Elas eram muito importantes. Ele jamais as queimaria. O senhor Oliver sempre insistia em ter as provas de impressão, de modo que pudesse fazer a edição do material naquele estágio, em vez de fazê-lo no manuscrito. Isso dificultava as coisas para os seus editores, é claro, além de ser mais caro para eles. E ele editava o material amplamente, pois era assim que gostava de trabalhar. Algumas vezes inclusive fazia alterações entre as impressões do livro. Ele nunca acreditava realmente que um livro seu estivesse perfeito. E não aceitava que a revisão/edição do material fosse feita por um revisor da editora. Não, mesmo. Ele preferia que trabalhássemos juntos nisso. Escrevia suas alterações a lápis e eu as copiava a tinta no meu jogo de provas. E o meu jogo também está desaparecido".

"E o seu jogo de provas de impressão costuma ficar guardado aqui?"

"Fica sempre na primeira gaveta da escrivaninha do senhor Oliver. Essa gaveta não era trancada. Jamais me ocorreu que isso pudesse ser necessário."

Dalgliesh queria conversar sozinho com Tremlett, sem a presença de Miranda, mas isso não seria fácil. Ele se virou para ela e disse: "Acho que vou mudar de idéia e aceitar o chá ou café que você me ofereceu. Talvez uma xícara de café, se isso não for lhe dar muito trabalho".

Se porventura Miranda achou o pedido inoportuno, disfarçou muito bem sua irritação, pois se levantou e foi em direção à cozinha sem nada dizer. Foi com alívio que Dalgliesh notou que ela fechou a porta atrás de si. Ele pensou se tinha feito a escolha certa ao optar por café. Se Oliver tivesse sido uma pessoa exigente com seu café, provavelmente deveria demandar que os grãos fossem moídos na hora. Nesse caso, Miranda teria ainda de moer os grãos para fazer o café de Dalgliesh, e isso levaria algum tempo, mas se ela não tivesse a menor intenção de dar-se ao trabalho de fazê-lo, ele teria menos tempo de privacidade com Tremlett.

Por isso foi direto ao ponto e, sem preâmbulos, inquiriu Dennis Tremlett: "Como era trabalhar para o senhor Oliver?".

Tremlett o encarou, e podia-se notar que agora estava quase ansioso para falar: "Ele não era um homem fácil, mas por que deveria ser? Quero dizer, ele não me fazia confidências, e mostrava-se bem impaciente algumas vezes, mas eu não ligava. Eu lhe devo tudo. Trabalhei para ele doze anos, anos estes que foram os melhores da minha vida. Eu era um revisor freelancer quando ele passou a utilizar meus serviços. Eu havia feito a maioria dos meus trabalhos, até então, para os editores dele. Eu ficava freqüentemente doente e por isso era difícil arrumar um emprego mais estável. O senhor Oliver percebeu que eu era meticuloso e, assim, depois que revisei um de seus livros ele me empregou em tempo integral. Pagou aulas noturnas de computação, a fim de que eu aprimorasse minhas habilidades no uso de computadores. Era simplesmente um privilégio trabalhar para ele, estar ao seu lado no dia-a-dia. Eu li uma frase de T. S. Eliot que parece absolutamente certa para descrever o senhor Oliver: *Deixar alguém imobilizado com a luta intolerável entre as palavras e os significados*. As pessoas falavam que ele era o Henry James moderno, mas não o era de fato. Na escrita do senhor Oliver também existiam as frases longas e complicadas. Mas sempre achei que as palavras de Henry James obscureciam a verdade, ao passo que as de Nathan Oliver iluminavam a verdade. Jamais esquecerei o que aprendi com ele. Não consigo imaginar a vida sem ele".

Tremlett estava quase às lágrimas. Dalgliesh perguntou-lhe gentilmente: "Quanto você o ajudava? Digo, alguma vez Oliver discutiu o desenvolvimento de seus livros com você, falava o que estava tentando fazer?".

"Ele não precisava da minha ajuda. Ele era um gênio. Mas dizia algumas vezes — digamos, sobre um fragmento de ação — 'Você acredita nisso? Isso lhe parece cabível?'. E eu, então, dava minha opinião. Não acho que ele gostava muito de fazer enredos."

Fora muita sorte de Oliver achar um acólito com um amor de verdade por literatura e uma sensibilidade que combinava com a sua própria, alguém que talvez ficasse realmente feliz em subordinar seu modesto talento a um talento maior. Mas uma coisa se podia dizer de Dennis Tremlett: sua dor era genuína, ele realmente parecia sentir pesar, e era difícil imaginá-lo como o assassino de Oliver. Mas, em sua carreira, Dalgliesh já vira assassinos com a mesma capacidade de atuação. O pesar, mesmo quando autêntico, podia revelar-se a mais dúbia das emoções e raramente era um sentimento descomplicado. Era possível sentir pesar pela morte do talento de um homem e ao mesmo tempo regozijar-se com a morte desse homem. Mas queimar provas era com certeza um fato diferente. Fazer isso indicava ódio pelo trabalho em si e uma mesquinhez de espírito que ele não havia detectado em Tremlett. Por quem Dennis Tremlett estava de luto? Por um mentor horrivelmente assassinado ou por um monte de papéis carbonizados com as anotações de um grande escritor cuidadosamente feitas a lápis? Dalgliesh não podia compartilhar de sua dor, mas sem dúvida entendia a ofensa.

Naquele momento, Miranda entrou. Kate se ergueu para ajudá-la com a bandeja. O café, que serviu e de que ele não precisava, estava excelente. Após o café, que Dalgliesh e Kate beberam rapidamente, a entrevista parecia ter chegado a uma conclusão natural. Tremlett se ergueu e saiu da sala em passos trôpegos, e Miranda levou Dalgliesh e Kate até a porta, fechando-a cuidadosamente atrás deles.

Os dois foram andando até o chalé da Foca. Depois de um momento de silêncio, Dalgliesh falou: "A senhorita Oliver manteve suas opções cuidadosamente em aberto, não foi mesmo? Inflexível quanto à idéia de que seu pai pudesse ter se matado e ao mesmo tempo enumerando as razões pelas quais ele poderia ter feito exatamente isso. Tremlett está perturbado e em pânico, enquanto ela se mantém sob controle perfeito. É fácil perceber quem é que manda nessa relação. Você achou que Tremlett estava mentindo?".

"Não, senhor, mas achei que talvez ela estivesse. Quer dizer, toda aquela história sobre o noivado, '*Papai me ama, papai queria a felicidade de sua filhinha*'... , isso parece coisa do Nathan Oliver que nós conhecemos?"

"Na verdade não conhecemos, Kate. Só o que os outros nos contaram."

"E no começo toda aquela história sobre o noivado me

pareceu estranha. Primeiro fiquei me perguntando por que os dois não foram falar com Oliver juntos, por que Tremlett tomou tanto cuidado para ficar fora do caminho de Oliver depois que ele recebeu a notícia. Mas depois achei que talvez não fosse tão estranho assim. Miranda pode ter preferido contar ao pai sozinha, explicar seus sentimentos, expor seus planos para o futuro. E se ele teve uma reação negativa, talvez ela não tenha contado a Tremlett. Pode ter mentido para ele, falado que Oliver estava contente com o casamento." Kate pensou um pouco, depois acrescentou: "Mas não haveria muito sentido em fazer isso. De todo modo, cedo ou tarde ele ficaria sabendo, quando viesse trabalhar hoje de manhã. Papai teria falado para ele".

Dalgliesh disse: "É, teria. A menos, é claro, que Miranda tivesse certeza de que na manhã seguinte papai não estaria lá para contar".

8

Lá pelas quatro da tarde Dalgliesh e sua equipe já tinham recebido as chaves, inclusive uma da porta lateral que dava acesso à casa principal de Combe, e tinham se acomodado nos aposentos destinados a cada um deles. Dalgliesh no chalé da Foca e Kate e Benton-Smith em apartamentos adjacentes no bloco residencial do antigo estábulo. Dalgliesh decidiu deixar que Kate e Benton-Smith fizessem a entrevista com Emily Holcombe, a primeira, pelo menos. Como última remanescente de sua família e residente mais antiga de Combe Island, ela provavelmente poderia, mais que qualquer outra pessoa, ter muito o que dizer a respeito dos moradores locais e, fora isso, ele estava mesmo querendo conversar com Emily. Mas o encontro poderia esperar, e seria ele, e não ela, quem determinaria o curso de ação. Era importante que todos os suspeitos compreendessem que Kate e Benton-Smith faziam parte da equipe.

Ao retornar ao escritório para resolver alguns detalhes administrativos, Dalgliesh ficou um pouco surpreso pela aparente falta de interesse de Maycroft com relação ao não-aparecimento de Speidel, mas isso presumivelmente advinha da consagrada política de não perturbar os hóspedes. O dr. Speidel estava na ilha quando o assassinato ocorreu; mais cedo ou mais tarde seu auto-isolamento teria de ser quebrado.

Maycroft estava sozinho quando Dalgliesh chegou, mas quase imediatamente Adrian Boyde colocou a cabeça no vão da porta: "O doutor Speidel está aqui. Estava dormindo e não caminhando, quando você ligou para ele, hoje cedo. Só pegou a mensagem agora há pouco, depois das três da tarde".

"Faça-o entrar, por favor, Adrian. Ele já sabe sobre Nathan Oliver?"

"Acho que não. Eu me encontrei com ele entrando pela porta de trás. Não contei nada."

"Ótimo. Peça à senhora Plunkett que mande um pouco de chá, por favor, Adrian. Devemos tomá-lo em cerca de dez minutos. Onde está o doutor Speidel agora?"

"No hall de entrada, sentado no banco de carvalho. Ele parece não estar nada bem."

"Nós poderíamos ter ido vê-lo, se ele tivesse nos dito que não estava bem. Por que ele não solicitou o buggy? A caminhada do chalé Pardela até aqui é a mais longa."

"Eu perguntei isso. Ele respondeu que achava que a caminhada poderia fazer-lhe bem."

"Diga a ele que eu ficaria grato se pudesse nos dar alguns minutos de seu tempo. Não deve demorar muito." Maycroft olhou para Dalgliesh e disse: "Ele chegou somente na quarta-feira e esta é sua primeira visita. Duvido que tenha alguma coisa de útil para lhe contar".

Boyde desapareceu. Eles esperaram em silêncio. A porta se abriu, e Boyde, como se estivesse apresentando formalmente um hóspede importante, disse: "O doutor Speidel".

Dalgliesh e Maycroft levantaram-se. O dr. Speidel, ao olhar para Dalgliesh, pareceu desorientado por um momento, como se estivesse se perguntando se era alguém que deveria reconhecer. Maycroft não fez menção de apresentar os dois. Talvez sentindo que sua posição ali, atrás da escrivaninha, transmitia uma solenidade inadequada, e até um pouco intimidadora, Maycroft indicou uma das poltronas em frente à lareira para o dr. Speidel e sentou-se do lado oposto. O homem realmente parecia doente. Seu rosto proeminente, marcado por uma inequívoca pátina de poder, estava enrubescido e suado, gotas de transpiração sobressaíam como pústulas em sua testa. Talvez ele estivesse muito agasalhado para a temperatura branda. Vestia uma calça de tecido reforçado, blusa de gola alta de lã grossa, jaqueta de couro e cachecol, roupa mais adequada para o inverno que para uma tarde amena de outono. Dalgliesh trouxe sua cadeira para mais perto, mas esperou que fosse feita uma apresentação antes de sentar-se.

Maycroft disse: "Este é o comandante Dalgliesh, oficial de polícia da Nova Scotland Yard. Ele está aqui porque temos uma tragédia. Foi por essa razão que julguei necessário perturbar seu descanso, doutor Speidel. Sinto ser portador da má notícia: Nathan Oliver está morto. Hoje, às dez da manhã, descobrimos seu corpo dependurado no parapeito, no alto do farol".

A desconcertante reação de Speidel foi levantar-se da poltrona e apertar a mão de Dalgliesh. A despeito do rosto avermelhado, sua mão estava inesperadamente fria e pegajosa. Enquanto se sentava de novo e retirava o cachecol, parecia estar considerando que resposta seria mais adequada à situação. Disse, por fim, com um traço quase imperceptível de sotaque alemão: "Isso é uma tragédia para sua família, seus amigos e a literatura. Ele era muito bem conceituado na Alemanha. Seus livros são muito apreciados, especialmente os do período intermediário. Você está me dizendo que foi suicídio?".

Maycroft olhou para Dalgliesh e deixou-o responder: "Aparentemente sim, mas há algumas indicações em contrário. Obviamente é desejável esclarecê-las, se possível antes que a notícia se espalhe por todo o país".

Maycroft entrou na conversa: "Não é o caso de encobrirmos o fato. Mas a morte de uma pessoa tão conhecida deverá atrair interesse internacional, um grande pesar. O Conselho Administrativo de Combe espera que se a verdade dos fatos puder ser descoberta rapidamente, a paz e o sossego na ilha não serão perturbados por muito tempo". Maycroft parou de falar por um momento e pareceu arrepender-se de suas palavras, mas em seguida ele continuou: "É claro que a tragédia irá perturbar muito mais que a paz de Combe, mas é do interesse de todos, incluindo a família do senhor Oliver, que os fatos sejam conhecidos o mais depressa possível e que rumores ou especulações sejam evitados".

Dalgliesh disse: "Estou perguntando a todos se viram o senhor Oliver em algum momento ontem, depois do jantar, e particularmente se o avistaram hoje cedo. Seria muito útil se pudéssemos ter alguma idéia de seu estado de espírito nas horas que antecederam sua morte e, se possível, quando essa morte ocorreu".

A resposta de Speidel foi interrompida por um acesso de tosse. Em seguida, quando a tosse amainou, ele contemplou alguns segundos as próprias mãos, entrelaçadas sobre o colo, parecendo estar imerso em pensamentos. O silêncio se mostrava excessivamente prolongado. Isso, pensou Dalgliesh, dificilmente poderia ser uma resposta à dor pela perda de um homem que o dr. Speidel tinha afirmado não conhecer pessoalmente. Sua primeira reação à notícia tinham sido palavras convencionais de condolência, expressas sem nenhuma emoção especial. Também não parecia cabível que a simples pergunta de Dalgliesh exigisse tanta meditação. Ele pensou se o homem estava seriamente doente. Percebia-se que o acesso de tosse fora doloroso. Speidel tossiu de novo, tapando a boca com o lenço, e dessa vez o acesso foi mais prolongado. Talvez o silêncio não tivesse sido mais que uma tentativa de suprimi-lo.

Por fim, o dr. Speidel encarou a ambos e disse: "Por favor, me desculpem, essa tosse é enervante. Comecei a me sentir mal no barco, vindo para cá, mas não tão mal a ponto de cancelar minha visita. Não é nada que um bom repouso e ar puro não curem. Sinto muito causar a chateação de trazer gripe para Combe Island".

Dalgliesh disse: "Se você preferir falar comigo mais tarde...".

"Não, não. É importante que conversemos agora. Acho que posso ajudar quanto à hora da morte. Quanto ao estado de espírito dele, não faço a menor idéia. Eu não conhecia Nathan Oliver pessoalmente e não pretenderia entender o homem mais do que consigo entender o escritor. Quanto à hora da morte, nisso eu posso ajudar. Combinei encontrá-lo no farol às oito da manhã de hoje. Não dormi bem esta noite, tive um pouco de febre, e saí um pouco atrasado. Eram oito e seis quando cheguei ao farol. Não consegui entrar. A porta estava trancada."

"Como o senhor chegou até o farol, doutor Speidel? Solicitou o buggy?"

"Não, andei até lá. Depois que passei pelo chalé próximo ao meu, acho que o nome é Atlântico, desci o rochedo e segui pela trilha abaixo do penhasco até ela se interromper, a uns vinte metros do farol. Esperava passar despercebido."

"E viu alguém?"

"Não, ninguém. Nem na ida, nem na volta."

Fez-se novamente silêncio. Sem ser incitado, Speidel recomeçou a falar: "Consultei meu relógio quando cheguei à porta do farol. A despeito de estar seis minutos atrasado, esperava que o senhor Oliver estivesse esperando por mim, fosse à porta ou dentro do farol. Entretanto, como eu disse, a porta estava trancada".

Maycroft fitou Dalgliesh e ponderou: "Ela devia estar com a tranca aferrolhada pelo lado de dentro. Como eu havia explicado ao senhor Dalgliesh, existe uma chave para a porta do farol, mas ela está sumida faz alguns anos".

Dalgliesh perguntou: "Você escutou algum barulho de tranca sendo mexida enquanto estava lá?".

"Não escutei nada. Bati na porta o mais forte que pude, mas não houve resposta alguma."

"Você deu a volta ao farol?"

"Não me ocorreu fazer isso. E certamente não tinha sentido fazê-lo. Meu primeiro pensamento foi que o senhor Oliver tinha chegado ao local, encontrado o farol tran-

211

cado e ido buscar a chave. Outras possibilidades incluíam a probabilidade de ele não ter a intenção de me encontrar; ou, ainda, de que minha mensagem não tenha chegado às mãos dele."

Dalgliesh perguntou: "Como você fez para combinar o encontro?".

"Se estivesse bem o bastante, teria ido ao jantar de ontem e falado diretamente com ele. Fui informado de que ele iria comparecer ao jantar. Mas, como não era o caso, escrevi um bilhete e, quando a jovem foi levar minha sopa e meu uísque, dei-lhe a mensagem e pedi que a entregasse. Ela estava dirigindo o buggy e eu estava à porta do meu chalé quando a vi colocar meu bilhete num bornal de couro marcado *Correio* preso ao painel do veículo. Ela disse que iria entregar pessoalmente ao senhor Oliver, no chalé Peregrino."

Dalgliesh não falou que não tinham encontrado bilhete algum nos bolsos do cadáver. Em vez disso, perguntou: "Você disse algo no bilhete indicando que ele deveria ser mantido em segredo?".

Speidel esboçou um sorriso irônico, interrompido por outro acesso de tosse, dessa vez mais curto. "Não escrevi nada do tipo 'queime este bilhete ou engula-o depois de ler'. Não havia brincadeirinhas juvenis. Simplesmente escrevi que havia um assunto particular, importante para nós dois, que eu gostaria de discutir."

Dalgliesh perguntou: "O senhor se lembra de suas palavras exatas?".

"Claro. Escrevi-as ontem, antes que a jovem — Millie, não é mesmo? — chegasse com as provisões que eu havia solicitado. Isso aconteceu há menos de vinte e quatro horas. Usei uma folha simples de papel branco e escrevi o nome e o telefone do meu chalé no cabeçalho, bem como a data e a hora. Escrevi que lamentava perturbar sua solidão, mas que havia um assunto de grande importância para mim, também do interesse dele, que desejava discutir com ele em particular. Será que ele poderia me encontrar no farol às oito horas da manhã seguinte? Caso houvesse algum inconveniente, pedia-lhe o favor de telefonar para o chalé Pardela, para que combinássemos um outro horário."

"A hora do encontro — oito da manhã — estava escrita em palavras ou expressa em numerais?"

"Em palavras. Quando encontrei o farol trancado, me ocorreu que talvez a garota tivesse se esquecido de entregar o bilhete, mas não fiquei muito preocupado. O senhor Oliver e eu estávamos ambos na ilha. Dificilmente ele me escaparia."

A frase, pronunciada quase casualmente, mesmo assim era inesperada e, pensou Dalgliesh, talvez significativa. Houve um silêncio. Ele perguntou: "O envelope estava lacrado?".

"Não, lacrado não. Mas a aba estava enfiada para dentro. Normalmente não tenho o hábito de lacrar um envelope que será entregue em mãos. Você também não tem esse costume? Claro que meu bilhete poderia ser aberto e lido, mas não me ocorreu que alguém pudesse fazer isso. Era o assunto que eu desejava discutir com o senhor Oliver que era confidencial, e não o fato de nos encontrarmos."

"E depois disso?" Dalgliesh falava com gentileza, como se estivesse interrogando uma criança vulnerável.

"Bem, então decidi verificar se ele estava em seu chalé. Tinha perguntado à governanta, logo que cheguei, onde o senhor Oliver estava hospedado. Comecei a me dirigir para lá, mas pensei melhor e mudei de idéia. Eu não estava me sentindo bem e resolvi que talvez fosse mais prudente adiar um encontro que sem dúvida seria doloroso. Não havia urgência. Como eu já falei, ele dificilmente poderia evitar que nos encontrássemos numa ilha do tamanho de Combe. Então decidi voltar a pé para o meu chalé pelo caminho do farol, para uma última verificação. Dessa vez a porta estava entreaberta. Empurrei-a e subi os dois primeiros lances da escada, chamando pelo senhor Oliver. Não houve resposta."

213

"Você foi até o alto do farol?"

"Achei que não valia a pena, e eu já estava cansado. A tosse estava começando a me incomodar. Notei que já tinha andado muito."

Agora, pensou Dalgliesh, era o momento de fazer a pergunta vital. Pensou bem antes de falar, escolhendo cuidadosamente as palavras. Seria inútil indagar de Speidel se ele tinha visto algo incomum no andar térreo, uma vez que essa era a primeira vez que ele entrava no local. Para não correr o risco de fazer uma pergunta que levasse a uma resposta induzida, ele preferiu inquirir diretamente: "Você notou os rolos de cordas de escalada penduradas na parede, logo na entrada do farol?".

Speidel disse: "Sim, eu as notei. Havia uma arca de madeira logo abaixo delas, que logo presumi conter outros equipamentos de escalada".

"E você notou quantas cordas estavam penduradas lá?"

Speidel respondeu: "Cinco. Não havia nenhuma corda no último gancho, o mais afastado da porta de entrada".

"O senhor tem certeza disso, doutor Speidel?"

"Tenho certeza. Eu tendo a notar detalhes desse tipo. Já pratiquei escalada na minha juventude e estava interessado em ver se havia aparato para essa prática aqui em Combe Island. Bem, mas depois disso eu fechei a porta e fiz o caminho de volta para o meu chalé, passando pelo cerrado, que obviamente era o caminho mais fácil, uma vez que me dispensava de ter de escalar o penhasco para atravessar pelo platô mais baixo."

"Então você não rodeou o farol?"

A tosse do dr. Speidel e sua febre óbvia não o tinham destituído de inteligência. Ele respondeu, com uma pitada de aspereza: "Se eu tivesse, comandante, imagino que teria sido capaz de notar um cadáver dependurado, mesmo em meio à névoa matinal. Não, não circundei o farol, não olhei para cima e não vi o senhor Oliver".

Dalgliesh perguntou suavemente: "E o que você desejava discutir a sós com o senhor Oliver? Perdoe-me se a pergunta parece um tanto intrusiva, mas com certeza o senhor compreende que preciso saber o motivo de seu encontro".

Novamente fez-se silêncio; em seguida Speidel falou: "Uma questão puramente familiar que nada pode ter a ver com a morte do senhor Oliver, posso lhe assegurar, comandante".

Se fosse qualquer outro suspeito — e Speidel, como todas as outras pessoas na ilha, era um suspeito —, Dalgliesh teria enumerado os fatores essenciais e urgentes pertinentes a uma investigação de assassinato, mas Speidel não precisava ser relembrado. Ele esperou até que o homem enxugasse a testa. Speidel parecia estar reunindo forças. Dalgliesh olhou de relance para Maycroft, e depois falou: "Se o senhor não estiver se sentindo disposto para continuar essa conversa, poderemos fazer isso mais tarde. Parece-me que está com febre. Como deve saber, há um médico na ilha. Talvez o senhor deseje ver o doutor Guy Staveley".

Dalgliesh não arrematou a frase dizendo que não havia urgência alguma em prosseguir com a entrevista. Porque, de fato, *havia urgência sim*, ainda mais se o dr. Speidel, segundo os atuais prognósticos, fosse ficar confinado na enfermaria. Por outro lado, além de sua relutância em absorver um homem doente, poderia haver perigo em continuar a entrevista, caso Speidel não estivesse em boas condições de saúde.

Havia um toque de impaciência na voz de Speidel: "Eu estou bem. Isso não é nada além de tosse e elevação de temperatura. Prefiro continuar nossa conversa. Mas, primeiro, gostaria de fazer uma pergunta, se você me permitir. Estou percebendo que agora esse inquérito passou a ser uma investigação de assassinato, é isso?".

Dalgliesh disse: "Sempre há uma possibilidade. Enquanto não receber o relatório do perito legista tratarei o caso como investigação de uma morte suspeita".

"Então é melhor eu responder à sua pergunta. Posso tomar um pouco de água?"

Maycroft foi em direção à garrafa de água sobre a mesa lateral quando se escutou uma batida na porta e esta foi imediatamente aberta pela sra. Plunkett, que entrou empurrando um carrinho com três xícaras de chá, um bule, uma jarrinha com leite e um açucareiro.

Maycroft disse: "Obrigado. Acho que um pouco de água fresca também seria bom. O mais gelada possível, por favor, senhora Plunkett".

Enquanto esperavam, Maycroft serviu o chá. Speidel balançou a cabeça, Dalgliesh também. Não tiveram que esperar muito, e a sra. Plunkett voltou com uma jarra e um copo. Ela disse: "Está bem gelada. Querem que eu sirva?".

Speidel se levantara e ela lhe entregou o copo. Os dois agradeceram e ela colocou a jarra no carrinho. Comentou: "O senhor não parece muito bem, doutor. Acho que o melhor lugar para o senhor seria a cama".

Speidel sentou-se outra vez, bebeu sequiosamente e falou: "Assim está melhor. Minha história será breve". Esperou que a sra. Plunkett saísse e depositou o copo. "Como eu falei, é um assunto familiar, que eu esperava manter em segredo. Meu pai morreu nesta ilha em circunstâncias que a família jamais esclareceu totalmente. A razão é que o casamento de meus pais começara a fracassar antes mesmo de eu nascer. Minha mãe vinha de uma família proeminente de militares, uma família prussiana, e seu casamento com meu pai foi visto como uma união desigual. Durante a guerra ele foi posicionado com as forças de ocupação em Guernsey, nas ilhas do Canal da Mancha. Isso em si não era motivo de orgulho para a família da minha mãe, que teria preferido um regimento mais destacado, um papel mais importante. O que se conta é que, com dois outros oficiais, ele fez uma excursão até aqui depois que se soube que a ilha fora evacuada. Eu não sabia por que isso aconteceu, se teria sido uma instrução do comando militar. Eu achava que não. Nenhum dos três voltou. Foi feita uma investigação, a escapada foi descoberta, concluiu-se que os três tinham naufragado. A família ficou feliz com o fato de o casamento acabar, pelo menos não na ignomínia ou no divórcio, a que se opunha frontalmente, mas graças a uma oportuna morte em ação, mesmo sem as glórias tradicionais da família".

Speidel prosseguiu: "Pouco me contaram sobre meu pai durante a minha infância, e fiquei com a impressão, como acontece com as crianças, de que toda pergunta seria malvista. Voltei a casar-me depois da morte de minha primeira esposa e agora tenho um filho de doze anos. Ele me pergunta sobre o avô e acho que se ressente muito com o fato de que os detalhes da vida dele desapareceram e não são mencionados, como se, de alguma maneira, fossem vergonhosos. Prometi a ele que tentaria descobrir o que houve. Tive pouca ajuda das fontes oficiais. Os registros indicam que três jovens haviam se ausentado sem permissão, levando um veleiro motorizado de trinta pés. Jamais voltaram, e foram declarados desaparecidos, provavelmente afogados. Tive mais sorte quando consegui localizar um colega oficial a quem meu pai fizera confidências, com a condição de que ele mantivesse segredo. Meu pai contou que ele e os companheiros pretendiam hastear a bandeira alemã numa ilhota da costa da Cornualha, provavelmente para provar que isso era possível. Combe era a única ilha possível e foi a primeira que investiguei. Vim para a Cornualha no ano passado, mas não para Combe Island. Encontrei um pescador aposentado de oitenta e muitos anos de idade que soube me dar algumas informações, mas não foi fácil. As pessoas ficavam desconfiadas, como se ainda estivéssemos em guerra. Com a obsessão nacional de vocês quanto a nossa história recente, em especial a era de Hitler, tenho a sensação de que poderíamos estar". Havia um traço de amargura em sua voz.

Maycroft disse: "Você não consegue obter muitas informações da população local quando inquire sobre Combe Island. Este lugar tem uma história longa e infeliz. Há uma memória popular a respeito desse passado e não ajuda em nada o fato de a ilha ser uma propriedade privada e não permitir a entrada de turistas".

Speidel prosseguiu: "Obtive informações suficientes para fazer com que a visita à ilha valesse a pena. Eu sabia que Nathan Oliver tinha nascido aqui e que visitava o lugar a cada três meses. Ele mesmo revelou isso num artigo de jornal datado de abril de 2003. Já se falou muito na imprensa sobre a infância de Oliver na Cornualha".

Maycroft questionou: "Mas Oliver era apenas uma criança quando a guerra começou. De que maneira ele poderia ajudá-lo?"

"Ele tinha quatro anos de idade em 1940. Poderia lembrar-se de algo. E, caso contrário, seu pai poderia ter lhe contado alguma coisa a respeito do que houve aqui durante a evacuação. Meu informante contou-me que Oliver foi um dos últimos a sair de Combe Island."

Dalgliesh perguntou: "Por que escolher o farol como local para o encontro? Certamente há privacidade em muitos outros lugares da ilha. Por que não em seu próprio chalé?".

Naquele instante Dalgliesh sentiu uma mudança, sutil, mas inequívoca. A pergunta não era bem-vinda.

"Sempre me interessei por faróis. Eles são uma espécie de hobby para mim. Achei que Oliver pudesse fazer a gentileza de me mostrar este aqui", respondeu Speidel.

Dalgliesh pensou: *E por que não Maycroft ou Jago?* Mas, em vez de expressar seu pensamento, perguntou: "Então você conhece a história do local? Sabe que esse farol é uma cópia de um outro mais antigo e mais famoso construído pelo mesmo homem, um tal John Wilkes, que construiu *Eddystone*?".

"Sim, sei disso."

A voz de Speidel tinha subitamente se tornado mais fraca, e as gotas de suor em sua testa aglutinaram-se, passando a correr tão livremente que seu rosto avermelhado parecia estar derretendo.

Dalgliesh disse: "Você foi de grande auxílio, particularmente por nos ajudar a precisar a hora da morte. Só para que possamos nos certificar dos horários, por favor: quando exatamente você chegou ao farol pela primeira vez?".

"Conforme eu já disse, estava um pouco atrasado. Consultei meu relógio e vi que eram oito e seis da manhã."

"E a porta estava trancada?"

"Presumivelmente sim. Eu não consegui entrar ou fazer com que alguém me ouvisse chamar."

"E você voltou mais tarde. Quanto tempo depois?"

"Cerca de vinte minutos mais tarde. Imagino que tenha levado esse tempo, mas não olhei o relógio."

"Então, por volta de oito e meia a porta estava aberta?"

"Sim, entreaberta."

"E nesse período você viu alguém no farol ou durante sua caminhada?"

"Não vi ninguém." Speidel colocou as mãos na cabeça e fechou os olhos.

Dalgliesh disse: "Obrigado. Vamos parar por aqui".

Maycroft então falou: "Acho que seria prudente deixar que o doutor Staveley dê uma olhada em você. A enfermaria pode ser o melhor lugar para você no presente momento, mais do que o chalé Pardela".

Como se quisesse refutar o que acabara de ouvir, Speidel pôs-se de pé. Ele cambaleou, e Dalgliesh correu em sua direção e o amparou e, em seguida, ajudou-o a sentar-se novamente.

Speidel disse: "Eu estou bem. É só uma tosse e um pouco de febre. Tenho tendência a infecções pulmonares. Preferiria voltar agora para o meu chalé. Eu poderia, no entanto, ir de buggy; talvez o comandante Dalgliesh queira conduzir-me até lá".

O pedido foi inesperado; Dalgliesh podia ver que tinha surpreendido Maycroft. Ele também ficou surpreso, mas disse: "Será um prazer". E, olhando para Maycroft, perguntou: "O buggy está lá fora?".

"Estacionado logo na saída da porta de trás. O senhor está bem para andar, doutor Speidel?"

"Perfeitamente bem, obrigado."

Ele realmente parecia ter readquirido forças e, junto com Dalgliesh, tomou o elevador rumo ao térreo. No espaço confinado do elevador, a respiração desagradável e quente de Speidel chegava às narinas de Dalgliesh. O buggy estava estacionado no pátio de acesso traseiro da casa e eles entraram no veículo e viajaram em silêncio, com Dalgliesh ao volante. Passaram primeiro pela estrada acidentada e depois foram se sacudindo gentilmente pelo caminho que cortava a vegetação do cerrado. Havia perguntas que Dalgliesh gostaria de fazer, mas seu instinto lhe dizia que o momento não era propício.

No chalé Pardela, Dalgliesh ajudou Speidel a entrar na sala e o apoiou enquanto ele afundava numa poltrona. Perguntou: "Tem certeza de que está realmente bem?".

"Completamente bem, obrigado. Agradeço sua ajuda, comandante. Há duas perguntas que gostaria de fazer-lhe. A primeira é a seguinte: Nathan Oliver deixou algum bilhete?"

"Nenhum, pelo menos que tenhamos encontrado. E sua segunda questão?"

"Você acredita que essa morte tenha sido um assassinato?"

"Sim", respondeu Dalgliesh. "Acredito que tenha sido."

"Obrigado, isso é tudo que eu queria saber."

Speidel se levantou. Dalgliesh foi ajudá-lo a subir os degraus da escada, mas ele apoiou-se no corrimão, recusando a oferta. "Eu posso fazer isso sozinho, obrigado. Não tem nada que uma boa noite de sono não cure."

Dalgliesh aguardou até que Speidel estivesse em seu quarto e então saiu do chalé e dirigiu de volta para a casa principal de Combe. Novamente no escritório, aceitou a xícara de chá oferecida por Maycroft e levou-a consigo para uma das poltronas próximas da lareira. Ele comentou: "Speidel não sabe nada sobre faróis. Eu inventei o nome John Wilkes. Ele não construiu o farol de Combe, nem tampouco *Eddystone*".

Maycroft se sentou na poltrona em frente a Dalgliesh, com sua xícara na mão. Mexeu o chá lentamente, com ponderação, e em seguida falou, sem olhar para Dalgliesh: "Eu compreendo que você somente me deixou estar presente à entrevista porque o doutor Speidel é um hóspede e eu sou responsável, em nome do Conselho Administrativo de Combe, por seu bem-estar. Também sei que se esse caso for mesmo assassinato, eu sou suspeito como qualquer outra pessoa. Não espero que você me conte nada, mas há uma coisa que gostaria de lhe dizer. Acho que ele estava falando a verdade".

"Se ele não falou a verdade, o fato de eu tê-lo interrogado, num momento em que ele poderia argumentar que não estava em condições físicas para ser inquirido, poderá se revelar um problema."

"Mas ele insistiu em prosseguir. Nós dois perguntamos se ele queria continuar. Ele não foi coagido. Como isso seria problemático?"

"Para a acusação. A defesa poderia argumentar que ele estava muito doente para ser questionado ou para saber o que estava dizendo."

"Mas ele não disse nada que tivesse jogado alguma luz sobre a morte de Oliver. Tudo girou em torno do passado, sobre coisas longínquas e antigas e batalhas travadas há muito tempo."

Dalgliesh não disse nada. Era uma pena que Maycroft estivesse presente à entrevista. Teria sido difícil bani-lo de seu próprio escritório ou solicitar que um homem obviamente doente fosse removido para o chalé da Foca. Mas se Speidel estava falando a verdade, agora tinham uma confirmação crucial quanto à hora da morte, detalhe que teria preferido manter para si e sua equipe. Oliver morrera entre sete e quarenta e cinco e oito e quinze daquela manhã. No momento em que Speidel chegou pela primeira vez ao farol, o assassino de Oliver estava em algum lugar atrás da porta trancada, e talvez o cadáver já balançasse ao longo da parede voltada para o mar.

9

Dalgliesh perguntou a Maycroft se poderia continuar usando seu escritório para entrevistar Millie. Ele imaginava que poderia ser menos intimidador conversar com ela ali que no chalé da Foca e, além disso, certamente seria mais rápido. Maycroft concordou, fazendo apenas uma ressalva: "A não ser que você seja contra, eu gostaria de estar presente. Talvez a senhora Burbridge possa participar também, ela é a pessoa que mais exerce influência sobre Millie. Talvez fosse bom ter uma mulher presente, digo, além da policial".

Dalgliesh falou: "Millie tem dezoito anos, não é? Ela não é menor de idade, mas se você acha que ela precisa de proteção...".

Maycroft respondeu depressa: "Não se trata disso. É que me sinto responsável por tê-la aceito aqui na ilha. Provavelmente foi um erro, mas ela está aqui agora, envolvida nessa confusão, e, além disso, ver o cadáver de Oliver foi um choque para a garota. Não consigo deixar de vê-la como uma criança".

Dificilmente Dalgliesh poderia impedir que o homem tivesse acesso ao seu próprio escritório. Ele duvidava que a presença da sra. Burbridge fosse ser bem acolhida por Millie, mas a governanta parecia ser uma mulher sensata e, ele esperava, saberia quando manter-se calada. O comandante chamou Kate e Benton-Smith via rádio. Com Maycroft e a sra. Burbridge presentes, Millie estaria cercada por cinco pessoas; um número maior do que seria desejável, mas Dalgliesh não tinha a menor intenção de excluir Kate e Benton. O depoimento de Millie prometia ser vital.

O comandante pediu: "Então, por favor, telefone para a senhora Burbridge e peça-lhe a gentileza de localizar Millie e trazê-la até aqui".

Maycroft parecia desconcertado por ter conseguido tão facilmente que as coisas fossem feitas do seu jeito. Ele levantou o fone e efetuou a ligação. Em seguida, vasculhou o escritório com os olhos e começou a arrumar algumas cadeiras em semicírculo ao lado da lareira, de modo que fizessem companhia às duas poltronas capitonê que ficavam lá. A intenção era obviamente criar uma atmosfera mais informal e menos ameaçadora, mas, uma vez que a lareira não estava acesa, o arranjo parecia algo incongruente.

Passaram-se dez minutos antes que a sra. Burbridge e Millie chegassem. Dalgliesh perguntou-se se teria havido alguma altercação no caminho. Os lábios da sra. Burbridge estavam comprimidos e havia duas manchas vermelhas em suas bochechas. O humor de Millie era ainda mais fácil de perceber. Passou da surpresa com a aparência do escritório para a truculência e, por fim, para uma cautela dissimulada, com a versatilidade de um ator que participa de uma audição para uma peça de teatro. O comandante indicou uma poltrona para que a moça se sentasse e posicionou Kate exatamente à sua frente. Ocupou o lugar à direita de Kate. A sra. Burbridge sentou-se perto de Millie, e Benton e Maycroft ocuparam as duas outras cadeiras.

Sem preâmbulos, Dalgliesh perguntou: "Millie, o doutor Speidel nos informou que ontem à tarde lhe deu um envelope para ser entregue ao senhor Oliver. Isso é verdade?".

"Pode ser."

A sra. Burbridge interferiu: "Millie, não seja ridícula. Responda sim ou não.

"Então tá bom. Ele me entregou um bilhete." Então ela explodiu: "Por que eu preciso que o senhor Maycroft e a senhora Burbridge fiquem aqui? Eu não sou mais menor de idade!".

Ficou claro que Millie não desconhecia o sistema judicial no tocante a menores de idade. Isso não surpreendia Dalgliesh, que, todavia, não estava inclinado a averiguar o passado da garota e, por conseguinte, suas pequenas delinqüências. Ele falou: "Millie, não estamos acusando você de nada. Não há a menor sugestão de que você tenha feito algo errado. Mas precisamos saber exatamente o que aconteceu no dia anterior à morte do senhor Oliver. Você se lembra que horas eram quando o doutor Speidel lhe entregou o bilhete?".

"Como você disse, foi à tarde." Ela fez uma pausa e então continuou: "Antes da hora do chá".

A sra. Burbridge disse: "Acho que posso ajudá-los quanto a isso. O doutor Speidel telefonou para avisar que não iria querer jantar, mas que ficaria grato se pudesse receber um pouco de sopa e algum uísque. Ele disse que não estava se sentindo bem. Millie estava ajudando na cozinha quando fui até lá falar com a senhora Plunkett sobre a sopa. Ela quase sempre tem algum tipo de sopa já preparada. Ontem era canja de galinha, feita em casa, claro, e muito nutritiva. Millie se ofereceu para levar os mantimentos para o chalé Pardela, de buggy. Ela gosta de dirigi-lo. Lembro que ela saiu daqui cerca de três da tarde".

Dalgliesh virou-se para Millie: "Então você entregou a sopa e o uísque, e aí o que aconteceu?".

"O doutor Speidel me entregou o envelope, não foi mesmo? Ele disse que era para levá-lo até o senhor Oliver e eu respondi que tudo bem, que faria isso."

"E o que você fez então?"

"Coloquei na sacola de correio, certo?"

A sra. Burbridge explicou: "Trata-se de um bornal de couro marcado *Correio* preso ao painel do veículo. Dan Padgett entrega a correspondência nos chalés e coleta as cartas a serem postadas, para que Jago possa levá-las até o continente".

Agora era Kate quem tomava o comando do interrogatório: "E depois disso, Millie? Você foi direto para o chalé Peregrino? E não diga que pode ser, escutou bem?".

"Não, não fui. O doutor Speidel não me disse que era urgente. Em momento algum ele falou que eu devia levar o envelope imediatamente para o senhor Oliver. Ele somente me pediu para entregar." E, com mau humor, ela completou: "Seja como for, acabei me esquecendo do envelope".

"Como, se esqueceu?"

"Simplesmente esqueci. De todo modo, tinha de voltar para o meu quarto. Queria ir ao banheiro e pensei em mudar de roupa. Imagino que não haja nada de errado nisso, ou tem?"

"Claro que não, Millie. Onde ficou o buggy enquanto você esteve no seu quarto?"

"Ficou do lado de fora, tá bom?"

"E o bilhete do doutor Speidel estava dentro do saco de correio?"

"Devia estar, não é mesmo? Caso contrário eu não teria como entregá-lo."

"E quando você fez isso?"

Millie não respondeu. Kate prosseguiu: "O que aconteceu depois que você trocou de roupa? Onde foi em seguida?".

"Tá bom, desci para encontrar Jago. Eu sabia que ele ia sair com o barco hoje de manhã para testar o motor e queria ir com ele. Então fui até o chalé do Ancoradouro. Ele me deu uma caneca de chá e um pouco de bolo."

"Fez isso de buggy?"

"É. Desci com o buggy, que ficou estacionado no ancoradouro enquanto eu conversava com Jago no chalé dele."

A sra. Burbridge indagou: "E não lhe ocorreu, Millie, que o envelope pudesse conter algo urgente e que o doutor Speidel devia estar esperando que você o entregasse no seu caminho de volta para casa?".

"Bem, mas ele não falou nada sobre isso ser urgente,

e não era urgente, era? O encontro era para as oito horas da manhã do dia seguinte." Fez-se silêncio. Millie exclamou: "Que merda!".

Kate disse: "Você então leu o bilhete".

"Eu posso ter lido. Tá bom, li sim. Quero dizer, o envelope estava aberto. Por que ele o deixou aberto se não queria que as pessoas lessem? Você não pode processar as pessoas só porque elas leram um bilhetinho."

Dalgliesh disse: "Não, Millie, mas a morte do senhor Oliver pode muito bem terminar em julgamento e se isso acontecer você poderá ser uma das testemunhas. E sabe como é importante falar a verdade no tribunal. Você estará sob juramento. Se mentir para nós agora, poderá ver-se em sérias dificuldades mais tarde. Então, você leu o bilhete?".

"Certo, como eu já disse, li sim."

"Você contou ao senhor Tamlyn que tinha lido o bilhete? Falou sobre o encontro entre o senhor Speidel e o senhor Oliver no farol?"

Houve uma longa pausa e por fim Millie respondeu: "Certo, eu contei a ele".

"E o que ele disse?"

"Ele não me disse nada. Quer dizer, ele não comentou nada sobre o encontro. Ele me falou que era melhor eu ir entregar o bilhete imediatamente ao senhor Oliver."

"E então?"

"Eu entrei no buggy, certo? E fui para o chalé Peregrino. Não vi ninguém lá, por isso deixei o bilhete na caixa de correio da varanda. Se ele não tiver pego, ouso dizer que ainda está por lá. Pude ouvir a senhorita Oliver conversando com alguém na sala do chalé, mas não quis entregar o bilhete a ela. Ela é uma cadela metida e arrogante, e de todo jeito o bilhete não era para ela. O doutor Speidel me mandou entregar ao senhor Oliver e eu teria feito isso se o tivesse visto, então pus o bilhete na caixa de correio da varanda. Depois entrei no buggy e voltei para casa para auxiliar a senhora Plunkett com o jantar."

Dalgliesh disse: "Obrigada, Millie. Seu depoimento nos

ajudou muito. Você tem certeza que não há nada mais que devemos saber? Alguma coisa que você fez ou disse, ou que alguém tenha lhe dito?".

Inesperadamente, Millie começou a gritar: "Eu queria nunca ter levado aquele maldito bilhete. Eu queria ter rasgado tudo!". Ela se virou para a sra. Burbridge. "E você não está nem triste que ele morreu! Nenhum de vocês está! Todos vocês o queriam mesmo fora da ilha, qualquer um podia ver isso. Mas eu gostava dele. Ele era legal comigo. A gente costumava se encontrar e fazer longos passeios. Nós éramos..." A voz de Millie baixou até transformar-se num triste sussurro: "Nós éramos amigos".

No silêncio que se seguiu, Dalgliesh perguntou gentilmente: "Quando foi que essa amizade começou, Millie?".

"Da última vez que ele esteve aqui, em julho, não foi? De todo jeito, foi logo depois que Jago me trouxe para cá. Foi quando nos conhecemos."

Na pausa que se sucedeu à declaração, Dalgliesh pôde observar os olhos de Millie se deslocando de uma pessoa a outra na roda. Ela tinha jogado sua bomba verbal e estava satisfeita, talvez um pouco amedrontada quanto à extensão do resultado.

Ela podia perceber a reação deles no silêncio momentâneo e na expressão preocupada da sra. Burbridge.

A sra. Burbridge disse com um tom de severidade: "Então era isso que você estava fazendo naquelas manhãs em que eu queria que você verificasse as roupas de cama e mesa. E você me dizia que estava fazendo caminhadas. Eu pensava que você estava no chalé do Ancoradouro, com Jago".

"Pois é, algumas vezes eu estava mesmo, sabe? Outras vezes eu estava com o senhor Oliver. Eu dizia que ia dar uma caminhada e ia mesmo. Ia caminhar com ele. O que há de errado nisso? Eu não acho nada demais."

"Mas, Millie, eu lhe disse logo que chegou a esta ilha que você não deveria jamais incomodar os hóspedes. Eles vêm até aqui em busca de privacidade, particularmente o senhor Oliver."

"E quem disse que eu estava incomodando ele? Ele não precisava me encontrar. Era idéia dele fazer isso, não minha. Ele gostava de me ver, disse isso para mim."

Dalgliesh nem pensava em interromper a sra. Burbridge. Até ali ela vinha desempenhando muitíssimo bem o papel que cabia a ele. Novamente, duas bolas avermelhadas engalanavam as faces da pobre senhora, mas sua voz soava resoluta: "Millie, ele alguma vez quis... bem... ele quis fazer amor com você?".

A resposta foi dramática, Millie verbalizava sua afronta aos berros: "Isso é repugnante! Claro que ele não fez isso. Ele é velho. Ele é mais velho que o senhor Maycroft. Isso é nojento. Não era nada disso. Ele nunca encostou a mão em mim. Você tá dizendo que ele é um pervertido ou coisa assim? Você tá falando que ele é um degenerado, um *pedófilo?*".

Inesperadamente, Benton entrou na conversa. Sua voz jovem carregava uma nota de divertido bom senso: "Ele não poderia ser um pedófilo, Millie, você já não é mais uma criança. Mas alguns homens mais velhos se apaixonam por garotas mais novas. Lembra-se daquele americano rico que estava em todos os jornais na semana passada? Ele se casou com quatro garotas, todas elas se divorciaram dele e cada uma delas se tornou muito rica e agora ele está casado com sua quinta jovem esposa".

"Ah, sim, eu ouvi falar. Acho nojento. O senhor Oliver não era assim."

Dalgliesh disse: "Millie, nós temos certeza que ele não era. Mas estamos interessados em qualquer coisa que você possa nos contar sobre ele. Quando as pessoas morrem misteriosamente, ajuda muito saber o que elas estavam sentindo, se estavam ou não tristes ou zangadas, se tinham ou não medo de alguém ou alguma coisa. Parece que você conheceu o senhor Oliver melhor que qualquer um aqui em Combe, exceto, claro, a filha dele e o senhor Tremlett".

"Então por que você não pergunta a eles?"

"Já perguntamos. Agora estamos indagando você."
"Mesmo que seja assunto pessoal?"
"Sim, Millie, mesmo assim. Você gostava do senhor Oliver. Ele era seu amigo. Tenho certeza que quer nos ajudar a descobrir o motivo da morte dele. Então, por favor, volte ao primeiro encontro de vocês e conte-me como essa amizade começou."

O olhar da sra. Burbridge se deparou rapidamente com os olhos de Dalgliesh e ela resolveu engolir seus comentários. Todas as atenções estavam agora em Millie. Dalgliesh podia ver que ela estava começando a gostar dessa notoriedade incomum, e esperava que ela resistisse à tentação de exagerar os fatos. Ela se inclinou mais para a frente, os olhos brilhando, examinou cada um dos rostos ao seu redor e deu início ao relato:

"Eu estava tomando sol no alto daquele penhasco que fica pouco mais adiante da capela. Há uma depressão na grama com alguns arbustos em volta, é bem privado. De todo jeito, ninguém vai lá. E, mesmo que aparecesse alguém, não teria nada demais, eu nem ligaria. Como eu falei, estava tomando sol. Que mal há nisso?"

"Com roupa de banho?"

"Que roupa de banho? Com nada. Eu estava deitada numa toalha. Então, como ia dizendo, era minha tarde de folga, certamente devia ser uma quinta-feira. Queria ir até Pentworthy e Jago não queria me levar. Bom, eu estava simplesmente deitada lá quando de repente ouvi um barulho. Era um tipo de choro — sei lá, era mais parecido com um bramido. Pensei que fosse algum animal. Abri meus olhos e ali estava ele de pé com sua sombra sobre mim. Eu me encolhi, peguei a toalha e a enrolei à minha volta. Ele estava com aspecto terrível. Pensei que fosse desmaiar de tão branco que estava. Eu nunca tinha visto um homem já crescido tão amedrontado daquele jeito. Ele me pediu desculpas e perguntou se eu estava bem. Eu estava, e pelo menos não sentia medo, não como ele. Aí eu disse que era melhor ele sentar, pois iria sentir-se melhor, e ele fez isso. Foi realmente estranho. O senhor Oliver falou que sentia muito por ter me assustado e falou outra coisa: disse que pensou que eu fosse uma outra pessoa, uma garota que ele tinha conhecido um dia, e que também estava sob o sol, como eu. Eu então perguntei: 'Você gostava dela?'. Ele respondeu um troço bem esquisito sobre ser num país diferente e a garota estar morta, só que ele não falou garota, sabe?"

Naquele ponto, Dalgliesh percebeu que Millie era a testemunha perfeita, uma dessas pessoas raras que têm memória quase total de eventos passados. Ele então recitou: *"Mas isso foi em outro país: e, além disso, a moça estava morta"*.

"É isso aí! Foi isso mesmo que ele falou. Engraçado você saber disso. Frase mais esquisita, não é? Achei que ele tinha inventado."

"Não, Millie, o homem que a inventou já morreu há mais de quatrocentos anos."

Millie fez uma pausa e franziu a testa, considerando a esquisitice que Dalgliesh acabara de dizer. Dalgliesh estimulou-a delicadamente: "E aí?".

"Perguntei como ele sabia que ela estava morta, e ele disse que se ela não estivesse morta ele não estaria sonhando com ela. Disse que os vivos nunca aparecem para ele nos sonhos, só os mortos. Perguntei o nome dela e ele disse que não se lembrava, que talvez ela nunca tivesse dito a ele. Falou que o nome não importava. Que chamava ela de Donna, mas isso num livro."

"E depois?"

"Bem, continuamos a conversar. Predominantemente sobre mim e como eu vim parar em Combe Island. Ele tinha uma caderneta de anotações e algumas vezes, quando eu lhe contava as coisas, ele as anotava." Millie olhou desafiadoramente para a sra. Burbridge: "Eu já tinha recolocado minhas roupas nesse ponto".

A sra. Burbridge parecia querer dizer que, para começo de conversa, era um infortúnio que Millie as tivesse tirado. Todavia, ela pareceu desistir de colocar seus pensamentos em palavras.

Millie prosseguiu com sua narrativa: "Então, depois que nos levantamos, eu já ia voltando para a casa principal quando o senhor Oliver disse que gostaria de me encontrar ali novamente para conversarmos mais. E assim foi. Costumava me ligar cedinho de manhã para falar quando íamos nos ver. Ele me contava algumas das coisas que já tinha feito quando estava viajando. Já tinha rodado o mundo inteiro. Dizia que nessas viagens encontrava pessoas e aprendia como tornar-se escritor. Outras vezes ele não falava muito e a gente só andava".

Dalgliesh perguntou: "Quando foi a última vez que você o viu, Millie?".

"Quinta. Foi na quinta-feira à tarde."

"E como ele lhe pareceu estar?"

"Como sempre estava."

"Ele falou sobre o quê?"

"Ele me perguntou se eu era feliz. E eu disse que sim e que só ficava infeliz em alguns momentos, como na vez em que levaram a minha avó para o asilo e quando Slipper, minha gatinha, morreu. Ela tinha patas brancas. Também fico triste quando Jago não me leva para sair de lancha e quando a senhora Burbridge reclama comigo sobre as roupas de cama e mesa. Coisas assim. O senhor Oliver me disse que, com ele, ocorria o contrário. Ele era infeliz a maior parte do tempo. Ele perguntou sobre a vovó e sobre quando ela começou a ter Alzheimer. Disse que todos os velhos tinham pavor dessa doença, pois ela destituía os seres humanos do maior poder que possuíam. Comentou que era um poder tão grande quanto o de qualquer tirano ou qualquer deus. E falou também que podemos ser nossos próprios executores. Impressionante, né?"

O silêncio que se fez era quase palpável. Dalgliesh quebrou-o, dizendo: "Você foi de grande ajuda, Millie. Há mais alguma coisa que queira nos contar a respeito de Oliver?".

"Não, nada." A voz de Millie tornou-se inesperadamente beligerante: "Se não tivessem me obrigado, não teria contado nada disso. Eu gostava dele. O senhor Oliver era meu amigo. Sou a única pessoa que realmente se importa com a morte dele. Não vou mais ficar aqui".

Os olhos dela brilhavam, carregados de lágrimas. Ela se levantou e a sra. Burbridge levantou-se também, seguindo a garota em direção à porta, mas virou-se e olhou de maneira acusadora para Dalgliesh, antes de tocar delicadamente os ombros de Millie e conduzi-la para fora do escritório.

Maycroft falou pela primeira vez. Disse: "Isso altera as coisas, sem dúvida. Deve ter sido suicídio. Tem de haver uma maneira de explicar aquelas marcas no pescoço. Ou bem ele mesmo as fez, ou alguma outra pessoa as fez depois da morte dele, alguém que desejava que parecesse assassinato".

Dalgliesh não disse nada.

"Mas a infelicidade dele, a queima das provas..."

Dalgliesh disse: "Devo receber a confirmação amanhã, mas acho que você não deve se apoiar nas evidências de Millie".

Maycroft começou a pôr as cadeiras de volta em seus lugares e falou: "Oliver estava usando a moça, obviamente. Se fosse só pelo prazer da conversa de Millie, ele não teria passado nem cinco minutos com ela".

Mas isso, pensou Dalgliesh, era exatamente o que Oliver queria: a conversa de Millie. Se estivesse planejando criar uma Millie em seu próximo livro, faria o possível para conhecer seu personagem melhor do que a si mesmo, conhecer exatamente o que pensava e sentia. E precisava descobrir como ele poria esses pensamentos e sentimentos em palavras, daí a necessidade da companhia de Millie.

Só quando estavam no elevador Kate falou: "Então, desde a hora em que Millie voltou para seu quarto até o momento em que pôs o bilhete na caixa de correio do chalé Peregrino, qualquer um poderia ter acesso a ele".

Benton disse: "Mas, Kate, como poderiam saber que o bilhete estava ali? Você acha que alguém seria capaz de abrir o malote do correio por pura curiosidade? Não seria na esperança de encontrar alguma coisa de valor...".

Dalgliesh disse: "Não podemos descartar essa possibilidade. Agora sabemos que Jago certamente sabia do encontro das oito horas e que possivelmente Millie e Tremlett também sabiam, como, aliás, qualquer pessoa que tivesse visto o buggy sem ninguém por perto poderia saber. Posso entender por que Jago não disse nada — estava protegendo Millie. Mas e se os outros dois acharam o bilhete e o leram, por que não disseram nada? É possível que Oliver não tenha verificado a caixa do correio até sair do chalé hoje de manhã. Ele poderia ter saído para uma caminhada matinal para evitar ver a filha. Depois de ler o bilhete de Speidel, encontrou uma razão para alterar seus planos e resolveu ir mais cedo para o farol".

Já de volta ao chalé da Foca, Dalgliesh, Kate e Benton telefonaram para o chalé Peregrino. Miranda Oliver atendeu. Ela disse que não tinha escutado o buggy no dia anterior à tarde, mas isso era normal, porque o carro não chegava até a porta do chalé, uma vez que o caminho de entrada era muito estreito. Portanto, ela não poderia ouvi-lo. Completou dizendo que nem ela nem Tremlett tinham verificado a caixa de correio e nem aberto nenhuma carta endereçada a seu pai.

Kate e Benton foram entrevistar Jago no chalé do Ancoradouro. Eles o encontraram arrancando folhas mortas dos gerânios plantados em potes de terracota do lado de fora do chalé. As plantas estavam muito crescidas, com os galhos espalhados e um pouco ressecados, mas a maior parte da folhagem ainda estava verde, e nos brotos esmaecidos havia algumas flores que davam a ilusão de verão.

Confrontado com o relato de Millie, Jago disse: "Millie me contou do bilhete e eu disse que era melhor ela levá-lo logo para o chalé Peregrino. Eu jamais vi ou li o troço. Não estava interessado". Seu tom de voz sugeria que continuava pouco interessado.

Kate retorquiu: "Talvez não naquela hora, mas depois da morte do senhor Oliver você certamente percebeu que essa era uma informação vital. Ocultá-la é quase um crime, obstrução de uma investigação policial. Você não é tolo. Deve saber muito bem o que isso parece".

"Eu pensei que o doutor Speidel iria ele mesmo lhes contar quando aparecesse. E ele fez isso, não fez? O que os hóspedes fazem, com quem e onde eles se encontram não é da minha conta."

Benton falou: "Você não disse nada hoje mais cedo, quando estava sendo questionado com todo o grupo. Poderia ter falado naquele momento ou ter vindo nos ver privadamente".

"Vocês me perguntaram se eu tinha visto o senhor Oliver na noite anterior ou na manhã de hoje. Eu não o tinha visto, assim como Millie também não."

Kate insistiu: "Você sabe perfeitamente bem que essa era uma informação que você deveria ter nos passado de imediato. Então, por que não fez isso?".

"Eu não queria que ninguém ficasse zangado com a Millie. Ela não tinha feito nada de errado. A vida em Combe não é fácil para a garota. E isso também teria apontado para o doutor Speidel, não é mesmo?"

"E você não queria fazer isso?"

Jago argumentou: "Não na frente de todos, não sem a presença dele na sala. Não ligo para quem matou Nathan Oliver, ou se ele foi assassinado. Calculo que não estariam aqui se ele tivesse se enforcado. É trabalho de vocês descobrir quem o pendurou lá, são pagos para fazer isso. Eu não vou mentir, mas também não estou no ramo da ajuda solidária, e não vou ficar apontando o dedo, acusando outras pessoas e jogando-as na lama".

Benton perguntou: "Você detestava o senhor Oliver tanto assim?".

"Pode-se dizer que sim. Nathan Oliver pode ter nascido nesta ilha, mas tanto a mãe quanto o pai eram forasteiros. Nenhum dos dois era da Cornualha, nem Nathan, nem seus pais, seja o que for que ele tenha escolhido dizer. Talvez ele não percebesse que por estes lados nós temos uma memória muito antiga. Mas eu não sou assassino."

Ele parecia prestes a dizer algo mais, no entanto abaixou-se novamente e retomou seu trabalho com as flores. Não havia nada mais que Kate e Benton pudessem fazer por ora. Eles lhe agradeceram, não sem certa ironia, e o deixaram com sua poda.

10

Maycroft tinha oferecido a Dalgliesh algumas bicicletas para que ele e sua equipe pudessem se locomover pela ilha durante a investigação. Havia quatro delas guardadas sempre prontas para o uso dos hóspedes. Mas, embora soubesse que estavam trabalhando contra o tempo, Kate disse que ela e Benton-Smith iriam a pé até o chalé Atlântico. Havia algo quase risível na idéia dos dois pedalando pela alameda para entrevistar o suspeito de um crime. Dalgliesh, ela sabia, não estaria nem um pouco preocupado com a possibilidade de parecer bobo e provavelmente até se divertiria com a falta de ortodoxia de tal meio de transporte. Kate, embora lamentasse não ter a mesma autoconfiança de seu chefe, preferia caminhar. Afinal de contas, a distância não chegava a um quilômetro, e o exercício faria bem tanto a ela quanto a Benton.

Nos primeiros cem metros o caminho era bem próximo à beira do penhasco e de vez em quando ela e o colega faziam breves paradas para admirar as camadas superpostas de granito, com suas crostas dentadas, que formavam o rochedo que descia até encontrar-se com o fluxo da rebentação lá embaixo. Depois a trilha fazia uma curva para a direita e eles passaram a descer por um caminho gramado delimitado à direita pelo relevo que se elevava, protegido por uma sebe baixa de espinheiros. Kate e Benton-Smith avançavam calados. Se Kate estivesse acompanhada por Piers Tarrant eles estariam, ela sabia, discutindo o caso — falando de suas primeiras reações às pessoas, do curioso nó da corda —, mas agora ela preferia não especular em voz alta enquanto Dalgliesh não convocasse sua costumeira reunião, que deveria ocorrer essa noite, no fechamento dos trabalhos do dia. Por volta de doze e trinta do dia seguinte, o comandante já teria recebido o relatório da dra. Glenister e, com sorte, eles saberiam com certeza se estavam ou não investigando um assassinato. Ela já sabia que Dalgliesh não tinha dúvidas a respeito, assim como ela. Kate supunha que Benton achava o mesmo, mas certa inibição, não totalmente relacionada à sua posição hierárquica, a impedia de perguntar a opinião dele. Ela aceitava que eles tivessem que trabalhar muito próximos. Com apenas três investigadores na ilha e nenhuma perspectiva imediata da chegada da parafernália habitual de uma investigação de assassinato, composta de fotógrafos, especialistas em impressão digital, peritos de cena do crime etc., seria ridículo mostrar-se rígida com status hierárquico ou divisão de tarefas. O problema de Kate era seu relacionamento com Benton-Smith, que, por mais formal que fosse, tinha de ser harmonioso. A dificuldade era que não havia relacionamento algum. Ele tinha trabalhado com ela, fazendo parte da equipe, somente numa ocasião. Naquele trabalho, Benton tinha se mostrado eficiente e não exibiu a menor inibição em expressar sua opinião, colaborando com grande inteligência para a resolução do caso. Mas Kate simplesmente ainda não tinha conseguido compreendê-lo. Ele parecia estar encerrado numa cerca autoerigida, com avisos de *Mantenha a distância* pendurados no arame farpado.

Naquele momento, Kate já conseguia avistar o chalé Atlântico. Ela tinha observado do ar, quando chegavam de helicóptero, que de fato eram dois chalés. Um maior à direita, com uma varanda ladrilhada, duas janelas em forma de nicho de cada lado, no térreo e no andar de cima, logo abaixo do telhado de pedra. O chalé menor tinha a fachada reta e o telhado baixo e exibia quatro janelas; na frente dos dois havia um canteiro de flores de mais ou menos um metro de largura delimitado por uma mureta de pedra. Pequenas flores vermelhas e plantas rasteiras caíam das fendas e um alto arbusto fúcsia florescia no lado direito da varanda, suas pétalas espalhando-se pelo caminho de entrada como nódoas de sangue.

Roughtwood abriu a porta logo que Kate bateu. Ele tinha altura mediana, mas com ombros largos, encimados por uma cabeça quadrada e um rosto intimidador, de lábios cheios e olhos fundos cinza-azulados; sua palidez contrastava com cabelos e cílios muito loiros, desbotados, mas ainda surpreendentes, de uma coloração que Kate raramente vira num homem. Vestia terno preto formal, com uma sóbria gravata listrada e colarinho alto, o que lhe dava um aspecto de assistente de coveiro. Seria seu uniforme costumeiro ou havia se trocado por julgar essa vestimenta mais de acordo com uma ilha enlutada? Mas será que o lugar estava mesmo de luto?

Eles entraram num pequeno hall quadrado. A porta à esquerda estava entreaberta e podia-se vislumbrar a cozinha; o aposento à direita era obviamente a sala de jantar. Mais além do tampo brilhante de uma mesa retangular, Kate viu uma parede inteira tomada por lombadas de livros encadernados com couro. Roughtwood abriu a porta ao fundo e disse: "A polícia chegou, madame. Eles estão seis minutos adiantados".

A voz da srta. Holcombe, forte, autoritária e aristocrática, chegou com nitidez até eles: "Então faça-os entrar, Roughtwood. Não desejamos ser acusados de não cooperar com a polícia".

Roughtwood ficou de lado, segurando a porta, e anunciou com formalidade: "Detetive investigadora Miskin e sargento Benton-Smith, madame".

O recinto era maior do que um primeiro olhar no chalé sugeria. Logo à frente deles encontravam-se quatro janelas e uma porta de vidro que se abria para o terraço. Havia uma lareira à esquerda, na frente dela uma pequena mesa e duas cadeiras. Um jogo de palavras-cruzadas estava obviamente em andamento. Kate, mesmo resistindo à tentação de ceder à curiosidade, deixando que seus olhos percorressem o ambiente de forma inconveniente, teve o vislumbre de cores profundas, madeira polida, tapetes sobre chão de pedra, pinturas a óleo e uma parede que, tal como aquela que vira na sala de jantar, era forrada de livros do chão ao teto. Algumas toras de madeira ardiam na lareira, enchendo o ambiente com seu pungente aroma outonal.

A srta. Holcombe não se levantou de sua cadeira em frente ao jogo de palavras-cruzadas. Ela parecia mais nova do que Kate esperava. O rosto marcante de boa ossatura quase não exibia rugas, e os imensos olhos cinzentos sob sobrancelhas arqueadas permaneciam desanuviados, mesmo com a idade avançada. O cabelo cinza-aço entremeado de fios prateados estava puxado para trás e preso num coque pesado logo acima da nuca. Usava saia evasê tipo tartã de tecido axadrezado preto, branco e cinza e suéter branco de gola rulê. Um pesado colar de âmbar, com pedras maiores que bolas de gude, lhe enfeitava o pescoço. As orelhas de lóbulos grandes eram ornamentadas com intrincados brincos de âmbar. Emily fez um breve movimento em direção a Roughtwood, que se sentou na frente dela. Depois o olhou fixo por um momento, como se estivesse ansiosa para tranqüilizar-se de que ele não sairia do lugar. Na seqüência, ela olhou para Kate.

"Como pode ver, detetive, já estamos terminando o nosso habitual jogo de palavras-cruzadas. É minha vez de jogar, e estou com sete letras sobrando. Meu oponente tem — quantas letras você tem ainda para jogar, Roughtwood?"

"Quatro, madame."

"E depois o jogo acaba. Como pode ver, não vamos mantê-los esperando por muito tempo. Por favor, sentem-se. Tenho a impressão de que estou com uma palavra de sete letras no mostrador, mas não consigo atinar. Muitas vogais. Um O, um I e dois Es. A letra M é a única consoante, fora o S. É raro ter um S no fim do jogo, mas acabei de tirar."

Fez-se uma pausa enquanto a srta. Holcombe estudava as peças e as reorganizava no seu mostrador. As juntas dos dedos esguios estavam distorcidas pela artrite e a parte superior das mãos ostentava veias cor de violeta, salientes como cordas.

Benton-Smith disse calmamente: "*MEIOSE*, madame. A terceira linha superior à direita".

Emily se virou na direção de Benton. Interpretando o erguer de sobrancelhas da elegante senhora como um convite, ele se adiantou um pouco para estudar o tabuleiro. "Se você puser o S na linha dupla sobre a palavra ECO, irá obter outros vinte e dois pontos pela palavra SECO. Então, o M ocupa o espaço duplo de seis letras e a palavra de sete letras também fica num duplo."

A srta. Holcombe fez seus cálculos com velocidade surpreendente. "Noventa e seis pontos no total, além dos meus duzentos e cinqüenta e três." Virou-se para Roughtwood: "Acho que isso põe o resultado acima de qualquer dúvida. Descontando as quatro peças na sua mão, com quanto você fica, Roughtwood?".

"Duzentos e trinta e nove, madame, mas eu gostaria de registrar uma objeção. Jamais foi dito que é permitido receber ajuda."

"Jamais foi dito que não é. Jogamos segundo nossas próprias regras. Tudo o que não é proibido é permitido. Isso está de acordo com o princípio legítimo da lei inglesa, de que tudo é permitido a menos que legalmente proibido, o que contrasta com a prática vigente na Europa continental, onde nada é permitido a não ser que legalmente sancionado."

"A meu ver, madame, o sargento não participa do jogo. Ninguém lhe pediu para interferir."

A srta. Holcombe obviamente se deu conta de que a conversa estava se encaminhando para um confronto desagradável. Enquanto reunia as peças para guardá-las na bolsinha, disse: "Está certo, vamos considerar o último resultado. Mesmo assim, continuo vencedora".

"Madame, eu prefiriria que a partida fosse anulada e que seu resultado não fosse considerado no total mensal."

"Tudo bem, já que você está criando dificuldades. Pelo jeito, você não admite a possibilidade de que eu encontrasse a palavra sozinha, se o sargento não tivesse interferido. Eu estava quase lá."

O silêncio de Roughtwood foi eloqüente. Ele reiterou: "O sargento não tinha o direito de interferir. Deveríamos criar uma nova regra: nada de ajuda".

Benton-Smith disse para a srta. Holcombe: "Sinto muito, mas sabe como é com palavras-cruzadas. Quando você vê que dá para formar uma palavra de sete letras, é impossível ficar calado".

A srta. Holcombe resolvera aliar-se à causa de seu mordomo: "Quando não é sua vez de jogar, a pessoa mais disciplinada tenta não dizer nada. Bem, com isso o jogo acabou depressa — certamente o que você pretendia. Em geral tomamos uma taça de vinho depois do jogo. Suponho que é inútil oferecer-lhe uma. Será que há alguma regra proibindo a pessoa de se comprometer bebendo com suspeitos? Se o senhor Dalgliesh for muito rigoroso quanto a isso, provavelmente sua estadia em Combe Island será constrangedora, com o orgulho que temos de nossa adega. Mas imagino que nenhum de vocês possa ser subornado com uma xícara de café...".

Kate aceitou o café. Agora que havia esperança de que a entrevista se realizasse, ela não tinha mais pressa. Enquanto estivessem bebendo o café, dificilmente a srta. Holcombe poderia dizer que eles estavam abusando de sua hospitalidade, portanto poderiam aceitar a bebida e usar esse tempo da maneira que mais lhes conviesse.

Roughtwood saiu da sala sem exibir ressentimento aparente. Quando a porta se fechou atrás dele, a srta. Holcombe comentou: "Como Roughtwood e eu podemos fornecer álibis um para o outro, é melhor guardar as perguntas para quando ele retornar. Dessa forma, não perderemos tempo. Enquanto esperam pelo café, vocês talvez queiram ir até o terraço, a vista é espetacular".

Ela continuou recolhendo as peças do jogo sem fazer menção de levá-los até lá fora. Eles então se levantaram e foram juntos até a porta que ligava ao terraço. A metade superior da porta era coberta com placas de vidro, e a porta era pesada, o vidro era obviamente grosso e exigiu de Benton certo esforço para empurrá-la. A porta tinha prendedores próprios para persianas, e Kate também notou que persianas de madeira guarneciam cada uma das quatro janelas. A beira do penhasco ficava a menos de um metro e meio de distância e era delimitada por uma mureta de pedra. O estrondo do oceano ecoava em seus ouvidos. Instintivamente, Kate deu um passo para trás antes de ir em direção à mureta para contemplar o panorama. Bem abaixo de onde ela estava a espuma se transformava numa névoa branca que subia conforme as ondas explodiam contra a base do penhasco.

Benton-Smith aproximou-se de Kate. Ele gritou, sua voz quase totalmente encoberta pelo fragor das ondas: "Isso é maravilhoso. Não há nada entre nós e a América. Não é de admirar que Oliver quisesse este lugar".

Kate percebeu a admiração reverente na voz de Benton, mas não esboçou resposta. Seus pensamentos estavam longe, viajavam no distante rio londrino que ficava bem abaixo da janela de seu apartamento. O forte, pulsante e amarronzado Tâmisa, ofuscado e espelhando as luzes da cidade. A correnteza do rio algumas vezes parecia mover-se tão lentamente como a de um laguinho enlameado, mas, ao olhar para a água, ela sentia um tremor de apreensão, pois podia imaginar o poder latente do rio inesperadamente tomando vida e varrendo a cidade, e com ela os escombros de seu apartamento. Isso não era apenas fruto de sua imaginação extravagante. Se a calota polar derretesse, não sobraria muita coisa na parte de Londres que margeia o Tâmisa. Mas pensar em seu apartamento a fazia relembrar Piers, a cama aquecida pelo calor de seu corpo, a mão dele alcançando a dela sobre os lençóis banhados pela luz da manhã. O que, ela se perguntava, estaria ele fazendo agora? Quanto ele tinha programado daquela noite que passaram juntos? Será que ele pensava tanto nela quanto ela nele? Será que ele estava arrependido ou será que, para ele, Kate era o nome mais recente em sua longa lista de conquistas? Resolutamente ela colocou aquele pensamento incômodo de lado. Aqui, onde o próprio chalé parecia ter se erguido diretamente do penhasco de granito, havia um poder diferente, infinitamente mais forte e potencialmente mais perigoso que o Tâmisa. Era bizarro que aquele rio e o mar à sua frente, tão distintos, compartilhassem alguns elementos e qualidades, como o olor levemente ácido peculiar de ambos. Um pouco de espuma salpicou seu rosto, mas secou antes mesmo que Kate levantasse a mão para enxugá-la.

Passaram-se alguns minutos e então, como se percebessem simultaneamente que estavam naquele lugar com um propósito, Kate e Benton entraram de novo no chalé. A turbulência do vento e do mar sossegou na hora. O aroma de café recém-coado os recebeu de volta à pacífica vida doméstica. A mesa de jogo tinha sido dobrada e colocada de lado. Roughtwood se postou perto da porta do terraço como se desejasse impedir quaisquer outras explorações adicionais, e a srta. Holcombe ficou sentada na mesma cadeira de antes, só que agora ela a tinha virado de frente para os dois.

Ela disse: "Espero que achem o sofá confortável. Eu não imagino que isso vá levar mais que alguns minutos. Presumo que vocês queiram saber o que estávamos fazendo na hora em que presumivelmente Nathan Oliver morreu. E que horas eram?".

Kate respondeu: "Não podemos ter certeza, mas fomos informados que o senhor Oliver foi visto deixando o chalé Peregrino mais ou menos às sete e meia desta manhã. Ele tinha hora marcada para retirar sangue no ambulatório às nove horas, mas não apareceu. Imagino que já a tenham informado sobre isso. Precisamos saber onde estavam todos entre a hora em que ele foi visto pela última vez ontem à noite e às dez horas da manhã de hoje, quando seu corpo foi encontrado".

"Para nós dois, isso é fácil de responder. Eu jantei aqui e, portanto, não vi Oliver ontem à noite. Roughtwood me trouxe chá de manhã bem cedo, seis e meia, e serviu meu café-da-manhã completo uma hora mais tarde. Só voltei a ver Roughtwood quando ele voltou para recolher a louça do café, juntamente com a prataria a ser polida. Ele faz isso em seu próprio chalé, uma vez que não suporto o cheiro do polidor."

Os ornamentos sobre a mesinha redonda à direita da lareira reluziam, mas isso não queria dizer necessariamente que tivessem sido polidos havia pouco. Kate desconfiava que sempre estivessem imaculadamente limpos; era quase certo que um simples toque de flanela seca trouxesse brilho àquelas peças.

"E isso foi quando, senhorita Holcombe?"

"Não posso ser exata a respeito da hora. Uma vez que seria impossível prever que participaria de uma investigação de assassinato, eu não estava registrando meus passos. Mas imagino que tenha sido entre oito e quinze e oito e meia. Eu estava no terraço, com a porta da sala aberta. Escutei Roughtwood, mas não o vi."

Kate se virou para Roughtwood: "Você poderia ser mais preciso quanto ao horário, Roughtwood?".

"Eu diria que foi mais perto de oito e quinze, detetive, mas, assim como madame, eu não estava mantendo nenhum registro da hora."

A srta. Holcombe, então, continuou: "Eu não o vi novamente até cerca de nove horas, quando o avistei ao sair para o ambulatório, onde fui tomar minha vacina antigripe".

Kate perguntou: "E nenhum de vocês saiu esta manhã até você, senhorita Holcombe, se dirigir para a casa principal?".

"Eu certamente não saí, exceto minha ida até o terraço. É melhor responder por si mesmo, Roughtwood."

"Fiquei no meu chalé, madame, na cozinha, limpando a prataria. Meu telefone tocou logo depois que madame saiu. Era o senhor Boyde avisando que o senhor Oliver estava desaparecido e me pedindo para juntar-me à equipe de busca."

Benton disse: "Mas na verdade você não foi...".

"Não. Eu queria terminar o serviço começado, e achei que não havia muita pressa. Já havia gente suficiente procurando pelo senhor Oliver. Os hóspedes da ilha gostam de fazer longas caminhadas e não querem que os outros saiam atrás deles. Eu não conseguia ver motivo para tanto pânico. Seja como for, trabalho para madame, e não para o senhor Boyde ou para a casa principal."

Kate disse: "No entanto, mais tarde você foi até o farol".

"Fui quando madame voltou e me contou que o senhor Oliver tinha sido encontrado morto. Madame me pediu para ir até o farol ver se podia ser útil em alguma coisa. Cheguei lá a tempo de ajudar com a maca."

Kate disse: "Seria possível para algum de vocês dois saber se o outro saiu do chalé hoje de manhã?".

"Não necessariamente. Temos vidas bastante independentes. Você disse que Oliver foi visto saindo do chalé Peregrino por volta de sete e trinta da manhã. Ele pode ter levado cerca de quinze minutos para chegar até o farol. Se Roughtwood estivesse no farol às oito da manhã assassinando Oliver — o que, imagino, é o que você está sugerindo —, dificilmente ele poderia estar aqui de volta às oito e meia, na melhor das estimativas, quando entrou para recolher a prataria. Como você já deve ter notado, estamos a quase um quilômetro da casa principal e a distância daqui até o farol é pouco menos que isso."

Benton perguntou: "Certamente o senhor Roughtwood tem uma bicicleta, não?".

"Então agora a sugestão é que ele pedalou para ir e voltar do farol? E que talvez ele tenha me carregado empoleirada na cestinha da bicicleta?"

Kate disse: "Não estamos fazendo sugestões, senhorita Holcombe. Estamos lhes perguntando, como é nosso dever, onde ambos estavam entre esses horários. Por enquanto, essa é uma morte suspeita. Ninguém mencionou assassinato".

"Tenho certeza que estão sendo muito cuidadosos em não fazê-lo, mas ninguém é bobo nesta ilha. Um comandante, uma detetive investigadora e um sargento da polícia metropolitana não chegam de helicóptero para investigar um suicídio ou uma morte acidental. Tudo bem, você não precisa me fornecer dados; eu sei mesmo que não vou obtê-los. Bem, caso sejam necessárias quaisquer outras informações, prefiro fornecê-las diretamente ao comandante Dalgliesh. Há um número limitado de suspeitos na ilha, portanto dificilmente ele poderá alegar que está assoberbado de trabalho."

Kate disse: "Ele me pediu para explicar-lhe que irá vê-la mais tarde".

"Mande-lhe meus cumprimentos, por favor. Se ele achar que posso auxiliá-lo mais, talvez queira telefonar e acertar um horário que seja conveniente para nós dois. Segunda-feira de manhã não será possível para mim, uma vez que tenho consulta marcada no dentista em Newquay. Enquanto isso, Roughtwood sem dúvida ficará feliz em mostrar-lhes sua bicicleta. E agora, se me dão licença, eu gostaria de ter minha sala somente para mim."

A bicicleta estava num pequeno anexo de pedra ao lado do chalé de Roughtwood. O local devia ter sido uma antiga lavanderia, e o tanque de água, encaixado em seu espaço de pedra, continuava no lugar. Uma parede estava coberta por ganchos contendo ferramentas e utensílios de jardinagem — mais, pensou Kate, do que seria justificável pela pequena faixa de terra cultivada em frente aos dois chalés. Tudo estava muito limpo e meticulosamente arrumado. A bicicleta, uma velha e pesada Raleigh com uma grande cesta de vime presa na dianteira, estava encostada em outra parede. O pneu dianteiro estava vazio.

Benton-Smith se ajoelhou para examinar o pneu. Ele disse: "Tem um rasgão agudo, detetive Miskin, com cerca de dois centímetros e meio de comprimento".

Kate curvou-se ao lado dele. Era difícil acreditar que

esse corte único e preciso tivesse sido feito por uma pedra, um prego ou qualquer outra coisa que não uma faca, mas ela nada comentou. Em vez disso, perguntou a Roughtwood: "Quando aconteceu isso?".

"Dois dias atrás, detetive, quando eu ia de bicicleta para a casa principal para pegar material de limpeza."

"Você viu o que causou isso?"

"Não havia nada preso ao pneu. Calculei que tivesse batido em algum pedregulho afiado."

Kate ponderou alguns segundos se seria ou não aconselhável recolher a bicicleta naquele momento como possível evidência, mas decidiu não levá-la. Era pouco provável que ela sumisse e, naquele ponto da investigação, Roughtwood não era — e nem nenhuma outra pessoa — o principal suspeito. Ela podia imaginar a reação de todos na ilha se Benton-Smith levasse a bicicleta dali. *Então agora resolveram levar a bicicleta do pobre Roughtwood. Deus sabe o que farão em seguida.* Kate agradeceu rapidamente a Roughtwood por sua cooperação e, em seguida, ela e Benton foram embora.

Eles caminharam alguns minutos em silêncio, depois Kate disse: "Não sabia que você era especialista em jogos tipo palavras-cruzadas. Você deveria incluir em seu currículo. Existem outros talentos que ainda não nos revelou?".

A voz dele não tinha a menor expressão: "De imediato, não consigo me lembrar de nenhum, detetive. Eu costumava jogar palavras-cruzadas quando criança com minha avó, inglesa por parte de pai".

"Ah, bom. Então você não conseguiu resistir ao impulso de aparecer. Pelo menos isso pôs um ponto final no jogo. Ela não nos levou a sério e nem ele, e nenhum dos dois se deu ao trabalho de esconder. Foi tudo encenação. Mas não nos impediu de obter as informações que solicitamos, ou seja, onde eles estavam a partir das sete e meia da manhã de hoje. O comandante Dalgliesh obterá todas as outras informações necessárias. Eles não vão brincar de teatrinho com ele. O que você achou dela?"

"Na qualidade de suspeita?"

"Por que outra razão estivemos lá? Não foi uma visita social."

Então eles iam discutir o caso como colegas. Depois de uma pausa, Benton disse: "Eu acho que se a senhorita Holcombe decidisse matar alguém, não se deteria por um sentimento de misericórdia. Acho também que, se acontecesse, não teria muito problema com culpa. Mas qual seria a motivação para o crime?".

"De acordo com Miranda Oliver, o pai dela estava completamente obstinado em tirar Emily do chalé Atlântico."

"Não há motivo para supor que ele seria bem-sucedido em seu desejo. Ela é uma Holcombe, o Conselho Administrativo de Combe ficaria ao seu lado. E ela não tem oitenta anos de idade? Tudo bem, ela provavelmente conseguiria se virar com os degraus do farol, a senhorita Holcombe me parece bem forte para a idade, mas não consigo vê-la tendo forças para puxar o corpo de Oliver sobre aquela amurada ou carregá-lo do andar de baixo. Estou supondo que tenha sido ali que ele morreu. Seja quem for que o atraiu para o farol, não teria planejado matá-lo no andar da lanterna. Haveria sempre o risco de ser visto."

Kate disse: "Improvável que alguém perpetrasse algo assim no lado virado para o mar. E seria mais fácil do que arrastar um peso morto pela escadaria até a plataforma. Ela poderia ter sugerido que conversassem ao ar livre. E Oliver não era um homem corpulento. Acho que ela poderia empurrá-lo por cima da amurada, só que teria que erguê-lo, o que não seria nada fácil".

Benton-Smith disse: "Você acha que Roughtwood mataria por ela ou a ajudaria?".

"Como eu poderia saber, sargento? Não faz sentido ficar especulando sobre o motivo ou o conluio antes de verificar os álibis, se existem, e saber se há alguém definitivamente limpo. O que precisamos são fatos. Supondo que Roughtwood tenha usado sua bicicleta, qual seria o risco de ele ser visto?"

"Não muito grande, detetive, pelo menos não enquanto estivesse nesta trilha. Ela fica numa depressão suficiente para mantê-lo escondido caso deixasse a cabeça bem baixa. E aquele rasgo no pneu poderia muito bem ter sido feito com uma faca. Olhe para este caminho: grama áspera, chão de terra, seixos arredondados, exceto por uma ou outra pedra. Ou então ele poderia ter pedalado ao longo do penhasco de baixo. Lá, com certeza, seria mais provável ele conseguir um furo no pneu. Um pedregulho afiado poderia muito bem fazer um rasgão profundo como o de uma faca. Mas acho que o talho foi deliberado, seja como for que tenha sido feito."

"Isso não indica necessariamente alguma culpa. Roughtwood pode ter feito o corte com a intenção de ficar limpo, na expectativa de que isso deixasse tanto ele quanto a senhorita Holcombe de fora", disse Kate.

Benton-Smith indagou: "Se for assim, então por que não fazê-lo de forma mais convincente?".

"Falta de tempo. A idéia pode ter lhe ocorrido pouco antes da nossa chegada. Havia ferramentas e um par de tesouras de poda naquele galpão. Qualquer coisa afiada poderia provocar aquele estrago."

"Mas, detetive, se o assassinato e o álibi foram premeditados, ele não cuidaria da bicicleta mais cedo?"

"Por ora basta. Vamos aguardar outros dados, sargento."

Andaram o resto do caminho de volta para a casa sem falar, mas Kate sentiu que o silêncio era amigável, que uma pequena parte da barreira fora cuidadosamente aberta.

11

Era interessante o fato de os chalés serem tão diferentes, pensou Dalgliesh. Pelo menos externamente. Era como se o arquiteto, a partir de uma planta simples, tivesse ficado ansioso para evitar toda noção de uniformidade institucional. O chalé da Foca parecia ser um dos mais agradáveis. Fora construído a apenas nove metros da beira do penhasco e, embora simples em seu desenho, tinha uma simetria atraente na disposição das janelas e na proporção entre as paredes de pedra e o telhado. Tinha apenas dois aposentos principais, um quarto grande e um banheiro moderno na parte de cima e uma sala e uma cozinha no térreo. Havia janelas em duas direções, de modo que o chalé recebia muita luz. Tudo lá tinha sido arrumado para seu conforto, e Dalgliesh presumia que a responsável era a sra. Burbridge. A ampla lareira de pedra estava margeada por uma pilha de toras, seu interior já abastecido com madeira seca, e por cima dela havia gravetos destinados a acender o fogo. No rebaixo à esquerda ele viu uma porta de ferro típica de forno de pão e, ao abri-la, percebeu que continha mais gravetos. O mobiliário era mínimo, mas de bom gosto. Duas poltronas flanqueavam a lareira, e uma mesa simples com duas cadeiras de espaldar alto estavam no meio da sala. Havia uma escrivaninha moderna e funcional logo abaixo de uma das janelas com vista para o mar. A cozinha era pouco mais que um corredor, mas bem equipada, com um pequeno fogão de forno elétrico e um microondas. Havia um suprimento generoso de laranjas e um espremedor elétrico. Na geladeira, leite, meia dúzia de ovos e quatro tiras de bacon dentro de um recipiente de plástico — e não na embalagem industrial de celofane —, além de *crème brûlée* e um pão de fôrma obviamente caseiro. Uma prateleira do armário da cozinha exibia pequenos pacotes de cereal e um pote com tampa de rosca contendo granola. Outra porta do armário guardava louças e talheres para três pessoas e também copos, incluindo taças de vinho. Ele viu seis garrafas de vinho, três Sauvignon Blanc da Nova Zelândia e três Château Batailley 1994, bons demais para serem tomados casualmente. Dalgliesh desejou saber quem pagaria pelos vinhos. Será que uma alma mesquinha classificaria o vinho como um estímulo ou como um convite deliberadamente tentador à embriaguez? Quanto tempo, pensou ele, deveriam durar as garrafas? Será que expressavam o julgamento da sra. Burbridge quanto à quantidade de vinho que três oficiais de polícia deveriam beber em alguns dias? Seriam repostas quando esvaziadas?

Achou graça em outros sinais da preocupação da sra. Burbridge com seu conforto, pois eles pareciam indicar que ela havia dedicado alguma reflexão a seu gosto e sua personalidade. Havia estantes encaixadas nas laterais da lareira, supostamente mantidas vazias para que os hóspedes pudessem acomodar os livros que trouxessem. A sra. Burbridge escolhera alguns para ele na biblioteca: *Middlemarch*, de George Eliot, escolha segura para uma ilha deserta, e quatro volumes de poesia: Browning, Housman, Eliot e Larkin. A sala, embora não dispusesse de televisão, fora equipada com um moderno equipamento de som, e em outra prateleira a sra. Burbridge instalara uma seleção de CDs — ou quem sabe ela os retirara aleatoriamente da prateleira? Eram variados o bastante para satisfazer, pelo menos durante algum tempo, um gosto pouco fantasioso: "Missa em ré menor" e as suítes para violoncelo — executadas por Paul Tortelier —, de Bach; canções de Finzi, James Bowman cantando Haendel e Vivaldi, a "Nona sinfonia", de Beethoven, e "As bodas de Fígaro", de Mozart. Pelo visto, seu gosto pelo jazz não fora contemplado.

O comandante não tinha sugerido que as pessoas de sua equipe jantassem juntas para discutir o caso. Passar pelo ritual de servir a comida, lidar com uma cozinha que não lhe era familiar e por fim ter de lavar tudo depois seria mesmo um desperdício de tempo e significaria atrasos na discussão séria que tinham pela frente. Ele imaginava que Kate e Benton-Smith iriam preferir comer em seus próprios apartamentos, separados ou juntos, como Kate decidisse — a palavra "apartamento" lhe pareceu um tanto espaçosa para descrever as acomodações dos empregados no antigo estábulo. Conjecturou sobre como os dois estavam se entendendo quando a sós. Kate não teria dificuldade em lidar com um subordinado do sexo masculino de óbvia inteligência e físico atraente, mas Dalgliesh trabalhara com ela tempo suficiente para sentir que a educação de Oxford de Benton, combinada com sua clara ambição, a deixariam incomodada. Benton seria escrupulosamente correto, mas Kate poderia detectar uma prontidão em julgar seus superiores e um cálculo cuidadoso das possibilidades por trás daqueles olhos escuros e atentos.

Era óbvio que a sra. Burbridge imaginara que Dalgliesh e sua equipe não iriam comer juntos. Não havia pratos nem talheres adicionais, somente as duas taças de vinho e as canecas sugeriam que ela aceitava que eles ao menos bebessem juntos. Um bilhete escrito à mão repousava sobre a bancada do armário: *Por favor, telefone se precisar de alguma outra coisa.* Dalgliesh resolveu que manteria as solicitações ao mínimo possível. Se ele e os colegas quisessem comer juntos, tudo o que fosse necessário teria de ser trazido de seus próprios apartamentos.

O jantar fora deixado num recipiente de metal sobre uma prateleira na entrada, embaixo de uma caixa de madeira onde se lia: Cartas. Um bilhete sobre a vasilha maior dizia: *Favor aquecer ossobuco e batatas assadas durante meia hora no forno a cento e sessenta graus.* Crème brûlée *na geladeira.*

Enquanto seguia as instruções e punha a mesa, Dalgliesh refletia ironicamente sobre a estranheza de sua situação. Ao longo dos anos decorridos desde seu ingresso no Departamento de Investigações Criminais, como sargento, fizera muitas refeições em serviço, apressadas ou mais tranqüilas, ao ar livre ou em locais fechados, sozinho ou com colegas, agradáveis ou difíceis de engolir. A maioria estava esquecida havia muito, mas algumas, de seus tempos de jovem investigador, ainda acionavam sua memória: o assassinato brutal de uma criança para sempre incongruentemente associado a sanduíches de queijo preparados com feroz energia pela mãe, os quadriláteros não desejados acumulando-se numa pilha cada vez mais alta até que, com um grito, ela segurara a faca com as duas mãos e a enterrara na mesa, para em seguida despencar, uivando, sobre uma montanha de pão e queijo em desintegração. Abrigado de uma chuva gélida sob o pontilhão de uma ferrovia, juntamente com seu auxiliar, à espera de que o patologista forense, Nobby Clark, retirasse dois pastéis assados de sua maleta. "Engula isso aí, companheiro. Foi minha esposa quem fez. Vai lhe dar novo alento". Até hoje se lembrava do reconforto proporcionado pelo pastel ainda morno em suas mãos geladas; nunca mais provara outro tão bom. Mas as refeições em Combe Island provavelmente estariam entre as mais estranhas. Será que ele e seus colegas seriam alimentados nos próximos dias graças à caridade de um assassino? Sem dúvida a polícia ainda pagaria por aquelas refeições — algum funcionário da Scotland Yard receberia a tarefa de negociar o total —, e provavelmente na casa principal já haviam ocorrido discussões ansiosas entre o sr. Maycroft e a sra. Burbridge sobre o cataclismo doméstico provocado pela chegada deles. Aparentemente seriam tratados como hóspedes comuns. Será que isso significava que poderiam jantar na casa principal se avisassem previamente? Pelo menos podia poupar Maycroft desse estorvo. Mas estava grato porque naquela noite a sra. Burbridge ou a sra. Plunkett chegara à conclusão de que, depois de almoçar um sanduíche, eles mereciam um jantar quente.

Mas quando o ossobuco por fim ficou pronto, o apetite de Dalgliesh, longe de ser estimulado pelo aroma evocativo de cebola, tomate e alho que permeava a cozinha, sumira sem explicação. Depois de algumas garfadas de vitela, tão macia que se desprendia do osso, viu que estava ficando cansado demais para comer. Enquanto limpava a mesa, Dalgliesh disse a si mesmo que isso não era surpresa: estava trabalhando demais semanas antes daquele caso aparecer e, mesmo em seus poucos momentos solitários, achava Combe Island estranhamente inquietante. Será que a paz do lugar não o atingia porque perdera a própria paz? A cabeça de Dalgliesh era um turbilhão de esperança, saudade e desespero. Ele se lembrou das mulheres de quem gostara, respeitara e apreciara como companheiras e amantes, romances sem nenhum compromisso que lhe tolhesse a liberdade de ação e sem nenhuma expectativa além de dar e receber prazer. As mulheres de quem gostara — maçantes e inteligentes — não estavam em busca de permanência. Seus empregos eram cheios de prestígio, ganhavam mais que ele e possuíam casa própria. E uma hora que passavam em companhia dos filhos de seus amigos bastava para reforçar sua visão de que a maternidade significava prisão perpétua e era uma função para a qual, por sorte, eram psicologicamente ineptas. Essas mulheres admitiam seu egoísmo sem culpa e, caso se arrependessem mais tarde, não infligiriam sua dor a ele. Os romances em geral terminavam devido às exigências de seu trabalho e, se houvesse dor para algum dos envolvidos, o orgulho ditava que esse sentimento deveria ser oculto. Mas, agora, Dalgliesh estava apaixonado e parecia-lhe que essa era a primeira vez, desde que sua jovem esposa morrera ao dar a luz, que desejava garantias inatingíveis de que no mínimo o amor iria durar. Que bizarro o sexo ser algo tão simples e o amor tão complicado.

Dalgliesh fez força para disciplinar a mente e jogar fora as imagens do passado e as preocupações pessoais do presente. Havia trabalho a ser feito, e Kate e Benton chegariam em cinco minutos. Ao voltar para a cozinha ele preparou um café bem forte, retirou a rolha da garrafa de vinho tinto, abriu a porta do chalé e foi envolvido pela doce fragrância da noite cálida e iluminada que se fazia presente sob a abóbada brilhante do céu de estrelas.

12

Kate e Benton jantaram em seus próprios aposentos, depois que, avisados por telefone pela sra. Plunkett, coletaram os recipientes de metal na cozinha da casa principal. Kate pensou que, se estivesse com Piers Tarrant, os dois teriam comido juntos, deixando as rivalidades temporariamente esquecidas. Teriam discutido e argumentado sobre o caso. Mas com Benton-Smith era diferente, não porque ele estivesse abaixo dela na hierarquia; isso jamais a incomodava quando gostava de um colega. Mas, como sempre, Dalgliesh pediria primeiro as impressões do mais jovem e, se Benton estivesse disposto a exibir sua inteligência, ela não tinha a menor vontade de proporcionar-lhe um ensaio geral. Ela e Benton haviam recebido dois apartamentos adjacentes no antigo estábulo. Ela inspecionou ambos os apartamentos antes de decidir-se e sabia, portanto, que o do colega era uma imagem espelhada do seu. Os aposentos eram esparsamente mobiliados; tal como os dela, havia uma sala com cerca de quatro metros por três, uma cozinha pequena em forma de corredor, adequada para esquentar comida e preparar uma bebida quente. No segundo andar, um quarto de solteiro com um banheiro adjacente.

Kate supunha que ambos os apartamentos eram em geral ocupados por empregados extras que ficavam uma noite ou uma semana na ilha. Embora a sra. Burbridge, decerto ajudada por Millie, tivesse arrumado o apartamento para essa visita inesperada e dificilmente bem-vinda, com cama recém-feita, cozinha imaculadamente limpa e comida e bebida na geladeira, ainda havia sinais de seu ocupante anterior. Uma gravura da famosa pintura *Madonna e a criança*, de Rafael, estava pendurada no lado direito da cama, e no esquerdo havia uma foto de família, emoldurada em carvalho. Lá estavam eles, imobilizados em sépia, posando cuidadosamente contra a grade de um píer à beira-mar, os avós — o avô numa cadeira de rodas — com largos sorrisos, os pais em suas roupas de verão e três crianças pequenas de rostos redondos e franjas idênticas olhando impassíveis para as lentes da câmera. Um deles, presumivelmente, era o ocupante habitual do apartamento. E ela tinha tomado posse do lugar — seu roupão cor-de-rosa pendurado no único armário, os chinelos colocados logo abaixo dele e suas edições em brochura de livros de Catherine Cookson já depositadas na prateleira —, mas, ao fazer isso, sentia-se uma intrusa.

Kate tomou uma ducha, trocou a blusa, escovou vigorosamente o cabelo e prendeu-o de novo. Depois bateu à porta de Benton para sinalizar que estava pronta. Ele saiu em seguida e ela viu que ele também tinha mudado de roupa. Agora usava um paletó em estilo Nehru indiano, de um verde tão escuro que parecia quase preto. A roupa lhe conferia um aspecto hierático, distinto e exótico, mas ele a vestia sem a menor afetação, como se estivesse usando algo familiar e confortável, apenas para agradar a si mesmo. E talvez fosse isso mesmo, mas Kate ficou tentada a dizer: *Por que você se trocou? Não estamos em Londres e esta não é uma ocasião social.* Mas sabia que o comentário seria reveladoramente mesquinho. Além disso, ela também não tinha se dado ao trabalho de fazer o mesmo?

Os dois tomaram o caminho do chalé da Foca caminhando pelo promontório sem conversar. Atrás deles as janelas iluminadas da casa principal e os distantes pontos de luz dos chalés somente intensificavam o silêncio. Com o pôr-do-sol, a ilusão de verão tinha se apagado. Esse era o ar de final de outubro, ainda anormalmente ameno, mas já impregnado das primeiras friagens de outono. O ar estava levemente perfumado, como se o desaparecimento da luz tivesse extraído da terra a doçura concentrada do dia. A escuridão seria absoluta se não fossem as estrelas. Para Kate, elas nunca pareceram tantas e tão brilhantes ou tão próximas. E conferiam uma misteriosa luminosidade à escuridão aveludada, de tal modo que, ao olhar para baixo, Kate podia discernir o estreito caminho, que se assemelhava ligeiramente a uma fita cintilante na qual as faixas de grama brilhavam como pequenas lanças recobertas de luz.

A porta aberta do chalé da Foca ficava na parede que dava para o norte, e a luz que saía por ela se projetava sobre um pátio de pedra. Kate percebeu que não fazia muito tempo que Dalgliesh acendera a lareira. Os gravetos ainda estalavam, e as poucas iscas de material combustível permaneciam intocadas. Sobre a mesa havia uma garrafa aberta de vinho e três taças, e sentia-se o aroma de café. Kate e Benton optaram pelo vinho e, enquanto Dalgliesh os servia, Benton puxou a cadeira da escrivaninha para junto da mesa.

Essa era a parte da investigação de que Kate mais gostava e pela qual ansiava: os encontros sossegados, usualmente no final de cada dia de trabalho, quando o progresso da investigação era avaliado e os planos futuros estabelecidos. Esse momento de conversa e silêncio, com a porta do chalé ainda aberta para o céu estrelado, as chamas dançantes do fogo fazendo sombra no chão de pedra e a fragrância de vinho e café era o mais próximo que ela vivia daquele tipo de domesticidade confortável e amigável que nunca conhecera quando criança e que imaginava ser o coração da vida em família.

O comandante Dalgliesh tinha aberto seu mapa sobre a mesa. Ele disse: "Nós podemos, obviamente, tratar este caso como uma investigação de assassinato. Reluto em usar esta palavra com qualquer um aqui em Combe Island antes de recebermos a confirmação da doutora Glenister. Com sorte saberemos a resposta amanhã por volta de meio-dia. Vamos listar os fatos que conhecemos até agora, mas primeiro é melhor encontrar um nome para o nosso suposto assassino. Alguma sugestão?".

Kate conhecia essa prática invariável do chefe. Ele tinha verdadeira aversão ao termo "camarada" ou a qualquer outra alcunha utilizada comumente. Ela deveria ter se preparado, mas no momento viu-se sem nenhuma idéia.

Benton disse: "Nós poderíamos chamá-lo de Smeaton, senhor, em homenagem ao projetista do farol de Plymouth Hoe. O farol daqui é uma cópia do de lá".

"Isso parece injusto com um engenheiro tão brilhante."

Benton falou: "Ou então podemos dar o nome de Calcraft, o executor de enforcamentos do século XIX".

"Que seja Calcraft então. Certo, Benton, o que sabemos até aqui?"

Benton empurrou a taça de vinho para o lado. Seus olhos encontraram-se com os de Dalgliesh e ele começou: "A vítima, Nathan Oliver, vinha para Combe Island regularmente a cada trimestre e passava duas semanas aqui. Nesta ocasião, ele chegou numa segunda-feira com sua filha Miranda Oliver e seu secretário e revisor Dennis Tremlett. Isso era comum. Alguns dos fatos que conhecemos dependem de informações que podem ou não ser precisas, mas a filha da vítima afirma que ele saiu do chalé Peregrino por volta das sete e trinta sem tomar o café-da-manhã completo, como era seu costume. O corpo foi descoberto às dez da manhã por Rupert Maycroft e, logo em seguida, por Daniel Padgett, Guy Staveley, Jago Tamlyn, Millie Tranter e Emily Holcombe. A causa aparente da morte é estrangulamento, perpretado ou na sala logo abaixo da lanterna do farol ou na plataforma circular logo acima. Calcraft então buscou a corda de escalada, apertou-a em torno do pescoço de Oliver, amarrou-a na grade do parapeito e jogou o corpo. Calcraft deve, portanto, ser suficientemente forte, se não para carregar o peso morto do corpo de Oliver um andar acima, ao menos para empurrá-lo sobre o parapeito. O senhor disse que o depoimento do doutor Speidel o impressionou por não ser tão conclusivo. Ele escreveu um bilhete requisitando a presença de Oliver num encontro às oito da manhã no farol. Esse bilhete foi confiado a Millie Tranter, que disse tê-lo colocado na caixa de correio do chalé Peregrino. Ela admite ter contado a Jago sobre o bilhete. Miranda Oliver e Dennis Tremlett poderiam tê-lo lido, bem como todo aquele que tivesse acesso ao buggy. Será que Oliver recebeu o bilhete? Se não, por que foi até o farol? Se o encontro estava marcado para as oito horas, por que ele já estava a caminho tão cedo, às sete e vinte da manhã? O horário marcado no bilhete foi mudado e, se foi, quem fez isso? Oito não poderia ser facilmente modificado para sete e meia, a não ser que se rasurasse e escrevesse o novo horário. Mas isso seria ridículo. Daria a Calcraft apenas trinta minutos para se encontrar com Oliver, chegar ao topo do farol, executar seu assassinato e fugir, e isso supondo que Oliver tivesse chegado na hora. É claro que Calcraft teria de ter destruído o bilhete original, substituindo-o por outro. Mesmo assim continuaria a ser ridículo alterar o horário marcado em só trinta minutos."

Benton-Smith continuou: "E depois há a evidência da porta do farol. Speidel disse que ela estava trancada quando ele chegou. Isso significa que havia alguém lá dentro — Oliver, seu assassino, ou ambos. Quando retornou, cerca de vinte e cinco minutos depois, a porta estava aberta e ele notou que a corda havia sumido. Não escutou nada, mas também, como poderia, estando cerca de sete metros e meio abaixo da câmara mortuária? Mas Speidel pode estar mentindo. Temos somente a palavra dele afirmando que a porta do farol estava trancada e que ele jamais se encontrou com Oliver. Talvez Oliver estivesse esperando por ele, como combinado, e Speidel o tenha matado. E temos também somente o testemunho de Speidel confirmando a hora da morte. Mas por que escolher o farol como local de encontro? Sabemos que Speidel mentiu ao comandante Dalgliesh quando disse que tinha faróis como hobby".

Kate comentou: "Em princípio você deveria nos relatar os fatos, mas o que fez foi enveredar por suposições. Existem outras coisas que sabemos com certeza. Oliver sempre foi um hóspede difícil, mas desta vez ele parecia estar mais absurdo que o habitual. Houve a cena no ancoradouro, quando ficou sabendo que sua amostra de sangue tinha sido perdida, a subseqüente reclamação a Maycroft, a reiterada exigência de que Emily Holcombe fosse expulsa do chalé Atlântico e a cena durante o jantar de sexta-feira. Há ainda o noivado de Miranda e Tremlett. O comportamento dos três foi muito estranho, não acham? Oliver volta para casa após o jantar, quando Miranda já está na cama, e sai antes que ela levante. Parece que estava determinado a não vê-la. E por que solicitou a lancha para aquela tarde? Para quem era? Nós acreditamos na história da Miranda de que seu pai estava satisfeito com o casamento? Será que isso parece ser a reação de um homem tão egoisticamente devotado ao trabalho que não aceitava nada que interferisse com sua conveniência? É possível que o motivo da morte resida em fatos mais antigos, no passado?".

Dalgliesh considerou: "Se assim for, por que Calcraft teria esperado por este fim de semana? Oliver vinha regularmente à ilha. A maioria dos nossos suspeitos teve todo o tempo e toda a oportunidade do mundo para se vingar antes. Por que agora? E qual seria o motivo da vingança? Este não era um fim de semana propício, com somente dois outros hóspedes, sem a presença dos empregados temporários, com todos os possíveis suspeitos reduzidos ao total de treze pessoas. Quinze, se adicionarmos a senhora Plunkett e a senhora Burbridge".

Benton argumentou: "Mas a coisa poderia funcionar nos dois sentidos, senhor. Menos suspeitos também significa menos gente e, portanto, maior probabilidade de Calcraft se movimentar sem ser visto".

Kate disse: "Parece que estamos considerando que Calcraft tinha de agir neste fim de semana. Se foi isso mesmo, o que mudou desde a última visita de Oliver, há três meses? Chegaram a Combe Island duas pessoas que não estavam aqui, o doutor Speidel e o doutor Yelland. Há o incidente do sangue perdido que provocou a ameaça de Oliver de viver aqui permanentemente. E, por fim, há o noivado de Tremlett e Miranda. É difícil vê-la como assassina, mas ela pode ter planejado isso junto com Tremlett. Ela é obviamente a parte mais forte do casal".

Dalgliesh falou: "Vamos examinar o mapa. Calcraft poderia ter ido ao farol ou porque havia combinado um outro encontro com Oliver — o que parece uma coincidência improvável, embora tenhamos conhecimento de coincidências mais inacreditáveis do que essa —, ou porque leu o bilhete de Speidel e mudou o horário, ou porque, fortuitamente, viu Oliver caminhando e o seguiu. A rota óbvia é pelo penhasco inferior. As pessoas que poderiam usá-lo mais convenientemente são as da casa principal ou dos chalés situados na parte sudoeste da ilha: os Staveleys, Dan Padgett, Roughtwood e a senhorita Holcombe. Há também uma parte do penhasco no lado leste que se estende abaixo do chalé da Capela, mas ele é atravessado pelo porto. Temos que lembrar que o bilhete foi entregue na noite anterior. Calcraft poderia ter se dirigido ao farol na sexta à noite sob a cobertura da escuridão e ficar lá aguardando a chegada de Oliver, no sábado de manhã. Existe também a possibilidade de Calcraft não ter se preocupado em ser visto naquele momento, uma vez que sua intenção não era matar. O crime pode não ter sido premeditado, e sim involuntário, isto é, um homicídio culposo. No momento, estamos trabalhando muito no escuro. Precisamos do relatório da doutora Glenister sobre a autópsia e precisamos entrevistar o doutor Speidel de novo. Vamos torcer para que ele esteja suficientemente bem".

Mais uma hora, e eles puseram um fim à especulação. O dia seguinte seria muito cheio. Dalgliesh levantou-se da cadeira e Kate e Benton o seguiram. Ele disse: "Eu os verei amanhã, após o desjejum, para fixarmos o programa. Não, pode deixar, Benton, eu cuido das taças. Boa noite aos dois. Durmam bem".

13

As taças de vinho tinham sido lavadas e guardadas e o fogo estava morrendo. Ouviria um pouco de Mozart antes de ir para a cama. Dalgliesh escolheu o segundo ato de "As bodas de Fígaro", e a voz de Kiri Te Kanawa, controlada, forte e maravilhosamente bela, encheu o chalé. Era um CD que ele e Emma ouviam juntos em seu apartamento sobre o Tâmisa. As paredes de pedra do chalé pareciam muito restritas para conter tanta beleza, e ele novamente abriu a porta deixando que o anseio ardente da condessa por seu marido enchesse a noite estrelada. Havia um assento encostado na parede do chalé, e Dalgliesh sentou-se ali, do lado de fora, para escutar a música. Esperou até que o ato terminasse antes de retornar para desligar o aparelho de som, e então saiu novamente para dar uma espiada final no céu noturno.

Uma mulher estava andando sobre o promontório, vinda do chalé de Adrian Boyde. Ela o viu e parou. Ele ficou sabendo imediatamente, pelo andar confiante e os reflexos do cabelo dourado, que era Jo Staveley. Depois de hesitar alguns segundos, foi em sua direção.

Ele perguntou sorrindo: "Então você ocasionalmente caminha à noite?".

"Só quando tenho algum objetivo. Pensei que Adrian não deveria ser deixado sozinho. Este foi um dia terrível para todos nós, mas para ele foi infernal, então eu fui até lá para comermos o ossobuco juntos. Infelizmente ele é abstêmio. Eu poderia aceitar uma taça de vinho se não for muito trabalho. Guy já deve estar na cama e eu não gosto de beber sozinha."

Ela entrou com ele no chalé. Dalgliesh abriu a segunda garrafa de tinto e a levou para a mesa, com duas taças. Jo estava usando uma jaqueta vermelha, o colarinho virado para cima para emoldurar seu rosto, e naquele momento tirou-a e a colocou nas costas da cadeira. Eles sentaram-se de frente um para o outro, sem falar nada. Dalgliesh serviu-a de vinho. Num primeiro momento, ela bebeu-o sequiosamente, como se fosse água, depois repousou a taça sobre a mesa, esticou as pernas e suspirou com satisfação. O fogo estava quase extinto, havia somente um frágil filete de fumaça que espiralava da última tora. Desfrutando a quietude, Dalgliesh conjecturou se os hóspedes ocasionalmente achavam que era solidão demais para eles e desejavam regressar para o glamour sedutor de suas vidas altamente frenéticas. Ele formulou a questão para Joanna Staveley.

Ela riu: "Já se ouviu falar em algo do gênero, pelo menos foi o que me contaram. Todos sabem de antemão o que vão encontrar aqui. É pelo silêncio que pagam para vir e, acredite-me, não é nada barato. Você nunca passou por aquele momento em que não agüenta mais, que se tiver que responder a mais alguma pergunta, ouvir outro telefone tocar ou ver mais um rosto, ficará louco? E ainda há a questão da segurança. Quando se vive sob a mira de terroristas e ameaças de seqüestro, deve ser o paraíso saber que se pode dormir com portas e janelas abertas e sem a presença de um segurança ou policial vigiando cada movimento seu".

Dalgliesh perguntou: "Mas será que a morte de Oliver não irá pôr um fim a essa ilusão?".

"Duvido. Combe vai se recuperar. A ilha já esqueceu de horrores maiores do que esse ponto final na vida de Nathan Oliver."

Ele disse: "Essa antipatia geral por Oliver parece ter sido causada por algo mais sério que simplesmente seu comportamento difícil como hóspede. Aconteceu alguma coisa entre ele e Adrian Boyde?".

"Por que me pergunta isso?"

"Porque o senhor Boyde é seu amigo. Você provavelmente o compreende melhor do que os outros residentes. Isso significa que você é a pessoa com mais condições de saber a verdade sobre ele."

"E a mais propensa a lhe contar?"

"Talvez, pode ser."

"Você perguntou a ele? Você já conversou com Adrian?" Joanna Staveley estava bebendo o vinho mais vagarosamente agora, e com evidente prazer.

"Não, ainda não", respondeu Dalgliesh.

"Então não faça isso. Olhe, ninguém, nem mesmo você, acredita realmente que Adrian poderia ter alguma coisa a ver com a morte de Oliver. Ele é tão incapaz de matar quanto eu e você, provavelmente muito menos capaz, pobre infeliz! Então por que causar-lhe dor? Por que reavivar o passado quando ele não tem nada a ver com a morte de Oliver, nada a ver com o motivo de sua vinda para Combe Island ou com o seu trabalho?"

"Infelizmente, remexer no passado faz parte do meu trabalho."

"Você é um detetive experiente. Nós sabemos sobre você. Então não venha me dizer que considera Adrian Boyde seriamente suspeito. Será que não está apenas revirando a sujeira pelo prazer de fazer isso, pelo poder, se me permite dizê-lo? Isto é, deve lhe dar alguma satisfação esse negócio de fazer perguntas e saber que temos de respondê-las. Se não o fizermos, parecemos suspeitos; se o fizermos, a privacidade de alguém acaba sendo violada. E por quê? Não me diga que é por causa da justiça ou da verdade. *O que é a verdade?, perguntou o irônico Pilatos; e não ficou para ouvir a resposta.* Ele sabia alguma coisa, esse Pilatos."

A citação surpreendeu Dalgliesh, mas por que supor que ela nunca lera Francis Bacon? Ele estava admirado de que ela pudesse ser tão passional e ainda assim, a despeito da veemência de suas palavras, ele não sentiu nenhum antagonismo pessoal. Ele era apenas um substituto. O inimigo real tinha passado eternamente para além do alcance de seu ódio.

Dalgliesh disse, gentil: "Não tenho tempo para discussões semifilosóficas sobre justiça e verdade. Posso respeitar suas opiniões, mas só até certo ponto. Um assassinato destrói a privacidade — a privacidade dos suspeitos, da família da vítima, de todo aquele que entre em contato com a morte. Estou ficando bem cansado de dizer isso para as pessoas, mas trata-se de uma verdade que precisa ser aceita. Acima de tudo, um assassinato destrói a privacidade da vítima. Você sente que tem o direito de proteger seu amigo; Nathan Oliver está além da proteção de quem quer que seja".

"Se eu lhe contar, promete que irá aceitar o que eu digo como verdade e deixar Adrian em paz?"

"Não posso prometer isto. Mas posso afirmar que se eu souber dos fatos será mais fácil fazer o interrogatório sem atormentá-lo desnecessariamente. Meu negócio não é trazer dor às pessoas."

"Não mesmo? OK, OK, aceito que não é deliberado. Deus sabe que tipo de pessoa você seria se isso fosse verdade."

Dalgliesh resistiu à tentação de retorquir, e não era difícil. Ele se lembrou do que lhe contaram na sala do alto comando na Nova Scotland Yard. O marido de Joanna Staveley tinha causado a morte de um garoto de oito anos de idade, tinha sido erro médico, mas a polícia local talvez tivesse se envolvido marginalmente no caso. E Dalgliesh sabia que bastava um policial devotado demais para ocasionar um ressentimento tão amargo nela.

Jo empurrou sua taça vazia em direção a Dalgliesh, que a serviu de mais vinho. Ele perguntou: "Adrian é alcoólatra?".

"Como ficou sabendo?"

"Eu não sabia. Conte-me o que aconteceu."

"Ele estava administrando um serviço importante na igreja, a Santa Comunhão, se não me engano. Bem, ele deixou o cálice cair e, em seguida, ele mesmo caiu, completamente bêbado. Ou caiu de bêbado e deixou o cálice escorregar. Era na igreja onde o marido da senhora Burbridge tinha sido vigário, e um dos bedéis sabia que ela tinha se mudado para cá e provavelmente ficou sabendo alguma coisa sobre Combe Island. Ele escreveu para o nosso antigo secretário executivo e sugeriu que empregasse Adrian Boyde. Adrian é perfeitamente competente. Ele já sabia usar o computador e tem certa habilidade com números. No início tudo correu bem. Ele já estava aqui, perfeitamente sóbrio, há mais de um ano, e esperávamos que permanecesse assim. E foi então que tudo aconteceu. Nathan Oliver veio para sua visita trimestral. Uma noite, ele convidou Adrian para jantar e lhe serviu vinho. Isso foi fatal, é claro. Tudo aquilo que Adrian tinha conquistado aqui foi desfeito em apenas uma noite."

"E Oliver sabia que Boyde era alcoólatra?"

"Claro que sabia. Foi exatamente por isso que o convidou. Tinha tudo planejado. Estava escrevendo um livro com um personagem bêbado e queria ver de perto o que acontecia quando se dá vinho a um alcoólatra."

Dalgliesh perguntou: "Mas por que aqui? Ele poderia ter acesso ao estupor alcoólico em quase todo pub londrino, basta entrar para logo ver alguém assim, não é nada incomum".

Ela disse: "Realmente, assim como também é fácil encontrá-los nas ruas nos sábados à noite. Ah, mas isso não seria o mesmo, não é verdade? Nathan Oliver precisava de alguém que estivesse tentando lutar contra seus demônios. Ele queria ter tempo e privacidade para controlar a situação e assistir a cada minuto de seu desenrolar. Suponha ainda que fosse importante ter sua vítima disponível no momento em que ele atingisse aquele estágio de seu livro".

Dalgliesh percebeu que Jo estava tremendo. Ela emanava um ultraje moral tão poderoso que ele o sentia como uma força física se materializando contra as paredes de pedra do chalé e se disseminando para preencher o ambiente com ódio concentrado. Esperou alguns segundos e falou: "O que houve em seguida?".

"Alguém, ou Oliver ou aquele revisor, ou mesmo a filha, deve ter carregado Adrian de volta para seu chalé. Passaram-se alguns dias até que ele voltasse a ficar sóbrio. Não sabíamos o que realmente acontecera, apenas que havia bebido. Pensamos que de algum modo ele conseguira vinho na casa, mas não entendíamos como isso podia ter ocorrido. Dois dias depois ele foi com Jago ao continente coletar os suprimentos da semana e desapareceu. Mais tarde, naquele mesmo mês, fui para meu apartamento em Londres e uma noite encontrei-o nos degraus da entrada do prédio, paralisado. Eu o acolhi e cuidei dele por algumas semanas. Depois trouxe-o de volta para Combe. Fim da história. Enquanto estávamos juntos, Boyde me contou o que havia acontecido naquela noite aqui na ilha."

"Não deve ter sido fácil para você."

"Ou para ele. Não sou bem aquilo que as pessoas podem chamar de colega de apartamento ideal, em especial quando estou abstêmia. Cheguei à conclusão de que ficar em Londres seria impossível, então aluguei uma casinha isolada perto de Bodmin Moor. A temporada de férias ainda não tinha começado e não foi difícil encontrar um lugar barato. Ficamos lá por um mês e meio."

"Alguém sabia o que estava acontecendo?"

"Telefonei para Guy para dizer que eu estava bem e que Adrian estava comigo. Não revelei onde estávamos, mas contei a Jago. Ele costumava ir até lá e me dar uma ajuda quando tinha um fim de semana de folga. Eu não teria conseguido passar por tudo isso sem a ajuda dele. Não ficávamos um minuto sem pôr os olhos em Adrian. Céus, foi chatíssimo na época, mas é engraçado que, ao olhar para o ocorrido agora, eu parecia estar feliz, mais feliz do que jamais estive em anos. Andávamos, conversávamos, cozinhávamos, jogávamos cartas e passávamos horas em frente à TV assistindo vídeos de séries antigas da BBC, e algumas delas — como *A jóia da Coroa* — costumavam passar durante semanas. E, é claro, tínhamos nossos livros. Adrian é uma pessoa fácil de conviver. É gentil, inteligente, sensível e divertido. Ele não reclama. Quando achou que já era hora, voltamos para cá. Ninguém fez perguntas. É assim que levam a vida por aqui. As pessoas não fazem perguntas."

"Foi o alcoolismo que o fez abandonar a Igreja? Ele lhe confidenciou sobre o assunto?"

"Sim, dentro da comunicação possível que conseguíamos ter nesse assunto, pois eu não compreendo religião. Mas, respondendo à sua pergunta, parece que ele saiu da Igreja em parte devido ao alcoolismo, mas principalmente porque havia perdido a fé em alguns dogmas. Não consigo entender por que isso o preocupava. Eu pensava que esse era justamente o ponto da velha e querida Igreja Anglicana: você pode acreditar mais ou menos naquilo que quiser. De toda maneira, ele passou a acreditar que Deus não poderia ser bom e todo-poderoso ao mesmo tempo; a vida é uma luta entre duas forças — o bem e o mal, Deus e o Diabo. Isso seria algum tipo de heresia — uma palavra enorme, que começa com 'm'."

Dalgliesh disse: "Maniqueísmo".

"Acho que é essa mesmo. Isso me parece lógico, ao menos explica o sofrimento de inocentes, o que de outra maneira requereria algum tipo de sofisma para ser entendido. Se eu tivesse alguma religião, essa seria a minha escolha. Suponho que me tornei maniqueísta sem saber que isso existia, na primeira vez que vi uma criança morrer de câncer. Mas aparentemente você não deve acreditar nisso se for cristão, e imagino que ainda mais se for padre. Adrian é um bom homem. Posso não ser eu mesma uma pessoa boa, mas sei reconhecer a bondade. Oliver era maligno; Adrian é bom."

Dalgliesh disse: "Obrigado por me contar".

"E você não irá questionar Adrian sobre o alcoolismo dele. Essa foi a nossa barganha."

"Não fizemos barganha alguma, senhora Staveley, mas por ora não irei tocar nesse assunto com o senhor Boyde. Talvez nem mesmo seja necessário fazê-lo."

"Eu contarei a ele, você sabe, me parece justo fazê-lo. Adrian pode ou não optar por lhe contar ele mesmo. Bem, obrigada pelo vinho. Vou me despedindo. Você sabe onde me encontrar."

Dalgliesh ficou olhando Jo Staveley andando com autoconfiança sob o céu de estrelas até perdê-la de vista. Depois entrou, enxaguou as duas taças de vinho e trancou a porta do chalé. Então havia três pessoas que poderiam ter motivo para matar Oliver: Adrian Boyde, Jo Staveley e provavelmente Jago Tamlyn, que tinha aberto mão de seus finais de semana de folga para auxiliar Jo, uma generosidade que sugeria que ele compartilhava do desprezo dela à crueldade de Oliver. Mas será que Jo Staveley seria capaz de revelar tanto a Dalgliesh se soubesse ou, pelo menos, suspeitasse que um ou outro fossem culpados? Se ela achasse que, mais cedo ou mais tarde Dalgliesh descobriria a verdade, talvez. Nenhum dos três parecia ser um assassino, mas isso também se aplicava a todos de Combe Island. Sabia que era perigoso se concentrar no motivo e negligenciar o *modus operandi* e os métodos, mas lhe parecia que, neste caso, o motivo era o centro da questão. Seu velho amigo Nobby Clark tinha-lhe dito uma vez que havia quatro motivos para um assassinato: luxúria, lucro, ódio e amor. Isso era mais que suficiente, até aqui. Mas os motivos eram extraordinariamente variados, e alguns dos assassinos mais atrozes tinham matado por nenhuma razão explicável ou racional. Algumas palavras lhe vinham à mente, ele achava que eram de George Orwell: *Assassinato, o crime sem igual, deveria derivar apenas de emoções fortes.* E isso, é claro, era o que sempre acontecia.

LIVRO III

VOZES DO PASSADO

1

No domingo de manhã, Dalgliesh acordou pouco antes do alvorecer. Desde criança seu despertar sempre fora súbito, sem momentos discerníveis entre o limbo e a consciência, a mente instantaneamente alerta às imagens e aos sons do novo dia, o corpo impaciente por livrar-se dos lençóis confinantes. Mas nesta manhã ele permanecia deitado, imbuído de uma paz sonolenta, espichando cada um dos preguiçosos passos de seu lento despertar. Começou a distinguir as duas grandes janelas, com as vidraças completamente abertas, e o quarto aos poucos se revelou em forma e cor. Na véspera, o ruído do mar tinha sido um acompanhamento reconfortante nos últimos momentos em que esteve subliminarmente acordado, mas agora ele se aquietara, parecendo mais um pulsar gentil do ar que um som conscientemente presente.

Dalgliesh tomou banho, vestiu-se e desceu. Fez suco de laranja fresco e optou por não tomar nada quente; em vez disso, encheu uma tigela com granola e ficou andando pela sala enquanto comia. Analisou sua central de operações totalmente incomum, com suas paredes de pedra, com mais atenção do que lhe fora possível no dia anterior. Em seguida, saiu do chalé em direção ao onipresente olor de mar que a manhã exalava. O dia estava calmo, faixas de um azul profundo apareciam por trás de finos fragmentos de nuvens de um cinza pálido tingido de rosa. O mar se assemelhava a uma obra de arte do pontilhismo, um quadro pregado na luz prateada do horizonte.

Dalgliesh ficou parado, muito quieto, olhando para o leste — na direção de Emma. Mesmo quando estava trabalhando num caso, era surpreendente como, num instante, ela tomava conta de sua mente. Na noite passada tinha sido quase um tormento imaginá-la em seus braços; agora, a presença dela era menos perturbadora, movendo-se etérea a seu lado, o cabelo escuro desalinhado por ter acabado de acordar. Nesse momento Dalgliesh desejou com ansiedade ouvir a voz dela, mas ele sabia que, independentemente de como tinha sido seu dia, ela não lhe telefonaria. Seria esse silêncio quando ele estava trabalhando num caso a forma de Emma afirmar o direito dele de não ser perturbado, reconhecer o distanciamento de suas vidas profissionais? A esposa ou amante que telefona em horas inconvenientes é uma das situações mais recorrentes em comédias. Ele poderia ligar agora para ela, mas sabia que não o faria. Parecia haver algum pacto tácito que distinguia, na mente de Emma, o amante que era detetive daquele que era poeta. O primeiro desaparecia periodicamente em território estranho e inexplorado, que ela não tinha nenhum desejo, ou talvez sentisse não ter direito, de questionar ou explorar. Ou será que sabia tão bem quanto ele que era esse trabalho que fornecia os insumos para sua poesia, que o melhor dos seus versos tinha as raízes na dor, no horror e nos destroços patéticos das vidas trágicas e violadas que compunham o universo profissional de um comandante? Seria esse conhecimento que a mantinha silenciosa e distante quando ele estava trabalhando? Para Dalgliesh, como poeta, a beleza presente na natureza e nas faces humanas jamais fora suficiente. Ele sempre teve necessidade dos "trapos imundos" e do "ossuário do coração" tão característicos da obra de Yeats. Ele tinha a curiosidade de saber se Emma percebia também a desconfortável ironia de sua vida, o fato de ser uma pessoa que, apesar de resguardar fortemente sua própria privacidade, tinha escolhido uma profissão que lhe permitia, de fato exigia-lhe, violar a privacidade dos outros, tanto mortos quanto vivos. Ele tinha total consciência disso.

Mas agora, virado para o norte, na direção do cubo de pedra da capela, Dalgliesh viu uma mulher caminhando com tal determinação que o fez recordar-se de um dos antigos paroquianos de seu pai que, ciente de ter cumprido seu dever e satisfeito sua fome espiritual, seguia firmemente em direção à tarefa seguinte, que consistia em satisfazer seu apetite mais imediato com um belo café-da-manhã. Retornando ao presente, Dalgliesh levou apenas alguns segundos para reconhecer a figura da sra. Burbridge, só que uma sra. Burbridge transformada. Ela usava um casaco de tweed azul e castanho de corte rígido e antiquado, um chapéu de feltro enfeitado com uma garbosa pena, e suas mãos enluvadas carregavam o que sem dúvida era um livro de orações. Provavelmente fora assistir a algum tipo de serviço religioso na capela. Isso significava que, agora, Boyde deveria estar acessível em seu chalé.

Não havia pressa, e Dalgliesh resolveu andar primeiro até a capela, que ficava uns cinqüenta metros depois do chalé de Boyde. Ela era menos elaborada que os chalés, uma construção sem estilo específico com não mais de quinze metros quadrados. A porta tinha duas partes separadas, uma inferior e outra superior, como a de um estábulo, e estava com o trinco passado. Ao abri-lo, Dalgliesh sentiu na hora o cheiro de umidade. O chão era calçado com placas grossas de madeira, e uma única janela, muito alta, permitia uma visão embaçada do céu. Colocada bem abaixo da janela havia uma pesada rocha, com a parte de cima reta, que era obviamente usada como altar, embora não tivesse forro ou enfeite, exceto por dois candelabros de prata bem gastos e um pequeno crucifixo de madeira. As velas estavam praticamente extintas, mas o comandante conseguia detectar o cheiro pungente de fumaça. Ele se perguntou como a rocha teria ido parar ali. Devem ter sido necessários ao menos seis homens fortes para transportá-la. Não havia bancos ou assentos, a não ser duas cadeiras dobráveis de madeira encostadas à parede, uma delas presumivelmente para o uso da sra. Burbridge, que devia ser a única pessoa esperada. Apenas um pequeno crucifixo de pedra, pendurado de maneira um tanto torta no vértice do teto, sugeria que o lugar tivesse, alguma vez, sido consagrado. Parecia a Dalgliesh que o edifício havia sido construído para servir de abrigo de animais, e algumas gerações mais tarde passara a ser usado como local de orações. Ele não sentiu nenhum vestígio daquela espiritualidade reverente nascida do vazio e do eco de cantos religiosos no ar silencioso, ambos tão facilmente evocados em igrejas antigas. Mesmo assim, o comandante pegou-se fechando a porta de uma maneira muito mais silenciosa do que normalmente faria, espantado, como em outras ocasiões, com a força e perenidade das influências da sua meninice, época em que, por ser filho de pastor, o ano dividia-se não em períodos escolares, férias ou meses, mas segundo o calendário da igreja: Advento, Natal, Pentecostes, e os aparentemente intermináveis domingos após a celebração da Trindade.

A porta do chalé da capela estava aberta, e o vulto alto de Dalgliesh, momentaneamente eclipsando a luz, tornou desnecessário bater à porta. Boyde estava em frente à janela, sentado à mesa que fazia as vezes de escrivaninha, e imediatamente se virou para receber o hóspede. O ambiente estava repleto de luz. Uma porta central com janelas de cada lado conduzia ao pátio de pedra situado na beira do penhasco. À esquerda havia uma grande lareira de pedra com o que parecia ser um forno de pão; de um lado estavam os gravetos para acender o fogo e do outro uma pilha de lenha cortada. Bem à frente da lareira repousavam duas poltronas de espaldar alto e, ao lado de uma delas, uma mesinha de leitura com uma moderna luminária. Um prato engordurado estava em cima da mesa e o recinto cheirava a bacon.

Dalgliesh disse: "Espero não estar incomodando. Eu avistei a senhora Burbridge saindo da capela e pensei que seria uma hora conveniente para vir até aqui".

Boyde disse: "Ah, sim, ela geralmente vem à missa das sete horas no domingo de manhã".

"Ela e ninguém mais?"

"Ninguém, acho que não lhes ocorreria fazer isso. Talvez nem mesmo aqueles que algum dia freqüentaram habitualmente a missa lembram-se disso em Combe Island. Eles provavelmente acham que um padre que parou de trabalhar — quero dizer, que não tem mais uma paróquia — não é mais um padre. Não faço propaganda do serviço religioso. A devoção é realmente uma questão particular, mas a senhora Burbridge descobriu quando ela e eu ajudamos a cuidar da mãe de Padgett."

Boyde sorriu: "Agora sou secretário de Rupert Maycroft. Talvez seja melhor. Eu poderia achar pesado demais para mim o trabalho de capelão não-oficial da ilha".

Dalgliesh disse: "Particularmente se todos eles decidissem usá-lo como confessor".

O comentário tinha sido bem-humorado. Dalgliesh tinha acedido brevemente à imagem risível dos residentes de Combe fazendo fila para encher os ouvidos de Boyde com seus pensamentos nada caridosos uns sobre os outros e sobre os hóspedes, principalmente Oliver. Mas o comandante ficou surpreso com a reação do homem à sua frente. Por alguns segundos um Dalgliesh atônito quase se sentiu culpado por ter feito uma brincadeira de mau gosto; a única coisa que o fez pensar de outro modo foi o fato de Boyde não lhe parecer um daqueles sujeitos melindrosos, que buscam razões para ofender-se.

Agora, o sorriso retornara ao rosto de Boyde, que falou: "Nesse caso, eu ficaria seriamente tentado a mudar minha orientação religiosa, tornar-me evangélico e encaminhar todos ao padre Michael, em Pentworthy", expôs ele com humor, e continuou: "Mas não estou sendo nada hospitaleiro. Por favor, sente-se. Estou fazendo café, aceita uma xícara?".

"Sim, por favor", respondeu Dalgliesh.

Dalgliesh refletiu que um dos pequenos riscos de

uma investigação de assassinato era a desmedida quantidade de cafeína consumida. Mas ele desejava que a entrevista fosse o mais informal possível, e comida e bebida sempre ajudavam a descontrair.

Boyde desapareceu na cozinha, deixando a porta entreaberta. Podia-se escutar os sons familiares vindos de lá, o zumbido surdo da água enchendo a chaleira, a trepidação metálica de grãos de café sendo moídos, o tinir de xícaras e pires. Dalgliesh sentou-se numa das poltronas em frente à lareira e contemplou a pintura a óleo pendurada logo acima. Seria um Corot? Era uma paisagem francesa, uma estrada reta margeada por fileiras de álamos, os telhados de um vilarejo distante e a torre de uma igreja brilhando sob a luz cintilante de um sol de verão.

Boyde entrou na sala carregando uma bandeja. O cheiro do mar e da madeira da lareira foi sobrepujado pelo aroma do café e o bálsamo do leite quente. O anfitrião puxou uma mesa pequena para perto das poltronas e colocou a bandeja em cima.

Dalgliesh disse: "Estava admirando seu quadro".

"Herança da minha avó. Ela era francesa. É da fase inicial de Corot, pintado em 1830 perto de Fontainebleau. Este é o único bem valioso que possuo. Uma das compensações de viver em Combe é saber que essa beleza não será roubada ou atacada por vândalos. Nunca tive como pagar para segurá-lo. Gosto do quadro por causa das árvores, sinto falta delas, existem tão poucas aqui na ilha. Temos que importar até mesmo os blocos de lenha que usamos na lareira."

Os dois homens beberam o café em silêncio. Dalgliesh sentiu-se curiosamente em paz, coisa muito rara quando ele se encontrava na companhia de um suspeito. *Aqui*, pensou ele, *está um homem com quem eu poderia conversar; alguém com quem eu teria gostado de fazer amizade*. Mas ele sentiu que, a despeito da confortável hospitalidade de Boyde, não havia confiança entre eles.

Após alguns minutos, Dalgliesh repousou sua xícara

e disse: "Quando me reuni com todos vocês na biblioteca e questionei sobre a manhã de ontem, você foi o único que respondeu que estava andando no promontório antes do café-da-manhã. Preciso perguntar-lhe de novo se viu alguém durante aquela caminhada".

Sem encarar Dalgliesh, Boyde respondeu em voz baixa: "Não vi ninguém".

"E aonde você foi exatamente?"

"Andei no pontal até perto do chalé Atlântico e depois voltei para cá. Eram quase oito da manhã."

Outra vez, fez-se silêncio. Boyde recolheu a bandeja e levou-a de volta para a cozinha. Passaram-se três minutos antes que ele retornasse à sala e sentasse. Parecia estar escolhendo as palavras com cuidado: "Comandante, você concordaria que não devemos passar à frente uma suspeita que possa apenas confundir, desencaminhar ou provocar grandes danos à pessoa em questão?".

Dalgliesh disse: "Quando há suspeita, em geral ela se baseia num fato. Preciso que você me relate os fatos. Cabe a mim decidir sobre o significado deles, se houver algum". Ele olhou para Boyde e perguntou bruscamente: "Padre, você sabe quem matou Nathan Oliver?".

Dirigir-se a Boyde como padre tinha sido um ato espontâneo, e o termo surpreendeu-o no momento em que saiu de sua boca. Foram necessários alguns segundos para Dalgliesh perceber o significado do que parecia ser nada mais que uma escorregadela. O efeito sobre Boyde foi imediato. Ele olhou para Dalgliesh com olhos cheios de dor, que pareciam conter uma súplica.

"Juro que não sei. Também juro que não vi ninguém no meu passeio pelo promontório."

Dalgliesh acreditava nele. Sabia que, por ora, não tinha nada a descobrir, e talvez não houvesse mesmo mais nada a saber. Cinco minutos mais tarde, período preenchido com conversas corriqueiras e silêncios prolongados, Dalgliesh saiu do chalé. Insatisfeito. Decidira que, por enquanto, deixaria o interrogatório fazer seu efeito, mas ele sabia que precisava ver Boyde novamente.

Eram nove e quinze da manhã e, ao chegar à porta do chalé Golfinho, Dalgliesh pôde avistar Kate e Benton-Smith no promontório, vindo em direção ao seu chalé. Foi ao encontro dos dois e os três entraram juntos.

Logo que entraram no chalé o telefone tocou. Guy Staveley estava do outro lado da linha: "Senhor Dalgliesh? Estou ligando para contar-lhe que não será possível que o senhor entreviste o doutor Speidel novamente, pelo menos não agora. A saúde dele piorou muito durante a noite e eu o transferi para a enfermaria".

2

Eram quase onze horas. Dalgliesh decidiu levar Kate consigo para entrevistar a sra. Plunkett, e quando Kate ligou para marcar o horário, a cozinheira perguntou se eles não se importavam de vir até a cozinha. Dalgliesh concordou. Seria mais conveniente e prático para a sra. Plunkett e ela estaria mais propícia a se comunicar melhor dentro de seu ambiente de trabalho que no chalé da Foca. Cinco minutos depois ele e Kate estavam sentados lado a lado na ampla mesa da cozinha, enquanto a sra. Plunkett trabalhava no seu grande fogão industrial, do lado oposto.

A cozinha lembrava Dalgliesh de sua infância: o mesmo fogão, só que mais moderno, a mesa de madeira escovada, as cadeiras Windsor e um longo aparador de carvalho com uma miscelânea de pratos, canecas e xícaras. Uma ponta do aposento era obviamente o santuário da sra. Plunkett. Havia uma cadeira de balanço de madeira vergada, uma mesa baixa e uma escrivaninha encimada por uma fileira de livros de receitas. A cozinha, como a da casa paroquial, era uma amálgama de cheiros: pão recém-assado, café moído e bacon frito — que recendiam promessas antecipatórias que a comida jamais chegava a cumprir. Dalgliesh se lembrou da cozinheira da família, uma senhora portentosa que atendia pelo nome incongruente de sra. Lighfoot, mulher de poucas palavras, sempre disposta a acolhê-lo na cozinha da casa paroquial, permitindo que raspasse a tigela do bolo, dando-lhe pedaços de massa para que modelasse homenzinhos-biscoito, ouvindo pacientemente suas perguntas intermináveis. Algumas vezes ela respondia: "É melhor você perguntar a Sua Reverência sobre isso". Ela invariavelmente se referia ao pároco como Sua Reverência. O gabinete de seu pai sempre estivera aberto para ele, mas para o pequeno Adam aquela cozinha aconchegante, com seu piso de pedra, era o coração da casa.

Ele deixou que Kate fizesse a maior parte das perguntas enquanto a sra. Plunkett continuava a trabalhar. Ela aparava a gordura de costeletas de porco, passava os dois lados de cada pedaço numa mistura de farinha temperada e, depois, fritava-os numa frigideira cheia de gordura quente. Dalgliesh observava a sra. Plunkett enquanto ela retirava as costeletas da frigideira e as colocava em uma caçarola. Feito isso, a cozinheira veio sentar-se à mesa, bem em frente a eles, e passou então a descascar e picar cebolas e a retirar as sementes de alguns pimentões verdes.

Kate, que antes tinha se mostrado relutante em conversar com a sra. Plunkett, perguntava agora: "Há quanto tempo trabalha aqui, senhora Plunkett?".

"Fiz doze anos de Combe Island no último Natal. A cozinheira anterior era a senhora Dewberry. Ela era uma dessas que têm diploma cordon bleu e tudo mais, 'uma cozinheira grã-fina'. Bem, era uma boa cozinheira, não nego isso. Molhos, ela era muito detalhista com relação a molhos. Aprendi muito sobre molhos com a senhora Dewberry. Nas semanas em que ela estava ocupada demais, costumava vir trabalhar como ajudante de cozinha. Não que ela tenha alguma vez ficado realmente ocupadíssima, isso é impossível com apenas seis hóspedes no máximo e com a maioria dos empregados cuidando cada um de si. Ainda assim, ela estava acostumada a ter ajudantes nos restaurantes chiques em que trabalhou, e eu era uma viúva sem filhos e com muito tempo livre. Sempre fui boa cozinheira, sou até hoje, puxei isso da minha mãe. Não havia nada que ela não soubesse fazer numa cozinha. Quando a senhora Dewberry se aposentou, sugeriu que eu ficasse em seu lugar. Ela já sabia que eu era capaz de assumir o seu posto. Passei por um período de experiência de duas semanas e aqui estou, até hoje. Foi bom para ambas. Sou mais barata que a senhora Dewberry, pois ainda passo perfeitamente bem, obrigada, sem a presença de uma ajudante em tempo integral. Gosto de trabalhar sozinha. Além disso, as garotas de hoje complicam, mais que ajudam. Se há algum motivo que as faça querer cozinhar não é a comida em si, mas o fato de se imaginarem na televisão com um daqueles chefs celebridade. Não estou dizendo que não fico grata em ter a ajuda de Millie ocasionalmente, mas ela passa mais tempo correndo atrás de Jago que na minha cozinha."

A sra. Plunkett trabalhava enquanto falava. Levantou-se e voltou para o fogão, andando pela cozinha calma e metodicamente, com a segurança de um artesão em seu hábitat natural. Mas Dalgliesh tinha a impressão de que não havia ligação entre as ações tão familiares e os pensamentos da sra. Plunkett, que parecia lançar mão do papo sobre as idiossincrasias da sra. Dewberry e a execução de sua reconfortante rotina como um meio de furtar-se a um confronto mais direto com ele, evitando sentar-se novamente à mesa de madeira escovada e encará-los. O ar da cozinha tornou-se apetitoso, e ele pôde detectar o zumbido surdo de gordura esquentando na chapa.

Kate disse: "Hum, que cheiro bom. O que você está cozinhando?".

"Costeletas de porco com molho de tomate e pimentão vermelho. É para o jantar de hoje à noite, mas quero começar a fazê-lo agora. Gosto de tirar um cochilo à tarde. Pode parecer uma comida um tanto pesada, já que o tempo mudou, mas o doutor Staveley gosta de porco de vez em quando, e eles estão precisando de uma refeição quente. As pessoas precisam manter as forças quando ocorre uma tragédia. Ninguém, além da senhorita Oliver, irá sentir muito a morte de Nathan Oliver, mas o pobre homem devia estar muitíssimo infeliz para fazer algo assim tão horrível."

Dalgliesh disse: "Em casos como este precisamos saber o máximo possível sobre a pessoa que morreu. Fiquei sabendo que o senhor Oliver vinha para Combe regularmente — se não me engano, a cada três meses durante o ano. Imagino que você o tenha conhecido".

"Não, na verdade. Não somos estimulados a conversar com os hóspedes, a não ser que eles assim o queiram. Não tem nada a ver com ser ou não amigável, como também não diz respeito a sermos empregados e eles hóspedes. Nada esnobe assim. Tanto que o doutor Staveley e o senhor Maycroft dificilmente os vêem também. A razão é que os hóspedes vêm para Combe Island em busca de solidão e segurança. Querem mesmo é ficar sozinhos. Veja bem, nós recebemos um primeiro-ministro aqui durante duas semanas. Houve uma enorme confusão quanto à segurança, mas ele acabou deixando seus guarda-costas no continente e veio só. Ele tinha de fazer isso, caso contrário não teria recebido autorização do Conselho para vir para cá. E o homem passou um tempão sentado nesta mesa, justamente onde vocês estão, simplesmente me olhando trabalhar. Suponho que ele achava repousante. Ele não era muito de conversar. Uma vez eu disse: 'Se o senhor não tem nada melhor a fazer, poderia me ajudar a bater esses ovos?'. E ele bateu."

Dalgliesh gostaria de ter perguntado que primeiro-ministro e de que país, mas sabia que sua pergunta soaria rude e que não receberia resposta alguma. Em vez disso, perguntou: "Se os hóspedes ficam sozinhos durante todo o tempo, o que fazem às refeições? Como se alimentam?".

"Os chalés possuem geladeira e microondas. Bem, você mesmo já viu isso. Os hóspedes preparam seu próprio café-da-manhã e almoço. Dan Padgett dirige a van e entrega os mantimentos necessários diretamente nos chalés no final de cada dia. Os hóspedes recebem ovos frescos aqui da ilha, pãezinhos que eu mesma faço e bacon. Temos um açougueiro no continente que cura seu próprio bacon — nada daquelas carnes insossas cheias de água

284

que se compram na cidade. Para o almoço os hóspedes geralmente recebem salada ou vegetais grelhados no inverno, além de torta e frios. Depois tem o jantar aqui na casa principal às oito da noite, para quem desejar. Sempre composto de três pratos."

Kate falou: "O senhor Oliver jantou aqui na sexta. Isso era comum?".

"Não, não era. Ele fez isso apenas umas três vezes antes durante todos os anos em que veio para Combe. O senhor Oliver gostava de comer em seu chalé. A senhorita Oliver cozinhava para ele e me passava as ordens no dia anterior."

Dalgliesh perguntou: "O senhor Oliver parecia normal durante o jantar? Essa foi provavelmente a última vez em que foi visto com vida, exceto por sua família. Tudo o que for incomum pode nos fornecer uma indicação de seu estado mental naquela noite".

A sra. Plunkett virou o rosto na direção do fogão, longe dos olhos de Dalgliesh, mas não o fez rápido o bastante, e o comandante detectou algo que lhe pareceu ser uma rápida expressão de alívio. Ela respondeu: "Eu não diria que o senhor Oliver estava se comportando, bem, dentro do que se pode chamar de normalmente, mas eu não saberia dizer o que era normal para ele. Como eu disse, não costumamos conhecer muito sobre os hóspedes. Mas é comum eles estarem razoavelmente silenciosos durante o jantar. Percebo que não falam de trabalho nem comentam os motivos de estarem na ilha. E não se espera que alguém levante a voz. O doutor Staveley e o senhor Maycroft estavam aqui, então é melhor vocês perguntarem a eles".

Kate disse: "Claro. Mas agora estamos conversando com você sobre suas impressões".

"Bem, na verdade não fiquei na sala de jantar durante muito tempo, nunca fico. Começamos com bolinhas de melão com molho de laranja, e eu já havia arrumado as entradas nos pratos antes de tocar o gongo anunciando o jantar; portanto, não estava presente até entrar no recinto para levar a galinha-d'angola com vegetais assados e retirar as louças do primeiro prato. Pude notar nessa hora que o doutor Yelland e o senhor Oliver estavam começando a discutir um com o outro. Acho que tinha algo a ver com o laboratório do doutor Yelland. Os outros três pareciam constrangidos."

Kate perguntou: "O senhor Maycroft e o doutor Staveley e a esposa?".

"Isso mesmo, somente os três. A senhorita Holcombe e a senhora Burbridge geralmente não jantam na casa. Imagino que o doutor Yelland irá contar-lhes sobre si mesmo. Vocês acham que o senhor Oliver não estava bem na sexta-feira, que alguma outra coisa pode tê-lo perturbado naquele dia?"

Dalgliesh disse: "Isso certamente parece possível".

"Pensando bem", comentou a sra. Plunkett, "suponho que acabo por conhecer alguns hóspedes melhor que a maioria, uma vez que sirvo o jantar para eles. Para dizer a verdade, melhor até que o doutor Staveley e o senhor Maycroft. Não que possa lhes contar os nomes dos hóspedes e, mesmo que pudesse, não diria. Mas posso lhes dar um exemplo: esteve aqui um senhor — acho que o chamavam de capitão de indústria — que gostava muito de pão molhado no café com leite. Se tivéssemos rosbife no jantar, antes servíamos com freqüência esse prato, especialmente no inverno; ele vinha em minha direção ao final da refeição e falava baixinho: 'Senhora P., vou dar uma passadinha na cozinha antes de ir para a cama'. E logo após eu ter terminado de arrumar a cozinha, quando já estava calmamente sentada tomando meu chá em frente ao fogo, ele chegava. Adorava pão molhado no café com leite. Contou-me que tinha esse hábito desde criança. Conversamos um bocado sobre a cozinheira que a família dele tinha. Você nunca se esquece das pessoas que foram gentis com você quando era criança, não é mesmo, senhor comandante?"

"Não", respondeu Dalgliesh, "jamais."

Kate disse: "É uma pena, senhora Plunkett, que o senhor Oliver não fosse tão amigável e aberto. Esperávamos que pudesse nos contar algo mais a respeito dele, alguma coisa que nos ajudasse a compreender por que ele morreu daquela maneira".

"Mas a verdade é que eu raramente botava os olhos nele. Não consigo imaginar o senhor Oliver entrando na minha cozinha para conversar e comer pão molhado no café com leite."

Kate perguntou: "Como ele se dava com as outras pessoas da ilha? Quero dizer, os empregados e os residentes permanentes?".

"Como já falei, raramente botava os olhos nele e eu não acho que os empregados o viam muito. Escutei um boato sobre o senhor Oliver estar planejando mudar-se permanentemente para a ilha. Imagino que o senhor Maycroft tenha falado sobre isso. Essa mudança com certeza não seria muito bem-vinda entre os empregados, e também não imagino que a senhorita Holcombe tenha ficado satisfeita com a notícia. Claro que todos sabíamos que ele não se dava bem com Dan Padgett. Não que o senhor Oliver o visse com freqüência, mas Dan leva as refeições e mantimentos, faz entregas e executa serviços gerais que precisem ser feitos nos chalés. Então, suponho que ele tenha entrado em contato mais do que a maioria das pessoas aqui. Para o senhor Oliver, parecia que nada que Dan fazia era certo. Ele ou a senhorita Oliver sempre telefonavam para mim reclamando que Dan não havia levado o que eles haviam pedido ou que a comida entregue não estava suficientemente fresca — fato que não podia ser verdadeiro. Nenhum alimento sai desta cozinha se não estiver fresco. Parece que o senhor Oliver precisava puxar briga com alguém, e acho que Dan era a pessoa mais à mão."

Kate falou: "E então houve o problema com as amostras de sangue perdidas no mar".

"Sim, ouvi falar. Bem, claro que o senhor Oliver tinha

o direito de ficar chateado. Isso significava que ele tinha de tirar mais sangue, e ninguém gosta que enfiem uma agulha no seu braço. Não que ele de fato tenha tirado sangue novamente, como se revelou. Mesmo assim, ele tinha essa ameaça sobre sua cabeça. Parece que tinha medo de agulhas. E que foi descuido de Dan, isso foi, não há como negar."

Kate indagou: "Você não acha que Dan pode ter feito isso de propósito para se vingar do senhor Oliver, que gostava de atormentá-lo?".

"Não, não vejo dessa maneira. Eu diria que ele tinha medo demais do senhor Oliver para fazer algo tão estúpido assim. De qualquer forma, foi um acidente estranho. Dan não gosta de mar, então por que ficar na borda do barco? Eu imaginaria que o mais provável era que Dan estivesse sentado dentro da cabine. Era o lugar onde ele ficava nas poucas vezes em que estive com ele na lancha. Visivelmente amedrontado, era assim que ele ficava."

Kate perguntou: "Ele, digo Dan Padgett, alguma vez lhe falou sobre como acabou vindo parar aqui?".

A sra. Plunkett pareceu estar considerando como devia responder. Após uma pequena pausa, disse: "Bem, vocês irão perguntar a ele. E me aventuro a dizer que, sem dúvida, ele irá lhes contar".

Dalgliesh disse: "Espero que ele faça isso, senhora Plunkett, mas é sempre útil termos dois pontos de vista sobre as pessoas quando estamos investigando uma morte suspeita".

"Mas o senhor Oliver cometeu suicídio. Quero dizer, ele foi encontrado enforcado. Não entendo como isso pode ter alguma coisa a ver com alguma pessoa, exceto ele e quem sabe sua filha."

"Talvez não tenha, mas seu estado de espírito pode ter sido influenciado por outras pessoas, algo que disseram ou fizeram. E não podemos afirmar ainda que foi suicídio."

"Você quer dizer que pode ter sido assassinato?"

"Pode ter sido sim, senhora Plunkett."

"Então, se foi, podem tirar Dan Padgett da cabeça. O garoto não possui a determinação necessária para matar uma galinha — não que ele seja um garoto, claro. Deve estar beirando os trinta, embora pareça mais jovem. Mas sempre penso nele como garoto."

Kate disse: "Estávamos pensando se ele alguma vez lhe fez confidências, senhora Plunkett. A maioria de nós precisa falar com alguém sobre nossa vida, nossos problemas. Tive a impressão de que Dan não se sente realmente em casa em Combe".

"É, isso é bem verdade. Ele não se sente mesmo. Era a mãe dele que estava firmemente disposta a vir para cá. Ele me contou que sua mãe e os pais dela costumavam passar duas semanas, todos os meses de agosto, em Pentworthy, quando ela era criança. Claro que não se podia visitar a ilha, mesmo naquela época, mas ela desejava ardentemente vir até aqui. E isso se tornou uma espécie de sonho romântico. Quando a pobrezinha ficou muito doente e entendeu que estava morrendo, quis vir para cá. Talvez tenha passado a acreditar que a ilha pudesse curá-la. Dan não quis recusar o pedido da mãe, vendo-a tão doente. Eles fizeram muito mal em não contar ao senhor Maycroft o quanto ela estava doente quando ambos se candidataram aos empregos aqui em Combe. A senhora Staveley estava em Londres, mas veio para cá mais no final e se encarregou de cuidar da senhora Padgett em seus últimos dias. O senhor Boyde também deu um pouco de assistência, imagino que devido ao fato de já ter sido padre. A maioria de nós ajudou a cuidar da pobrezinha, e Dan não se ocupou muito de suas tarefas naquele último mês de vida da mãe. Acho que, no fim, ele estava ressentido com ela. Estive no chalé fazendo uma limpeza depois da morte da senhora Padgett. A senhora Staveley a tinha arrumado, e ela jazia ali inerte sobre a cama esperando para ser levada lá para baixo, para o ancoradouro. Dan disse que queria um cacho do cabelo da mãe, então fui buscar um envelope onde ele pudesse colocá-lo. Ele quase puxou o tufo de cabelo e eu pude ver seu olhar, o garoto tinha uma expressão no rosto que não se pode chamar de amorosa.

"Imagino que ele estava ressentido tanto com o pai como com a mãe, o que é bem triste, de fato. Contou-me que a família poderia ter vivido com fartura. O pai tinha um pequeno negócio — uma gráfica, se não me engano — herdado de seu pai. Mas não era muito competente como negociante. Fez sociedade com um indivíduo que o passou para trás, e o estabelecimento foi à falência. Depois ficou com câncer — exatamente como a mãe de Dan, só que o dele era nos pulmões — e morreu, e eles descobriram que nem seguro de vida ele tinha. Dan estava com três anos, por isso na verdade não se lembra do pai. Com isso, Dan e a mãe foram morar com a irmã mais velha dela e o marido. Eles não tinham filhos, seria de se imaginar que tivessem se afeiçoado ao garoto, mas isso nunca aconteceu. Eles pertenciam a uma dessas seitas puritanas que acreditam que toda diversão é pecado. Chegaram a ponto de fazê-lo mudar de nome. O nome de batismo dele era Wayne; na verdade, Daniel é seu segundo nome. Teve uma infância horrível, e depois disso nada dava certo para ele. O tio ensinou-lhe carpintaria e marquetaria — e ele realmente é muito jeitoso, o Dan. Mas nunca foi um ilhéu e jamais será. Claro que ele não me contou todas essas coisas sobre sua infância de uma vez só. A coisa foi saindo pouco a pouco, ao longo dos meses. É como você falou, todo mundo precisa de alguém para conversar."

Dalgliesh perguntou: "Mas agora que a mãe dele morreu, por que ele continua aqui?".

"Ah, ele não vai ficar. A mãe deixou-lhe um pouco de dinheiro que ela economizou, e o rapaz tem planos de ir para Londres fazer algum tipo de treinamento. Acho que se candidatou a um curso superior numa dessas novas faculdades de lá. Ele mal pode esperar para ir embora. Para dizer a verdade, não acho que o nosso ex-secretário executivo teria aceito Dan Padgett. Mas o senhor Maycroft era novato e tinha duas vagas a preencher, uma para serviços gerais e outra para uma ajudante para a senhora Burbridge. Ele terá outra vaga em aberto quando Dan for embora, isso se a ilha continuar."

"Houve algum comentário sobre ela não continuar?"

"É, um pouco. O suicídio afasta as pessoas, não é mesmo? Assassinato também, claro. Mas não se mata uma pessoa só porque de vez em quando ela é irritante. De todo jeito, o senhor Oliver costumava ficar só por duas semanas, portanto teria ido embora em menos de duas semanas. E se ele foi mesmo assassinado, alguém deve ter entrado na ilha sem ser visto, coisa que sempre consideramos impossível. E como essa pessoa teria saído da ilha? Nesse caso, imagino que ainda pode estar aqui, escondida em algum lugar. Idéia desagradável, não é mesmo?"

"E ainda tem a Millie. O senhor Maycroft também a contratou, não foi?"

"É, ele fez isso, mas ele não tinha muita escolha. Jago Tamlyn a encontrou pedindo esmolas pela rua em Pentworthy e ficou com pena da garota. Ele tem coração mole, esse Jago, principalmente com os jovens. Uma irmã dele se enforcou depois de ser seduzida e engravidada por um homem casado. Foi há cinco anos, mas não acho que ele tenha superado isso. Talvez Millie se pareça um pouco com ela. Seja como for, Jago telefonou para o senhor Maycroft perguntando se podia levá-la para a ilha e arranjar-lhe um quarto e um trabalho até que ela pudesse estabelecer o que fosse melhor para si. Era isso ou a polícia. Então o senhor Maycroft encontrou uma ocupação para ela como assistente da senhora Burbridge para cuidar das roupas de cama e mesa e como minha auxiliar aqui na cozinha. Não há nada de muito errado com Millie. Ela é boa de serviço quando está disposta a trabalhar e eu não tenho reclamações. Mesmo assim, Combe Island não é um lugar muito adequado para uma jovem. Ela precisa da companhia de gente da idade dela e de um emprego adequado. Millie trabalha mais na parte de costura que para mim, e sei que a senhora Burbridge se preocupa com ela.

Não que não seja agradável ter um pouco de juventude em Combe."

Kate perguntou abruptamente: "Como é seu relacionamento com Miranda Oliver, senhora Plunkett? Ela é tão difícil quanto o pai?".

"Eu não diria que é uma mulher fácil, tende mais a fazer críticas que a agradecer. Todavia, ela não tem tido uma vida agradável, a pobre garota, amarrada a um pai em processo de envelhecimento, sempre de prontidão para atender aos seus mínimos desejos. A senhora Burbridge me contou que ela está noiva daquele secretário que trabalhava para o pai dela, Dennis Tremlett. Vocês já o conheceram, claro. Se é isso que ela quer, certamente vou torcer para que sejam felizes. Imagino que não haverá falta de dinheiro, e isso sempre ajuda."

Kate perguntou: "O noivado surpreendeu a senhora?".

"Nunca tinha ouvido falar disso até hoje de manhã. Não vejo os dois o suficiente para ter alguma opinião. Como falei, devemos deixar os hóspedes em paz, e é isso o que faço. Se eles vêm até a cozinha, aí já é uma questão inteiramente diferente, mas não saio por aí à procura deles. Nem mesmo tenho tempo para isso. Não conseguiria fazer muita coisa se as pessoas resolvessem ficar entrando e saindo da cozinha."

Isso foi dito sem nenhuma intenção aparente de transmitir uma insinuação, mas Kate lançou uma olhadela na direção de Dalgliesh, que fez um sinal afirmativo com a cabeça. Era uma boa hora para irem embora dali.

Kate tinha coisas a fazer. Ela saiu da cozinha e foi juntar-se a Benton, enquanto Dalgliesh caminhou de volta até o chalé da Foca para aguardar a ligação da dra. Glenister. As informações da sra. Plunkett tinham sido mais úteis do que ela poderia imaginar. Fora a primeira vez que Dalgliesh ouvira algo sobre a proposta de Oliver de mudar-se para Combe em definitivo. Os residentes permanentes tenderiam a ver isso mais como um desastre do que como uma inconveniência, particularmente Emily Holcom-

292

be. E havia mais uma coisa. Ele estava incomodado por uma azucrinante convicção de que em algum momento, enredado num bate-papo aparentemente trivial, a sra. Plunkett tinha dito a ele algo de importância crucial. Esse pensamento pendia em sua mente como um irritante fio de algodão solto; se pudesse ao menos capturar uma ponta do fio, Dalgliesh tinha certeza de que poderia desemaranhá-lo e chegar à verdade. Revisou mentalmente a conversa que acabara de ter na cozinha: a infância difícil de Dan Padgett; Millie pedindo esmolas nas ruas de Pentworthy; o capitão de indústria e seu pão com café com leite; a briga entre Oliver e Mark Yelland. O fio não estava em nenhum desses episódios. Dalgliesh decidiu que, ao menos por agora, deixaria esse problema de lado, na expectativa de que, cedo ou tarde, ele se tornasse mais claro.

Ao meio-dia em ponto o telefone tocou. A voz da dra. Glenister soou forte, calma, competente e sem hesitação, como se ele estivesse lendo um roteiro: "Nathan Oliver morreu de asfixia causada por estrangulação manual. Os danos internos são consideráveis. O relatório completo da autópsia ainda não foi digitado, mas assim que estiver pronto lhe mando por e-mail. Alguns dos órgãos internos estão sendo analisados, porém não há grande coisa a destacar. Fisicamente, ele estava em muito boas condições para um homem de sessenta e oito anos. Há evidência de artrite extensiva na mão direita, que deve ter sido fonte de certo incômodo, se ele escrevia à mão — o que, a julgar por um calo minúsculo no indicador, ele fazia. As cartilagens estavam calcificadas, o que não é incomum em pessoas de idade, e havia uma fratura no corno superior da tireóide. Essa fratura localizada é invariavelmente causada por pressão local, no ponto de apoio do agente de pressão. No caso específico não teria sido necessário usar de muita violência. Oliver era mais frágil do que parecia, e seu pescoço, como você viu, era relativamente fino. Outra coisa: uma pequena escoriação na parte posterior do pescoço, causada pelo fato de sua cabeça ter sido forçada para trás contra algum objeto duro. Diante do que sabemos, não existe possibilidade de ele ter machucado o próprio pescoço para tentar fazer um suicídio parecer assassinato, caso alguém tenha aventado essa possibilidade estapafúrdia. A roupa de Oliver está no laboratório, porém, como você sabe, em estrangulações desse tipo, em que a cabeça é forçada para trás contra um objeto duro, acontece de não ocorrer contato físico entre o agressor e a vítima. Mas isso é assunto para você. Contudo, há um fato interessante: esta manhã precisei ligar para o laboratório para discutir um outro caso e eles haviam dado uma olhada preliminar na corda. Parece que dali não sai nenhuma informação útil. Houve uma tentativa de limpar a corda em toda a sua extensão. Talvez apareçam vestígios do material usado para limpá-la, mas, naquela superfície, é improvável."

Dalgliesh perguntou: "Inclusive o nó?".

"Parece que sim. Eles vão lhe mandar um e-mail quando tiverem alguma coisa para relatar, mas eu falei que ia lhe contar sobre a corda. Me ligue se eu puder contribuir com alguma outra coisa. Até logo, comandante."

"Até logo, obrigado."

O fone voltou para o gancho. A dra. Glenister fizera seu trabalho; não tinha a intenção de perder tempo discutindo o dele.

Dalgliesh pediu a Kate e Benton que fossem novamente ao chalé da Foca e lhes transmitiu as notícias.

Kate disse: "Então é improvável que a corda nos revele alguma coisa de útil, a não ser que Calcraft deve ter pensado que o laboratório teria condições de obter impressões digitais a partir dela, o que demonstra que ele não é totalmente leigo em matéria de medicina legal. Talvez até soubesse que é possível extrair DNA de suor. Jago e Padgett manusearam a corda depois que o corpo foi baixado, mas será que precisariam limpá-la? Depois que a corda foi recolocada no farol destrancado, qualquer um poderia ter tido acesso a ela".

Benton observou: "Talvez ela tenha sido limpa não pelo assassino, mas por alguém que estivesse tentando protegê-lo".

Instalando-se à mesa, Dalgliesh estabeleceu o programa para o resto do dia. Havia distâncias a medir, a possibilidade de Padgett ter visto, do chalé Puffin, Oliver andando em direção ao farol, o tempo que teria sido necessário para ele chegar até o farol a verificar, o farol inteiro a examinar meticulosamente em busca de eventuais pistas, e os suspeitos individualmente a interrogar. Sempre era possível surgir alguma coisa nova depois de uma noite de reflexão.

Agora, com a confirmação oficial da dra. Glenister de que aquele era um caso de assassinato, estava na hora de ligar para Geoffrey Harkness, na Scotland Yard. Dalgliesh não esperava que o comissário-adjunto ficasse satisfeito com o veredicto: ele próprio não estava.

Harkness disse: "Agora vocês vão precisar do suporte técnico do pessoal especializado em cenas de crime e em impressões digitais. Seria mais sensato passar o caso para a polícia de Devon e da Cornualha, mas isso não seria bem-visto por certas pessoas em Londres e, claro, já que você está aí, é melhor continuar cuidando do assunto. Qual é a probabilidade de você chegar a uma conclusão, digamos, nos próximos dois dias?".

"Impossível prever."

"Mas você tem certeza de que seu homem está na ilha?"

"Acho que podemos estar razoavelmente certos disso."

"Então, com um número limitado de suspeitos, a tarefa não deve tomar muito tempo. Como eu já disse, aqui em Londres há uma tendência a deixar o assunto em suas mãos, mas assim que tivermos uma posição definitiva eu lhe informo. Enquanto isso, boa sorte."

3

O escritório da sra. Burbridge era um aposento pequeno localizado no primeiro andar da ala oeste da casa principal, mas o apartamento privado dela ficava um andar acima. Uma vez que o elevador servia somente à torre, podia-se chegar lá ou pela escada da entrada traseira do térreo ou seguir pelo elevador perto do escritório de Maycroft e de lá passar pela biblioteca em direção ao apartamento da sra. Burbridge. A luzidia porta da entrada era pintada de branco e tinha uma campainha e uma plaqueta de bronze com o nome de sua ocupante, afirmando o status da governanta e resguardando seu direito à privacidade. Dalgliesh tinha agendado essa entrevista e, portanto, a porta foi prontamente aberta pela sra. Burbridge ao primeiro toque da campainha. Ela o cumprimentou, e a Kate, como se fossem convidados aguardados há muito tempo, mas não do tipo que estivesse particularmente ansiosa em ver. Mesmo assim, não os recebeu com descortesia. Para a sra. Burbridge, o dever da hospitalidade tinha de ser cumprido à risca.

O hall para onde ela os levou era inesperadamente amplo e, mesmo antes de a porta ser fechada atrás deles, Dalgliesh pôde sentir que penetrara num espaço muito mais pessoal do que esperava encontrar em Combe. Ao ir para a ilha, a sra. Burbridge levara consigo relíquias acumuladas durante gerações: recordações familiares transitórias ou mais perenes faziam companhia a peças típicas de mobiliário antigo cuidadosamente preservadas. Parecia que estavam ali mais por piedade familiar que por gosto pessoal. Uma sinuosa escrivaninha de mogno exibia uma coleção de estatuetas, típicas da região Staffordshire, de tamanhos diferentes e motivos diversos. Havia estatuetas que retratavam desde o famoso pastor anglicano John Wesley discursando em seu púlpito, passando por uma outra que retratava Shakespeare com as pernas elegantemente cruzadas, uma mão apoiando uma impressionante fronte e a outra apoiada sobre uma pilha de livros. Uma estatueta do lendário ladrão inglês Dick Turpin, com as pernas penduradas em diminuto cavalo, contrastava com uma figura de cerca de sessenta centímetros retratando a rainha Vitória engalanada como imperatriz da Índia. Logo depois dessa escrivaninha havia uma fileira de cadeiras, duas delas elegantes, o resto de tamanhos e formas monstruosas, dispostas de forma nada atraente. Atrás delas um desbotado papel de parede estava quase que totalmente oculto por quadros: aquarelas indistintas, pequenas pinturas a óleo em molduras pretensiosas, alguns poucos retratos em sépia, fotografias antigas exibindo a vida rural vitoriana que nenhum dos moradores daquela época teria reconhecido, e um par de delicados quadros a óleo retratando ninfas fazendo poses, circundados por molduras ovais douradas.

Apesar dessa superlotação, Dalgliesh não teve a sensação de ter entrado numa loja de antiguidades, talvez porque os objetos estivessem dispostos sem a menor atenção, seja ao seu apelo intrínseco, seja à sua sedutora vantagem comercial. Nos poucos segundos em que permaneceram ali no hall negociando onde ficariam, Dalgliesh pensou: *A geração dos nossos pais trouxe o passado memorizado em pintura, porcelana e madeira; nós botamos tudo a perder. Mesmo a história do nosso país é ensinada ou lembrada em termos daquilo que fizemos de pior, não de melhor.* A mente dele viajou até seu apartamento esparsamente mobiliado logo acima do Tâmisa. Dalgliesh sentia algo muito parecido com uma culpa irracional por privilegiar o conforto. As fotos e os móveis de família que havia decidido manter consigo eram aqueles de que ele pessoalmente gostava e nos quais desejava repousar os olhos. A prataria que havia pertencido à família estava bem guardada num cofre de banco; ele não precisava dela, nem tampouco tinha tempo para demorados polimentos. Os quadros de sua mãe e a biblioteca de livros de teologia do pai tinham sido dados aos amigos deles. E Dalgliesh se perguntava o que os filhos dessas pessoas iriam fazer com essa herança indesejável. Para os jovens, o passado era sempre um estorvo. O que Emma desejaria levar — se cogitasse levar alguma coisa — para a vida em comum dos dois? E então o mesmo pensamento insidioso fez-se novamente presente: será que eles teriam uma vida juntos?

A sra. Burbridge falou: "Eu estava acabando de fazer uma arrumação no meu quarto de costura. Talvez vocês não se importem em me fazer companhia por alguns minutos enquanto termino, depois podemos ir para a sala de visitas, onde imagino que ficarão bem acomodados".

Ela os conduziu para um cômodo situado no fim do corredor, tão diferente do hall superlotado que Dalgliesh teve dificuldade em não demonstrar sua surpresa. O ambiente era elegantemente bem-proporcionado e muito claro, com duas amplas janelas voltadas para o oeste. Numa primeira olhada, ficou óbvio que a sra. Burbridge era uma bordadeira talentosa. O espaço era reservado para seu trabalho manual. Fora as duas mesas dispostas perpendicularmente e cobertas com um tecido branco, uma parede era ocultada por carreiras de caixas, cuja parte de cima era feita de painéis de celofane, nos quais se podia discernir o brilho de bobinas coloridas de fios de seda. Contra uma outra parede, um grande baú guardava rolos de tecido que pareciam ser de seda também. Próximo a ele um quadro de avisos estava recoberto com pequenos pedaços de amostras e decorado com fotografias coloridas de frontais de altares e túnicas e mantas litúrgicas. Havia cerca de duas dúzias de riscos para bordado em forma de cruzes, símbolos dos quatro evangelistas e de vários santos, além de esboços de cisnes subindo e descendo. No final do aposento encontrava-se um manequim de prova, no qual fora pendurada uma túnica de seda verde ricamente bordada; as laterais mostravam desenhos de folhagens delicadas e flores primaveris.

Sentada à mesa próxima da porta, trabalhando numa túnica creme, estava Millie. Dalgliesh e Kate viram uma garota diferente daquela que haviam entrevistado no dia anterior. Ela vestia um guarda-pó imaculadamente branco, seu cabelo estava todo para trás, preso por uma faixa branca e, com mãos muito limpas, perfurava com uma agulha a borda de um tecido enfeitado com apliques. Mal olhou para Kate e Dalgliesh e logo voltou sua atenção para a tarefa que realizava. O rosto de traços infantis estava de tal forma transformado pela concentração que ela parecia quase bela, e também muito jovem.

A sra. Burbridge foi até ela e abaixou-se para examinar a costura que, para Dalgliesh, parecia invisível. A voz dela era um murmúrio macio de aprovação: "Sim, isso mesmo Millie. Está muito bom. Parabéns. Você pode deixar isso de lado agora. Volte à tarde, se tiver vontade".

Millie tornou-se truculenta: "Talvez eu volte, talvez não. Tenho outras coisas a fazer".

A túnica repousava sobre um pano branco. Millie fincou a agulha num canto do pano e o dobrou sobre seu trabalho, depois livrou-se do guarda-pó e da faixa que prendia seu cabelo e guardou-os num guarda-roupa ao lado da porta. Estava com sua frase de despedida na ponta da língua: "Acho que os tiras não deviam ter o direito de nos perturbar quando estamos trabalhando".

A sra. Burbridge disse calmamente: "Eles estão aqui a meu convite, Millie".

"Ninguém me perguntou. Eu trabalho aqui também. Já agüentei a presença dos tiras mais do que o suficiente ontem." E em seguida se foi.

A sra. Burbridge falou: "Ela voltará hoje à tarde. Adora costurar, e no pouco tempo que está aqui na ilha tornou-se uma bordadeira talentosa. A avó dela a ensinou e eu acho que essa é a maneira pela qual os jovens aprendem melhor. Estou tentando convencê-la a fazer um curso na Escola de Artes e Ofícios, mas é difícil. E, é claro, ainda haveria o problema de onde ela iria viver caso deixasse Combe Island".

Dalgliesh e Kate sentaram-se junto à longa mesa enquanto a sra. Burbridge ia de um lado para o outro dentro do quarto de costura enrolando um esboço transparente do que obviamente era o desenho do frontal de um altar, colocando os carretéis de seda em suas caixas de acordo com a cor e repondo os fardos de seda no lugar.

Assistindo-a, Dalgliesh disse: "A túnica é bonita. Além do bordado, você mesma executa o desenho?".

"Sim, essa é quase a parte mais divertida. Ocorreram grandes mudanças na bordadura litúrgica desde a última guerra mundial. Você provavelmente se lembra que os frontais do altar costumavam ser formados por duas faixas entrelaçadas de tecido para cobrir as frestas com um motivo central padronizado, nada novo ou original. Foi na década de 1950 que surgiu um movimento para que os bordados fossem mais imaginativos e refletissem a modernidade da metade do século xx. Eu estava fazendo minhas provas na Escola de Artes e Ofícios na época e fiquei muito entusiasmada com o que via. Mas não passo de uma amadora. Bordo apenas em seda. Existem pessoas fazendo trabalhos muito mais originais e complicados. Comecei a fazer isso quando o frontal do altar da igreja do meu marido começou a despencar, e parece que o ajudante paroquial sugeriu que eu devia aceitar a tarefa de fazer um novo frontal. Em geral trabalho somente para amigos, embora, claro, eles paguem pelo material e contribuam para o pagamento de Millie. A túnica é um presente de aposentadoria para um bispo. Verde, claro, pois é a cor litúrgica para a Epifania e a Trindade, mas foi idéia minha colocar as flores primaveris, penso que ele vai gostar."

Kate indagou: "Essas vestimentas, quando terminadas,

devem ficar pesadas, além de serem artigos valiosos. Como você faz para que cheguem até seus destinatários?".

"Adrian Boyde costuma levá-las. Isso lhe dava uma oportunidade rara, mas imagino que bem-vinda, de sair um pouco da ilha. Espero que em uma semana ele já possa entregar essa túnica. Acho que podemos arriscar."

As últimas palavras foram ditas de uma maneira bem suave. Dalgliesh aguardou. Subitamente ela disse: "Acabei o que tinha de fazer aqui por agora. Talvez vocês queiram vir para a sala de estar".

A sra. Burbridge os conduziu para um cômodo menor e quase tão excessivamente mobiliado quanto o hall, mas surpreendentemente acolhedor e confortável. Dalgliesh e Kate se acomodaram em frente ao fogo em duas poltronas vitorianas revestidas de veludo com encostos em capitonê. A sra. Burbridge puxou um banquinho e se instalou diante dos dois. Fez a esperada oferta de café, que ambos agradeceram e recusaram. Dalgliesh não estava com pressa de abordar o assunto da morte de Oliver, porém estava confiante que algo de útil poderia ser dito pela sra. Burbridge. Ela era uma mulher discreta, mas provavelmente poderia contar-lhe mais a respeito da ilha e seus residentes do que Rupert Maycroft, recentemente chegado.

Ela contou: "Millie foi trazida por Jago no fim de maio. Ele estava de folga, visitando um amigo em Pentworthy. Ao retornar do pub, viu Millie pedindo esmolas na orla marítima. Ela parecia estar com fome e Jago conversou com ela. Ele sempre teve compaixão pelos jovens. De todo modo, ele e seu amigo levaram Millie para uma lanchonete típica para ela comer peixe e batata frita. Aparentemente, ela estava faminta. Enquanto comia ela lhes contou sua história. Temo que seja a história habitual. O pai de Millie abandonou a família quando ela era muito pequena e ela nunca se deu bem com a mãe e sua sucessão de namorados. Saiu da cidade em que morava, Peckham, e foi viver com sua avó paterna num vilarejo próximo de Plymouth. Isso funcionou bem, mas após dois anos a velha senhora mergulhou no Alzheimer e teve que ser internada numa instituição. Millie ficou desabrigada. Parece que ela disse ao serviço social que iria voltar para a casa da mãe em Peckham, mas ninguém verificou isso. Afinal de contas ela não era mais menor de idade, e imagino que eles estivessem ocupados demais. Não havia a menor possibilidade de ela continuar na casa da avó. O proprietário do imóvel sempre quis que as duas saíssem e ela não tinha como pagar o aluguel. Viveu duramente por algum tempo até que o dinheiro acabou, e foi aí que ela conheceu Jago. Ele ligou para o senhor Maycroft de Pentworthy e perguntou se podia levar Millie temporariamente para a Ilha de Combe. Uma das acomodações no antigo estábulo estava disponível e a senhora Plunkett precisava de auxílio na cozinha. Teria sido difícil para o senhor Maycroft dizer não. Pois, fora o apelo à humanidade natural das pessoas, Jago é realmente indispensável aqui em Combe, e não havia risco de que ele tivesse o menor interesse sexual na garota".

De repente, ela disse: "Mas é óbvio que vocês não estão aqui para falar de Millie. Querem fazer mais perguntas sobre a morte de Oliver. Peço desculpas se fui um tanto ríspida ontem, mas essa exploração de Millie foi absolutamente típica. Ele a estava usando, é claro".

"Tem certeza disso?"

"Tenho, senhor Dalgliesh. Era assim que ele trabalhava, era assim que vivia. Observava as pessoas e as usava. Se ele quisesse ver alguém descendo ao seu inferno particular, providenciava para fazer isso acontecer. Está tudo em seus livros. E se ele não conseguisse encontrar uma outra pessoa para fazer suas experiências, ele as fazia consigo mesmo. É assim que penso que ele morreu. Se estivesse planejando escrever sobre alguém que foi enforcado, ou talvez planejasse morrer dessa maneira, Oliver iria precisar chegar o mais perto possível da façanha. Ele poderia ter chegado a ponto de colocar a corda em torno do próprio pescoço e subir no parapeito. Há cerca de vinte centímetros ou mais de espaço e, é claro, ele teria a própria grade para se segurar. Sei que isso parece tolice, mas estive pensando cuidadosamente sobre o assunto, creio que todos estamos com isso na cabeça, e acredito piamente que essa é a explicação para o que ocorreu. Oliver estava fazendo um experimento."

Dalgliesh poderia ter chamado sua atenção para o fato de que isso seria um experimento inacreditavelmente estúpido, mas ele não precisava fazê-lo. A sra. Burbridge continuou discorrendo sobre o assunto com tal ânsia no olhar, que parecia querer convencê-lo: "Ele devia estar segurando firmemente na grade. E pode ter sido num momento de impulso que ele resolveu subir no parapeito, a necessidade de sentir a morte tocando-lhe a face, combinada com aquela sensação que faz alguém acreditar que está no comando. Não é essa, comandante, a atração que todos os jogos realmente perigosos exercem sobre os homens?".

A idéia da sra. Burbridge não era completamente fantasiosa. Dalgliesh conseguia imaginar a mistura de terror e euforia que Oliver poderia ter sentido ao ficar de pé sobre a estreita faixa de pedra com apenas uma das mãos na grade para evitar a queda. Mas o escritor não poderia ter feito aquelas marcas em seu próprio pescoço. Ele já estava morto antes de ser lançado na imensidão.

A sra. Burbridge sentou-se em silêncio por um momento, ela parecia estar tomando alguma decisão. Em seguida, olhou bem dentro dos olhos de Dalgliesh e falou com certa paixão: "Ninguém nesta ilha irá lhe dizer que gostava de Nathan Oliver, ninguém. Mas a maioria das coisas que ele fez para aborrecê-las eram, na verdade, coisas pequenas, exibição de temperamento ruim, reclamações sobre a ineficiência de Dan Padgett, sobre a demora na entrega de sua comida, o fato de o barco não estar sempre disponível quando ele queria fazer algum passeio perto da ilha, esse tipo de coisa. Mas há uma coisa que ele fez que, sem dúvida, foi diabólica. Esta é uma palavra que as pessoas não usam aqui, comandante, mas eu a uso".

Dalgliesh se adiantou: "Acho que sei o que a senhora quer contar, senhora Burbridge, a senhora Staveley já conversou comigo".

"É fácil criticar a Jo Staveley, mas eu nunca faço isso. Adrian poderia ter morrido se não fosse ela. Agora ele está tentando deixar isso para trás, e naturalmente nunca tocamos no assunto. Tenho certeza que o senhor fará o mesmo. Isso não tem nada a ver com a morte de Oliver, mas ninguém poderá esquecer o que ele fez. E agora, se puder me dar licença, tenho que continuar com meu trabalho. Peço desculpas por não poder ser-lhe muito útil."

Dalgliesh disse: "Mas a senhora foi muito útil, senhora Burbridge. Obrigado".

Passando pela biblioteca, Kate disse: "Ela pensa que foi Jo Staveley quem fez isso. A senhora Staveley certamente se ressente com o que aconteceu a Adrian Boyde, mas ela é enfermeira. Por que matar alguém daquela maneira? Ela poderia ter ministrado uma injeção letal em Oliver quando estava tirando sangue dele. Isso é ridículo, obviamente. Se fizesse algo desse tipo ela seria a principal suspeita".

Dalgliesh ponderou: "E você não acha também que isso seria contra os instintos mais profundos da senhora Staveley? Também devemos lembrar que o assassinato deve ter sido fruto de um impulso, e não premeditado. Com certeza ela é forte o suficiente para empurrar o cadáver de Oliver sobre a grade de proteção e poderia facilmente ter chegado ao farol, vinda do chalé Golfinho, através do penhasco inferior. Só que não consigo visualizar Jo Staveley como assassina. Devo acrescentar que nunca estivemos diante de um grupo tão atípico de suspeitos".

4

Como a sra. Burbridge previra, Millie voltou no meio da tarde, mas não para trabalhar na túnica. Em vez disso, as duas passaram uma hora arrumando os novelos coloridos de seda em suas caixas de forma mais lógica e acondicionando a túnica numa longa caixa de papelão, dobrando-a com extremo cuidado em papel de seda. A maior parte das tarefas foi realizada em silêncio. Depois ambas tiraram os guarda-pós brancos e foram para a imaculada cozinha da sra. Burbridge, onde ela colocou a chaleira no fogo para preparar o chá. Millie e ela tomaram o chá, sentadas à mesa da cozinha.

A reação violenta de Millie diante da morte de Oliver tinha sido superada e agora, após questionar Dalgliesh, ela estava num estado de espírito de impertinente aquiescência. Mas havia coisas que a sra. Burbridge sabia que precisava dizer. Sentada em frente a Millie, ela se preparava para dizê-las.

"Millie, você contou a verdade ao comandante Dalgliesh sobre o que aconteceu com o bilhete do doutor Speidel, não foi? Não estou dizendo que você tenha sido desonesta. Mas algumas vezes nos esquecemos de detalhes importantes e outras vezes não contamos tudo porque tentamos proteger uma outra pessoa."

"É claro que eu disse a verdade. Quem disse que eu menti?"

"Ninguém falou nada, Millie. Eu só queria me certificar."

"Bem, então agora você tem certeza, não é? Ficam todos enchendo meu ouvido. Por que você, o senhor Maycroft ou a polícia ficam implicando tanto comigo sobre isso?"

"Não estou implicando com você. Eu só preciso saber se você falou toda a verdade."

"Bem, eu falei tudo, não foi?"

A sra. Burbridge prosseguiu: "É que algumas vezes eu me preocupo com você, Millie. Nós gostamos de tê-la conosco aqui, mas a ilha não é um lar adequado para alguém tão jovem. Você tem a vida inteira diante de si. Precisa conviver com outros jovens, precisa ter um trabalho adequado".

"Vou arrumar um emprego adequado quando quiser. De todo modo, tenho um emprego aqui, trabalho para você e para a senhora Plunkett."

"E ficamos muito satisfeitas com isso. Mas não há muito futuro para você aqui, não é verdade, Millie? De vez em quando fico pensando se você está aqui porque gosta de Jago."

"Ele é legal. Jago é meu amigo."

"Claro que é, mas ele não pode ser mais do que isso, não é mesmo? Quero dizer, Jago tem alguém em Pentworthy, uma pessoa que ele visita sempre, sabe? É o amigo que estava com ele quando vocês se conheceram."

"Sim, o Jake. Ele é fisioterapeuta, trabalha no hospital de lá. Ele é bacana."

"Então não há muita esperança de que Jago se apaixone por você, não é claro?"

"Eu duvido. Mas pode acontecer. Ele pode pender para os dois lados."

A sra. Burbridge quase perguntou: *E você espera que ele penda na sua direção?*, mas segurou-se a tempo. Ela estava começando a se arrepender de ter iniciado aquela conversa perigosa. Com voz débil, falou: "Acho apenas que você deveria conhecer outras pessoas, Millie. Seria bom para você fazer amigos e ter uma vida mais movimentada do que a que tem aqui".

"Eu tenho amigos, não tenho? Você é minha amiga. Eu tenho você e você tem a mim."

As palavras de Millie atingiram a sra. Burbridge como um raio de alegria tão avassaladora que, por alguns instantes, ela foi incapaz de falar. Ela levantou a cabeça para olhar diretamente o rosto da garota à sua frente. As mãos de Millie seguravam sua xícara de chá e ela olhava para baixo. Foi aí que a sra. Burbridge viu a boca infantil se alongar num sorriso totalmente adulto, que traduzia um misto de divertimento e, era nítido, desdém. Eram apenas palavras, como a maioria das palavras ditas por Millie: ditas de passagem e refletindo nada mais que o significado momentâneo. A sra. Burbridge baixou os olhos e, procurando firmar as mãos em torno de sua xícara, levou-a aos lábios.

5

Clara Beckwith era a melhor amiga de Emma Lavenham. As duas tinham se conhecido quando eram calouras na Universidade de Cambridge, e Clara era a única pessoa no mundo a quem Emma fazia confidências. Elas não poderiam ser mais diferentes uma da outra. Uma era heterossexual e sobrecarregada por sua beleza morena, a outra era atarracada, com o cabelo cortado bem curto sobre um rosto rechonchudo e de óculos, o qual — aos olhos de Emma — exibia a firmeza galante de um pônei de apresentação. Emma não sabia direito o que Clara gostava nela, mas meio que suspeitava que o que atraía sua amiga era algo físico. Por seu lado, Emma gostava da honestidade, bom senso e uma aceitação não sentimental dos caprichos da vida, do amor e do desejo. Ela sabia que Clara era sexualmente atraída tanto por mulheres quanto por homens, mas há cinco anos vivia um relacionamento bem-sucedido com Anne, uma mulher de rosto gentil, tão frágil e vulnerável quanto Clara era forte. A ambivalência de Clara sobre o relacionamento de Emma com Dalgliesh poderia ter ocasionado complicações se Emma suspeitasse que fosse baseada em ciúme, e não na instintiva desconfiança de sua amiga em relação aos motivos dos homens. Dalgliesh e Clara nunca haviam se encontrado. Nenhum dos dois jamais sugeriu que isso ocorresse.

Clara tinha se graduado em matemática com o máximo louvor e distinção em Cambridge e trabalhava na City londrina como gerente de fundos de investimento. Era muito bem-sucedida, mas ainda morava com a parceira no apartamento de Putney, comprado quando vivia na universidade. Clara também gastava pouco em roupas, sua única extravagância eram o Porsche e as viagens que fazia com Anne. Emma suspeitava que uma parte significativa dos rendimentos de sua amiga era destinada à caridade e imaginava que Clara estivesse economizando para algum empreendimento, ainda não decidido, com a amante. O emprego na City era para ser temporário; Clara não tinha o menor desejo de ser tragada por aquele mundo sedutor, onde a riqueza representava um papel preponderante e traiçoeiro.

As duas tinham ido a um concerto noturno no Royal Festival Hall. O programa terminara cedo e, por volta de oito e quinze, elas haviam lutado para passar pela fila do lavatório, juntando-se à massa de pessoas que andavam ao longo do Tâmisa em direção à Hungerford Bridge. Como era costume entre elas, Emma e Clara iriam discutir a música mais tarde. Por ora, com a melodia ainda ecoando em suas cabeças, as amigas andavam em silêncio, os olhos de ambas passeando pelo brilho das luzes penduradas como um colar na outra margem do rio. Antes de chegar à ponte, fizeram uma parada, e ambas se inclinaram sobre o parapeito de pedra para vislumbrar o pulsante rio que corria abaixo, sua superfície flexível e ondulante como a pele de um animal.

Emma se entregara a Londres. Amava a cidade; não com o comprometimento apaixonado de Dalgliesh — que conhecia tanto o melhor quanto o pior do território que escolhera para viver —, mas com uma afeição estável, tão forte, embora diferente, quanto a que sentia por Cambridge, sua cidade natal. Londres escondia uma parte de seu mistério mesmo daqueles que a amavam. Era história solidificada em tijolo e pedra, iluminada em vitrais, celebrada em monumentos e estátuas, mas ainda assim para Emma a cidade era, mais que um lugar, um espírito que errava pelas ruas estreitas, que possuía os silêncios das igrejas vazias e que jazia dormente sob as ruas mais ruidosas. Emma avistou do outro lado do rio a lua formada pelo Big Ben e viu também o Palácio de Westminster iluminado, o seu mastro sem bandeira alguma hasteada, e notou que as luzes do relógio da torre estavam apagadas. Era sábado à noite; a Câmara não estava reunida. Emma podia ver no alto do céu um avião que começava a baixar lentamente, as luzes de suas asas pareciam estrelas móveis. Os passageiros voavam, suspensos, sobre as curvas do rio negro, com suas pontes de faz-de-conta pintadas com luzes coloridas.

Tentou adivinhar o que Dalgliesh estaria fazendo. Ainda trabalhando, dormindo ou andando por aquela ilha desconhecida para olhar o céu noturno? Em Londres as estrelas eram eclipsadas pelo clarão da cidade, mas numa ilha isolada o escuro devia estar iluminado pelo dossel de estrelas. De repente, a saudade dele ficou tão intensa e tão física que ela sentiu o rosto inflamar-se. Gostaria de estar voltando para aquele apartamento em Queenhithe de onde se via o rio do alto, para a cama dele, para os braços dele. Mas naquela noite ela e Clara iam pegar a linha District Line na estação Embarkment em direção à Putney Bridge e de lá seguir para o apartamento de Clara, na beira do rio. Então por que não ir para Queenhithe, tão perto que quase dava para ir a pé? Nunca lhe ocorrera convidar Clara para ir até lá, nem sua amiga parecia esperar por isso. Queenhithe era para ela e Adam. Deixar que outra pessoa entrasse seria como deixar que essa pessoa entrasse na vida dele. Dos dois, dele e dela. Mas ela se sentia em casa, lá?

Lembrou-se de um momento no início do amor dos dois, quando Adam, saindo do chuveiro, dissera: "Esqueci minha escova de dentes reserva no seu banheiro. Posso passar lá para pegar?".

Sorrindo, ela respondera: "Claro, querido. Agora eu moro aqui — pelo menos parte do tempo".

Ele viera para trás da cadeira em que ela estava sentada, a cabeça escura inclinada sobre seu ombro, os braços em torno dela: "É verdade, meu amor, e isso é que é incrível".

Emma notou que Clara a observava. Sua amiga disse: "Sei que você estava pensando no seu comandante-poeta. Fico satisfeita que a poesia dele não substitua o desempenho. Como é aquela citação de Blake sobre as características do desejo satisfeito? Descreve perfeitamente você. Mas estou feliz que esteja indo comigo para Putney hoje à noite. Anne vai ficar feliz em vê-la".

Houve uma pausa e então Clara continuou: "Alguma coisa errada?".

"Não, nada de errado. Os momentos que eu e Dalgliesh passamos juntos são muito curtos, mas extremamente intensos, maravilhosos, perfeitos. Só que não se pode passar a vida nessa intensidade. Sabe, Clara, quero me casar com ele. Não sei bem por que desejo tanto isso agora. Nós não poderíamos estar mais felizes ou mais comprometidos do que estamos. Eu não poderia estar mais certa disso. Mas, então, por que anseio por esse vínculo legal? Não faz sentido, não é racional."

"Bem, ele lhe propôs casamento, no papel e tudo, e antes de vocês irem para a cama. Isso sugere um nível de segurança sexual que chega quase à arrogância. Ele ainda quer se casar com você?"

"Não tenho certeza. Ele pode achar que viver e trabalhar separadamente como nós fazemos, tendo esses breves encontros maravilhosos, seja tudo de que precisamos."

Clara disse: "Os heterossexuais tornam a vida tão complicada! Vocês conversam um com o outro, não é mesmo? Quero dizer, vocês se comunicam? Ele a pediu em casamento. Diga-lhe que é hora de marcar a data".

"Não sei bem como fazer isso."

"Posso lhe sugerir uma série de alternativas. Você pode dizer: 'Estarei ocupada em dezembro, uma vez que começam as entrevistas de seleção para o ano que vem. Se você estiver pensando numa verdadeira lua-de-mel, em vez de somente um fim de semana no apartamento, a melhor época seria durante o Ano-Novo'. Você também poderia levar o seu comandante para conhecer seu pai, Emma. Presumo que ele esteja sendo poupado desse tradicional suplício. Peça então ao professor que pergunte ao seu querido Dalgliesh quais são as intenções dele. Isso confere um toque conservador e original ao momento, que seu pai pode considerar muito interessante."

"Duvido que meu pai considere isso interessante — isso se ele desviar a atenção de seus livros tempo suficiente para entender o que Adam estiver dizendo. E eu gostaria que você parasse de chamá-lo de 'meu comandante'."

"A primeira e única vez que falei com ele, me lembro de tê-lo chamado de cretino. Acho, portanto, que nosso relacionamento tem que progredir muito antes que possamos nos tratar pelos primeiros nomes. Se você não deseja jogá-lo desavisadamente na frente do professor, que tal um pouco de chantagem? 'Nada de fins de semana enquanto a aliança não estiver no meu dedo. Passei a ter escrúpulos morais.' Isso tem sido incrivelmente eficaz ao longo dos séculos. Não há razão para rejeitar essa abordagem só porque já foi utilizada antes."

Emma riu. "Não tenho muita certeza de que poderia seguir isso ao pé da letra. Não sou masoquista. Provavelmente não agüentaria mais que duas semanas."

"Então estabeleça o melhor método para você, mas pare de agonizar. Você não deve estar com medo de ser rejeitada, não é mesmo?"

"Não, não é isso. Apenas imagino que, talvez bem lá no fundo, Dalgliesh não queira se casar, mas casamento é o que eu quero."

Elas estavam atravessando a ponte a caminho de casa. Depois de um silêncio, Clara disse: "Se ele estivesse doente, suando, cheirando mal, vomitando, enfim, completamente mal, você seria capaz de limpá-lo, de reconfortá-lo?".

"É óbvio!"

"Suponha, então, que fosse você a doente. O que aconteceria?"

Emma não respondeu. Clara disse: "Diagnostiquei seu problema. Você tem medo que ele a ame por causa da sua beleza. Você não consegue nem imaginar a possibilidade de ele te ver numa situação em que não esteja bonita".

"Mas isso não é importante, no começo pelo menos? Não foi assim com você e Anne? Não é assim que o amor começa, com atração física?"

"É claro, mas se isso for tudo o que há entre vocês, então você está em apuros."

"Isso não é tudo. Eu tenho certeza."

Mas Emma sabia que aquele pensamento traiçoeiro tinha se estabelecido num cantinho de sua mente. Ela disse: "Não tem nada a ver com o emprego dele. Sei que temos de ficar distantes um do outro mesmo quando não queremos. Eu sabia que ele tinha de viajar neste fim de semana. Só que dessa vez sinto algo diferente em relação a essa viagem. Tenho medo que ele não volte, medo que ele morra naquela ilha".

"Que ridículo! Por que isso iria acontecer? Ele não vai confrontar terroristas. Eu imaginava que a especialidade dele fossem os crimes sofisticados, casos muito sensíveis para que os oficiais de polícia locais colocassem suas botas. Ele provavelmente não corre mais perigo do que nós duas ao tomarmos o metrô para Putney."

"Eu sei que soa irracional, mas não consigo tirar isso da minha cabeça."

"Então, vamos para casa."

Emma pensou: *E essa é a palavra que Clara pode empregar. E por que eu não consigo fazer o mesmo quando estou com Adam?*

6

Rupert Maycroft explicara à equipe que, depois da morte da mãe, Dan Padgett se mudara da ala do estábulo para o chalé Puffin, situado entre os chalés Golfinho e Atlântico, na costa noroeste. Kate telefonara para ele de manhã cedo na segunda-feira e combinara encontrá-lo ao meio-dia. Ele abriu a porta assim que eles bateram e deu-lhes passagem em silêncio.

A primeira reação de Benton foi tentar adivinhar o que Padgett fazia quando estava em casa. A sala não exibia indícios de nenhum tipo de interesse; nem, na verdade, de nenhuma atividade. Com exceção de uns poucos livros na prateleira superior de uma estante de carvalho e de uma fileira de bibelôs de porcelana na borda da lareira, não continha nada além dos móveis. Quase toda a mobília era de carvalho maciço: uma mesa de pernas bulbosas no centro do aposento, com duas abas que podiam ser abaixadas, seis cadeiras no mesmo estilo e um aparador com as portas e o painel superior com entalhes intrincados. A única outra peça de mobília era um sofá posicionado sob a janela e coberto com uma colcha de retalhos. Benton se perguntou se a sra. Padgett teria sido acomodada naquele sofá enquanto estava acamada, deixando o único quarto do chalé para a pessoa que estivesse cuidando dela durante a noite. Embora não houvesse sinais de doença na sala, o ambiente tinha um cheiro rançoso, talvez porque as três janelas estivessem completamente fechadas.

Padgett puxou três cadeiras e eles se sentaram um de

frente para o outro. Para alívio de Benton, Padgett não lhes ofereceu chá ou café, ele simplesmente sentou e colocou as mãos debaixo da mesa, como uma criança obediente, os olhos piscando. Seu pescoço fino despontava de uma pesada camisa de jérsei com estampa elaborada, que enfatizava a palidez do rosto e os ossos delicados do crânio redondo, visível através do cabelo cortado bem rente.

Kate disse: "Estamos aqui para repassar o que nos contou no sábado, na biblioteca. Talvez fique mais fácil se você puder descrever sua rotina naquele dia, desde o momento em que acordou".

Padgett deu início a um relato que soava como uma declaração aprendida automaticamente: "Tenho a função de fazer a entrega de toda a comida pedida por telefone pelos hóspedes na noite anterior, e fiz isso às sete da manhã. O único que queria mantimentos era o doutor Yelland, no chalé Murrelet. Ele tinha pedido um lanche frio, um pouco de leite e ovos e uma seleção de CDs da biblioteca musical. Seu chalé tem uma varanda, como a maioria dos outros, então deixei a comida lá. É assim que fui instruído a fazer. Não vi o doutor Yelland e estava de volta à casa principal com o buggy cerca de sete e quarenta cinco. Deixei o veículo no lugar habitual, no pátio, e voltei para cá. Fiz inscrição para tentar uma vaga numa universidade em Londres para cursar psicologia e o orientador me pediu para escrever um artigo explicando a minha escolha. Eu não tenho um histórico de boas notas, mas isso não parece ser problema. Fiquei aqui no chalé trabalhando nisso até que o senhor Maycroft telefonou, logo após as nove e meia da manhã, para avisar que o senhor Oliver estava desaparecido e que ele queria que eu fosse fazer parte do grupo de busca. Estava começando a cair uma neblina naquela hora, mas claro que fui. Juntei-me ao grupo que estava no pátio na frente da casa. Estava logo atrás do senhor Maycroft, no farol, quando o nevoeiro se desfez subitamente e nós vimos o corpo. Em seguida, escutamos Millie gritar".

Kate perguntou: "E você tem certeza de que não viu

mais ninguém, nem o senhor Oliver nem nenhuma outra pessoa, antes de se reunir à equipe de busca?".

"Já falei. Não vi ninguém."

Naquele momento, o telefone tocou. Padgett levantou-se depressa. Disse: "Preciso atender. O telefone fica na cozinha. Tivemos de tansferi-lo para lá, para que minha mãe não fosse incomodada".

Ele cruzou a porta, fechando-a atrás de si. Kate comentou: "Se for a senhora Burbridge tentando contatá-lo, não deve demorar".

Mas Padgett não voltava. Kate e Benton se levantaram e Kate se aproximou da estante de livros. Disse: "Se vê que eram livros da mãe dele — quase tudo ficção romântica. Mas também há um livro de Nathan Oliver, *As areias de Trouville*. Pelo jeito, foi lido, mas não muitas vezes".

Benton considerou: "Parece um título bastante popular. Não é o estilo habitual de Oliver". Ele encontrava-se examinando as estatuetas de porcelana que estavam sobre a cornija: "Estas coisas também deviam pertencer à mãe dele. Então por que elas continuam aqui? Certamente são candidatas ideais à viagem para a loja de caridade em Newquay, a menos que Padgett as esteja mantendo aqui por apego sentimental".

Kate fez coro a seu colega: "Era de se pensar que estes seriam os primeiros objetos a ser dispensados".

Benton estava examinando pensativo uma das peças em suas mãos: uma mulher vestida com uma saia cheia de anáguas e usando um chapéu enfeitado, capinando languidamente um jardim com uma enxada delicada.

Kate disse: "Ela não parece estar vestida para essa atividade, não acha? Esses sapatos não durariam nem cinco minutos do lado de fora de seu quarto, e o chapéu dela voaria ao primeiro vento que passasse. O que você está pensando, Benton?".

Benton disse: "Simplesmente na questão de sempre, suponho. Por que desprezo tanto isso? Seria algum tipo de presunção cultural? Quero dizer, será que não gosto desta peça porque fui condicionado a fazer esse tipo de julgamento de valor? Afinal de contas, é uma peça bem-feita. É um tanto sentimental, mas existem boas peças de arte com essa mesma pecha".

"De que tipo?"

"Bem, os quadros de Watteau, por exemplo. Ou *A loja de antigüidades*, de Dickens, se quisermos exemplos literários."

Kate falou: "É melhor colocar isso no lugar antes que quebre. Mas você está certo sobre o esnobismo cultural".

Benton recolocou a peça de porcelana no lugar e os dois voltaram a sentar-se à mesa. A porta da cozinha se abriu e Padgett juntou-se a eles. E disse: "Desculpem pela demora. Era da faculdade. Estou tentando convencê-los a me aceitarem mais cedo. O novo ano acadêmico já teve início, mas está apenas no começo, e eles poderiam abrir uma exceção. Porém imagino que isso dependa de quanto tempo vocês pensam em ficar aqui em Combe Island".

Benton sabia que Kate poderia ter dito que a polícia, neste momento, não tinha poderes para deter Padgett na ilha, mas ela não o fez. O que ela disse foi: "Você precisa conversar com o comandante Dalgliesh sobre isso. É óbvio que se tivermos que entrevistar você em Londres, talvez na própria universidade, seria mais inconveniente para você, e provavelmente para eles também, do que fazer isso aqui".

A afirmação de Kate foi um tanto insincera, pensou Benton, mas provavelmente justificada. Eles continuaram discorrendo sobre o que ocorreu após o corpo ter sido encontrado, e o relato de Padgett batia com os fornecidos por Maycroft e Staveley. Ele tinha ajudado Jago a retirar a corda do pescoço de Oliver e escutou Maycroft dizer a Jago para recolocá-la no gancho, mas depois não tinha visto a corda. Afirmou também que não tinha a menor idéia sobre quem — se é que alguém o tinha feito — poderia ter entrado no farol outra vez.

Kate disse: "Sabemos que o senhor Oliver estava bravo com você por ter deixado as amostras de sangue caírem no mar. Fomos também informados que em geral ele era muito crítico com você. Isso é verdade?".

"Nada que eu fizesse estava certo para ele. Claro que não tínhamos muito contato. Nós não devemos ficar conversando com os hóspedes, a não ser que essa seja a vontade deles. E o senhor Oliver era um hóspede, embora sempre agisse como se fizesse parte daqui, acho que tinha algum tipo de direito de ficar na ilha. Mas quando ele falava comigo em geral era para reclamar. Algumas vezes ele ou a senhorita Oliver ficavam insatisfeitos com os mantimentos que eu levava, outras ele dizia que eu tinha entendido errado o pedido. Eu simplesmente sentia que ele não gostava de mim. Ele é... era o tipo de homem que tem de ter alguém com quem implicar. Mas não o matei, não poderia matar sequer um animal, quanto mais um homem. Sei que algumas pessoas aqui gostariam que eu fosse culpado porque jamais me estabeleci aqui na ilha, é isso que querem dizer quando falam que não sou um verdadeiro ilhéu. Jamais quis ser um ilhéu. Vim para cá porque minha mãe estava obstinada quanto a isso e ficarei feliz em ir embora, começar uma nova vida, me preparar para conseguir um emprego adequado. Eu valho mais do que o trabalho que faço aqui."

A mistura de autocomiseração e prepotência não era nada atraente; Benton tinha de lembrar a si mesmo que isso não tornava Padgett um assassino. Ele perguntou ao rapaz: "Há algo mais que queira nos contar?".

Padgett baixou os olhos, deixando-os passar sobre o tampo da mesa e depois os levantou e disse: "Somente a fumaça".

"Que fumaça?"

"Bem, alguém devia estar acordado no chalé Peregrino. Eles acenderam o fogo. Eu estava no meu quarto e dei uma olhada pela janela, foi então que vi a fumaça."

A voz de Kate estava cuidadosamente controlada: "A que horas foi isso? Tente ser preciso".

"Foi logo que eu voltei. Quase oito da manhã. Sei disso porque em geral escuto o noticiário das oito quando estou aqui."

"Por que você não mencionou isso antes?"

"Quando estávamos todos na biblioteca? Não me pareceu importante. Achei que ia fazer papel de bobo. Afinal, por que a senhorita Oliver não poderia acender a lareira?"

Era hora de colocar um ponto final naquela entrevista e voltar ao chalé da Foca para se reportarem a Dalgliesh. Kate e Benton caminharam em silêncio durante algum tempo, então Kate disse: "Não acredito que alguém tenha contado a ele sobre as provas do livro de Oliver. Temos de verificar isso. Talvez ele esteja certo, eles não o vêem como um ilhéu, porque ele nunca foi um deles. Mas se Padgett viu fumaça subindo do chalé Peregrino pouco antes das oito, então ele está limpo, livre de suspeita".

7

Na segunda-feira, após o café-da-manhã, Dalgliesh telefonou para o chalé Murrelet e disse a Mark Yelland que desejava vê-lo. Yelland falou que estava saindo para uma caminhada e, se o comandante não tivesse urgência, ele poderia aparecer no chalé da Foca pouco antes do meio-dia. Dalgliesh tinha expectativa de ir até o chalé Murrelet, mas decidiu que, como Yelland provavelmente preferia manter sua privacidade intacta, não havia motivo para contrariá-lo. Ele tinha tido uma noite inquieta, alternando entre jogar as cobertas para fora porque estava com muito calor e depois acordar uma hora mais tarde, tremendo de frio. Dormiu além da conta, finalmente acordando logo após as oito com um início de dor de cabeça e com o corpo pesado. E como a maioria das pessoas saudáveis, ele considerava doença um insulto pessoal, julgando que a melhor maneira de reagir a ela era recusar-se a aceitar sua existência. Havia muito pouca coisa que uma boa caminhada sob o ar fresco não pudesse aliviar. Mas, naquela manhã, Dalgliesh não estava nada pesaroso por deixar que Yelland fizesse a caminhada.

Yelland chegou bem na hora. Estava usando sapatos especiais para caminhada, calça jeans e jaqueta de brim e carregava uma mochila. Dalgliesh não se desculpou por estar perturbando a manhã dele, uma vez que não era necessário ou justificável fazê-lo. O comandante deixou a porta do chalé aberta, permitindo que uma faixa de sol inundasse o local. Yelland jogou sua mochila sobre a mesa, mas não se sentou.

Sem preâmbulos, Dalgliesh disse: "Alguém queimou as provas do novo livro de Oliver em algum momento da manhã de sábado. Tenho de perguntar se foi você".

Yelland recebeu a pergunta facilmente: "Não, não fui eu. Sou capaz de sentir raiva, ressentimento, desejo de vingança e da maioria das outras iniqüidades humanas, mas não sou infantil nem burro. Queimar as provas não impediria que o livro fosse publicado. Provavelmente não causaria mais que um mínimo de inconveniência ou atraso".

Dalgliesh disse: "Dennis Tremlett disse que Oliver fez mudanças importantes nas provas. Estas estão perdidas".

"Isso é uma infelicidade para a literatura e para os fãs devotos de Oliver, mas duvido que tenha uma importância muito grande. Queimar as provas foi obviamente um ato pessoal de rancor, só que não da minha parte. Eu estava no chalé Murrelet no sábado até sair para caminhar por volta de oito e meia da manhã. Tinha na cabeça outras coisas, diferentes de Oliver e seu livro. Não sabia que ele levava suas provas consigo, mas imagino que essa seria uma suposição natural."

"E não há nada mais que tenha acontecido desde que você chegou a Combe, mesmo que pequeno e aparentemente sem importância, que julgue que eu deva saber?"

"Já lhe contei sobre a discussão no jantar de sexta-feira. Mas, se estiver interessado em detalhes, vi alguém visitando Emily Holcombe na quinta à noite, logo depois das dez. Eu estava voltando de uma caminhada ao redor da ilha. Estava escuro, é óbvio, e somente vi uma silhueta quando Roughtwood abriu a porta. Não era um dos residentes permanentes, portanto deduzo que fosse o doutor Speidel. Não consigo imaginar que isso tenha relevância para o inquérito, mas é o único outro incidente de que consigo me lembrar. Fui informado de que o doutor Speidel está na enfermaria agora, porém imagino que ele esteja bem que chegue para confirmar o que eu disse. Isso é tudo?"

Dalgliesh disse que sim, complementando com o habitual "por ora".

Quando estava na porta, Yelland parou: "Eu não matei Nathan Oliver. Não se pode esperar que eu sofra por sua morte. Acredito que realmente sofremos pela morte de muito poucas pessoas. E, para mim, Oliver certamente não era uma delas. Todavia, lamento que ele tenha morrido. Espero que você encontre quem o enforcou. Você sabe onde me encontrar caso tenha algo mais a dizer".

Dito isso, Mark Yelland se foi.

O telefone tocou no momento em que Kate e Benton chegavam. Dalgliesh levantou o fone, aproximou-o do ouvido e escutou a voz de Rupert Maycroft: "Temo que não seja possível que você converse de novo com o doutor Speidel, e imaginou que por um bom tempo. A temperatura dele subiu alarmantemente durante a noite e Guy mandou transferi-lo para um hospital em Plymouth. Não temos instalações apropriadas para cuidar de pessoas muito doentes. O helicóptero chegará a qualquer momento".

Dalgliesh recolocou o fone no receptor. E ainda enquanto fazia isso, ele pôde ouvir um chocalhar distante pelos ares. Viu Kate e Benton olharem para cima, divisando o helicóptero, que parecia um gigantesco besouro negro contra o delicado azul do céu.

Kate disse: "Imaginava que aquele helicóptero fosse usado somente em emergências. Nós não solicitamos reforços".

Dalgliesh disse: "É uma emergência. O doutor Speidel piorou. O doutor Staveley acha que ele precisa de mais cuidados do que está recebendo aqui. É uma infelicidade para nós, mas é pior, imagino, para ele".

Speidel deve ter sido levado para o aparelho com uma velocidade enorme, pois pareceram ter transcorrido apenas alguns minutos até que o helicóptero alçasse vôo novamente, enquanto Dalgliesh e sua equipe o observavam em silêncio.

"E lá se vai um dos nossos suspeitos", disse Kate.

Dalgliesh pensou: *Dificilmente o principal suspeito,*

mas certamente aquele cuja evidência sobre a hora da morte é vital. Aquele também que não nos contou tudo o que sabe. Ele e sua equipe entraram no chalé enquanto o barulho do aparelho perdia-se na distância.

8

O compromisso de Dalgliesh para ver Emily Holcombe estava marcado para as oito horas da noite e às sete e meia ele apagou as luzes do chalé da Foca, fechando a porta atrás de si. Criado numa paróquia de Norfolk, jamais se sentira estranho sob um céu sem estrelas, mas raras vezes vira uma escuridão como aquela. Não havia luzes nas janelas do chalé da Capela; Adrian Boyde devia ter ido jantar na casa principal. Dalgliesh também não viu pontos de luz dos outros chalés para tranqüilizá-lo de que estava na direção certa. Parando por um momento para se orientar, ele acendeu sua lanterna de mão e saiu para a escuridão. A dor no corpo havia perdurado o dia inteiro, e ocorreu a Dalgliesh que ele podia ter algo infeccioso e, caso realmente tivesse, perguntou-se se deveria visitar a srta. Holcombe naquele estado. Mas não estava tossindo ou espirrando. Ele se manteria o mais distante possível e, afinal de contas, se Yelland estivesse certo, ela já tinha recebido Speidel no chalé Atlântico.

Em virtude da elevação sinuosa do terreno que protegia o chalé Atlântico no lado interno da ilha, Dalgliesh somente viu as luzes das janelas inferiores quando estava quase na porta. Roughtwood conduziu-o à sala de visitas com a condescendência de um mantenedor altamente respeitado que recebe um dependente da casa vindo pagar seu aluguel. O recinto estava iluminado apenas pela luz da lareira e um único abajur de mesa. A srta. Holcombe estava sentada perto do fogo, suas mãos descansavam em seu colo. A luz da lareira cintilava na seda fosca de sua blusa de gola alta e na saia de lã preta que lhe caía em dobras até os tornozelos. Quando Dalgliesh entrou, discreto, Emily Holcombe pareceu sair de um estado de devaneio e, estendendo a mão, tocou de leve a dele para em seguida fazer um gesto indicando que o comandante se sentasse na poltrona oposta à sua.

Se Dalgliesh pudesse imaginar Emily Holcombe como uma pessoa solícita, teria detectado de imediato essa característica no olhar perspicaz que ela lhe lançou e no gesto de atenção para com seu conforto. O calor do fogo produzido pela madeira que ardia na lareira, o bater surdo das ondas e o suporte almofadado da poltrona de encosto alto o reavivaram e ele recostou-se com grande alívio. Foi-lhe oferecido vinho, café ou chá de camomila e ele aceitou o último gratamente. Já havia bebido quantidade suficiente de café por um dia.

Assim que o chá de camomila foi trazido por Roughtwood, a srta. Holcombe disse: "Sinto muito que nosso encontro seja tão tarde. Em parte, mas não totalmente, isso se dá em razão da minha conveniência. Eu tinha uma consulta marcada no dentista, e estava relutante em desmarcar. Algumas pessoas desta ilha, se falarem com franqueza — coisa que raramente fazem — irão dizer-lhe que sou uma velha muito egoísta. Isso, pelo menos, é algo que tenho em comum com Nathan Oliver".

"Você não gostava dele?"

"Ele não era um homem que tolerasse que as pessoas gostassem dele. Jamais acreditei que a genialidade fosse desculpa para mau comportamento. Oliver era um iconoclasta. Vinha para Combe a cada três meses com sua filha e seu revisor e ficava por duas semanas, criando perturbação, e era bem-sucedido em relembrar a nós, residentes permanentes, que éramos um grupo irrelevante de fugitivos da realidade; e que, tal como o velho farol, éramos apenas símbolos, relíquias do passado. Ele provocava a nossa complacência e, em tal medida, isso servia bem ao seu alvitre. Pode-se dizer que Oliver era um mal necessário."

Dalgliesh perguntou: "Estaria ele escapando da realidade caso resolvesse viver aqui permanentemente?".

"Então lhe contaram isso? Não acho que ele colocaria dessa forma. No caso de Oliver, ele podia alegar que precisava da solidão para realizar seu desígnio como escritor. Estava desesperado para produzir um livro tão bom quanto o anterior, apesar de saber que seu talento estava perdendo a força."

"Ele sentia seu talento esvaindo-se?"

"Ah, sim. Isso e o pavor da morte eram seus dois maiores medos. Além, naturalmente, de culpa. Se você decide seguir sem um Deus pessoal, é ilógico impor-se o legado judaico-cristão de pecado. Dessa forma você sofre as inconveniências psicológicas da culpa sem o consolo da absolvição. Oliver tinha muita coisa para sentir-se culpado, assim como, de fato, todos nós temos."

Fez-se uma pausa. Colocando o copo de lado, Emily observou longamente o fogo agonizante. Ela disse: "Nathan Oliver era definido por seu talento, sua genialidade, para usarmos uma palavra mais apropriada. Se ele perdesse isso, se tornaria uma concha. Assim, ele temia uma morte dupla. Já vi isso acontecer antes com homens brilhantes e altamente bem-sucedidos que conheci, e ainda conheço. As mulheres parecem encarar o inevitável com mais estoicismo. Não há como não perceber. Uma vez por ano passo três semanas em Londres para visitar meus amigos que continuam vivos e para lembrar a mim mesma do que estou escapando. Oliver estava amedrontado e inseguro, mas não se matou. Todos estamos confusos e perplexos acerca de sua morte. Sejam quais forem as evidências contrárias, suicídio parece ser a única explicação possível. No entanto não consigo acreditar nessa possibilidade. E Oliver não poderia ter feito essa escolha: o pavor, o horror e a degradação de se matar. Um método de autoextinção que espelha todas aquelas vítimas patéticas se contorcendo em seus cadafalsos ao longo dos séculos. Os executores usando o próprio corpo das vítimas para extinguir a vida delas. Seria essa a razão de acharmos isso tão abominável? Não, Nathan Oliver não teria estrangulado a si mesmo. Ele usaria o mesmo método que eu: álcool e drogas, uma cama confortável e um adeus transmitido adequadamente por palavras, caso estivesse disposto a redigir. Ele teria partido gentilmente dentro de uma espiral noturna".

Fez-se silêncio de novo, logo rompido pela srta. Holcombe: "Eu estava lá, você sabe, não quando ele morreu, mas quando o soltaram. Só que não foi apenas um corte. Rupert e Guy não conseguiam decidir se deviam baixá-lo ou puxá-lo para cima. Durante minutos ele pareceu esticar-se interminavelmente, assemelhando-se a um ioiô humano. Foi aí que resolvi ir embora. Tenho minha cota de curiosidade, mas descobri em mim mesma uma repugnância atávica em ver um cadáver sendo inadequadamente manuseado. A morte impõe certas convenções. Você, naturalmente, já se acostumou a ela".

Dalgliesh disse: "Não, senhorita Holcombe, não nos acostumamos com isso".

"Minha antipatia por ele era mais pessoal do que uma desaprovação geral de seus defeitos de caráter. Ele queria me ver fora deste chalé. Mas sob o regimento do Conselho Administrativo de Combe tenho o direito de residir aqui na ilha, embora o regimento não especifique que acomodação devo receber, se tenho escolha ou não, e se posso ou não trazer meu criado comigo. Sob essa perspectiva, suponho que seja defensável o seu ressentimento. Muito embora ele mesmo sempre trouxesse seus próprios apêndices. Rupert Maycroft deve ter lhe contado que Oliver não podia de fato ser repelido, certamente não com fundamento no fato de que ele era nocivo. O regimento do Conselho Administrativo de Combe diz que não se pode negar a admissão de ninguém que tenha nascido na ilha. É uma determinação bastante clara. Exceto Nathan Oliver, não nasce ninguém aqui desde o século XVIII. E isso só ocorreu porque a mãe dele se enganou pensando que as dores do parto fossem indigestão e ele nasceu prematuro de duas semanas e, imagino, com certa urgência. Oliver se mostrou particularmente persistente desta vez. A proposta dele era de que eu me mudasse para o chalé Puffin, desocupando este, o Atlântico, para ele. Tudo parece bem razoável, mas eu não tinha, e continuo não tendo, a menor intenção de me mudar."

Nada disso era novidade, e não era para isso que Dalgliesh tinha ido até ali. Ele sentia que Emily sabia o motivo de sua vinda ao chalé Atlântico. Ela abaixou-se para pegar um pedaço de lenha para colocar na lareira, mas ele antecipou seu movimento e jogou o bloco gentilmente no fogo. As línguas azuis das chamas lamberam a madeira oca e o fogo ficou mais forte, espalhando seu fulgor sobre os móveis de mogno polido, sobre as lombadas dos livros com capa de couro, sobre o chão de pedra e os tapetes ricamente coloridos. Emily Holcombe inclinou-se para a frente e levou suas mãos longas adornadas com anéis em direção às chamas. Ele viu o rosto dela de perfil, os traços finos entalhados contra as chamas como um camafeu. Emily permaneceu assim, em silêncio, durante alguns minutos. Dalgliesh, encostando sua cabeça no espaldar da cadeira, sentiu que a dor contínua em suas pernas e braços tinha abrandado um pouco. Sabia que em breve ela teria de falar e ele deveria estar preparado para escutar, não deixando escapar nada da história que finalmente ela estava preparada para contar. Dalgliesh desejou que sua cabeça não estivesse tão pesada e que conseguisse superar essa ânsia de fechar os olhos e deixar-se levar pela quietude e pelo conforto.

Foi então que a srta. Holcombe disse: "Estou pronta para mais um pouco de vinho", e passou sua taça para Dalgliesh. Ele colocou vinho para ela e chá em sua própria xícara — a bebida não tinha gosto de nada, mas o líquido quente era reconfortante.

Emily Holcombe começou: "Eu adiei marcar esta entrevista com você porque havia duas pessoas que eu precisava consultar primeiro. Agora que Raimund Speidel foi levado para o hospital, decidi que tenho sua permissão como fato consumado. Ao fazer isto estou presumindo que você não irá dar à história mais peso do que ela merece. É uma história antiga, e a maior parte dela é conhecida somente por mim. Não acredito que possa jogar luz alguma sobre a morte de Oliver, mas ao terminar de ouvi-la fica a seu critério decidir isso".

Dalgliesh disse: "Conversei com o doutor Speidel no sábado à tarde. Ele não mencionou nada sobre já ter falado com você. Deu a impressão de ser um homem que ainda buscava a verdade, em vez de alguém que já a tivesse encontrado, mas não acho que estava sendo completamente franco. Claro que ele não estava bem quando tivemos a oportunidade de conversar. Talvez tenha pensado que era prudente aguardar o curso dos acontecimentos".

Ela disse: "E agora, com o doutor Speidel gravemente doente e em segurança, fora de seu alcance, você quer a verdade, toda a verdade e nada mais que a verdade. Esse juramento deve ser o mais fútil que alguém já fez. Não conheço toda a verdade, mas posso lhe contar o que sei".

Recostou-se na cadeira e fitou o fogo. Dalgliesh não afastou os olhos do rosto dela.

"Tenho certeza de que alguém já lhe contou um pouco da história de Combe. A ilha foi adquirida por minha família no século XVI. Já naquela época era um lugar de má reputação, fonte de um horror semi-supersticioso. No século XVI fora tomada por piratas do Mediterrâneo que saqueavam o litoral sul da Inglaterra, capturavam rapazes e moças e os vendiam como escravos. Milhares de pessoas foram raptadas dessa maneira, e a ilha era temida como um local de aprisionamento, estupro e tortura. Até hoje é malvista pelo pessoal local; costumávamos ter dificuldade para encontrar empregados temporários. Os que estão aqui hoje são leais e de confiança, quase todos forasteiros, não influenciados pelas lendas locais. Minha família tampouco dava importância a essas histórias nos anos em que fomos proprietários de Combe. Foi meu avô quem construiu a casa e, quando criança — e depois quando adolescente —, todos os anos eu vinha para cá. O pai de Nathan Oliver, Saul, era o barqueiro e o encarregado geral. Era um marinheiro de primeira, mas um homem difícil, dado à violência quando bebia. Depois que a mulher morreu, teve de criar o menino. Eu sempre via Nathan na época em que ele era um menininho e eu uma adolescente. Era uma criança estranha, muito reservada, pouco comunicativa, mas determinada. Por estranho que pareça, eu me dava bem com o pai dele, embora na época tudo o que chegasse perto de uma amizade real entre mim e algum dos empregados fosse desencorajado, na verdade visto como impensável."

Ela fez uma pausa e ficou segurando sua taça enquanto Dalgliesh lhe servia mais vinho. Emily tomou alguns goles antes de voltar à sua história: "Quando a guerra começou, decidiu-se que a ilha deveria ser evacuada. Ela não era vista como um lugar particularmente vulnerável a ataques, mas não havia combustível para a lancha. Ficamos ainda durante o primeiro ano de guerra, mas por volta de outubro de 1940, após a queda da França e a morte de meu irmão em Dunquerque, meus pais decidiram que o mais inteligente a fazer era partir. Retiramo-nos para nossa casa principal, perto de Exmoor, e no ano seguinte eu estava de partida para Oxford. A retirada dos poucos empregados que ainda tínhamos era gerenciada pelo supervisor da época e por Saul Oliver. Após Oliver ter levado o último empregado até o continente, ele e seu filho voltaram a Combe, pois disse que tinha algumas tarefas finais a cumprir e também que estava preocupado que a casa não estivesse tão segura quanto deveria. Ele precisava ficar uma noite a mais. Veio no seu próprio barco, não na lancha a motor que tínhamos naquele tempo".

A srta. Holcombe fez uma pausa, e Dalgliesh disse então: "Você se lembra da data?".

"10 de outubro de 1949. A partir de agora, passarei a contar-lhe o que me foi narrado anos mais tarde por Saul

Oliver, quando ele, já muito pouco coerente, estava quase à beira da morte. Não sei se ele queria se confessar ou se vangloriar — talvez ambas as coisas —, nem por que escolheu a mim. Eu tinha perdido contato com ele durante e após a guerra. Tinha interrompido minha carreira universitária e ido para Londres dirigir uma ambulância, depois voltei para Oxford e vinha muito raramente para a Cornualha. Nathan já tinha saído de Combe e estava envolvido com sua missão auto-imposta de tornar-se escritor. Não creio que ele jamais tenha visto seu pai de novo. A história de Saul não foi uma completa novidade para mim. Tinha havido boatos, sempre existem. Mas acho que a narrativa foi o mais próximo da verdade que ele estava preparado para revelar.

"Na noite de 10 de outubro, três oficiais alemães das forças que ocupavam as ilhas do canal desembarcaram em Combe. Até esta semana eu não sabia o nome de nenhum deles. Aquela foi uma jornada extraordinariamente arriscada, provavelmente uma aventura realizada por jovens oficiais entediados que estavam ou fazendo um reconhecimento ou planejando alguma empreitada privada. Ou eles sabiam que a ilha tinha sido evacuada ou descobriram por acaso. Speidel acha que talvez estivessem planejando desfraldar a bandeira alemã no topo do farol abandonado. Não há dúvida de que isso teria causado alguma consternação. Pouco depois do nascer do sol eles subiram até o alto do farol, provavelmente para fazer um reconhecimento do território. Enquanto estavam lá, Saul Oliver descobriu o veleiro deles e adivinhou onde estavam. Na época, o andar térreo do farol era usado para armazenar forragem para os animais e estava atulhado de palha seca. Saul tocou fogo na palha, e as chamas e a fumaça subiram para a câmara superior. Em pouco tempo, todo o interior do farol estava em chamas. Os alemães não tiveram como escapar para a lanterna. Os corrimãos e os degraus já não ofereciam segurança, e fazia muito tempo que a porta fora bloqueada para evitar acidentes. Os três alemães morreram, provavelmente por sufocamento. Saul esperou que o fogo se apagasse, localizou os corpos na escada da torre e os carregou de volta para o veleiro. Depois usou o bote do veleiro para rebocá-lo e pôs o veleiro a pique em águas profundas."

Dalgliesh perguntou: "Há alguma evidência dessa história?".

"Somente os troféus que Saul guardou: um revólver, um binóculo e um compasso. Até onde tenho conhecimento, nenhum outro barco atracou na ilha durante a guerra, e quando ela terminou não se fizeram inquéritos. Os três jovens oficiais alemães — calculo que fossem oficiais, uma vez que puderam sair de barco — é provável que tenham sido dados por desaparecidos, talvez afogados. A chegada do doutor Speidel na semana passada foi a primeira confirmação da verdade da história contada por Saul Oliver, além dos suvenires que ele me deu antes de morrer."

"O que você fez com eles?"

"Joguei-os no mar. Eu considerava que aquilo que ele tinha feito era assassinato e não tinha a menor intenção de ser lembrada de algo que eu desejava nunca me tivesse sido contado. Não vi propósito algum em contatar as autoridades alemãs. As famílias desses homens — caso houvesse famílias — não receberiam conforto algum em saber dessa história. Os soldados morreram de uma forma terrível, e por nada."

Dalgliesh questionou: "Mas esta não é a história completa, é? Saul Oliver não era velho e presumivelmente era forte, mas mesmo que conseguisse carregar três jovens pela escadaria abaixo e até o ancoradouro, como ele poderia fazer os furos no barco e remar de volta na escuridão, sem nenhuma ajuda? Não havia mais ninguém na ilha junto com Saul?".

A srta. Holcombe pegou o atiçador de bronze e usou-o para mover as toras da lareira. O fogo reavivou-se. Ela respondeu: "Ele havia levado consigo, além de Nathan Oliver, na época uma criança pequena, um outro homem, Tom Tamlyn, o avô de Jago".

Dalgliesh perguntou: "Nathan Oliver alguma vez falou sobre isso?".

"Não comigo. E, até onde sei, com ninguém. Se ele se lembrasse do que houve, creio que, de alguma maneira, teria usado o fato em seus livros. Após o barco ter sido afundado e a maioria das evidências destruídas, Saul Oliver e Tom Tamlyn retornaram a Combe Island e, mais tarde, junto com a criança, rumaram de volta ao continente. Nessa hora já estava escuro. Tom nunca chegou à margem. Era uma noite chuvosa e a jornada foi muito difícil. Saul relatou que Tom, ao ajudar a controlar o barco, caiu no mar. O corpo foi levado pela água, e seis semanas depois apareceu numa parte distante da costa. Não havia muito dele para contar a história, mas pôde-se constatar na época que a parte posterior do crânio havia sido esmagada. Saul alegou que isso aconteceu durante o acidente, mas o investigador criminal então encarregado do caso deixou o veredicto em aberto, e os Tamlyn sempre acreditaram que Tom foi assassinado por Saul Oliver. O motivo do crime, obviamente, seria esconder o que ocorreu na ilha."

Dalgliesh argumentou: "Mas na época isso deve ter parecido um ato de guerra justificável, particularmente se Saul alegasse que tinha sido ameaçado pelos oficiais alemães. Eles estavam, afinal de contas, armados. Se Tom Tamlyn foi morto, deve haver uma razão mais forte. Eu me pergunto por que Saul Oliver insistiu desde o início em ser o último a sair da ilha. O supervisor de Combe certamente garantiu que a casa estava segura. E o que eles fizeram com a criança, Nathan Oliver, na época com quatro anos, enquanto cuidavam dos corpos? Dificilmente teriam como deixá-lo circulando sozinho pela ilha".

A srta. Holcombe esclareceu: "Saul me disse que eles o trancaram no meu quarto de brinquedos, na parte de cima da casa. Deixaram leite e um pouco de comida. Havia uma caminha e muitos brinquedos. Saul o montou em meu velho cavalinho de balanço. Lembro-me daquele cavalo. Eu adorava o Pegasus. Era imenso, um animal mágico. Mas foi vendido, com muitas outras coisas. Já não haveria crianças em Holcombe. Sou a última representante da família".

Havia um quê de pesar na voz de Emily? Dalgliesh achava que não, mas era difícil dizer. Ela fitou o fogo durante algum tempo, depois prosseguiu: "Quando eles voltaram, o garoto tinha descido do cavalinho e se aproximado da janela. Encontraram-no profundamente adormecido, ou talvez inconsciente. Deixaram-no embaixo, na cabine, durante a viagem de volta para o continente. Segundo o pai, não se lembrava de nada".

Dalgliesh indagou: "Ainda permanece a dúvida quanto ao motivo do crime. Saul Oliver lhe confessou que havia matado Tamlyn?".

"Não. Não estava suficientemente bêbado para isso. Insistiu na história do acidente."

"Mas ele lhe disse alguma outa coisa?"

Ela olhou-o diretamente nos olhos: "Me disse que foi o garoto quem tocou fogo na palha. Que ele estava brincando com uma caixa de fósforos que encontrara na casa. Depois, claro, em pânico, o menino jurou que não tinha chegado perto do farol. Mas Saul me disse que o vira lá".

"E você acreditou?"

Novamente, ela fez uma pausa. "Na época, sim. Agora não tenho tanta certeza. Mas, verdade ou não, com certeza é irrelevante para a morte de Nathan Oliver. Raimund Speidel é um homem civilizado, sensível e inteligente. Não se vingaria de uma criança. Jago Tamlyn nunca escondeu que não gostava de Nathan Oliver, mas, se tinha a intenção de assassiná-lo, oportunidades não lhe faltaram nestes últimos anos. Isso se Oliver foi mesmo assassinado, coisa que suponho que a esta altura vocês já sabem."

"É", respondeu Dalgliesh. "Sabemos."

"Então a razão deve estar no passado, mas não nesse passado específico."

A narrativa a fatigara. Ela se reclinou novamente em sua cadeira e ficou em silêncio.

Dalgliesh disse: "Obrigado. Isso explica por que Speidel queria encontrar Nathan Oliver no farol. Isso me intrigava. Afinal, o farol não é o único lugar discreto em Combe. Você contou ao doutor Speidel tudo o que me contou?".

"Tudo. Tal como você, ele não acreditou que Saul Oliver tivesse agido sozinho."

"Ele sabia que Oliver afirmava que o filho é que tinha provocado o incêndio?"

"Sabia. Contei a ele tudo o que Saul me disse. Achei que o doutor Speidel tinha o direito de saber."

"E as outras pessoas da ilha? Quanto elas sabem disso tudo?"

"Acho que nada, a não ser que Jago tenha falado, o que acho improvável. Como ele ia saber? O pai de Nathan Oliver não contou nada ao filho. Nathan não se referia a sua vida em Combe — só falou no assunto sete anos atrás, quando provavelmente chegou à conclusão de que uma infância relativamente miserável, sem mãe, numa ilha, seria um acréscimo interessante ao pouco que permitia que se soubesse sobre sua vida. Foi nessa época que ele começou a se beneficiar da cláusula do regimento do Fundo que lhe dava o direito de vir para cá sempre que quisesse. Respeitou a exigência de que quem vem para cá nunca revela a existência do lugar até abril de 2003, quando foi entrevistado por um jornalista de uma das publicações dominicais de grande circulação. Infelizmente, a matéria foi reproduzida por um jornal popular diário. Não teve grande destaque, mas foi uma quebra de confiança irritante, que com certeza não contribuiu para a popularidade de Oliver aqui."

Estava na hora de partir. Levantando-se da cadeira, durante um segundo Dalgliesh foi dominado pela fraqueza, mas agarrou-se ao encosto e o momento passou. A dor nos braços e nas pernas estava pior e ele não teve certeza de conseguir chegar até a porta. De repente, deu-se conta de que Roughtwood estava em pé junto à saída com seu casaco sobre o braço. Estendeu a mão e acendeu uma luz. Durante um segundo, Dalgliesh ficou ofuscado. Depois os olhos dos dois se encontraram. Roughtwood olhava para ele sem tentar disfarçar o ressentimento. Acompanhou-o até a porta do chalé como se ele fosse um prisioneiro sob escolta, e seu "Boa noite, senhor", para Dalgliesh, teve o tom ameaçador de um desafio.

9

Ele não se lembrava de como voltou para o seu chalé. Parecia que seu corpo tinha sido transportado, misteriosa e instantaneamente da sala de Emily Holcombe com sua lareira, ao vazio monástico do chalé da Foca com suas paredes de pedra. Foi em direção à lareira, apoiando-se nos encostos das cadeiras, ajoelhou-se e acendeu o fogo. Houve uma lufada de fumaça pungente e depois o fogo se estabilizou. Labaredas azuis e vermelhas chamejavam das toras incandescentes. Ele tinha estado superaquecido no chalé Atlântico; agora sua testa estava molhada com pequenos glóbulos de suor frio. Com destreza e cuidado, Dalgliesh colocou os pequenos galhos em torno das chamas e então erigiu uma pirâmide com os galhos maiores. Suas mãos pareciam não ter relação alguma com o resto do corpo, e quando ele levou os longos dedos em direção ao conforto do fogo que crescia, eles reluziram o vermelho translúcido das chamas como imagens frágeis e incorpóreas incapazes de sentir o calor.

Passados alguns minutos ele levantou-se, contente em ver que estava um pouco mais firme. Embora seu corpo estivesse respondendo à sua vontade com uma dolorosa falta de jeito, a mente estava clara. O comandante sabia o que estava errado: ele devia ter pego a gripe do dr. Speidel. Esperava não ter infectado a srta. Holcombe. Até onde conseguia se lembrar, não tinha tossido ou espirrado enquanto estava no chalé dela. Tinha apenas tocado brevemente a mão de Emily Holcombe quando chegou ao chalé Atlântico e havia se sentado a certa distância dela. Aos oitenta anos de idade, Emily já devia ter criado resistência à maioria das infecções e havia recebido sua vacina antigripe anual. Com sorte, ela estaria bem. Dalgliesh esperava fervorosamente que sim. Mas seria razoável desmarcar a reunião com Benton e Kate, ou pelo menos manter-se distante dos dois e fazer com que o encontro fosse o mais breve possível.

Devido a seu encontro com a srta. Holcombe a reunião noturna da equipe fora marcada para um horário mais tardio do que o habitual, às dez horas. Já deviam ser dez, pensou. Olhou o relógio e viu que eram nove e cinqüenta. Os outros deviam estar cruzando o matagal. Abriu a porta e saiu para a escuridão. Não havia estrelas, e as nuvens baixas haviam ocultado até mesmo a lua. Só o mar era visível, estendendo-se tranqüilo e suavemente cintilante sob um vácuo escuro mais ameaçador e elementar que a ausência de luz. Seria simples acreditar que mesmo respirar podia ser difícil naquele ar condensado. Não havia luzes no chalé da Capela, mas na Casa de Combe viam-se retângulos esmaecidos que pareciam sinais de um navio distante num oceano invisível.

Foi então que ele viu uma silhueta surgir como um espectro da escuridão, rumando sem vacilar para a porta do chalé da Capela. Era Adrian Boyde voltando para casa. Carregava uma caixa comprida e estreita sobre o ombro direito. Parecia um caixão, mas nenhum objeto tão pesado poderia ser carregado com tanta leveza, quase com satisfação. Na mesma hora, Dalgliesh percebeu o que devia ser. Ele tinha visto isso antes no quarto de costura da sra. Burbridge. Adrian Boyde certamente carregava a caixa contendo a túnica bordada. Ele o viu colocá-la gentilmente no chão e abrir a porta. Boyde hesitou alguns instantes, pegou a caixa e entrou no chalé.

Logo em seguida, Dalgliesh avistou uma luz diferente, uma pequena poça de luz, tal como uma lua terrena, que balançava gentilmente através do cerrado em direção a ele, perdendo-se por alguns instantes entre alguns arbustos e logo depois reaparecendo. Kate e Benton tinham chegado bem na hora. Ele entrou no chalé e arrumou as três cadeiras: duas à mesa e a sua própria encostada na parede. O comandante colocou uma garrafa de vinho e duas taças sobre a mesa e aguardou. Ele iria passar para Kate e Benton o que a srta. Holcombe havia lhe contado, e isso seria tudo. Quando seus colegas fossem embora, Dalgliesh planejava tomar um banho, preparar um leite quente, tomar umas aspirinas solúveis e transpirar para livrar-se da infecção. Já fizera isso antes. Kate e Benton poderiam fazer o trabalho de campo, mas ele tinha de ficar suficientemente bem para dirigir a investigação. Ele *iria* ficar bem.

Entraram despindo os casacos e jogando-os na varanda. Ao olhar para Dalgliesh, Kate perguntou: "Você está bem?".

Tentava disfarçar a preocupação. Sabia quanto o chefe detestava ficar doente.

"Não totalmente, Kate. Acho que peguei a gripe do doutor Speidel. Tomem esses dois assentos e não cheguem muito perto de mim. Não podemos correr o risco de ficarmos os três doentes. Benton, cuide do vinho, por favor, e coloque mais lenha no fogo. Vou contar-lhes o que fiquei sabendo através de Emily Holcombe e depois é melhor encerrarmos o dia."

Eles o ouviram em silêncio. Sentado ereto, à distância, Dalgliesh os via como se fossem estranhos ou atores de uma peça de teatro, a cena bem colocada e cuidadosamente composta: o cabelo loiro de Kate e seu rosto avermelhado pelo fogo; a gravidade morena de Benton enquanto ele servia o vinho.

Quando ele acabou de falar, Kate disse: "É interessante, mas a história não nos traz muita luz, a não ser acerca dos motivos do doutor Speidel, fortalecendo-os. Mas não consigo vê-lo como Calcraft. Ele veio tentar descobrir a verdade sobre a morte de seu pai, não para descarregar sua vingança sobre o que uma criança poderia, ou não, ter feito há mais de sessenta anos. Não faz sentido".

Benton opinou: "Os fatos fortalecem os motivos de Jago. Imagino que ele tenha ouvido boatos de que o velho Oliver matou seu avô na viagem que fizeram juntos".

Dalgliesh disse: "Ah, sim, ele sabia desde a infância. Aparentemente a maioria da comunidade de barqueiros de Pentworthy sabia ou pelo menos suspeitava. Eles não teriam esquecido".

Benton prosseguiu: "Mas se Jago estivesse planejando se vingar, por que esperaria até agora? Dificilmente poderia ter escolhido um momento pior, com a ilha meio vazia. E por que o farol e aquele enforcamento bizarro? Por que não preferir um acidente quando Oliver estivesse no barco? Haveria certo senso de justiça nisso. Nós voltamos a isso a todo o momento. Por que agora?".

Kate disse: "Não é um tanto estranho que Saul Oliver quisesse voltar para a ilha? Você acha que havia algo valioso que ele quisesse roubar ou talvez esconder até depois da guerra, quando pudesse recuperá-lo? Talvez ele e o avô de Jago tivessem combinado isso entre eles e então o velho Oliver tenha matado Tom Tamlyn para não ter de dividir com ele o lote. Ou será que estou sendo exagerada?".

Benton objetou: "Mas, mesmo que isso seja verdade, não nos ajuda. Não estamos investigando o possível assassinato do avô de Jago. Seja o que for que tenha acontecido naquela viagem sessenta anos atrás, não iremos descobrir a verdade agora".

Dalgliesh disse: "Acho que o assassinato de Nathan Oliver tem raízes no passado, mas não no passado distante. Temos que nos fazer a mesma pergunta: aconteceu alguma coisa entre a última visita de Nathan Oliver, em julho deste ano, e sua chegada na semana passada? O que fez com que uma ou mais pessoas nesta ilha decidissem que Oliver deveria morrer? Não acho que vamos progredir muito esta noite. Quero que vocês conversem com Jago pela manhã. É a primeira coisa que quero que façam amanhã. Depois voltem e reportem-se a mim. Pode ser perturbador para ele, mas acho que precisamos saber a verdade sobre o suicídio de sua irmã. E há mais uma coisa. Por que ele estava tão ansioso para que Millie não fizesse parte da equipe de busca? Por que achava que ela não devia ajudar a procurar Oliver? Será que estava tentando protegê-la para que ela não visse o corpo pendurado? Quando Jago foi chamado para ajudar nas buscas, será que já sabia o que iria encontrar?".

LIVRO IV
SOB O MANTO DA ESCURIDÃO

1

Kate sabia onde encontrar Jago — no barco dele. Enquanto ela e Benton desciam o caminho íngreme e pedregoso em direção ao ancoradouro, pouco antes das oito da manhã de quinta-feira, podiam ver a silhueta robusta do barqueiro deslocando-se em torno da lancha. Mais à frente, além da calmaria do cais, o mar estava revolto. O vento vinha aumentando, trazendo consigo uma mescla de odores da ilha: de mar, de terra e dos primeiros sinais do outono. Nuvens frágeis moviam-se como pedaços de papel no céu matinal.

Jago devia tê-los visto, mas deu somente uma rápida olhada para cima antes que os dois policiais se aproximassem do ancoradouro. Quando Kate e Benton chegaram ao lado da lancha, ele sumira no interior da cabine. Os dois esperaram até que o barqueiro resolvesse reaparecer, carregando algumas almofadas, que colocou nos assentos situados na popa da lancha.

Kate disse: "Bom dia, gostaríamos de falar com você".

"Então sejam rápidos", respondeu Jago, e acrescentou: "Sem ofensa, mas estou ocupado".

"Nós também. Vamos para o seu chalé?"

"O que há de errado em conversarmos aqui?"

"O chalé seria mais privado."

"Aqui é suficientemente privado. As pessoas não vêm se intrometer quando estou na lancha. Mas, para mim, tanto faz. Se preferem o chalé, vamos."

Eles seguiram Jago do cais até o chalé do Ancoradouro. Kate não sabia direito por que preferia que a entrevista não ocorresse na lancha. Talvez porque o barco fosse um lugar exclusivo de Jago; já o chalé, ainda que fosse dele, lhe parecia um terreno mais neutro. A porta ainda estava aberta. A luz do sol fazia desenhos no chão de pedra. Eles não tinham entrado no chalé na última visita que haviam feito a Jago. Agora, misteriosamente, como se Kate o conhecesse há anos, o ambiente impôs sua atmosfera sobre ela; a mesa escovada sem nada por cima e as duas cadeiras estilo Windsor, a lareira aberta, o quadro de cortiça quase cobrindo uma parede inteira com um mapa da ilha em grande escala, uma tabela de horário das marés, um pôster de pássaro, alguns bilhetes presos com pinos e, ao lado, uma foto ampliada em sépia, com moldura de madeira, de um homem barbado. A semelhança com Jago era indiscutível. Pai ou avô. Provavelmente o último, a fotografia parecia dura, a pose tensa.

Jago foi em direção às cadeiras, e Kate e Benton sentaram-se. Dessa vez, Benton, após perceber o olhar de Kate, não tirou seu bloquinho de notas.

Kate disse: "Queremos falar sobre o que aconteceu no farol nos primeiros meses da Segunda Guerra. Sabemos que três soldados alemães morreram aqui e que seus corpos e o barco em que estavam foram afundados no mar. Contaram-nos que a pessoa responsável por isso foi o pai de Nathan Oliver, Saul, e que o próprio Nathan, na época uma criança, estava na ilha".

Ela fez uma pausa, Jago olhou-a e disse: "Você provavelmente esteve conversando com Emily Holcombe".

"Não somente com ela. Parece que o doutor Speidel descobriu grande parte da história."

Kate deu uma olhada para Benton, que falou: "Mas o pai de Oliver certamente não poderia ter feito tudo isso sozinho. Três homens adultos a serem carregados pelas escadas do farol até o barco — seus corpos deviam pesar como pedras —, além do barco a ser afundado. Ademais, o próprio barco de Saul precisava estar ao lado do dos alemães para trazê-lo de volta à margem. Havia alguém com ele? Talvez o seu avô?".

"É isso mesmo. Vovô estava com ele. Ele e Saul Oliver foram os últimos a sair de Combe."

"Então o que aconteceu?"

"Por que me pergunta? Parece que você ficou sabendo de tudo através da senhorita Holcombe e ela deve ter sabido dessa história através do Saul. Ele era o barqueiro de Combe Island, quando ela era criança. Ele contava quase tudo para ela."

"Como você ficou sabendo dessa história?"

"Meu pai foi tomando conhecimento enquanto eu crescia. Ele me contou. A maior parte da história ele arrancou do próprio Saul quando este ficava bêbado. E havia um ou outro antigo chapa em Pentworthy que conhecia Saul Oliver e corriam histórias."

Benton perguntou: "Que histórias?".

"Meu avô nunca voltou a Pentworthy com vida. Saul Oliver o matou e jogou seu corpo no mar. Ele disse que foi um acidente, mas o pessoal sabia. Meu avô não era homem de se acidentar a bordo de um barco. Ele era melhor marinheiro do que Saul. Nada foi provado, claro. Mas foi isso o que aconteceu."

Kate falou: "Há quanto tempo você sabe desses fatos, se é que são fatos?".

"São fatos, sim. Como eu disse, nada foi provado na época. Um corpo com o crânio esfacelado e nenhuma testemunha. A polícia tentou falar com o garoto, mas ele não tinha nada a dizer. Ou foi isso ou ele estava em choque. Mas eu não preciso de provas. O pai de Nathan Oliver matou meu avô. Esse fato era amplamente conhecido em Pentworthy — ainda é sabido por uns poucos remanescentes da época, como a senhorita Holcombe, que ainda vivem."

Fez-se silêncio, e Jago continuou: "Se vocês estão pensando que eu tinha motivos para matar Nathan Oliver, estão certos. Eu tinha motivos para fazer isso, sim. Tinha motivos desde que fiquei sabendo da história. Na época eu tinha cerca de onze anos, então se quisesse vingar meu avô, tive cerca de vinte e três anos para fazer isso. E não o teria enforcado. Ele andava naquela lancha com muita freqüência. Aquele teria sido o lugar certo para matá-lo. Deixá-lo afundar no mar, como o meu avô. E eu não teria escolhido uma época em que a ilha estivesse meio vazia".

Kate disse: "Sabemos agora que Oliver deve ter morrido logo após as oito da manhã, no horário que você disse que estava testando a lancha. Conte-nos novamente qual foi a direção que tomou".

"Eu entrei cerca de um quilômetro em mar aberto. Distância suficiente para testar o motor."

"A essa distância você deve ter tido uma visão clara do farol. A névoa não se adensou até pouco antes das dez. Certamente você deve ter visto o corpo."

"Poderia, se estivesse olhando. Eu tinha muito a fazer no barco sem que ainda precisasse ficar vigiando a margem." Ele se levantou: "E agora, que já foi dito o suficiente, vou voltar para o barco. Vocês sabem onde me achar".

Benton disse: "Não está bom o bastante, Tamlyn. Por que você tentou impedir que Millie se juntasse à equipe de busca? Por que mandar que ela ficasse no chalé? Não faz sentido".

Jago olhou duramente para ele: "E se eu tivesse visto Oliver balançando, o que eu poderia fazer a respeito? Era tarde demais para tentar salvá-lo. Logo ele seria achado. Eu tinha meu trabalho a fazer".

"Então você confirma que viu o corpo do senhor Oliver pendurado?"

"Não confirmo nada. Mas há uma coisa que é melhor você ter em mente. Se estivesse na lancha às oito horas, não poderia estar no farol pendurando-o. E agora, se me derem licença, eu gostaria de voltar ao meu trabalho."

Kate perguntou o mais gentilmente que pôde: "Tem uma coisa que eu preciso perguntar. Sinto muito se lhe traz memórias tristes. Sua irmã não se enforcou há alguns anos?".

Jago lançou sobre Kate um olhar tão raivoso que, por alguns segundos, ela achou que ele fosse bater nela. Benton fez um movimento espontâneo de proteção, mas nada ocorreu. Jago apenas manteve seus olhos fixos em Kate enquanto falava com voz assustadoramente calma: "Sim, minha irmã Debbie. Foi há seis anos, após ter sido violentada. Aquilo não foi sedução, foi estupro".

"E você sentiu necessidade de se vingar?"

"Eu me vinguei, não foi? Peguei um ano por lesão corporal grave. Ninguém lhes disse antes que tenho passagem pela polícia? Coloquei o sujeito no hospital, ele ficou lá mais de vinte dias. Pior para ele, a publicidade do caso não fez nada bem ao seu negócio, ele tinha uma oficina, e a esposa o abandonou. Eu não podia trazer Debbie de volta, mas por Deus, fiz aquele sujeito pagar direitinho."

"Quando você o atacou?"

"Um dia depois de Debbie me contar. Ela tinha apenas dezesseis anos. Se estiver interessada, leia a respeito no jornal local. Ele chamou de sedução, mas não negou o fato. Você está me dizendo que achava que talvez tivesse sido o Oliver? Ridículo."

"Precisamos saber dos fatos, senhor Tamlyn, só isso."

A risada de Jago saiu áspera: "Dizem que vingança é um prato que se come frio, mas não tão frio! Se eu quisesse matar Nathan Oliver, ele teria caído no mar anos atrás, da mesma forma que meu avô".

Jago nem esperou que eles se levantassem; saiu pela porta e desapareceu. Andando sob o sol, Kate e Benton viram-no pular com agilidade a amurada da lancha.

Kate falou: "Ele tem razão, claro. Se Jago quisesse matar Oliver, por que esperaria mais de vinte anos para fazê-lo? E por que escolheria o fim de semana mais impróprio e um método como aquele? Ele não sabe de toda a história que aconteceu no farol, não acha? Ou não sabe, ou não está dizendo tudo o que sabe. Ele não mencionou que foi a própria criança quem deu início às chamas".

Benton disse: "Mas será que isso o teria preocupado,

detetive? Será que alguém se vingaria de um homem velho por algo que ele tenha feito com quatro anos de idade? Se Jago odiava Oliver — e acho que ele odiava —, deve ser por algo mais recente, talvez muito recente, que não lhe deixou outra alternativa, a não ser agir agora".

Nesse momento Kate foi bipada. Ela escutou a mensagem e depois olhou para Benton. Os olhos dela devem ter revelado tudo. Ela viu o rosto do colega transformar-se espelhando o choque, a incredulidade e o horror de seu próprio rosto. Ela disse então: "Era uma mensagem do comandante Dalgliesh. Temos um outro cadáver".

2

Na noite anterior, depois que Kate e Benton saíram, Dalgliesh trancou a porta, mais por hábito de assegurar privacidade do que por pensar que pudesse haver algum perigo. O fogo estava quase extinto, mas ele colocou a grade de segurança na lareira. Lavou as duas taças e as recolocou no armário da cozinha, depois verificou se a rolha da garrafa de vinho estava bem colocada. Ainda havia meia garrafa de vinho, mas eles acabariam com ela no dia seguinte. Todas essas pequenas ações levaram um tempo incomum. Dalgliesh se viu de pé, na cozinha, tentando relembrar por que estava ali. Claro, o leite quente. Mas ele acabou optando por não tomá-lo, prevendo que o cheiro de leite quente fosse enjoá-lo.

As escadas pareciam ter ficado muito íngremes, e Dalgliesh segurou-se no corrimão e arrastou-se dolorosamente para cima. O banho quente foi uma tarefa mais exaustiva que prazerosa, mas foi bom livrar-se do cheiro azedo de suor. Por último, ele pegou duas aspirinas do armarinho de primeiros-socorros, puxou as cortinas da janela semi-aberta e foi para a cama. Os lençóis e o travesseiro estavam reconfortantemente frescos. Deitado sobre o lado direito, ficou observando a escuridão, enxergando apenas o retângulo pouco nítido da janela impresso contra a penumbra da parede.

Acordou ao alvorecer, o cabelo e o travesseiro quentes e empapados de suor. A aspirina finalmente baixara sua temperatura. Talvez melhorasse. Mas a dor nos membros piorara, e Dalgliesh estava tomado por uma enorme fraqueza que tornava intolerável até mesmo o esforço de sair da cama. Ele fechou os olhos. Um sonho permanecia em sua cabeça, lançando débeis rastros na memória, tal como farrapos sujos que pendiam em sua mente, quase dissolvidos, mas ainda claros o bastante para deixar um legado de desconforto.

Dalgliesh estava casando com Emma, não na capela da faculdade, mas na igreja de seu pai em Norfolk. Era um dia escaldante, no meio do verão, no entanto Emma usava um vestido preto de gola alta e mangas compridas, a cauda pesada se arrastando atrás. Dalgliesh não conseguia ver-lhe o rosto porque ela trazia a cabeça coberta por um véu de renda fechada. A mãe de Dalgliesh estava lá, queixando-se de que Emma deveria vestir o seu vestido de casamento — ela o guardara com todo o cuidado para a noiva do filho. Mas Emma não queria trocar de roupa. O comissário e Harkness, da Nova Scotland Yard, envergavam seus uniformes, as faixas e correias reluzindo nos ombros e quepes. Ele permanecia de pé no gramado da paróquia usando somente uma camiseta e ceroulas. Ninguém parecia achar nada de notável nisso. Dalgliesh não conseguia encontrar suas roupas, o sino da igreja tocava e seu pai, fantasticamente paramentado com uma túnica verde e mitra na cabeça, dizia-lhe que todos o esperavam. Hordas de pessoas atravessavam o gramado, indo em direção à igreja como se fossem rebanhos — paroquianos que Dalgliesh conhecia desde criança, as pessoas que seu pai tinha enterrado, assassinos que ele tinha ajudado a colocar na cadeia, Kate vestida de madrinha num vestido rosa. Dalgliesh precisava encontrar suas roupas. Ele tinha que chegar até a igreja. Ele tinha que silenciar o sino, de alguma maneira.

E havia mesmo um sino. Acordando subitamente, Dalgliesh arregalou os olhos e percebeu que o telefone tocava.

Ele descambou escada abaixo e pegou o fone. Do outro lado, uma voz disse: "Aqui é Maycroft. Adrian está com você? Estou tentando falar com ele, mas ninguém atende no chalé da Capela. Ele não deve ter saído para o trabalho ainda".

A voz estava insistente, anormalmente alta. Dalgliesh não a teria reconhecido como a voz de Maycroft. Foi então que percebeu algo a mais naquela voz: a inequívoca urgência do medo.

Dalgliesh falou: "Não, ele não está aqui. Eu o vi chegar em casa ontem à noite, por volta das dez horas. Talvez ele tenha resolvido fazer uma caminhada matutina".

"Normalmente ele não faz isso. Algumas vezes Adrian deixa seu chalé às oito e meia da manhã e vem andando devagar para o trabalho, mas é cedo demais para isso. Tenho novidades urgentes e desagradáveis para vocês dois. Preciso falar com ele."

Dalgliesh disse: "Espere um pouco, vou dar uma olhada".

Saiu pela porta e olhou o terreno na direção do chalé da Capela. Não havia sinal de vida. Teria de ir ao chalé e talvez até a capela, mas, por algum mistério, ambos pareciam ter ficado mais distantes. Suas pernas doloridas pareciam não lhe pertencer. Levaria tempo para chegar até lá. Dalgliesh voltou ao telefone e disse: "Vou verificar se ele está no chalé ou na capela", e completou: "Pode levar algum tempo. Volto a ligar".

Sua jaqueta impermeável estava pendurada na varanda. Vestiu-a sobre o pijama e enfiou os pés descalços em sapatos. Uma frágil névoa matinal se elevava do promontório, revelando mais num dia magnífico, e o ar exalava um cheiro doce e úmido. Seu frescor reavivou Dalgliesh e ele andou com mais firmeza do que julgava possível. A porta do chalé não estava trancada. Ele a abriu e gritou por Adrian Boyde, o grito fez sua garganta doer, porém não trouxe nenhuma resposta. O comandante atravessou a sala e subiu a escada de madeira para verificar o quarto. A colcha estava esticada sobre a cama e, virando-a, ele viu que a cama estava feita.

Dalgliesh não se recordou depois de ter atravessado os cinqüenta metros que separavam o gramado, cheio de pedregulhos, da capela. A meia-porta estava fechada e ele encostou-se nela brevemente em busca de apoio.

Foi então que, ao levantar os olhos, Dalgliesh viu o corpo. Ele não tinha dúvidas, mesmo enquanto levantava a tranca da porta, de que Adrian Boyde estivesse realmente morto. Ele estava caído no chão de pedra, bem em frente ao altar improvisado, sua mão esquerda projetando-se sob a túnica, os dedos brancos duramente curvados como se o levasse para a frente. A túnica fora jogada ou colocada sobre toda a extensão do corpo de Boyde, e através da seda verde Dalgliesh podia vislumbrar manchas escuras de sangue. A cadeira dobrável tinha sido aberta e a longa caixa de papelão estava sobre ela, com o papel de seda saindo.

Dalgliesh passou a agir por puro instinto. Ele não devia tocar em nada até que estivesse com suas luvas. O choque o revitalizou, e o comandante se viu meio correndo, meio tropeçando de volta para o chalé da Foca, totalmente esquecido da dor. Parou por alguns segundos para recuperar o fôlego e depois tirou o fone do gancho.

"Maycroft, temo informar que tenho notícias chocantes. Temos uma outra morte. Boyde foi assassinado. Encontrei seu corpo na capela."

Do outro lado da linha fez-se um silêncio tão absoluto que se poderia acreditar que não havia ninguém. Dalgliesh aguardou. Então a voz de Maycroft fez-se ouvir novamente: "Você tem certeza? Não é acidente? Talvez suicídio?".

"Tenho certeza. Isso é assassinato. Preciso que todos da ilha sejam reunidos o mais breve possível."

Maycroft disse: "Espere um pouco, Guy está aqui e quer falar com você".

Em seguida o comandante escutou a voz de Staveley. Ele disse: "Rupert estava ligando porque tinha uma mensagem para você e Boyde. Infelizmente isso vai tornar seu trabalho duplamente difícil. O doutor Speidel tem pneumonia asiática. Eu imaginava que fosse isso quando o transferi para Plymouth; agora o diagnóstico foi confirmado. Não sei se é possível que você traga reforços. O mais prudente é pôr a ilha em quarentena; estou em contato com as autoridades . Rupert e eu estamos ligando para todas as pessoas e informando-as que vamos reuni-las para que possamos explicar as implicações médicas. Não há razão para pânico. A sua notícia torna a situação uma tragédia. Ela também faz com que a situação médica seja bem mais difícil de administrar".

As palavras de Staveley soavam como uma acusação, e talvez fossem. Sua voz também tinha mudado. Dalgliesh jamais a ouvira tão calma e tranqüilizadoramente autoritária. O médico parou de falar, mas o comandante podia distinguir o murmúrio de vozes. Os dois homens estavam conversando entre si. Staveley voltou a falar com ele: "Você está bem, comandante? Você deve ter inalado a respiração de Speidel quando ele passou mal e também quando o ajudou a levantar-se e o levou até o chalé. Você e Jo, que cuidou dele, são as duas pessoas que correm mais perigo".

Staveley não citou a si mesmo, nem precisava. Dalgliesh perguntou calmamente: "Quais são os sintomas?".

"Inicialmente são muito parecidos com os de uma gripe: temperatura elevada, membros doloridos, perda de energia. Pode ser que haja tosse no início."

Dalgliesh não respondeu, mas seu silêncio foi eloqüente. A voz de Staveley tornou-se mais urgente: "Eu e Rupert vamos levar o buggy. Enquanto isso mantenha-se aquecido".

Dalgliesh retomou a voz: "Tenho de chamar meus colegas com urgência. Eles precisam do buggy, eu posso caminhar".

"Não seja ridículo, já estamos a caminho."

A ligação foi encerrada. Dalgliesh recolocou o fone no gancho. Todos os membros do corpo lhe doíam e ele podia sentir a energia se esvaindo de seu corpo, como se

355

até mesmo o sangue circulasse mais lentamente. Sentou-se e contatou Kate pelo rádio. O comandante perguntou: "Você está com Jago? Venha para cá o mais rápido que puder. Confisque o buggy e não deixe que Maycroft ou Staveley a detenham. Não diga nada a Jago, claro. Nós temos um outro cadáver, o de Adrian Boyde".

Fez-se uma pequena pausa e Kate rapidamente falou: "Sim, senhor. Estamos a caminho".

Dalgliesh abriu a maleta e calçou as luvas, depois voltou à capela, andando com os olhos pregados no chão, em busca de marcas estranhas. Não tinha grande esperança de encontrar pegadas identificáveis no terreno arenoso, e realmente não encontrou nenhuma. No interior da capela, ajoelhando-se perto da cabeça do cadáver, afastou delicadamente o colarinho da túnica. A parte inferior do rosto de Boyde fora transformada numa massa disforme. O olho direito estava invisível sob uma carapaça inchada de sangue coagulado, o esquerdo desaparecera. O nariz era um conjunto de estilhaços de ossos. Com cuidado, apalpou o pescoço e em seguida os dedos da mão esquerda. Como era possível que a carne humana fosse tão fria? A mão estava rígida, bem como os músculos do pescoço. O *rigor mortis* estava bem instalado; Boyde devia ter morrido na noite anterior. Talvez o assassino estivesse esperando por ele na capela, talvez do lado de fora, oculto pela escuridão, observando e à escuta; talvez tivesse visto Boyde sair da casa principal, seguindo-o depois pelo matagal. Um pensamento foi particularmente amargo para Dalgliesh. Se tivesse permanecido mais alguns minutos à porta do chalé da Foca na noite anterior observando Boyde chegar a seu chalé, quem sabe tivesse visto uma segunda silhueta emergir da escuridão. Enquanto ele estava em conferência com Kate e Benton, talvez o assassino já estivesse em ação.

Ele se levantou dolorosamente e posicionou-se aos pés do cadáver. O silêncio era quase espiritual, quebrado somente pelo barulho do mar. Ele ficou escutando, não para perceber o quebrar rítmico das ondas contra o inflexível granito, mas deixando que aquele som contínuo entrasse em algum nível mais profundo de consciência, como um lamento eterno para a angústia incurável do mundo. Adam Dalgliesh supôs que, se alguém o visse assim tão quieto, pensaria que ele estava de cabeça curvada em sinal de reverência. E, em dado nível, ele estava. Tomava-o uma tristeza terrível mesclada ao amargor do fracasso, um peso que, ele sabia, precisava aceitar e tolerar. Boyde não deveria ter morrido. Não sentia conforto algum em dizer a si mesmo que não havia evidência que indicasse que, após a morte de Oliver, outras pessoas pudessem estar em perigo e que ele não tinha poderes para deter um suspeito sob a vaga alegação de que podia ser culpado. Dalgliesh não tinha nem mesmo o poder de evitar que alguém deixasse a ilha, a menos que reunisse provas para justificar a prisão. Tinha, porém, uma certeza: Boyde não deveria ter morrido. Não havia dois assassinos no pequeno grupo de Combe. Se ele tivesse solucionado o assassinato de Nathan Oliver nesses últimos três dias, Adrian Boyde ainda estaria vivo.

Naquele momento, o comandante detectou o barulho de um buggy que se aproximava. Benton estava dirigindo o veículo com Kate ao lado, Maycroft e Staveley nos bancos traseiros. Então eles conseguiram fazer o que queriam. O buggy parou a cerca de dez metros da capela. Kate e Benton saltaram e foram na direção dele.

Dalgliesh avisou-lhes: "Não cheguem mais perto. Kate, isso significa que você deverá assumir o caso".

Seus olhos se encontraram. Kate parecia ter dificuldade em falar. Mas ela logo disse, com calma: "Sim, senhor, certamente".

Dalgliesh disse: "Boyde foi surrado até a morte. O rosto dele foi destruído. A arma pode ter sido uma pedra. Se for, Calcraft pode tê-la jogado no mar. Provavelmente, fui a última pessoa a ver Boyde com vida: eu o vi entrando em seu chalé, na noite passada, pouco antes de vocês chegarem. Vocês não o viram enquanto atravessavam o cerrado?".

Kate respondeu: "Não, senhor. Estava completamente escuro e mantivemos nossos olhos no chão. Tínhamos uma lanterna, mas duvido que Calcraft estivesse carregando uma. Creio que teríamos notado uma luz em movimento".

Enquanto Kate acabava de falar, Maycroft e Staveley iam resolutamente em direção ao comandante Dalgliesh. Eles não vestiam casacos e tinham máscaras faciais penduradas em seus pescoços. Sob a luz brilhante, que parecia ter se tornado irreal, o buggy parecia tão estranho quanto um veículo lunar. Dalgliesh sentia-se como um ator em alguma peça teatral bizarra, na qual esperavam que ele representasse o papel principal sem que conhecesse o enredo ou tivesse a menor idéia da trama.

O comandante falou, com uma voz que nem ele mesmo reconhecia: "Eu vou, mas preciso terminar de falar com meus colegas".

Os dois homens consentiram silenciosamente com a cabeça e afastaram-se um pouco para trás.

Dalgliesh disse a Kate: "Vou tentar telefonar para o senhor Harkness e a doutora Glenister quando eu chegar à casa principal. É melhor você falar com eles também. Ela pode examinar e recolher o corpo se ela e a equipe do helicóptero ficarem distantes do pessoal de Combe. Você deve deixar que ela mesma decida. As provas podem ir com ela para o laboratório. Se houver oportunidade de fazer, sem riscos, uma busca da arma na faixa costeira da ilha, talvez você precise de Jago. Não acho que ele seja o nosso homem. E nenhum de vocês deverá fazer escaladas se não for cem por cento seguro".

Dalgliesh tirou sua caderneta de anotações e escreveu alguma coisa. "Antes que a notícia corra, você poderia telefonar para Emma Lavenham neste número e tentar acalmá-la? Tentarei falar com ela da casa, mas talvez não seja possível. E, Kate, não os deixe tirar-me da ilha se você puder evitar."

"Não, senhor, não deixarei."

Fez-se uma pausa, e então Dalgliesh disse, como se tivesse dificuldade em concatenar as palavras: "Diga a ela...", e parou. Kate esperou. Ele então falou: "Mande meu carinho para ela".

Ele caminhou o mais firmemente que pôde em direção ao buggy; as duas figuras levantaram suas máscaras e foram ao seu encontro. Dalgliesh disse: "Eu não preciso do buggy. Sou perfeitamente capaz de andar".

Nenhum dos homens disse nada, mas o buggy foi novamente ligado e virado em direção à casa. Dalgliesh andou ao lado dele por quase trinta metros antes que Kate e Benton, completamente atônitos, viram-no cair e ser colocado dentro do veículo.

3

Kate e Benton ficaram olhando o buggy sumir de vista. Kate disse: "Precisamos de luvas. Vamos usar as do comandante Dalgliesh, por ora".

A porta do chalé da Foca estava aberta e o kit assassinato, também aberto, jazia sobre a mesa. Eles colocaram as luvas e retornaram à capela. Com Benton ao lado, Kate agachou-se perto do corpo e levantou a lateral da túnica. Ela estudou a amálgama de sangue coagulado e ossos partidos onde antes era o rosto de Boyde e, depois, tocou gentilmente os dedos endurecidos fechados em *rigor mortis*. A detetive sentiu-se tomada por emoções que sabia que devia controlar de alguma forma. Um horror nauseante, somado a raiva e pena, sendo que a última era mais difícil de suportar do que a revolta provocada pelos outros sentimentos. Kate tinha consciência da respiração de Benton, mas não levantou os olhos para encará-lo.

Esperando que sua voz não revelasse seu estado de espírito, ela disse: "Ele morreu aqui, provavelmente logo depois de ter chegado na noite passada. Calcraft pode ter lançado mão de uma pedra — ou seja qual for a arma do crime — para golpear Boyde, derrubando-o. E então deve ter decidido terminar o serviço. Isso foi ódio, Benton. Foi isso, ou perda total de controle".

Ela já tinha visto isso antes: assassinos, freqüentemente "marinheiros de primeira viagem", tomados pelo horror e pela desesperança perante a enormidade de seus atos, caíam num estado de frenesi, como se destruir o rosto da vítima fosse obliterar o ato em si.

Benton falou: "Boyde não poderia estar usando a túnica. Se ele caiu para trás, ela estaria debaixo dele. Então foi provavelmente Calcraft quem a tirou da caixa. Talvez ela já estivesse aberta quando ele entrou na capela. Aqui está o papel de seda, mas não o cordão. Isso é certamente estranho, detetive".

Kate disse: "É estranhíssimo que a túnica *esteja* aqui. A senhora Burbridge talvez possa explicar isso. Temos de reunir todos os residentes, acalmá-los o máximo que pudermos e deixar bem claro que estamos no comando da situação. Vou precisar de você comigo, Benton, mas não podemos deixar o corpo sozinho. Faremos o que precisamos fazer agora na cena do crime e depois pegamos a maca. Podemos trancá-lo no chalé da Capela, mas eu não gosto da idéia. É muito longe da casa principal. Claro que podemos usar a mesma enfermaria onde colocaram Oliver, mas isso significa que o cadáver de Boyde ficaria porta a porta com Dalgliesh".

Benton comentou: "Nas atuais circunstâncias, detetive, dificilmente isso causará preocupação a qualquer dos dois". E, como se arrependido da crueza de seu comentário, complementou depressa: "Mas será que a doutora Glenister não irá querer examinar o corpo *in situ?*".

"Nem sabemos ainda se vamos conseguir que ela venha. Talvez tenhamos que recorrer ao perito legista local."

Benton propôs: "Por que não transportá-lo para meu apartamento, detetive? Eu tenho a chave e ficará fácil quando o helicóptero chegar. E, até que chegue, ele pode ficar na maca".

Kate se perguntou por que não havia pensado nisso; contra toda a lógica, tinha assumido que a enfermaria da torre era o necrotério local. Ela concordou rapidamente: "Boa idéia, sargento".

Com cuidado, ela recolocou a lateral da túnica sobre o corpo, em seguida levantou-se e observou a situação por um momento, tentando disciplinar os pensamentos. Havia tanto a ser feito, mas em que ordem? Telefonemas a serem dados para a polícia de Londres, Devon e Cornualha, fotografias a serem tiradas antes que o corpo fosse transportado, residentes a serem reunidos e depois interrogados separadamente, cena a ser examinada, inclusive o chalé da Capela, e esforços a serem feitos para recuperar a arma do crime, se possível. Era quase certo que Dalgliesh estivesse correto: o mais natural era que Calcraft a tivesse jogado no penhasco, e uma pedra de superfície lisa era o objeto mais provável. A grama arenosa estava cheia delas.

Ela disse: "Se a arma estiver no mar, estamos perdidos. Isso dependerá da força com que foi jogada e se ele atirou da beira do penhasco ou do penhasco inferior. Você tem alguma idéia do horário das marés?".

"Encontrei uma tabela na sala do meu apartamento, detetive. Acho que teremos maré alta em cerca de uma hora e meia."

Kate conjecturou: "Eu me pergunto o que o comandante Dalgliesh faria primeiro".

Estava pensando em voz alta, sem esperar resposta, mas, depois de um intervalo, Benton disse: "A questão não é saber o que o comandante Dalgliesh faria, detetive Miskin, mas o que você vai fazer". Ela olhou para ele e disse: "Vá até o seu apartamento o mais depressa que puder e pegue a câmera. Traga também o kit assassinato. Use uma das bicicletas que estão no antigo estábulo. Vou ligar para Maycroft e pedir que ele mande a maca para cá dentro de vinte minutos. Isso nos dará tempo para fazer as fotos. Depois que levarmos o corpo, veremos os residentes. Então, voltaremos aqui para ver se existe alguma possibilidade de descermos até a orla. E também precisamos examinar o chalé da Capela. É quase certo que Calcraft ficou com resquícios de sangue, pelo menos nas mãos e nos braços, e nesse caso ele deve ter se lavado no chalé de Boyde".

Benton-Smith saiu em disparada, correndo rápida e facilmente pelo cerrado. Kate voltou ao chalé da Foca. Havia dois telefonemas a serem dados, ambos difíceis. O primeiro era para o comissário-adjunto Harkness, na Scotland Yard. Houve uma demora para conseguir falar com ele, mas por fim Kate ouviu a voz rápida e impaciente. Na verdade, o telefonema se mostrou menos frustrante do que Kate antecipara. Harkness deu, claramente, a impressão de que a complicação com a SARS era uma afronta pessoal pela qual Kate era, de alguma maneira, responsável, mas ela percebeu que o comissário ao menos demonstrou satisfação em saber que era o primeiro a tomar conhecimento da novidade. Até então, a notícia não se espalhara nacionalmente. Depois, quando ela terminou de reproduzir para ele todo o progresso da investigação, a decisão final de Harkness, se não imediata, ao menos foi clara: "Investigar um duplo homicídio com apenas você e um sargento dificilmente é o ideal. Não compreendo por que não pedir apoio técnico da polícia local. Se os investigadores e os peritos em impressão digital se mantiverem distantes dos possíveis infectados, não vão correr grandes riscos. Claro que isso dependerá de uma autorização do Ministério do Interior".

Kate disse: "Eu e o sargento Benton-Smith ainda não sabemos se estamos infectados".

"Suponho que devemos considerar essa hipótese. Seja como for, o controle da epidemia não é responsabilidade sua. Os dois assassinatos sim. Vou dar uma palavrinha com o chefe de polícia de Exeter. Pelo menos eles podem lidar com quaisquer evidências. É melhor você prosseguir a investigação com Benton-Smith pelo menos nos próximos três dias, isso nos levará até sexta-feira. Depois, veremos como os fatos irão desenrolar-se. Mantenha-me informado, claro. A propósito, como está o comandante Dalgliesh?"

Kate respondeu: "Eu não sei, senhor. Não quis incomodar o doutor Staveley com perguntas. Espero poder conversar com ele e obter informações mais tarde, ainda hoje".

Harkness decidiu: "Eu mesmo vou telefonar para Staveley e falar com o próprio Dalgliesh, se ele estiver suficientemente bem".

Kate pensou: *Boa sorte para você*. Tinha a impressão de que Guy Staveley seria altamente eficaz em proteger seu paciente.

Após desligar o telefone, ela se muniu de forças para fazer a segunda, e mais difícil, ligação. Tentou ensaiar o que iria dizer a Emma Lavenham, mas nada lhe parecia certo. As palavras eram ou muito amedrontadoras ou excessivamente tranqüilizadoras. Havia dois números no papel que o comandante Dalgliesh tinha lhe deixado, o telefone fixo e o celular; ficar encarando os dois não tornava sua escolha nem um pouco mais fácil. Por fim, ela decidiu tentar o número do fixo primeiro. Emma poderia ainda estar em seus aposentos na faculdade. Talvez o comandante já tivesse falado com ela, mas Kate achava improvável. Sem celular, Dalgliesh teria que utilizar o telefone do ambulatório, e o dr. Staveley dificilmente encararia isso como uma prioridade.

Após cerca de cinco toques, a voz clara, confiante e despreocupada de Emma Lavenham entrou na linha, trazendo consigo uma confusão de memórias e emoções. Logo que Kate se anunciou, a voz mudou: "É sobre Adam, não é?".

"Temo que sim. Ele me pediu para lhe informar que não está bem. Ele irá lhe telefonar logo que puder. E pediu-me para lhe mandar seu carinho."

Emma estava tentando manter-se calma, mas sua voz estava cheia de medo: "Como não está bem? Houve algum acidente? É sério? Kate, por favor, conte-me".

"Não um acidente. Você ouvirá pelo rádio, no próximo noticiário, imagino. Um dos hóspedes de Combe chegou aqui com SARS; o comandante Dalgliesh pegou a doença. Ele está agora na enfermaria da ilha."

O silêncio que se seguiu foi tão interminável e absoluto que Kate se perguntou se a ligação tinha caído. Então escutou a voz de Emma de novo: "Qual é a gravidade do estado dele, Kate? Eu preciso saber".

Kate disse: "Acabou de acontecer. Eu mesma não sei

ao certo. Espero obter mais detalhes quando voltar à casa principal mais tarde. Mas estou certa de que ele ficará bem. O comandante está em boas mãos. Quero dizer que SARS não é como aquela gripe aviária".

Kate falava sem conhecimento de causa, tentando tranqüilizar Emma, porém teve o cuidado de não mentir. Como poderia contar a verdade, se não a conhecia? Acrescentou: "E Dalgliesh é muito forte".

Emma falou com comovente falta de autocomiseração: "Ele estava cansado quando pegou esse caso. Não posso ir para aí ficar com ele, sei disso. Não posso nem tentar falar com ele. Não creio que deixassem, e Adam não pode ficar preocupado comigo e com a maneira como estou me sentindo. Isso não é importante agora. Mas espero que você possa dar um recado a ele. Diga que estou pensando nele. Transmita meu carinho a ele. E, Kate, você vai me ligar, não vai? E conte-me a verdade, não importa o quão ruim ela possa ser, por favor, Kate. Nada pode ser pior do que o que se passa na minha cabeça".

Recolocando o fone no gancho, Kate pensou: Não "diga a ele que o amo", apenas "transmita meu carinho a ele"? Esse é o tipo de mensagem que qualquer um mandaria. Mas que palavras usar se as que Emma realmente desejava expressar apenas podiam ser ditas face a face? A detetive pensou: Nós duas queremos dizer as mesmas palavras. Eu sempre soube o motivo pelo qual não posso dizê-las. Mas Dalgliesh ama Emma, então por que ela não poderia dizer tais palavras?

Kate voltou para a capela pisando com cautela e, de olhos baixos, examinou o chão de pedra. Depois, foi para fora, de encontro ao ar fresco da manhã. Era impressão sua ou o ar estava mais puro? Com certeza ainda era cedo para que o mau cheiro inconfundível da morte começasse a exalar. Ela tentou absorver as implicações de resolver dois assassinatos sem contar com nenhuma ajuda, a não ser dela mesma e de Benton. As apostas seriam altas para ambos, mas, qualquer que fosse o resultado, a responsabilidade recairia sobre ela. E no mundo exterior, o mundo deles, não havia desculpas para o fracasso. Os dois assassinatos eram homicídios típicos de uma sociedade pequena e fechada, onde não havia acesso ao mundo exterior e com um número limitado de suspeitos, mais limitado agora que Speidel tinha um álibi para a morte de Boyde. O fracasso da missão só seria desculpado se tanto ela quanto Benton caíssem doentes de SARS. Os dois corriam o risco de estar infectados. Ambos sentaram-se perto de Dalgliesh por cerca de uma hora na sala dele no chalé da Foca. Agora iriam investigar um assassinato sob a ameaça de uma temível doença. Mas Kate sabia que o risco de contrair SARS era bem menos oneroso para ela — como seria para Benton — que o medo do fracasso público de ir embora de Combe Island sem resolver o caso.

E agora ela o via à distância, pedalando vigorosamente, com a máquina fotográfica pendurada no pescoço, uma mão segurando o guidão da bicicleta e a outra o kit assassinato. Benton apoiou a bicicleta na parede do chalé da Foca e veio na direção de Kate. Ela nada falou sobre o telefonema para Emma, mas reportou a conversa que tivera com Harkness.

Benton disse: "Fico surpreso por ele não ter dito que, se o número de cadáveres continuar aumentando, em breve resolveremos o caso através do processo de eliminação. Que fotos você quer que eu faça, detetive?".

Nos quinze minutos seguintes, trabalharam juntos. Benton fotografou o corpo com a túnica no lugar, depois o rosto destruído, a capela, a área em torno dela, a parte de cima e a parte de baixo do penhasco, e dedicou-se em especial a uma parede de pedra parcialmente demolida. Em seguida foram para o chalé da Capela. Que estranho, pensou Kate, que o silêncio pudesse ser tão opressivo; que naquele vazio o Boyde morto estivesse mais vividamente presente para ela do que fora em vida.

Kate falou: "A cama está arrumada. Ele não dormiu aqui na noite passada. Isso significa que Adrian Boyde morreu no local em que foi encontrado, na capela".

Ela e seu colega foram em direção ao banheiro. O chuveiro e a pia estavam secos, as toalhas no lugar. Kate disse: "Pode haver impressões digitais no chuveiro ou nas torneiras, mas isso será examinado pelo pessoal de apoio, quando for seguro para eles pisarem em Combe. Nosso trabalho é proteger as evidências. Isso significa trancar e lacrar o chalé. O lugar mais provável para encontrarmos vestígios de DNA é nas toalhas, portanto é melhor elas irem para o laboratório".

Nisso eles escutaram, através da porta aberta, o ronco do buggy. Ao olhar para fora, Kate constatou: "Rupert Maycroft veio sozinho. Dificilmente poderia trazer o doutor Staveley ou Jo Staveley consigo, uma vez que ambos devem estar atarefados na enfermaria. Fico mais aliviada com o fato de ser apenas Maycroft. É uma pena ele ter de ver a túnica sobre o corpo, mas pelo menos o rosto estará encoberto por ela".

A maca fora colocada atravessada na parte de trás do buggy. Benton ajudou Maycroft a retirá-la. Maycroft esperou até que ele e Kate a empurrassem para dentro da capela. Alguns minutos mais tarde, a triste procissão fez o percurso de volta à casa principal através do cerrado, Maycroft dirigindo o buggy na frente e Kate e Benton atrás, empurrando a maca, um de cada lado. Para Kate, aquela parecia uma cena irreal, um rito de passagem estranho e bizarro: a intermitente luz do sol estava mais fraca agora e uma brisa forte levantava o cabelo de Maycroft, o verde brilhante da túnica parecendo uma cortina vistosa, ela e Benton com expressão cinzelada e solene caminhando atrás do lento veículo, o cadáver pulando, de tempos em tempos, sempre que as rodas encontravam um montículo ou pedra, o silêncio quebrado somente pelo ruído de seus passos e do motor, e pelo sempre presente murmúrio do mar e o ocasional, e quase humano, som agudo emitido pelo bando de gaivotas que os seguia, batendo asas, como se esse estranho cortejo oferecesse a esperança de lhes dar algumas migalhas de pão.

4

Eram quase nove e meia. Kate e Benton tinham gasto cerca de vinte minutos discutindo a logística da nova situação com Maycroft e agora era hora de enfrentar o resto do grupo. Na porta da biblioteca Benton notou que Kate hesitou, escutou-a respirar profundamente, buscando estabilizar a respiração, e ele sentiu na própria pele o esforço dela. Podia notar a tensão dos ombros e pescoço da colega enquanto ela levantava a cabeça para enfrentar o que a esperava por trás da pesada porta de mogno. Tempos depois, Benton ficaria atônito ao lembrar-se da quantidade de idéias e pensamentos, comprimidos em apenas três segundos, que cruzaram sua cabeça naquele momento. Ele sentiu um espasmo de pena de Kate; esse caso seria vital para a carreira da detetive, e ela sabia disso. A missão também era crucial para ele, mas era Kate que estava no comando. E será que ela agüentaria trabalhar novamente para Dalgliesh se fracassasse tanto com ele quanto consigo mesma? Benton teve uma visão repentina das últimas palavras que Dalgliesh disse a Kate, do lado de fora da capela. Benton se lembrou do rosto e da voz de Kate e pensou: *Ela está apaixonada por ele. Acha que o comandante vai morrer.* Mas o devaneio de Benton durou uma fração de segundo, sendo logo interrompido pela voz de Kate, que, segurando a maçaneta, abriu a porta com firmeza.

Ele fechou a porta atrás dos dois. O cheiro de medo encheu-lhes as narinas, tão desagradável quanto a atmosfera sufocante de uma enfermaria. Como o ar podia estar tão maculado? Benton disse para si mesmo que estava exagerando; era só porque as janelas estavam fechadas. Estavam respirando ar viciado, infectando uns aos outros com o medo. A cena à sua frente era diferente da que encontrara na primeira vez que estivera na biblioteca. Teria ocorrido mesmo apenas três dias antes? Daquela vez os residentes de Combe estavam sentados em torno da longa mesa retangular, como crianças esperando a chegada da diretora do colégio. Na ocasião ele tinha percebido nas pessoas um misto de choque e horror, permeado por certa excitação. A maioria das pessoas presentes naquele dia não tinha nada a temer. Para aqueles às margens de um assassinato, envolvidos sim, porém inocentes, a morte exerce um terrível fascínio. Mas agora, novamente reunidos com aquelas pessoas, Benton conseguia perceber apenas medo.

Como se não quisessem encontrar os olhos uns dos outros por sobre a mesa, eles haviam se instalado em vários pontos do recinto. Só três sentavam-se juntos: a sra. Plunkett estava perto de Millie Tranter, as duas com as mãos sobre a mesa — a grande mão da cozinheira envolvendo a da garota; Jago sentava-se à esquerda de Millie. Na ponta da mesa, rosto branco como papel, corpo rígido, estava a sra. Burbridge, a personificação do horror e do pesar. Emily Holcombe escolhera uma das cadeiras de couro de espaldar alto em frente à lareira e Roughtwood se posicionara atrás dela, em guarda, como uma sentinela de turno. Mark Yelland estava sentado em frente, cabeça no encosto, braços apoiados frouxamente nas laterais, relaxado como quem vai tirar um cochilo. Miranda Oliver e Dennis Tremlett haviam trazido duas cadeiras pequenas da biblioteca para a frente de uma das estantes de livros e sentavam-se lado a lado. Dan Padgett, também numa das cadeiras pequenas, sentava-se sozinho, com os braços pensos entre as pernas, cabeça inclinada.

Quando ele e Kate entraram, todos os olhos pregaram-se neles, mas de início ninguém falou ou se mexeu. Maycroft, que tinha adentrado a biblioteca logo atrás deles, foi em direção à mesa e tomou uma das cadeiras vazias. Kate pediu: "Será que alguém pode fazer o favor de abrir as janelas?".

Foi Jago quem se levantou e moveu-se de janela em janela, abrindo-as. Uma brisa fria penetrou o ambiente e eles puderam escutar mais nitidamente o bater do mar.

Miranda Oliver disse: "Não abra todas as janelas, Jago. Duas são o bastante". Havia um quê de petulância na voz dela. Ela olhou ao seu redor, como se buscasse apoio, mas ninguém falou nada. Mansamente, Jago fechou as janelas, deixando apenas duas delas abertas.

Kate aguardou e depois disse: "Existem duas razões para estarmos todos reunidos aqui, exceto o doutor Staveley e sua esposa, que nos farão companhia dentro em breve. O senhor Maycroft lhes contou que ocorreu um segundo assassinato na ilha. O comandante Dalgliesh encontrou o corpo de Adrian Boyde na capela às oito horas da manhã de hoje. Vocês já devem saber, também, que o doutor Speidel foi levado para o hospital e que ele tem SARS — Síndrome Respiratória Aguda Grave. Infelizmente o comandante Dalgliesh também contraiu a doença. Isso significa que agora estou no comando, com o sargento Benton-Smith. Isso também significa que todos estamos de quarentena aqui em Combe Island. O doutor Staveley vai explicar quanto tempo isso deverá durar. Durante esse tempo, eu e meu colega iremos, obviamente, investigar tanto a morte do senhor Oliver quanto o assassinato de Adrian Boyde. Nesse ínterim acho que seria inteligente e adequado que aqueles que hoje estão nos chalés se mudem para o bloco de apartamentos do antigo estábulo ou venham para a casa principal. O senhor gostaria de dizer alguma coisa, senhor Maycroft?".

Maycroft levantou-se. Antes que pudesse dizer alguma coisa, Mark Yelland se adiantou: "Você usou a palavra assassinato. Devemos deduzir que essa segunda morte não foi nem acidente nem suicídio?".

Kate disse: "O senhor Boyde foi assassinado. Neste

momento não tenho condições de dizer mais nada. Senhor Maycroft?".

Ninguém falou. Benton se preparara para uma reação verbal, murmúrios desconexos, exclamações de horror e surpresa, mas todos pareciam em estado de choque. Ouviu somente uma aspiração conjunta de ar, tão tênue quanto o sussurro da brisa fresca. Todos os olhos se voltaram para Maycroft. Ele se apoiou no espaldar da cadeira, afastando Jago com o cotovelo, aparentemente sem perceber a presença dele. Os nós de seus dedos estavam brancos sobre a madeira escura, e seu rosto, drenado não somente de cor, como de vitalidade, era o rosto de um velho. Mas, quando ele falou, a voz saiu forte.

"A detetive Miskin lhes contou os fatos. Guy e Jo Staveley estão cuidando do senhor Dalgliesh neste momento, mas o doutor Staveley se juntará a nós dentro em breve para lhes falar sobre a SARS. Tudo o que quero fazer é expressar à polícia, em nome de todos nós, o choque e o horror perante a morte de um homem bom que fazia parte da nossa comunidade e falar que iremos cooperar com a investigação da detetive Miskin da mesma maneira como cooperamos com o comandante Dalgliesh. Nesse meio-tempo, já discuti com ela que arranjos domésticos devemos fazer. Com este novo e, aparentemente injustificado, assassinato, todos os inocentes estão, de alguma maneira, em perigo. Talvez tenhamos sido apressados demais em presumir que nossa ilha é inexpugnável. Estávamos errados. Tenho de enfatizar que esta é a minha opinião, não a da polícia, mas eles estão ansiosos para que todos fiquemos juntos. Existem duas suítes de hóspedes vagas aqui na casa e acomodações no antigo estábulo. Todos vocês têm chaves, e sugiro que tranquem seus chalés e tragam consigo o que precisarem. A polícia talvez necessite ter acesso aos chalés para verificar se não há intrusos, e eu providenciarei um molho de chaves para a detetive Miskin. Alguém tem alguma pergunta?"

A voz de Emily Holcombe saiu firme e segura. Parecia a Benton que, de todas as pessoas presentes na biblioteca, ela era a menos abalada. Ela disse: "Eu e Roughtwood preferimos permanecer no chalé Atlântico. Se eu precisar de proteção, ele é perfeitamente capaz de provê-la. Nós temos trancas para nos resguardar de quaisquer saqueadores noturnos. E, uma vez que dificilmente poderemos nos trancafiar aqui na casa sem que isso nos cause inconveniências, aqueles de nós que se sentirem adequadamente protegidos podem muito bem permanecer onde estão".

Miranda Oliver cortou, quase antes de Emily terminar de falar. Os olhos do grupo, como se fossem autômatos, viraram-se para ela: "Quero ficar onde estou. Dennis mudou-se para o meu chalé, então estarei segura. Acho que é do conhecimento geral que eu e ele vamos nos casar. Não seria apropriado anunciar ainda o casamento nos jornais tão próximo à morte de meu pai, mas estamos noivos. Naturalmente, não quero ficar distante de meu noivo num momento como este".

Benton imaginou que aquele discurso tinha sido previamente ensaiado, mas ainda assim ele o surpreendeu. Será que Miranda Oliver não percebia quão inadequado era esse triunfante anúncio de noivado num momento como aquele? Ele notou o constrangimento geral. Estranho ver que uma gafe social podia de fato desconcertar as pessoas mesmo quando se encontravam perante um assassinato e o medo da morte.

Emily Holcombe disse: "E o senhor, senhor Yelland? O seu chalé é o mais afastado".

"Ah, eu vou me mudar para cá. Só há uma pessoa nesta ilha que não precisa temer o assassinato, e esta é o próprio assassino. Uma vez que eu não sou ele, vou preferir ficar aqui na casa, em vez de permanecer sozinho no chalé Murrelet. Parece-me que a polícia está lidando com um assassino com distúrbios psicológicos, que pode não ser racional na escolha de suas vítimas. Vou preferir ficar numa das suítes da casa principal, em detrimento das acomodações do antigo estábulo, e como trouxe trabalho comigo, também vou precisar de uma escrivaninha."

Maycroft disse: "Jago precisará permanecer em seu chalé para manter a vigilância no ancoradouro. Você pode fazer isso, Jago?".

"Alguém tem de ficar naquele chalé, senhor, e eu não gostaria que fosse outra pessoa, a não ser eu. Posso cuidar de mim mesmo."

Desde que Maycroft terminara sua preleção, Millie chorava baixinho, o barulho de seu choro era tão insignificante e patético quanto o miado de um gato. De quando em quando, a sra. Plunkett apertava a mão em torno do fino pulso da garota, mas não fez nenhum outro gesto de conforto. Ninguém mais parecia notar, mas agora Millie gritava: "Eu não quero me mudar para cá! Quero ir embora desta ilha. Não vou ficar num lugar onde as pessoas são assassinadas. Vocês não podem me fazer ficar aqui!". Ela se virou para Jago: "Jago, você vai me levar embora, não vai? Você me leva na lancha? Eu posso ficar com o Jake. Posso ir para qualquer lugar. Vocês não podem me prender aqui!".

Yelland ponderou: "Suponho que ela esteja tecnicamente correta; com certeza essa quarentena será voluntária. A autoridade competente, seja quem for o responsável pela ilha, não pode invocar medidas compulsórias, a menos que estejamos, de fato, sofrendo de uma doença infecciosa. Encontro-me perfeitamente preparado para ficar, estou somente questionando o aspecto legal da situação".

Naquele momento, Maycroft falou com o tom mais autoritário que Benton já o ouvira utilizar: "Estou avaliando a situação. Se alguém tivesse saído da ilha, imagino que essa pessoa teria sido aconselhada a ficar em casa e manter-se longe das outras pessoas até passar o período de incubação da doença. Acho que são dez dias; o doutor Staveley nos dirá. Mas a questão é acadêmica. Ninguém de fora tem permissão para desembarcar em Combe, e sem dúvida agora não será permitido que nenhum barco atraque na ilha".

Emily disse: "Então na verdade somos prisioneiros?".

"Dificilmente mais prisioneiros do que quando somos

envolvidos por densas neblinas ou tempestades violentas, Emily. A lancha está sob o meu controle. Não tenho a intenção de disponibilizá-la até que o período de incubação se esgote. Alguém tem algum problema com isso?"

Ninguém disse nada, mas a voz de Millie elevou-se gradativamente enquanto ela falava: "Eu não quero ficar! Você não pode me forçar!".

Jago puxou sua cadeira para mais perto de Millie e sussurrou algo no ouvido dela. Ninguém escutou o que ele disse, mas Millie foi ficando mais quieta e depois, expressando sua insatisfação, disse: "Então por que eu não posso ficar no chalé do Ancoradouro com você?".

"Porque você vai ficar na casa principal com a senhora Burbridge. Ninguém vai lhe fazer mal. Seja corajosa e sensata e você será uma genuína heroína quando tudo isso terminar."

Durante todo esse tempo a sra. Burbridge não tinha falado nada. Mas agora ela falava, com a voz falhando: "Nenhum de vocês disse nada sobre Adrian Boyde. Nada. Ele foi brutalmente assassinado e nós estamos somente pensando em nossa própria segurança, se seremos ou não os próximos, se contraímos SARS ou não, e ele está em algum lugar esperando ser cortado e etiquetado, como prova num caso de assassinato!".

Maycroft disse, paciente: "Evelyn, falei que ele era um bom homem, e ele realmente o foi. Você está certíssima. Estive tão preocupado com o problema de lidar com essa emergência dupla que não falei as palavras que devia. Mas encontraremos tempo para despedir-nos dele".

"Você não achou um momento para fazer isso por meu pai!" Miranda pôs-se de pé repentinamente: "Você não se importou se meu pai estava vivo ou morto. Alguns de vocês ficaram até satisfeitos com a morte dele. Sei o que pensavam a respeito dele. Então, não pensem que vou fazer dois minutos de silêncio pelo senhor Boyde, se é isso que têm em mente". Ela se virou para Kate: "E não se esqueça de que papai morreu primeiro. Você deveria estar investigando isso também".

"Estamos investigando." Benton pensou: *Precisamos mantê-los juntos. Não podemos proteger todos eles e, ao mesmo tempo, investigar um duplo assassinato. Essa é nossa única oportunidade de exercer nossa autoridade. Se não tomarmos o controle agora, jamais o faremos. Não podemos permitir que Emily Holcombe assuma o comando.*

Ele olhou para Kate e de alguma maneira ela captou a força de sua ansiedade. Ela disse: "Você tem algo a acrescentar, sargento?".

"Só uma coisa, detetive." Benton encarou o grupo e em seguida fixou o olhar em Emily Holcombe: "Não estamos pedindo que deixem seus chalés apenas porque ficarão mais seguros. Com a doença do comandante Dalgliesh, precisaremos de toda a mão-de-obra de que dispomos. É sensato e prudente que todos vocês fiquem num lugar só. Aqueles que não cooperarem estarão atrapalhando as investigações".

Seria um relance de divertimento, pensou Benton, aquilo que via nos olhos da srta. Holcombe? Ela reagiu: "Se você apresenta a situação sob essa ótica, sargento, suponho que não temos escolha. Não tenho o menor desejo de ser usada como bode expiatório para o fracasso. Vou querer ocupar o quarto que era de meus pais aqui na casa. Roughtwood ficará nas acomodações do antigo estábulo. E é melhor você juntar-se a mim na casa, Miranda. O senhor Tremlett estava perfeitamente confortável antes no antigo estábulo. Vocês devem ser capazes de tolerar uma noite ou duas separados".

Antes que Miranda pudesse retorquir, a porta se abriu e Guy Staveley entrou. Benton esperava que ele estivesse vestindo guarda-pó branco; no entanto, usava a calça de veludo cotelê marrom e a jaqueta de tweed com as quais tinha começado seu dia, e isso parecia incongruente. O médico estava quieto, seu rosto trazia uma expressão tão grave quanto a de Maycroft e, antes de começar a falar, ele olhou para seu colega, como se buscasse segurança, mas sua voz estava firme e surpreendentemente autoritária. Esse era um Staveley diferente daquele homem que Benton vira antes. Todos os olhos estavam colados nele. Olhando de rosto em rosto, Benton viu esperança, ansiedade e o apelo mudo que ele já percebera antes em outros olhos: a necessidade desesperada da garantia tranqüilizadora de um especialista.

A cadeira no final da mesa retangular estava vazia e Staveley a ocupou, ficando de frente para a sra. Burbridge, sentada do outro lado. Maycroft passou para a direita do médico e aqueles que ainda estavam de pé, incluindo Kate, procuraram sentar-se. Somente Benton permaneceu de pé. Ele foi em direção às janelas, saboreando o fluxo de brisa marítima.

Staveley começou: "A detetive Miskin deve ter-lhes dito que agora sabemos que o doutor Speidel está com SARS. Ele está internado numa unidade de isolamento especial em Plymouth e está sendo bem cuidado. Sua mulher e alguns outros membros da família chegarão da Alemanha e, obviamente, só poderão vê-lo em condições controladas. Ele ainda está muito doente. Preciso também informar-lhes que o comandante Dalgliesh contraiu essa infecção e, no momento, está na enfermaria aqui da casa. Faremos exames para confirmar o diagnóstico, mas temo que haja poucas dúvidas. Se o estado de saúde dele piorar também, vamos transferi-lo por helicóptero para Plymouth".

Ele continuou: "Antes de tudo, quero garantir a todos que a forma primária de disseminação da SARS é por contato pessoal próximo, talvez por gotículas espalhadas no ar quando a pessoa infectada tosse ou espirra, ou quando alguém toca uma superfície contaminada por gotículas infectadas e leva a mão até o nariz, a boca ou os olhos. É possível que a SARS possa espalhar-se no ar por outros meios, mas até este momento ninguém parece ter certeza disso. Podemos supor que somente aqueles que tiveram contato próximo com o doutor Speidel ou com o comandante Dalgliesh correm riscos sérios. Todavia, é certo que todos aqui devem ficar de quarentena por cerca de dez dias. A vigilância sanitária tem poderes para exigir o cumprimento dessa medida por uma pessoa infectada e, em alguns casos, obrigar aqueles que estão sob o risco de estarem infectados que façam quarentena também. Não sei se eles imporiam tal medida àqueles que não tiveram contato próximo com o doutor Speidel e o comandante Dalgliesh, mas espero que possamos concordar que a coisa mais sensata a fazer é que todos aceitemos voluntariamente a quarentena e fiquemos aqui na ilha enquanto for aconselhável fazê-lo. Afinal de contas, não estamos sendo postos em quarentena num lugar fora de casa. Tirando a polícia e os hóspedes, Combe é a casa de todos. O que se pede apenas é que deixemos de fazer nossas viagens ao continente até que o risco de contágio tenha acabado. Se algum de vocês for contra isso, por favor, diga".

Ninguém disse nada. Millie pareceu querer rebelar-se por um segundo, mas logo desistiu e fez cara de taciturna resignação.

Então Padgett falou, em tom excitado: "Isso não é conveniente para mim. Combe não é meu lar — não mais. Tenho uma entrevista em Londres, para um curso na universidade. Agora que minha mãe morreu, vou embora de Combe, e é impossível para mim ficar mais dez dias. Se eu perder a entrevista, posso perder a oportunidade".

Surpreendentemente, foi Yelland quem respondeu: "Isso é ricículo. Claro que eles guardarão seu lugar. Seria difícil eles lhe darem as boas-vindas se achassem que esteve exposto à SARS".

"Mas não fui. O doutor Staveley acaba de explicar."

"O comandante Dalgliesh entrevistou você, não foi? Ou ele ou um dos colegas dele, e todos correm risco de contágio. Por que não aceitar o inevitável e parar de reclamar?"

Padgett ficou ruborizado e deu a impressão de querer falar alguma coisa. O dr. Staveley disse: "De modo que estamos entendidos: quarentena voluntária. Informarei as autoridades. Claro, enquanto isso haverá intensa movimentação internacional com o objetivo de localizar os turistas que saíram de Beijing com o doutor Speidel e o amigo com quem ele se hospedou no Sul da França. Mas isso não é responsabilidade minha, graças a Deus. No momento, eu e minha esposa estamos cuidando do comandante Dalgliesh, mas talvez mais tarde seja preciso transferi-lo para Plymouth. Enquanto isso, se algum de vocês ficar doente, por favor, dirija-se imediatamente ao ambulatório. A síndrome começa em geral com uma febre e os sintomas associados à gripe: dor de cabeça, sensação de mal-estar, dores pelo corpo. Alguns pacientes, não todos, têm tosse logo no início. Acho que isso é tudo o que tenho a lhes dizer no momento. O assassinato de Adrian Boyde, que normalmente expulsaria todas as outras preocupações de nossas mentes, está nas mãos da detetive Miskin e do sargento Benton-Smith. Espero que todos cooperemos com eles, como cooperamos com o comandante Dalgliesh. Alguém tem alguma pergunta?". Voltou-se para Maycroft: "Você tem mais alguma coisa a dizer, Rupert?".

"Só sobre a publicidade. Essa notícia será dada em primeira mão no noticiário das treze horas, na TV e no rádio. Temo que isso seja o fim da privacidade na ilha. Estamos fazendo todo o possível para minimizar o transtorno. Os telefones daqui não constam da lista, o que não significa que algumas pessoas não os descubram. O setor de relações públicas da Nova Scotland Yard está lidando com a publicidade em torno dos assassinatos. Basicamente, está dizendo que as investigações prosseguem, mas que é cedo para adiantar hipóteses. O inquérito sobre o senhor Oliver foi protelado e, quando ocorrer, é provável que seja adiado novamente. Se alguém aqui estiver interessado no que a imprensa vai dizer e quiser acompanhar a novela, sugiro que tente convencer a senhora Plunkett a deixá-lo assistir televisão no aparelho dela. Os jornais, bem como os outros suprimentos necessários, serão jogados de um helicóptero amanhã. Não posso afirmar que a perspectiva me entusiasma."

O dr. Yelland indagou: "E os empregados que fazem trabalhos temporários aqui na ilha? Eles não serão incomodados pelos jornalistas?".

"Não creio que os nomes dessas pessoas sejam conhecidos. Se a imprensa conseguir contatá-los, duvido que tenham algo a revelar. Não há possibilidade razoável de que alguém desembarque na ilha. O heliporto será indisponibilizado, exceto quando soubermos da chegada de uma ambulância aérea ou de suprimentos. Provavelmente haverá barulho causado por helicópteros circulando sobre Combe, mas teremos que conviver com isso. Você tem algo a dizer, detetive?"

"Quero apenas complementar o que disse antes. As pessoas devem ficar juntas o máximo que puderem. Quem quiser se exercitar deve levar junto um ou dois companheiros e manter-se no entorno da casa. Vocês todos têm as chaves de seus chalés ou apartamentos no antigo estábulo e provavelmente preferirão mantê-los trancados. O sargento Benton-Smith e eu gostaríamos de obter o consentimento de vocês para executar, em qualquer dos cômodos, as buscas que se fizerem necessárias. Preciso economizar tempo. Alguém tem alguma objeção?" Ninguém disse nada. "Então eu vou interpretar o silêncio como consentimento. Obrigada. Antes de se dispersarem, gostaria que cada um de vocês escrevesse onde estava e o que estava fazendo entre nove horas da noite de ontem e oito da manhã de hoje. O sargento Benton-Smith irá lhes fornecer caneta e papel e coletar as declarações."

Emily Holcombe disse: "Vamos parecer um bando de universitários velhuscos fazendo as provas finais. O sargento Benton-Smith vai nos fiscalizar?".

Kate disse: "Ninguém vai fazer isso, senhorita Holcombe. Estava pensando em colar?". A detetive voltou-se para os demais: "Isso é tudo por ora. Obrigada a todos".

As folhas de papel e as canetas já estavam a postos sobre a escrivaninha de Maycroft. Ao atravessar o corredor para buscá-las, Benton pensou consigo mesmo que o primeiro encontro dele e Kate, como dupla, com os suspeitos até que correra bem. Ele tivera a impressão de que agora estavam retomando a teoria reconfortante de que, de alguma maneira, um estranho conseguira entrar na ilha. Sendo assim, não havia por que desiludi-los. O medo de um assassino psicopata à solta pelo menos os manteria juntos. E havia ainda uma outra vantagem: o assassino, sentindo-se mais seguro, ficaria mais confiante. E é quando ganha confiança que um assassino corre mais risco. Deu uma olhada no relógio. Em menos de quarenta minutos já seria maré alta. Mas primeiro precisavam ver a sra. Burbridge. Seu depoimento talvez tornasse desnecessária a perigosa escalada.

Diferentemente dos outros, ela não se sentara para escrever sua declaração: dobrara a folha e a guardara cuidadosamente na bolsa. Em seguida levantou-se como se de repente tivesse se tornado uma velha e foi em direção à porta. Ao abri-la para ela, Kate disse: "Gostaríamos de conversar um pouco, senhora Burbridge, e temos certa urgência. Podemos fazer isso agora?".

Sem olhar para eles, ela respondeu: "Se puderem me dar cinco minutos.... Por favor, só cinco minutos".

E foi-se. Benton deu uma olhada em seu relógio e comentou: "Vamos esperar que não tenhamos que aguardar mais que isso, detetive".

5

A sra. Burbridge recebeu Kate e Benton à porta de seu apartamento sem nada falar, e para a surpresa de Kate conduziu-os não para sua sala, mas sim para o quartinho de costura. Lá, ela se sentou à mesa maior. Na biblioteca, Kate, muito preocupada em achar as palavras certas, não se concentrou no rosto das pessoas, individualmente. Agora ela estava olhando para o rosto de uma pessoa tão descaracterizada pelo sentimento de luto que mal podia reconhecê-la como a mulher que tinha visitado logo após a morte de Oliver. Sua pele, de um tom cinza-esverdeado, parecia um pergaminho amassado cheio de sulcos, e os olhos, tomados pela dor, nadando num mar de lágrimas não derramadas, tinham perdido toda a cor. Mas Kate viu algo mais, uma desolação de espírito que estava além da possibilidade de consolo. Kate jamais se sentira tão inadequada e impotente. Desejou profundamente que o comandante Dalgliesh estivesse ali. Ele saberia o que dizer, ele sempre sabia.

Imagens fugazes de perdas anteriores passaram por sua cabeça como uma movimentada colagem de dor e sofrimento. E houve tantas, tantas más notícias que teve de dar desde que se tornara uma policial! A sucessão de portas que se abriam mesmo antes de ela bater ou tocar a campainha, esposas, maridos, filhos, todos vendo a verdade em seus olhos antes até que ela tivesse tempo de falar; mexendo freneticamente em cozinhas estranhas para fazer o tradicional "bom chazinho", que de bom não tinha nada e que a pessoa enlutada bebia com desoladora cortesia.

Mas esse sofrimento estava além do conforto transitório de um chá quente doce. Olhando ao redor do quarto de costura da sra. Burbridge, como se o visse pela primeira vez, Kate foi tomada por uma mescla confusa de dó e raiva, os fardos de seda colorida, o quadro de cortiça cheio de retalhos, fotografias, símbolos e, na frente da sra. Burbridge, o pequeno embrulho de tecido contendo a faixa bordada na qual Millie estivera trabalhando, tudo aquilo era evidência de uma criatividade inocente e feliz que agora estaria eternamente maculada pelo horror e pelo sangue.

Eles devem ter esperado uns dez segundos em silêncio, mas o tempo parecia ter parado, e então os olhos tristonhos da sra. Burbridge olharam para Kate: "É a túnica, não é? Tem algo a ver com a túnica, eu a entreguei a ele".

Kate disse gentilmente: "Ela foi colocada sobre o corpo do senhor Boyde, mas não usada para matá-lo". *Seria isso que a sra. Burbridge estava pensando?* Kate complementou: "Ele não foi sufocado. A túnica foi simplesmente posta sobre ele".

"E ela está... ela está manchada com o sangue dele?"
"Sim, sinto dizer que está."

Kate abriu a boca para dizer as palavras: *Mas eu acho que as manchas saem*, e então se calou. Ela tinha escutado Benton engolir em seco. Será que ele também tinha percebido que ela havia se livrado de dizer uma besteira tão tola quanto insultante? A sra. Burbridge não estava sofrendo pelo estrago de um objeto que ela havia criado com tanto amor, nem pelo tempo e pelo esforço perdidos.

E agora a pobre mulher olhava também para o quarto como se nunca o tivesse visto antes. Ela falou: "Tudo é um despropósito, não é mesmo? Nada aqui é real. Serve somente para embelezar a fantasia. Eu dei a túnica para ele. Se não a tivesse dado...". A voz dela falhou.

Kate disse: "Não teria feito diferença. Acredite-me, o assassino teria agido com a túnica lá ou não. Isso não teve nada a ver com a roupa".

Em seguida, Kate ouviu Benton falar, e ficou surpresa com a gentileza que perpassava a voz dele: "Foi o assassino quem colocou a túnica sobre o corpo de Boyde, mas foi um gesto apropriado, não acha? Adrian era um padre. Talvez a seda da túnica tenha sido a última coisa que ele sentiu. Isso não teria sido um conforto para ele?".

A sra. Burbridge olhou para o rosto do sargento, depois estendeu uma mão trêmula e tomou a jovem mão morena de Benton entre as suas: "Sim", disse, "teria sim. Obrigada".

Com delicadeza, Kate aproximou uma cadeira da dela, sentou-se e falou: "Vamos pegar quem fez isso, mas precisamos de sua ajuda, senhora Burbridge, particularmente agora que o comandante Dalgliesh está doente. Precisamos saber o que aconteceu na noite passada. Você disse que entregou a túnica ao senhor Boyde".

A sra. Burbridge estava mais calma agora. Ela disse: "Ele veio me ver após o jantar. Eu jantei aqui como geralmente faço, mas sabia que ele estava a caminho. Tínhamos combinado isso mais cedo. Eu tinha dito a ele que a túnica estava pronta e ele queria vê-la. Se as coisas tivessem sido diferentes, se não fosse pelo assassinato do senhor Oliver, Adrian a teria levado para o bispo. Ele sugeriu isso porque para ele teria sido uma espécie de teste. Acho que ele se sentia pronto para deixar a ilha, pelo menos por alguns dias".

Kate perguntou: "Então é por isso que a túnica estava embalada numa caixa?".

"Foi posta na caixa, mas não era para ser levada para fora da ilha. Sabíamos que isso não podia acontecer, não ainda. Simplesmente achei que Adrian iria gostar de usá-la, talvez quando fosse fazer suas preces noturnas. Ele rezava as vésperas quase sempre. Ele não usaria a túnica para celebrar a missa, isso não seria adequado. Pude ver, quando ele a estava admirando, que ele gostaria de vesti-la, então eu disse que seria útil saber como ela caía, se ela era confortável. Era somente uma desculpa, claro. Eu queria que ele tivesse o prazer de usá-la."

Kate perguntou: "Você se lembra a que horas ele saiu daqui ontem à noite carregando a caixa?".

"Ele não se demorou. Dava para perceber que ele queria voltar para o seu chalé. Depois que Adrian saiu, desliguei a luz deste quarto e fui ouvir o rádio na sala. Lembro-me de ter olhado o relógio porque não queria perder um programa. Eram cinco para as nove."

Benton disse: "Você sentiu que ele queria voltar para o chalé dele. Isso era comum? Quero dizer, ele parecia ter mais pressa do que habitualmente? Você ficou surpresa por ele não se demorar mais? Ele lhe deu a impressão de que se encontraria com alguém a caminho de casa?".

A questão era importante, a resposta crucial, e a sra. Burbridge pareceu compreender isso. Após uma pausa, ela respondeu: "Não me pareceu incomum na hora. Imaginei que ele tivesse de fazer algum trabalho ou que quisesse escutar um programa de rádio. É verdade que ele nunca saía correndo. Mas não estava exatamente apressado, será que estava? Ele ficou aqui por vinte e cinco minutos".

Benton perguntou: "Sobre o que vocês conversaram?".

"Sobre a túnica, a manta e outras peças em que eu estava trabalhando. E ele admirou os frontais de altar. Foi somente um bate-papo. Não tocamos no assunto do assassinato do senhor Oliver, mas acho que ele estava preocupado. Ele ficou profundamente afetado pela morte do senhor Oliver. Claro que todos nós ficamos, mas com Adrian foi mais profundo. Mas isso é normal, não é? Ele compreendia essa coisa de demônio."

Kate se levantou e disse: "Não quero que fique sozinha neste apartamento, senhora Burbridge. Sei que a casa receberá muita gente, mas mesmo assim prefiro que não fique sozinha em seu apartamento à noite".

"Oh, mas eu não vou ficar. A senhora Plunkett também não quer ficar sozinha e sugeriu que eu ficasse com ela. Jago e Dan irão transportar a minha cama. Ela deveria vir para cá, eu sei, mas ela gosta de sua televisão. Temo que nenhuma de nós terá muita paz. Mesmo as pessoas que não têm interesse por televisão irão querer assistir ao noticiário agora. Tudo mudou, não é mesmo?"

"Sim", disse Kate, "receio que sim."

"Você me pediu para escrever o que ocorreu na noite passada. Trouxe o papel comigo para escrever, mas não o fiz ainda, não consegui escrever sobre o que houve. Isso importa agora?"

Kate respondeu gentilmente: "Não mais, senhora Burbridge. Você nos contou o que precisávamos saber. Receio que talvez tenha que fazer uma declaração formal mais tarde, mas não se preocupe com isso agora".

Eles agradeceram e saíram, e ouviram a porta ser trancada atrás de si.

Benton disse: "Então ele levou uma hora para chegar em casa. A caminhada pelo matagal, mesmo no escuro, não poderia levar mais que meia hora, provavelmente menos".

"É melhor você cronometrá-la, de preferência depois de anoitecer. Podemos estar razoavelmente certos de que Boyde não saiu para passear, não numa noite sem estrelas e carregando um pacote volumoso. Ele visitou alguém, e quando soubermos quem, teremos o Calcraft." Kate examinou seu relógio: "Levamos vinte minutos para obter a informação. Mas não podíamos apressá-la e era importante conseguirmos esse dado. Quero estar disponível quando a doutora Glenister chegar. Teremos de nos manter afastados dela, mas acho que devemos estar aqui quando ela levar o corpo embora".

Eles estavam entrando no apartamento de Kate quando o telefone tocou. Era a dra. Glenister, informando que estava ocupada em Old Bailey e era provável que ficasse presa pelos próximos dois dias. Havia um perito local perfeitamente competente e ela sugeriu que eles o usassem. E quaisquer provas poderiam ser levadas para o laboratório quando o corpo fosse removido.

Recolocando o fone no gancho, Kate disse: "Talvez seja melhor assim. Temos trabalho a fazer na cena do crime — e quero aquela pedra, se conseguirmos encontrá-la. Se a maré está subindo, talvez a gente já tenha perdido muito tempo".

Benton disse: "Perdido não, minha cara. Precisávamos falar com todos, na ilha, e garantir a segurança deles. E precisávamos do depoimento da senhora Burbridge. Se Boyde tivesse dado a ela alguma pista sobre aonde estava indo, talvez tivéssemos solucionado o caso. Há um limite para o que nós dois, sozinhos, temos condições de fazer. E deve dar tudo certo com a maré, se ela tiver virado pouco antes das dez da noite, ontem. Isso nos deixa mais ou menos uma hora até a maré alta".

"Esperemos que você tenha razão."

Após um momento de hesitação, ela disse: "Você agiu bem até aqui, sargento. Você soube o que dizer à senhora Burbridge, as palavras que a reconfortariam".

"Eu tive uma educação religiosa, detetive. Ela se mostra útil algumas vezes."

Kate olhou para o belo rosto moreno de Benton-Smith. Estava impassível como uma máscara. Ela disse: "E agora vamos ligar para Jago e pedir a ele que venha ao nosso encontro trazendo o buggy e o equipamento de escalada. Nós não podemos lidar com aquele penhasco sem ele. Alguém — suponho que Maycroft — terá que substituí-lo no chalé do Ancoradouro".

6

Para Benton parecia que havia transcorrido um tempo excessivo até que Maycroft conseguisse se livrar de suas outras preocupações e descesse até o cais para substituir Jago e explicar-lhe o que deveria fazer. Sentindo que Maycroft preferia fazer isso sozinho, Kate e Benton esperaram do lado de fora do farol já com o buggy, Benton resistindo à tentação de ficar olhando o relógio, uma obsessão irritante que parecia somente prolongar o tempo.

Num impulso, ele disse: "Suponho que seja seguro recorrer a Jago".

"Desde que consigamos que ele não veja o que iremos encontrar, se é que vamos obter algo."

"Eu estava pensando na escalada, detetive."

"Nós não temos outra alternativa. O comandante Dalgliesh comentou que não via Jago como o nosso homem, e o chefe nunca errou."

E então Jago juntou-se a eles. Ele e Benton carregaram o buggy com o equipamento de escalada e Kate ficou no volante. Eles atravessaram o cerrado em silêncio. Benton sabia que Kate queria preservar a área em torno da cena do crime e, quando eles estavam a pouco menos de vinte metros da capela, ela parou o buggy.

Ela disse a Jago: "O que estamos procurando certamente foi jogado dos penhascos superior ou inferior, em algum lugar perto da capela. Eu ou o sargento Benton-Smith teremos que descer o penhasco para fazer uma busca e iremos precisar da sua ajuda".

Jago manteve-se ainda em silêncio. Kate arrastou-se por entre os arbustos e depois, com Benton e Jago, andou ao longo do platô estreito até que, olhando para cima, deduziu que estavam debaixo da capela. Foram em direção à beira e olharam para baixo. O granito em camadas exibia fissuras em algumas partes e em outras parecia tão macio quanto prata polida. Projetava-se uns vinte metros em direção ao mar, quebrado, aqui e ali, por protuberâncias semelhantes a cestas penduradas, as fendas enfeitadas com folhagem e pencas de pequenas flores brancas. Ao pé do penhasco havia uma enseada sem praia, lotada de pedras e rochas. A maré subia rapidamente.

Kate virou-se para Jago: "É possível descer? Você vê algum problema em fazer isso?".

Por fim Jago falou: "Descer, não. Mas como espera subir de volta? Você precisa de um escalador experiente".

Kate perguntou: "Há alguma outra maneira de chegar até a enseada?".

Jago disse: "Ande um pouco mais e dê uma olhada você mesma, detetive. A pedra é toda escarpada e o acesso muito difícil, seja qual for a maré".

"E não seria possível rodear o promontório a nado para alcançar a enseada?"

O rosto de Jago era suficientemente eloqüente. Ele deu de ombros: "Não. A menos que você queira ser cortada em pedacinhos. As pedras submersas são como navalhas afiadas".

Benton disse: "Meu avô foi alpinista e me ensinou a escalar. Se você estiver disposto a descer comigo, imagino que seremos capazes de subir novamente, isso se houver uma passagem possível para essa escalada".

"Há uma cerca de trinta metros ao sul da capela. É o único jeito de chegar lá, mas não é para novatos. Qual foi a escalada mais difícil que você já fez?"

"Tatra, na costa de Dorset. Perto do pico de St. Anselm." Benton pensou: *E não me pergunte, pelo amor de Deus, quando foi que fiz isso.*

E então, pela primeira vez, Jago olhou nos olhos de Benton: "Você é neto de Hugh Benton-Smith?".

"Sou."

Fizeram-se alguns segundos de silêncio, depois Jago acedeu: "OK, vamos logo com isso. É melhor você me dar uma mão com o equipamento. Não temos muito tempo".

Eles deixaram Kate na beirada do penhasco. Em poucos minutos estavam de volta. Jago vinha na frente andando com segurança, as cordas jogadas ao ombro. Seguindo-o com o resto do equipamento, Benton pensava: *Ele conhece cada centímetro deste penhasco, então já fez essa escalada antes.*

Jogando as cordas no chão, Jago disse a Benton: "É melhor você tirar a jaqueta. Os sapatos estão bons. Experimente um destes capacetes e veja se serve. O que tem emblema vermelho é meu".

Ali, as pedras eram maiores e a parte de baixo do penhasco mais estreita que em qualquer outro lugar visitado por eles. Jago pôs o capacete, depois rapidamente escolheu a pedra que queria e, sob o olhar atento de Kate e Benton, pegou três faixas largas, trançou-as juntas e prendeu-as em torno da pedra com um mosquetão. Vendo-o atarrachar o pesado grampo de metal para fechá-lo, Benton refletiu que não pensava na palavra *mosquetão* havia mais de uma década. E as faixas, na verdade, chamavam-se fitas, precisava lembrar-se dos nomes. Jago desenrolou a corda, passou-a pelo mosquetão e, fazendo movimentos amplos com os braços, enrolou de novo as duas metades da corda e lançou-as sobre a borda do penhasco. Elas caíram, desenrolando-se ritmadamente, cortando o ar luminoso em azul e vermelho.

O tempo parou para Benton e, durante um momento perturbador, girou fora de controle, depois encadeou-se à memória. Tinha outra vez catorze anos e estava ao lado do avô no cume daquela montanha no litoral de Dorset. O avô, a quem ele sempre chamara de Hugh, era um piloto de guerra duplamente condecorado na Segunda

Guerra Mundial e, passados aqueles anos tumultuados, nunca se ajustara a um mundo terrestre em que a morte de seus melhores amigos o tornara um sobrevivente relutante e semiculpabilizado. Mesmo na adolescência, Benton, que o adorava e que desejava muito agradá-lo, captara um pouco do desamparo e da vergonha que estavam por trás da frágil carapaça zombeteira do avô. Hugh havia sido um montanhista amador obsessivo, vendo, naquela terra de ninguém entre o ar e a rocha, alguma coisa que seu neto reconhecia como mais do que um esporte. Francis — Hugh jamais o chamava de Benton — desejara partilhar daquela paixão, sabendo, mesmo na época, que o avô na realidade o ensinava a dominar o medo.

Quando Francis estava no primeiro ano da universidade, Hugh despencara para a morte numa escalada no Nepal, e seu entusiasmo pelo paredão de rocha definhara. Nenhum de seus amigos escalava. Sua vida estava cheia de outros interesses mais insistentes. Agora, naquele segundo de memória, ouvia a voz de Hugh: *Essa é uma escalada VS — muito difícil —, mas acho que você é capaz de enfrentá-la, Francis. É?*

Sim, Hugh, sou capaz.

Mas era a voz de Jago que ouvia: "Essa é uma escalada VS, mas se você já escalou o Tatra deve ter condições de enfrentá-la. OK?".

E aquela era, Benton sabia, sua última oportunidade de desistir. Logo ele estaria naquele estreito e pedregoso trecho enfrentando uma escalada perigosa em direção à orla varrida pelo mar bravio, talvez acompanhado de um assassino. Mentalmente, ele repetiu as palavras de Kate: "O comandante Dalgliesh não enxerga Jago como sendo o homem que procuramos. E, até hoje, ele nunca se enganou".

O sargento Benton-Smith olhou para Jago e disse: "Eu consigo".

Despiu a jaqueta e sentiu o calafrio do vento, através da blusa de lã fina, como um cataplasma frio em suas costas. Após atrelar o equipamento composto por mosquetões, fitas, grampos e anéis de segurança ao corpo, experimentou dois capacetes, achou o que lhe ficava melhor e o prendeu sob o queixo. O sargento lançou um olhar em direção a Kate, seu rosto estava tenso de ansiedade, mas ela nada falou. Benton se perguntou se ela desejava dizer-lhe: *Você não precisa fazer isso, eu não estou mandando que faça*, mas sabia que colocar o ônus sobre ele seria, para Kate, como abdicar de sua responsabilidade. Ela tinha como impedi-lo, mas não podia ordenar que fizesse a escalada. Benton desejava saber por que se sentia tão satisfeito com isso. Agora sua colega retirava um saco de provas de plástico e um par de luvas de seu kit assassinato e os entregava a ele. Sem abrir a boca, ele os enfiou no bolso da calça.

Benton aguardou enquanto Jago se certificava de que as fitas em torno do bloco de pedra estavam seguras, e depois prendeu a corda ao mosquetão em sua cintura. Tudo voltava tão facilmente à sua memória agora: a corda passando sobre o ombro direito e atravessando as costas. Ninguém conversava. Benton lembrou que a rotina de preparação para escaladas sempre era feita em silêncio. Os gestos eram formais e deliberados, como se incutissem coragem e resolução naqueles que o executavam. Ele sentia quase como se o avô tivesse sido sagrado padre e ele seu acólito, ambos desempenhando algum rito sarcedotal ancestral, que dispensava palavras. Mas o homem à sua frente não tinha a menor semelhança com um padre. Tentando aliviar o medo com humor sardônico, Benton disse para si mesmo que, se havia algum traço de ritual no presente, era que ele tendia a terminar como vítima de um sacrifício.

Ele andou até a beira do penhasco, firmou os pés e inclinou-se para trás, projetando-se no espaço. Esse era um momento crucial e trazia com ele, como Benton bem se lembrava, uma mistura de terror e euforia. Se a corda não segurasse, ele mergulharia cerca de vinte cinco metros direto para a morte. Mas a corda segurou e prendeu. Por uma fração de segundo, com o corpo quase na horizontal, ele levantou os olhos para o céu. As nuvens deslizantes corriam num turbilhão branco e azul contra o céu pálido e abaixo dele o mar bramia e batia incessantemente contra a superfície do penhasco, produzindo um barulho que ele tinha a impressão de nunca ter ouvido antes. Mas agora tudo corria tranqüilo e ele sentiu, pela primeira vez em mais de uma década, certa euforia juvenil em escorregar e saltar ao longo de uma rocha. Com a mão esquerda, controlava a corda por trás e com a direita fazia o mesmo, só que na parte da frente do corpo. Ele sentia a corda deslizar pelo mosquetão, sabendo que tinha a situação sob controle.

Benton sentiu seus pés baterem no chão. Rapidamente, soltou-se e gritou que tinha chegado. Colocando as luvas, inspecionou a estreita faixa de orla lotada de pedregulhos e seixos, considerando onde seria melhor começar sua busca. A maré estava forte e subindo rapidamente, preenchendo as partes côncavas das rochas e formando piscinas que engoliam a esparsa vegetação e os fragmentos de granito quebrado. A maré avançava e depois recuava brevemente, deixando um rastro brilhante na areia e nas superfícies traiçoeiras das pedras arredondadas. Ele corria contra o tempo. A cada onda, a área de busca diminuía. Com os olhos pregados no chão, analisava cuidadosamente cada palmo do terreno. Ele sabia o que procurava: uma pedra pesada, mas pequena o bastante para ser pega com as mãos, a arma do crime, na qual, com sorte, ainda haveria algum traço de sangue. Seu coração ficava mais pesado a cada passo. Mesmo nesta estreita faixa de orla, a quantidade de pedras chegava aos milhares, muitas com o peso e o tamanho certos e a maioria alisada por séculos de banhos de mar. Benton sentia que estava perdendo tempo com uma busca infrutífera e ainda tinha de enfrentar a escalada de volta.

Passaram-se alguns minutos e as suas esperanças estavam-se esvaindo. A euforia da descida em rapel tinha passado. Ele imaginou Kate esperando lá em cima pela chamada que sinalizaria o sucesso da empreitada. Agora, bastaria apenas um único grito para informar a Jago que era hora de ele fazer sua descida.

Foi então que viu, próximo da beira do penhasco, algo que certamente não deveria estar naquela enseada não pisada pelo homem: um pálido objeto semelhante a um detrito. Chegando até ele, Benton abaixou-se e sentiu-se tentado a levantar os braços e soltar uma exclamação de triunfo. O que ele viu foi uma pedra no formato de ovo semi-envolvida pelo que, sem dúvida, era um remanescente de uma luva cirúrgica. A maior parte do látex devia ter se partido quando o objeto caiu e girou no vaivém das ondas do mar, mas um dedo e uma parte da palma da luva continuavam intactos. Com cuidado o sargento pegou a pedra contida pelo látex e examinou-lhe a superfície. A mancha avermelhada, que não parecia fazer parte da pedra natural, poderia certamente ser sangue. Devia ser sangue. Precisava ser sangue.

Ele colocou seu troféu dentro do saco de provas, fechou-o e correu vacilante em direção à corda. Amarrou o saco à ponta da corda e, fazendo uma concha com as duas mãos em torno da boca, gritou triunfante: "Achei! Icem a corda!".

Olhando para cima, Benton pôde captar o rosto de Kate observando-o. Ela fez um aceno com a mão e a corda com sua preciosa bagagem subiu batendo de leve contra a parede de pedra. Quase imediatamente a corda foi de novo baixada e agora era Jago que descia, tão rapidamente quanto se estivesse em queda livre, seu corpo troncudo parecia dançar contra o penhasco. O barqueiro livrou-se da corda e deu um puxão nela, que caiu espiralando em torno de seus pés. Ele disse a Benton: "O local da escalada fica apenas a trinta metros de distância, logo após essa saliência de rocha. Vou amarrar a corda".

393

O penhasco escarpado e irregular erguia-se acima deles. A rebentação já atingia os pés deles.

Jago disse: "Você pode conduzir. Se você já escalou o Tatra, não deve achar isto aqui muito difícil. O despenhadeiro é íngreme e exposto, mas bem protegido nas manobras mais cruciais. O ponto-chave é o teto que recobre aquela fenda. Há um grampo imediatamente antes, logo abaixo do teto. Não esqueça de prender-se a ele. Não se preocupe, é uma protuberância, portanto, se você escorregar, pelo menos cairá longe da pedra".

Benton não havia esperado assumir a liderança. Pensou: *Jago planejou isso desde o início, mas ele é que tomou conta de todos os detalhes desta escalada*. Era orgulhoso demais para discutir a instrução recebida, mas Jago teria contado com isso. Fez um lais de guia na ponta da corda e prendeu-o a sua cadeirinha enquanto Jago, cuidadosamente, laçava com a corda um grande bloco de rocha ao pé da escalada, depois empunhava a corda e dizia: "OK. Quando você estiver pronto".

E, naquele momento, parecendo enfatizar a inevitabilidade da escalada, uma grande onda quebrou, quase desequilibrando-os. Benton deu início à subida. Os primeiros cinco metros não foram muito difíceis, mas ele pensava cuidadosamente sobre o posicionamento de cada mão e cada pé, localizando as fendas na pedra, movendo-se para cima quando estava seguro de ter suporte. A cinco metros de altura, retirou um entalador do cinto de alpinismo que levava à cintura e deslizou-o para dentro de uma fenda, forçando-o até firmá-lo. Prendeu nele um descensor, clipou a corda, depois prosseguiu com mais confiança. O paredão foi ficando mais íngreme, mas continuava firme e seco. Encontrou outra fenda e fixou outro entalador e outro descensor.

Já estava a dez metros do chão quando — de repente, e para seu horror — paralisou-se, perdida toda a confiança. Havia esticado demais os braços para encontrar apoio e agora estava colado de encontro à superfície da pedra com os braços e pernas abertos — os ombros tão retesados que pareciam deslocados. O terror era grande demais para que tentasse achar outro apoio para os pés, caso perdesse seu equilíbrio instável. Tinha o rosto firmemente pressionado contra o granito, que agora estava úmido e gelado, e percebeu que a umidade da superfície da rocha era seu suor. Jago não gritara, mas ele se lembrou da voz do avô, gritando para ele do alto do paredão, na quarta escalada que haviam feito juntos: *Essa é uma escalada VS, portanto há um apoio em algum lugar. Vá com calma, Francis. Isto não é uma corrida.* E então, depois do que lhe parecera uma eternidade mas que não devia ter durado mais que meio minuto, a tensão em seus ombros relaxou. Tateando com cuidado, moveu a mão direita para cima e localizou um apoio um pouco acima, depois encontrou apoio para os pés. O pânico passara e não voltaria — estava seguro disso.

Cinco minutos mais tarde seu capacete bateu suavemente contra o teto protuberante. Esse era o ponto crucial da escalada, formado por uma concha de fragmentos de granito engrinaldada com folhagem. Uma gaivota de bico brilhante estava encarapitada na ponta, imóvel em sua elegante perfeição branca e cinza. A ave dominava a ponta do penhasco, parecendo não perceber o invasor suado menos de um metro abaixo. Depois a gaivota ergueu-se num tumulto de asas açoitando o ar e ele sentiu, mais do que viu, o pássaro passando sobre sua cabeça. Sabia que haveria um grampo já colocado no alto da fenda. Caso ele escorregasse, esse grampo haveria de segurá-lo. Achou o grampo, prendeu-o numa ponta de descensor longo e gritou para Jago: "Firme a corda", e sentiu que ela firmou. Olhando para baixo e usando a tensão da corda para equilibrar-se, Benton alcançou o teto com sua mão direita e procurou onde se segurar na parede acima. Após trinta segundos de busca ansiosa, ele encontrou apoio e em seguida fez o mesmo para a mão esquerda. Balançando no ar, segurou-se pelas mãos e encontrou apoio para os pés, recuperando o equilíbrio. Passou outro descensor por um fragmento de rocha e prendeu-se. Estava seguro.

A partir dali não havia mais ansiedade, somente uma familiar sensação de alegria, de que ainda se recordava. O restante da escalada era íngreme, mas a partir daquele ponto a rocha estava pavimentada com bons apoios até o final. Ele alcançou a beira do penhasco, arrastou-se para cima e ficou ali por um momento, exausto, sentindo a areia granulosa contra sua boca e o cheiro de terra e grama, o que lhe pareceu uma bênção. Em seguida, Benton levantou-se e viu Kate vindo em sua direção. Ao olhar para o rosto da detetive, radiante de alegria, ele teve de resistir ao ridículo impulso de correr para os braços dela.

Kate disse: "Parabéns, Benton", depois se virou como se temesse que ele visse o que a tensão da última meia hora tinha feito com ela.

Benton localizou o bloco de pedra de tamanho adequado mais próximo, amarrou a corda, fixou-a e segurou-a; em seguida gritou para Jago: "Suba quando estiver pronto".

Kate, Benton sabia, já teria lidado com a prova enquanto Jago estava lá embaixo. A pedra e os restos de látex deviam estar lacrados no saco de provas. E, agora, a vida de Jago estava em suas mãos. Ele sentiu uma antiga euforia, como uma onda de sangue. Era isso que fazia uma escalada ser o que era: o perigo compartilhado, a dependência mútua, o companheirismo da empreitada.

Com uma rapidez incrível, Jago juntou-se a eles, puxando e enrolando as cordas e carregando o equipamento. Disse: "Você se deu bem, sargento".

Ele saiu caminhando, levando o equipamento em direção ao buggy, depois hesitou e virou-se. Andando em direção a Benton, Jago estendeu a mão. Benton a apertou. Nenhum dos dois falou nada. Depois colocaram o equipamento de escalada na parte de trás e entraram no veículo. Kate sentou-se ao volante, girou a chave na ignição e fez uma curva ampla, virando o carro na direção da casa principal. Ao olhar para o rosto dela, Benton percebeu, num momento de surpreendente revelação, que Kate podia ser classificada como bela.

7

Durante todo o resto da terça-feira, parte da mente de Kate estava naquela enfermaria desconhecida, situada nas alturas da torre. Teve de se conter para não telefonar para Jo ou Guy Staveley e indagar sobre a situação do comandante Dalgliesh. Ela sabia que, se houvesse algo a dizer, eles teriam encontrado um jeito de telefonar. Nesse meio-tempo tinham o trabalho deles a fazer, e ela o dela.

A sra. Burbridge, encontrando o alívio que podia nas tarefas domésticas para descansar a cabeça do perigo em dose dupla de ter um assassino à solta e do potencial de doença fatal pairando sobre Combe, perguntou o que eles desejavam para o jantar e se este deveria ou não ser entregue no chalé da Foca. A idéia era intolerável para Kate. Sentar-se à mesa onde Dalgliesh havia estado, ver seu casaco pendurado na varanda e sentir mais fortemente sua ausência que sua presença, seria como entrar na casa de um defunto. O apartamento dela no antigo estábulo era pequeno, mas serviria. Além disso, a detetive estava ansiosa por permanecer próxima da casa e ter Benton por perto, no apartamento ao lado. Não era apenas uma questão de conveniência; ela admitia a si mesma que se sentiria mais segura em tê-lo por perto. Com aquela conclusão veio outra: Benton-Smith havia se tornado seu colega e parceiro. Ela contou a ele o que havia decidido.

Benton falou: "Se estiver de acordo, detetive Miskin, levo minha poltrona e tudo o mais que possamos precisar para sua sala. Aí poderemos usar seu apartamento como local de trabalho e o meu para as refeições. Sou um bom preparador de lanches. E nós dois temos geladeiras pequenas — mas grandes o suficiente para guardar leite —, o que pode vir a ser útil se tivermos de trabalhar até tarde e quisermos tomar alguma coisa. Os outros quartos da ala da estrebaria não têm geladeira. O pessoal tem de buscar o que quer na geladeira grande do refeitório dos empregados. Já conversei com a senhora Plunkett e ela pode nos mandar um pouco de salada e frios ou, se preferirmos, podemos passar para pegá-los. Treze horas está bom para você?"

Kate não estava com fome, mas percebeu que Benton estava pensando em comida. E o almoço, que ele foi buscar, estava excelente. A salada e o cordeiro frio vieram acompanhados de batatas assadas, e depois havia salada de frutas. Para sua surpresa, comeu com avidez. Em seguida, sentaram-se para discutir a programação futura.

Kate falou: "Precisamos estabelecer prioridades. Vamos começar reduzindo o número de suspeitos, pelo menos por enquanto. Jo Staveley não teria matado Boyde, assim como também não o teriam feito seu marido ou Jago. Sempre presumimos que a senhora Burbridge, a senhora Plunkett e Millie estavam de fora. Isso nos deixa com Dennis Tremlett, Miranda Oliver, Emily Holcombe, Roughtwood, Dan Padgett e Mark Yelland. Logicamente, suponho que devêssemos incluir Rupert Maycroft, mas vamos descontá-lo por agora. Estamos presumindo que há apenas um assassino em Combe, mas talvez fosse prudente mantermos a cabeça aberta para novas idéias".

Benton considerou: "Nossa tendência tem sido a de não incluir Yelland ou, pelo menos, de não nos concentrarmos nele, mas ele não tem álibi e tem tantos motivos para odiar Oliver quanto qualquer outra pessoa nesta ilha. E não acho que devamos eliminar Jago, pelo menos não ainda. E, claro, ainda há o doutor Speidel. Temos apenas sua palavra quanto ao horário do encontro".

Kate falou: "Para começar, vamos nos concentrar em

Tremlett, Roughtwood, Padgett e Yelland. Nenhum dos quatro gostava de Oliver, mas voltamos ao velho problema: no que diz respeito aos três primeiros: por que esperar até aquele fim de semana para matá-lo? E você tem razão quanto ao doutor Speidel. Precisamos interrogá-lo novamente se e quando ele se recuperar, mas só Deus sabe quando isso vai ser".

Depois, os dois policiais passaram a analisar as declarações escritas. Conforme já esperavam, ninguém admitiu que tivesse estado no cerrado após as nove da noite, exceto os Staveleys, que haviam jantado na casa principal com Rupert Maycroft e Adrian Boyde. Boyde os tinha acompanhado na biblioteca para o habitual suco de tomate antes do jantar. Mostrou-se retraído e preocupado, mas isso não surpreendeu os outros. Ficara mais abalado que qualquer outro pela morte de Oliver. Depois, ele ficou apenas para o prato principal e saiu, conforme pensam seus colegas, pouco antes de oito e meia da noite. Os Staveley e Maycroft tomaram café na biblioteca e depois os Staveley saíram juntos, pela porta da frente da casa principal, em direção ao seu chalé. Foram um tanto vagos sobre o horário, mas era cerca de nove e meia.

Kate disse: "Vamos conversar separadamente com cada um amanhã e ver se conseguimos tirar algo mais deles. Precisamos verificar os horários".

Mas havia outras decisões mais difíceis a tomar, pensou Kate. Será que deveriam pedir a todos os suspeitos que lhes entregassem as roupas usadas na noite anterior, para que as enviassem ao laboratório quando o corpo de Boyde e as provas do crime fossem removidos?

Como se adivinhasse o dilema dela, Benton adiantou-se: "Parece inútil, detetive, começar a recolher roupas antes de termos um suspeito principal. Afinal, a menos que recolhamos o guarda-roupa inteiro, não há garantia de que eles nos entregarão as peças que realmente vestiram ontem. E Calcraft pode ter se despido até a cintura. Não havia pressa, ele tinha a noite inteira para se limpar após ter feito o serviço".

Kate disse: "Podem existir impressões digitais nas torneiras e no chuveiro do chalé da Capela, mas tudo o que podemos fazer é manter o local seguro e lacrado para preservarmos as provas até que o apoio técnico chegue, se é que isso vai acontecer. Isso quase me faz desejar estar de volta aos velhos tempos, antes da nossa época, quando o investigador tinha um injetor de ar e equipamento para coleta de impressão digital em seu kit assassinato e podia dar prosseguimento ao trabalho. O que podemos fazer é recolher as toalhas do banheiro do chalé de Boyde, na expectativa de que contenham algum traço de DNA, e enviá-las, e também a caixa de papelão, junto com o corpo. Não creio que tenhamos um saco de provas suficientemente grande para conter a caixa. Vai ser preciso pegar um saco plástico aqui da casa. Pediremos ao senhor Maycroft, não à senhora Burbridge".

Já eram três e meia da tarde quando o helicóptero chegou; logo que pousou, eles destrancaram o apartamento de Benton e saíram com a maca. Haviam coberto o corpo de Boyde com um lençol, escondendo a túnica, embora soubessem que era pouco provável que a sra. Burbridge tivesse se abstido de fazer comentários. Kate gostaria de ter lhe pedido segredo. Fora um erro, mas provavelmente era tarde demais para repará-lo. Millie perguntaria sobre a túnica na primeira vez que fosse ao quarto de costura, e era inútil esperar que fosse discreta. Eles haviam calçado luvas em Boyde para preservar eventuais evidências sob as unhas dele, mas não haviam feito nada com o corpo. Observaram à distância, lado a lado, enquanto as figuras mascaradas puxavam o zíper do saco de transportar cadáveres e o içavam para bordo.

Atrás deles, a casa estava em absoluto silêncio e os dois não tinham nem mesmo a impressão de haver olhos observando a cena das janelas. Era um contraste curioso com a manhã, quando houve uma atividade constante, com pessoas entrando e saindo da casa e do antigo estábulo. O buggy tinha ido e vindo diversas vezes, lotado de bolsas e livros que Emily Holcombe considerava necessários à sua estadia e da bagagem vinda do chalé Peregrino, com Tremlett no volante e Miranda Oliver rigidamente sentada ao seu lado, cada centímetro de seu corpo parecendo expressar desaprovação. Yelland carregou sua bagagem, entrando pela porta traseira da casa e não conversando com ninguém. Kate pensou que parecia que a ilha esperava uma invasão, os bárbaros já tendo sido avistados, e todos buscando abrigo na casa principal, preparando-se para opor resistência ao inimigo.

Foi então que a quietude foi interrompida quando Jo e Guy Staveley saíram da casa e Jago apareceu dirigindo o buggy. Kate viu, com um aperto no coração, cilindros de oxigênio e duas grandes caixas, sem dúvida contendo equipamentos médicos, sendo descarregados do helicóptero com cuidado, e viu também que Jago e o dr. Staveley os recolhiam e colocavam dentro do veículo. Uma mesa fora posta a cerca de vinte metros do helicóptero, e era ali que as formalidades seriam concluídas sem nenhum risco. Com todos usando máscaras e mantendo uma distância segura, a tarefa, inclusive a entrega dos sacos de provas, levou algum tempo para ser concluída. Dez minutos depois, o helicóptero levantou vôo. Kate e Benton permaneceram olhando o aparelho até este sumir de vista, depois se retiraram em silêncio.

O dia avançou lentamente. Havia pouco que pudessem fazer agora, e Kate decidira deixar as entrevistas para quarta-feira. O dia fora chocante para todo mundo. Eles já tinham as declarações escritas e seria provavelmente improdutivo iniciar um interrogatório agora.

O dia bruxuleava quando a detetive disse: "Eu vou até a enfermaria, já é hora de sabermos o que está acontecendo com o comandante Dalgliesh, e precisamos também saber onde são mantidas as luvas cirúrgicas e quem tem acesso a elas".

Kate tomou banho e trocou de roupa antes de sair, mas primeiro foi em direção ao mar, sentindo necessidade

401

de alguns minutos de solidão. Ela precisava, mas temia o encontro com a verdade. A noite caía rapidamente, obscurecendo os objetos familiares. Atrás dela, as luzes foram sendo acesas, uma a uma, na casa principal, mas os chalés e os apartamentos do antigo estábulo, com exceção do seu e o de Benton, permaneceram no escuro. O farol foi o último objeto a desaparecer na escuridão, mas, mesmo quando sua coluna se transformou em algo indistinto, as ondas continuavam se coagulando, brancas, contra as rochas escurecidas.

Destrancou a porta lateral e atravessou o hall na direção do elevador. Enquanto subia, olhou para sua imagem no espelho. O rosto parecia anos mais velho, os olhos cansados. Com o cabelo claro bem escovado para trás, seu rosto parecia vulnerável, incapacitado para a ação.

Jo Staveley estava no ambulatório. Era a primeira vez que Kate via o recinto, mas não tinha olhos para os detalhes: só conseguia ver os armários de aço com suas etiquetas meticulosamente escritas.

A detetive perguntou: "Como está o comandante Dalgliesh?".

Jo Staveley, com guarda-pó branco, estava sentada na escrivaninha analisando um arquivo.

A enfermeira virou-se para Kate, seu rosto estava exaurido, sem sinal algum de vitalidade. Ela disse: "Suponho que a resposta ortodoxa seria dizer que ele está o melhor que pode dentro de suas condições, ou que está confortável. Mas o fato é que ele não está confortável e sua temperatura está mais elevada do que gostaríamos. Ele ainda está no estágio inicial da doença. Uma temperatura errática pode não ser algo tão atípico, eu não tenho experiência em cuidar de pacientes com SARS".

"Posso vê-lo? É importante."

"Acho que não. Guy está agora com ele. Daqui a pouco estará de volta. Por que você não se senta e aguarda até que ele chegue?"

"E o doutor Speidel?"

"Ele viverá. Muito decente da sua parte perguntar. A maioria das pessoas parece ter se esquecido dele."

Kate perguntou, sem preliminares: "O que aconteceria se os hóspedes precisassem de algo do ambulatório, por exemplo comprimidos, bandagens, coisas desse tipo?".

A abrupta mudança de assunto e a pergunta quase que peremptória obviamente surpreenderam Jo. Ela respondeu: "Eles me pediriam. Não haveria problema".

"Mas o ambulatório fica aberto? Quero dizer, eles poderiam entrar aqui e pegar o que precisassem?"

"Não, não poderiam pegar medicamentos. Todos os remédios controlados ficam trancados."

"Mas a porta do ambulatório não fica trancada?"

"Mesmo assim, eu não vejo pessoas entrando ou saindo. Ainda que o fizessem, não poderiam prejudicar a si mesmas ou às outras pessoas. Eu também mantenho trancados alguns dos remédios de venda livre, como aspirina." Jo olhava agora para Kate, com franca curiosidade.

Kate insistiu: "E itens como bandagens ou luvas cirúrgicas?".

"Não vejo por que os hóspedes precisariam de coisas assim, mas eles não ficam trancados. Se alguém precisasse de algo, imagino que pediria a mim ou a Guy. Isso seria cortês, assim como o mais sensato. Dificilmente as pessoas se servem diretamente."

"Mas você saberia se algo estivesse faltando?"

"Não necessariamente. Havia itens que utilizávamos quando estávamos cuidando de Martha Padgett. A senhora Burbridge ajudava ocasionalmente. Ela vinha e pegava o que precisava. Por que tanta curiosidade? Você não achou medicamentos, achou? Se achou, eles não saíram deste ambulatório."

"Não, não achamos medicamentos."

A porta se abriu e Guy Staveley entrou. Jo dirigiu-se a ele: "A detetive Miskin deseja ver o comandante Dalgliesh. Eu disse a ela que achava difícil que pudesse fazer isso esta noite".

"Temo que não. Ele está descansando sossegado neste momento, e é importante que não seja perturbado. Talvez amanhã, se a temperatura dele cair e ele permanecer aqui. Estou pensando em transferi-lo para o continente amanhã de manhã."

Kate perguntou: "Ele não lhe disse que deseja permanecer na ilha?".

"Ele insistiu muito nisso, foi por essa razão que solicitei o oxigênio e os outros suprimentos de que possa precisar. Jo e eu podemos lidar com a presente situação, mas se a temperatura do comandante continuar alta amanhã pela manhã, temo informar que será necessário transferi-lo. Não possuímos instalações para cuidar de um homem perigosamente doente."

Kate sentiu o coração apertado. E pensou: *E você prefere que ele morra no hospital e não aqui.* Ela falou: "Se ele está inflexível quanto a ficar aqui, você pode realmente transferi-lo contra a vontade dele? Não é mais provável que ele morra se você fizer isso?".

Havia um traço de irritabilidade na voz de Staveley: "Sinto muito, mas não posso assumir a responsabilidade".

"Mas você é médico, não é da sua profissão responsabilizar-se?"

Fez-se silêncio, e Staveley se pôs de costas. Kate viu que Jo olhava atentamente para o marido, mas nenhum dos dois falou nada. Algo que ela, Kate, jamais conseguiria compartilhar estava sendo silenciosamente comunicado. Passaram-se alguns minutos e então ela ouviu o médico dizer: "OK. Ele pode ficar. E agora eu tenho de voltar ao meu paciente. Boa noite, senhorita Miskin, e boa sorte na investigação".

Kate virou-se para Jo: "Você poderia transmitir a Dalgliesh uma mensagem assim que ele melhorar o suficiente?".

"Posso fazer isso, sim."

"Diga-lhe que encontrei aquilo que ele imaginou que poderíamos achar, e que foi enviado para o laboratório."

Jo respondeu sem nenhuma curiosidade aparente: "Sim, eu direi isso a ele".

Não havia nada mais que Kate pudesse fazer e ela não encontrou mais nada para dizer. Agora teria de enfrentar um segundo telefonema para Emma. Kate poderia dizer a ela que o comandante Dalgliesh estava descansando tranqüilamente. Isso tinha de funcionar, e com certeza daria alguma paz à moça. Mas, para Kate, que saía para mergulhar na escuridão da noite, não havia conforto algum.

8

Às cinco da manhã de quinta-feira, Kate estava desperta depois de uma noite insone. Deitada, contemplava a escuridão e procurava resolver se era melhor virar-se para um lado e tentar dormir mais algumas horas ou aceitar a derrota, levantar-se e fazer um chá. Aquele prometia ser um dia frustrante. Sua euforia com a descoberta da pedra estava se desvanecendo. Talvez o biólogo forense fosse capaz de identificar o sangue como sendo de Boyde, mas aonde isso os levaria se o especialista em impressões digitais não conseguisse localizar impressões na pedra ou no que restava da luva? O laboratório estava dando prioridade máxima ao caso, mas Kate não tinha esperanças de que fossem encontradas outras manchas de sangue na túnica além das de Boyde. Aquele assassino sabia o que fazia.

Tudo era conjectura. Dos quatro suspeitos nos quais ela e Benton estavam se concentrando, Roughtwood e Padgett eram os que poderiam chegar mais facilmente ao farol sem ser vistos, usando o penhasco inferior. Já Tremlett, no chalé atrás da casa, não tinha essa vantagem, mas era o suspeito com mais possibilidades de ter lido o bilhete de Speidel. Ele podia ter visto Oliver deixar o chalé mais cedo e ido atrás, sabendo que, uma vez no farol, teria de agir rapidamente, mas que a probabilidade de que o corpo fosse descoberto em seguida era baixa. Tremlett teria de ter trancado a porta e apostado no que de fato ocorrera, isto é, que Speidel, ao descobrir que não podia entrar no farol, desistira e fora embora.

Virando-se ansiosamente na cama, ela tentou estabelecer as prioridades do dia, pesadas na mesma balança da convicção quase esmagadora de fracasso. Ela estava no comando. Estaria desapontando não somente o comandante Dalgliesh, mas também Benton, além de si mesma. E, em Londres, Harkness já estaria discutindo com o regimento policial de Devon e da Cornualha que reforços poderiam ser fornecidos sem risco de contágio; poderia até ter discutido com o Ministério do Interior a conveniência de uma força policial local assumir toda a investigação. Harkness tinha falado que daria a ela até sexta à noite. A data estava apenas a dois dias de distância.

Levantando-se, Kate pegou seu robe. Foi nessa hora que o telefone tocou.

Ela desceu correndo as escadas do apartamento e estava na sala em questão de segundos. Pegou o telefone e ouviu a voz de Joanna Staveley: "Desculpe acordá-la tão cedo, detetive, mas o seu chefe deseja vê-la. É melhor vir rápido, ele diz que é urgente".

9

As últimas lembranças desconexas de Dalgliesh da manhã de terça-feira eram de mãos anônimas carregando-o para dentro do buggy, de percorrer aos solavancos o caminho no cerrado, sob um céu que repentinamente tinha se tornado excruciantemente quente, de uma figura vestida de branco e usando máscara ajudando-o a deitar-se numa cama e do reconfortante frescor de lençóis sendo puxados sobre ele. O comandante conseguia lembrar-se de ter ouvido vozes tranqüilizadoras, mas não das palavras ditas; contudo, tinha a lembrança de sua própria voz insistente dizendo que deveriam mantê-lo na ilha. Tinha sido importante passar essa mensagem para esses misteriosos estranhos vestidos de branco que pareciam controlar sua vida. Eles precisavam entender que ele não poderia deixar Combe. Como Emma o encontraria se ele desaparecesse nesse vácuo ameaçador? Mas havia outra razão pela qual não poderia sair de Combe Island, algo a ver com um farol e um trabalho inacabado.

Na quarta-feira à noite, sua mente estava clara, mas o corpo ainda continuava fraco. Ele tinha dificuldade em mexer a cabeça nos altos travesseiros e durante todo o dia teve acessos de tosse que lhe estraçalharam os músculos do peito, dificultando sua respiração. Os intervalos entre os paroxismos tinham se tornado cada vez menores e os episódios cada vez mais violentos até que, na tarde de quarta, com Guy Staveley e Jo em torno de sua cama, tubos foram introduzidos em suas narinas e ele passou a respirar o fluxo de oxigênio que eles traziam. Tudo isso ocorrera durante o dia, mas agora Dalgliesh estava tranqüilamente deitado, consciente da dor em seus membros e do calor da febre, mas abençoadamente livre do pior da tosse. Ele não tinha idéia do dia e da hora. Tentou virar a cabeça para olhar para o relógio de cabeceira, mas mesmo esse pequeno esforço deixou-o exausto. Pensou que devia ser madrugada ou as primeiras horas da manhã.

A cama estava disposta em ângulo reto em relação às altas janelas. Da mesma maneira, lembrou ele, como estava no aposento ao lado, onde examinara o corpo de Oliver. E, agora, ele conseguia lembrar-se de cada detalhe daquela cena, como também se lembrava do que ocorrera depois. O comandante repousava imóvel na escuridão, seus olhos pregados nos dois pálidos painéis pintados na parede, os quais, enquanto olhava, transformaram-se em janelas altas enfeitadas de estrelas. Abaixo delas, podia ver uma poltrona e uma mulher vestida de branco, sua máscara pendurada no pescoço, reclinada como se estivesse cochilando. Ele se lembrou que ela, ou alguém parecido com ela, estivera ali todas as vezes que acordara. E agora sabia que era Jo Staveley. Ficou deitado em silêncio, libertando a mente dos pensamentos conscientes, saboreando a breve trégua da dor aguda em seu peito.

E de repente, sem sentimento de revelação e sem júbilo, mas com absoluta certeza, viu a resposta para o enigma. Era como se as peças de madeira de um quebra-cabeça esférico estivessem girando desordenadamente em torno de sua cabeça e então, peça por peça, fossem se encaixando até formar um globo perfeito. A verdade lhe chegou através de trechos de conversas, as vozes tão claras como se estivessem sendo ditas ao seu ouvido. A sra. Plunkett em sua cozinha: *O mais provável era que estivesse sentado dentro da cabine. Devidamente amedrontado.* A voz do dr. Speidel em seu inglês cuidadosamente preciso: *Eu sabia que ele visitava o lugar a cada três meses. Ele mesmo revelou isso num artigo de jornal em abril de*

2003. A voz estridente e jovem de Millie descrevendo seu encontro com Oliver, como se o tivesse aprendido de cor, falando: *Mas isso foi em outro país: e, além disso, a rapariga estava morta*. Padgett vendo a fumaça sair do chalé Peregrino. O único livro de Nathan Oliver entre os romances de ficção no chalé Puffin.

Todos eles tinham examinado o caso sob a perspectiva errada. Não era uma questão de quem tinha chegado a Combe desde a última visita de Oliver, mas sim de quem tinha deixado a ilha. Nenhum deles tinha se lembrado daquela mulher moribunda e indefesa que fora retirada de Combe em seu caixão. E a amostra de sangue derrubada no mar por Dan Padgett tinha sido um gesto acidental ou deliberado? A verdade é que a amostra não tinha sido perdida, ela nunca fora colocada na sacola de lona. O que Dan Padgett deixara cair no mar tinha sido nada além de alguns sapatos e bolsas velhos e livros da biblioteca. Esses dois eventos, a morte de Martha Padgett e o incidente com o sangue, ambos aparentemente irrelevantes, tinham estado no âmago do caso. Padgett também estava dizendo a verdade, ou pelo menos parte dela, quando falou que viu fumaça na chaminé pouco antes das oito da noite. Ele tinha, sim, visto a espiral de fumaça, mas da plataforma do farol, e não da sua janela. Na meia-luz da enfermaria, os olhos cheios de dor de Boyde olharam novamente dentro dos seus, desejosos de que Dalgliesh acreditasse que em sua caminhada de sábado de manhã ele não tinha visto ninguém. Mas havia alguém que Adrian Boyde devia ter visto. Ele tinha ligado para o chalé Puffin para falar com Padgett, mas Padgett não estava lá.

A linha de pensamento deles se mostrara correta numa premissa: o motivo do crime era recente. Antes de morrer, Martha Padgett revelara o seu segredo à única pessoa em quem podia realmente confiar: Dan era filho de Nathan Oliver. Ela contou a Adrian Boyde, que ajudou a cuidar dela e era visto por ela e pela sra. Burbridge como padre, um homem em quem ela podia confiar sob o sigilo da confissão. E o que ocorreu depois? Teria Boyde persuadido a sra. Padgett de que Dan tinha o direito de saber a verdade? Mas Boyde estava preso ao segredo da confissão. Ele deve ter persuadido Martha de que ela era a única pessoa que podia, e devia, contar ao filho que o homem que ele odiava era seu pai.

E era por isso, obviamente, que Martha Padgett, em seus últimos meses de vida, estava tão ansiosa para ir para Combe. Ela e Dan tinham chegado em junho de 2003. Tinha sido em abril daquele ano que Oliver havia revelado numa entrevista à imprensa, amplamente divulgada, que ele fazia visitas regulares a Combe Island, quebrando o acordo com o Conselho Administrativo da ilha de manter em segredo qualquer informação sobre o local. Será que Martha esperava que, de alguma maneira, seu filho e o pai fossem se encontrar e daí nascer algum tipo de relacionamento? E que, mesmo no fim, ela conseguiria convencer Oliver a reconhecer seu filho? E fora devido a essa malfadada entrevista à imprensa que Nathan Oliver pusera em movimento a quase inevitável concatenação de eventos que tinham levado a duas mortes violentas. Por que ela não tomou nenhuma iniciativa antes? Por que permanecer em silêncio durante tantos anos? Oliver era um homem famoso; seu paradeiro não podia ser ocultado. Na época do nascimento de Dan, o teste de DNA ainda não havia sido descoberto. Se Oliver dissera à sua amante que ele não reconheceria a criança e que ela não poderia provar que o bebê era dele, Martha pode ter continuado a acreditar nisso durante sua vida inteira, e somente nos últimos anos ter se deparado com dois fatos novos: o conhecimento público do teste de DNA e, muito depois, a percepção de que estava morrendo. Era significativo que Martha Padgett tivesse mantido e, obviamente lido e relido, somente um dos livros de Oliver. Seria aquele em que ele descrevia uma cena de sedução, talvez até mesmo de estupro? Sua sedução, seu estupro?

Após o assassinato, Boyde deve ter suspeitado de Padgett. Ele não poderia revelar o que tinha ouvido como confessor, mas ao encontrar o chalé de Padgett vazio na manhã de sábado deveria ter contado aquele maldito fato à polícia. Então por que não havia falado nada? Será que Adrian Boyde via como sua missão sarcedotal persuadir Padgett a confessar e salvar sua alma? Seria isso a confiança, talvez a arrogância, de um homem que tinha sido usado para exercitar o que para ele era um poder espiritual único? Será que Boyde havia ligado para o chalé Puffin na noite de segunda para fazer uma última tentativa e, ao fazer isso, tomara consciência de que poderia ser silenciado para sempre? Será que Boyde suspeitara disso? Será que talvez até soubesse disso? Será que tinha decidido voltar à capela, em vez de ir para seu chalé, por estar ciente dos pés que o seguiam na escuridão?

Fato após fato, a história ia se encaixando. As palavras da sra. Plunkett: *Ele quase puxou o tufo de cabelo e eu pude ver a expressão de seu rosto, que realmente não era o que se pode chamar de amorosa.* Claro que Dan Padgett não poderia cortar o cabelo de sua mãe. Ele devia saber que são necessárias as raízes para o teste de DNA. E provavelmente havia o ressentimento, talvez até o ódio, pela mãe que, por seu silêncio, o tinha condenado a uma infância de miséria e humilhação. A equipe havia aceitado que o assassinato de Oliver poderia ter sido por impulso e não premeditado. Se o bilhete de Speidel tivesse sido alterado, o encontro seria mudado para um horário mais conveniente do que meros trinta minutos mais cedo. Padgett, talvez da janela superior de seu chalé ou, quem sabe, do lado de fora, tinha visto Oliver caminhando decididamente em direção ao farol. Teria Padgett visto isso como uma oportunidade para enfim confrontar Nathan Oliver com a verdade sobre sua paternidade, para dizer que tinha provas, para exigir que o escritor o reconhecesse e lhe desse compensações financeiras? Seria essa a raiz de sua confiança num futuro diferente para si? Com essa mescla explosiva de esperança, raiva e determinação, Dan Padgett deve ter se lançado impulsivamente por aquele pequeno caminho afastado, ao longo do penhasco inferior, em direção ao farol. E então o confronto, a briga, a estocada fatal no pescoço de Oliver, a impotente tentativa de fazer o homicídio parecer suicídio.

Dalgliesh estava lá, deitado, totalmente inerte, mas naquele momento Jo se moveu rápida vindo para o seu lado. Ela pôs a mão na testa do comandante. Ele pensava que as enfermeiras faziam isso apenas em livros e filmes, mas o toque das mãos frias de Joanna era um conforto. Ela disse: "Você é um caso atípico, sabia disso? Você não consegue fazer nada conforme as regras? A sua temperatura sobe e desce como um ioiô".

Dalgliesh olhou para ela e encontrou um fio de voz: "Preciso falar com Kate Miskin. É muito importante, eu preciso vê-la".

De alguma maneira, a despeito de sua fraqueza, ele deve ter deixado clara a sua urgência, pois a enfermeira respondeu: "Se você precisa, então tudo bem. Mas agora são cinco horas da manhã. Será que isso não pode esperar até a luz do dia? Deixe a garota descansar".

Mas ele não podia esperar. Estava atormentado por medos que percebia não serem inteiramente racionais mas que não conseguia banir — a tosse poderia voltar, ele poderia piorar tanto que não deixariam Kate vê-lo, poderia perder o poder da fala e poderia até esquecer o que agora era tão nítido. E um fato estava mais claro que todos os outros. Kate e Benton tinham de encontrar a ampola contendo o sangue de Oliver e o cacho do cabelo de Martha Padgett. O caso se fechava, mas ainda não passaria de um bando de conjecturas, um precário edifício de evidências circunstanciais. Motivos e meios não eram o suficiente. Padgett tinha motivo para odiar Oliver, mas outras pessoas da ilha também tinham. Padgett poderia chegar ao farol sem ser visto, mas outros também poderiam. Sem o sangue e o cabelo, talvez o caso jamais chegasse aos tribunais. Depois havia ainda a crença da sra. Burbridge de que Oliver morrera por acidente durante uma experiência. Havia evidência suficiente para sugerir que esse era o tipo de coisa que ele seria capaz de fazer. A dra. Glenister confirmaria que as escoriações na garganta de Oliver não poderiam ter sido auto-infligidas e, dada sua reputação, a opinião dela tinha um grande peso. Mas o exame *post-mortem* de escoriações, particularmente algum tempo depois da morte, podia ser contestado. Os legistas da defesa pensariam de forma muito diferente.

Dalgliesh disse: "Por favor, quero vê-la agora".

10

Iniciar a busca no chalé Puffin antes da luz do dia seria convidar à especulação e à possível interrupção. Com todos os chalés no escuro, uma luz brilharia como uma bóia luminosa. Era vital que Padgett não soubesse que a busca estava a caminho. Se a evidência não estivesse no chalé, aquela luz trairia as intenções da polícia e lhe daria a oportunidade de remover o sangue e o cabelo, ou até mesmo de destruí-los. Nunca as primeiras horas da manhã passaram tão lentamente para Kate e Benton.

No momento certo, os dois policiais saíram quieta e rapidamente do apartamento de Kate e aceleraram o passo no caminho do cerrado como um casal de conspiradores. A porta do chalé Puffin estava trancada, mas as chaves estavam claramente etiquetadas no molho que Maycroft lhes dera. Quando Kate fechou e trancou com cuidado a porta atrás deles, sentiu uma familiar onda de apreensão e desconforto. Essa era a parte de seu trabalho que desde o início tinha achado desagradável. Já fizera tantas buscas ao longo dos anos, em barracões imundos e em apartamentos caros e imaculados, e ainda sentia uma pontada irracional de culpa, como se fosse ela o suspeito. Mais forte que tudo era o desprazer de violar a privacidade das vítimas, remexer como um predador lascivo nos freqüentemente patéticos resquícios dos mortos. Mas esta manhã o desconforto foi momentâneo, pois foi logo tragado pela euforia da mescla de raiva e esperança. Ao relembrar o rosto mutilado de Boyde, Kate viu que poderia despedaçar o lugar com as próprias mãos.

O chalé ainda mantinha sua atmosfera de desalentadora conformidade e, com as cortinas puxadas, a sala estava tão soturna como se ainda estivesse de luto. Mas alguma coisa havia mudado. Na luz mais forte Kate pôde ver que os ornamentos sobre a cornija da lareira tinham sido removidos e que a estante de livros também estava vazia, com duas caixas de papelão ao seu lado.

Benton contou: "Achei que seria útil se eu lesse aquele livro, então peguei emprestado da biblioteca. Eles têm edições especiais de todos os livros de Oliver. Terminei de ler lá pelas duas da manhã. Um dos incidentes é o estupro de Donna, uma garota de dezesseis anos, numa viagem da escola. A escrita é extraordinária. Ele consegue passar dois pontos de vista, o do homem e o da garota, simultaneamente, numa fusão de emoções que jamais vi num livro antes. Tecnicamente, é brilhante".

Kate disse: "Poupe-me de sua técnica literária. Vamos em frente. Iremos começar com o forno de pão dentro da lareira. Padgett pode ter removido um ou mais tijolos".

A porta de ferro do forno de pão estava fechada e seu interior, escuro. Benton pegou uma lanterna no kit assassinato de Kate e o forte feixe de luz iluminou o interior vazio.

Kate falou: "Veja se algum dos tijolos está solto".

Benton começou a trabalhar nas juntas entre os tijolos com seu canivete, enquanto Kate esperava em silêncio. Após um minuto, ele disse: "Acho que encontrei alguma coisa. Este tijolo sai e há uma cavidade atrás dele".

Enfiando as mãos, ele retirou um envelope. Ele continha duas folhas de papel: as certidões de nascimento de Bella Martha Padgett, nascida em seis de junho de 1962, e de Wayne Daniel Padgett, nascido em nove de março de 1978. Na certidão de Dan Padgett o espaço para o nome do pai estava em branco.

Benton comentou: "Eu me pergunto por que ele se preocupou em esconder isso".

"Ele as viu como evidências incriminadoras. Uma vez

que Padgett tinha matado Oliver, sua relação com ele era um perigo, não um cheque em branco. Todavia é irônico, não é? Se a tia dele não tivesse insistido para que Dan e sua mãe não usassem seus primeiros nomes, ela seria conhecida como Bella. Eu me pergunto se isso teria produzido alguma fagulha na mente de Oliver. Há mais alguma coisa aí?"

"Nada, detetive. Só vou checar o restante dos tijolos."

A busca na lareira não revelou nada mais. Eles guardaram as certidões num saco de provas e foram para a cozinha. Kate colocou o kit assassinato sobre a bancada próxima à pia e Benton pôs a máquina fotográfica ao lado.

A voz de Kate estava baixa, como se ela temesse que alguém pudesse escutá-la: "Vamos tentar a geladeira. Se Padgett está com a amostra de sangue, provavelmente imagina que ela deve ser mantida sob refrigeração".

A voz de Benton estava mais natural, confiante e forte: "Mas é necessário que o sangue seja fresco para que se possa fazer o DNA, detetive?".

"Eu deveria saber, mas não consigo me lembrar. Provavelmente não, mas isso é o que ele pensa."

Os dois puseram suas luvas de busca. A cozinha, pequena e equipada com simplicidade, tinha uma mesa de madeira e duas cadeiras. O forno, a área da pia e o chão estavam limpos. Ao lado da porta havia uma lixeira com abertura de pedal. Benton abriu-a e vislumbrou os remanescentes destruídos das estatuetas de porcelana. A mulher com a enxada fora decapitada, a cabeça dela sorrindo incongruentemente sobre um monte de folhas rasgadas. Benton remexeu no conteúdo da lixeira com os dedos: "Então ele destruiu as últimas posses de sua mãe e o livro de Oliver. Os resíduos das duas pessoas que ele culpava de terem prejudicado sua vida: a mãe e Nathan Oliver".

Em seguida examinaram a geladeira, da mesma marca e tipo da existente na cozinha de Kate. Ao abri-la, viram que lá dentro havia um pote de manteiga cremosa, uma caixa de leite semidesnatado e um pacote de pão de fôrma integral. Mas havia discordância entre o conteúdo da geladeira e o estado da cozinha, que parecia não ser usada há semanas. Talvez Padgett tivesse desistido de cozinhar para si mesmo desde que a mãe morrera e estivesse fazendo uso do refeitório de serviço para as suas refeições principais. Kate e Benton abriram o pequeno compartimento do congelador situado no alto — estava vazio. Kate então retirou o conteúdo da embalagem de pão. As oito fatias remanescentes ainda estavam frescas e, separando-as, ela verificou que não havia nada pressionado entre elas.

Recolocando o pão, ela carregou a manteiga para a mesa. Nenhum dos dois falou enquanto a detetive abria a tampa de plástico da embalagem. Sob ela estava uma folha de papel alumínio com o nome do fabricante inscrito. O produto parecia intocado. Kate levantou-a, revelando a manteiga lisa. Ela pediu: "Veja se tem uma faca fina ou um espeto em uma das gavetas, por favor, Benton".

A detetive, com o pote de manteiga diante de si, escutou gavetas sendo rapidamente abertas e fechadas. Pouco depois, Benton estava de novo ao seu lado segurando um espeto de carne. Ficou olhando enquanto ela remexia gentilmente a manteiga. O espeto penetrou pouco mais de um centímetro.

Kate disse, incapaz de conter a excitação na voz: "Tem alguma coisa aqui. Precisamos de fotos daqui por diante; fotografe a geladeira, o pote de manteiga".

Kate esperou até que Benton começasse a fotografar, então suavemente retirou a camada superior de manteiga do pote, escavou um pouco mais fundo e localizou uma folha de papel-alumínio; embaixo dela, dois pacotinhos cuidadosamente embalados também com o mesmo material. Benton tirava fotos enquanto Kate desembrulhava o alumínio com a maior atenção. Um dos pacotes continha uma ampola de sangue com uma etiqueta com o nome de Oliver e a data. O outro, uma mecha de cabelo embrulhada em papel de seda.

Benton disse: "Deveria haver um papel detalhando os

testes que o doutor. Staveley queria que fossem feitos com o sangue, mas Padgett não deve ter se preocupado em guardá-lo. A etiqueta será o suficiente. O nome e a data estão escritos à mão, portanto teremos uma clara identificação".

Os dois policiais se entreolharam. Kate podia ver no rosto de seu colega o sorriso de triunfo que fazia par com seu próprio sorriso. Mas aquele era um momento de atividade controlada, não de exultação. Benton tirou as últimas fotos, inclusive do conteúdo da lixeira, e Kate depositou o frasco de sangue, o cabelo e o pote de manteiga dentro de um saco de provas e lacrou-o. Ambos assinaram a etiqueta de identificação.

Mais tarde, nenhum deles soube dizer o que os alertara para a imagem fugaz de um rosto na janela da cozinha. Não houvera barulho algum, mas talvez tivesse havido um pequeno decréscimo da luz. O rosto desaparecera antes que Kate e Benton pudessem ter certeza de alguma coisa, a não ser da visão de dois olhos aterrorizados e de uma cabeça tosquiada.

Benton praguejou e eles correram para a porta. Kate tinha o molho de chaves, mas levou três segundos para identificar qual era a correta. Ela se censurou por não tê-la deixado no buraco da fechadura. Enquanto tentava virá-la, ela descobriu que não podia: "Ele nos bloqueou com sua própria chave".

Benton puxou as cortinas da janela da direita, abriu o trinco e forcejou para abrir a moldura de madeira. A janela estava emperrada. Tentou mais duas vezes e então, junto com Kate, foi para a segunda janela. Também estava emperrada. Apanhando uma das cadeiras, usou o encosto para forçar a moldura, a janela arrebentou e abriu, espalhando pedaços de vidro partido.

Kate disse: "Vá atrás dele e pegue-o. Você é mais rápido. Cuidarei das provas e da câmera".

Benton nem ficou para terminar de ouvir. Ele já estava pulando a janela e, num segundo, tinha ido embora.

419

Kate agarrou a máquina fotográfica e o kit assassinato, correu para a janela e também saltou.

Padgett estava correndo em direção ao mar com Benton no seu encalço, mas aqueles trinta ou quarenta segundos de atraso tinham sido suficientes. Padgett estaria fora de vista se Jago não tivesse surgido subitamente na lateral da casa. Os dois colidiram e caíram no chão. Mas, antes que o confuso Jago pudesse se levantar, Padgett já estava de pé e correndo novamente. Corriam na direção do farol, com Benton atrás, agora a apenas vinte metros deles. Ao fazer a curva, Kate viu com horror que eles estavam atrasados demais. E havia algo ainda pior. Contornando o outro lado do farol vinha Millie. Por um segundo o tempo pareceu ficar suspenso. Kate estava ciente das duas figuras, a de Millie parada em choque, os olhos arregalados de susto, e Padgett agarrando-a pela cintura e carregando-a consigo pela porta do farol adentro. Segundos depois eles alcançaram a porta em tempo de ouvir o grito da garota e o ranger do ferrolho sendo fechado.

Eles ficaram ali, arquejantes. Quando conseguiu falar, Kate disse: "Leve as provas para o cofre, depois traga Jago aqui. E ele vai precisar de ajuda. Quero a escada mais alta que ele tiver e outra menor para chegarmos até uma dessas janelas mais baixas".

Benton argumentou: "Se ele a levar até a galeria, nenhuma escada conseguirá alcançá-los".

"Eu sei, mas se ele a levar para o topo, e acho que fará isso, saberá que não podemos alcançá-lo, mas irá regozijar-se em nos fazer de bobos. Temos que mantê-lo ocupado."

Benton saiu imediatamente em disparada, e naquele momento o ruído de vozes fez-se ouvir. A perseguição deve ter sido vista da casa. Roughtwood e Emily Holcombe apareceram juntamente com a sra. Burbridge e a sra. Plunkett logo atrás deles.

Emily Holcombe disse: "O que houve? Onde está Padgett?".

"No farol, e ele pegou a Millie."

A sra. Burbridge disse: "Você está dizendo que ele assassinou Adrian?".

Kate não respondeu. Em vez disso, falou: "Quero que todos vocês se mantenham calmos e, por favor, façam o que eu mandar".

De repente ouviu-se um grito agudo como o guincho estridente de uma gaivota, mas ele foi tão rápido que, no início, apenas Kate olhou para cima. Então os outros levantaram os olhos e a sra. Burbridge deixou escapar um lamento, cobrindo o rosto com as mãos.

Roughtwood exclamou: "Oh, meu Deus!".

Padgett tinha levantado Millie sobre o parapeito da galeria, de modo que ela estava no peitoril externo, com pouco mais de quinze centímetros de largura. Ela se agarrava fortemente ao parapeito e tremia, enquanto Padgett a segurava pelo braço. Ele gritava alguma coisa, mas suas palavras perdiam-se na brisa. Lentamente, começou a puxar Millie ao longo do peitoril pela curva do farol em direção ao mar. O pequeno grupo embaixo seguiu-os, mal tendo coragem de olhar para cima.

Naquele momento Benton voltava. Ele disse, ofegante: "As provas estão no cofre. Jago está vindo com as escadas. Ele irá precisar de ajuda com a mais comprida. São necessárias duas pessoas para segurá-la".

Já se podia ver Jago correndo no pátio de acesso. Kate disse a Benton: "Vá ajudá-lo".

Os olhos da detetive estavam fixos nas duas figuras no alto do farol. O corpo frágil de Millie parecia estar escorregando das mãos de Padgett. Kate rezou: Meu Deus, não permita que ela desmaie.

Foi então que ela ouviu o barulho de passos e o rangido de madeira e avistou Jago, Benton e Roughtwood contornando o farol e carregando a escada mais alta. Tremlett também tinha vindo e estava logo atrás deles segurando a escada menor, de não mais que três metros e meio de altura.

Kate disse a Benton: "Temos que mantê-lo calmo, se pudermos. Não creio que ele irá jogá-la sem uma platéia. Quero que Roughtwood e Jago encostem a escada mais comprida na parede. Se Padgett der a volta, sigam-no com a escada. Todos os outros devem ficar fora do caminho".

Kate então se virou para Jago: "Temos que entrar. Não podemos usar o buggy para derrubar a porta, ele é muito largo. Há algo que possamos usar como aríete?".

"Não, senhorita, essa é a dificuldade. Estive tentando pensar em algo que pudéssemos usar. Não há nada."

Ela olhou para Benton e falou: "Então terei de entrar por uma das janelas mais baixas. Acho que é possível".

Roughtwood e Jago estavam movendo a escada em torno do farol e ela os seguiu enquanto ambos tentavam, com dificuldade, colocá-la de pé. Num momento ela escorregou pela parede do farol e caiu. Kate pensou ter ouvido a risada zombeteira de Padgett e esperou estar certa. Precisava desviar a atenção dele.

Kate correu para perto de Benton e pediu a ele: "Você é o mais rápido. Vá até a enfermaria e encontre Jo Staveley. Quero o maior frasco de vaselina de que eles dispuserem. Qualquer lubrificante serve, mas vaselina é o mais apropriado. Preciso de grande quantidade. E traga também um martelo".

Benton retirou-se sem contestar. Kate foi rapidamente em direção ao pequeno grupo que agora aguardava em silêncio perto da porta do farol.

Maycroft, que acabara de chegar, perguntou: "Será que devo chamar um helicóptero de resgate?".

Essa era uma decisão que Kate temia. Seria a escolha mais segura. Ninguém a culparia se, impossibilitada de chegar ao farol, ela chamasse um helicóptero de resgate e especialistas. Mas aquele não seria exatamente o tipo de platéia que Padgett desejava para jogar Millie e a si mesmo no vazio? Ela desejou ardentemente saber o que o comandante Dalgliesh faria em seu lugar. Estava também consciente do pequeno grupo esperando impotente, com os olhos pregados em seu rosto.

Ela falou: "Não ainda. Acho que isso poderá fazer com que ele entre em pânico e tome uma decisão precipitada e final. Se Padgett decidir jogá-la, ele o fará quando tiver platéia ou quando estiver muito amedrontado". Ela levantou a voz: "As mulheres devem, por favor, voltar para a casa principal. Eu não quero que Padgett tenha uma audiência muito grande. E digam ao doutor Staveley que talvez precisemos dele aqui, caso ele possa deixar o comandante Dalgliesh".

O pequeno grupo dispersou-se. A sra. Plunkett andava com os braços em torno da sra. Burbridge, e Emily Holcombe ia caminhando muito ereta e um tanto solitária.

Naquele momento Benton vencia a pequena elevação do terreno carregando um martelo e um frasco grande de vaselina. Kate inspecionou as janelas. As situadas no alto do farol pareciam pouco mais do que fendas e as mais próximas do chão eram as maiores. Benton apoiou a escada na janela mais próxima da porta, aproximadamente a três metros e meio do chão, e então subiu nela. Observando a abertura, Kate estimou que a janela tivesse um metro de altura e cerca de quarenta e cinco centímetros de comprimento, com uma barra de ferro no meio e duas barras horizontais paralelas na base.

Benton quebrou o vidro e começou a martelar uma das barras. Desceu da escada e disse: "Elas estão profundamente engastadas na pedra, detetive. Sem chances, ali. Tentar entrar por alguma daquelas partes vai ser uma tarefa difícil e apertada".

Kate já estava tirando a roupa, ficando só de calcinha, sutiã, meias e sapatos. Abriu o frasco de vaselina e começou a retirar o conteúdo brilhante e gorduroso, espalhando uma camada grossa sobre o corpo. Benton veio ajudá-la. Ela não estava consciente das mãos dele movendo-se sobre seu corpo, sentia apenas as frias placas untuosas sendo rapidamente espalhadas sobre seus ombros, costas e quadris. Naquele momento ela notou que Guy Staveley estava lá. Ele não disse nada, apenas ficou observando em silêncio.

Ignorando-o, Benton disse a Kate: "Pena ele não ter agarrado você, detetive, em vez de Millie. Nós teríamos conseguido passar aquela criança pela brecha num minuto".

Kate pediu: "Se eu precisar ser empurrada, por Deus, empurre-me. Tenho de passar pela grade".

Ela precisava colocar primeiro os pés, pois não podia arriscar-se a cair de cabeça. Kate não tinha idéia de qual era a distância que estaria do andar térreo, mas as barras lhe forneceriam suporte para se segurar. Foi mais difícil enfiar lateralmente o corpo do que ela havia pensado. Benton estava atrás dela na escada, segurando-a pela cintura com seus braços fortes, mas Kate estava tão escorregadia que era difícil agarrá-la. Não houve problema com os quadris ou com o tecido macio dos seios, mas quando chegou a vez dos ombros, Kate ficou presa. Ela sentiu que o peso de seu corpo pendurado não os forçaria a passar.

Ela disse a Benton: "Pelo amor de Deus, empurre", e sentiu as mãos dele primeiro na sua cabeça e depois nos seus ombros. A dor era inacreditável e, num lancinante momento, ela sentiu seu ombro deslocar-se, o que quase a fez uivar de agonia. Mas ela conseguiu segurar-se e falou: "Continue empurrando, isso é uma ordem. Mais forte, mais forte".

E então, de súbito, ela estava dentro do farol. Instintivamente, Kate agarrou a barra inferior com seu único braço bom e deixou que o corpo escorregasse para o chão. Havia a necessidade, quase irresistível, de ficar deitada lá, desmoronada, com seu braço inutilizado, a dor quase intolerável dos músculos rasgados e da pele ferida em carne viva. Mas, mesmo cambaleante, Kate pôs-se de pé e meio que escorregou pelo único lance de escadas até a câmara térrea em direção à porta trancada. Logo que, com dificuldade, ela puxou a pesada tranca, destravando a porta, Benton entrou com Staveley logo atrás.

Staveley perguntou: "Posso ajudar?".
Foi Benton quem respondeu: "Não ainda, doutor. Mas, se puder, esteja de prontidão".
Staveley virou-se para Kate: "Você está bem, pode subir as escadas?".
"Eu preciso fazê-lo. Não, não suba, deixe isso conosco". Benton estava carregando a calça dela, impaciente para prosseguir. Kate tentou enfiar os braços na jaqueta, mas não conseguiu fazê-lo sem a ajuda de Benton. Falou: "Vamos lá, deixe a calça. Estou decente", mas escutou a voz tranqüila do colega: "É melhor vesti-la, detetive, você talvez precise fazer uma prisão".

Ele ajudou-a com isso também e meio que carregou-a após o primeiro lance de escadas. A subida até o último andar parecia infindável, os aposentos meio familiares passando despercebidos. E sempre as escadas, escadas e mais escadas. Por fim, eles atingiram a câmara final.

Benton comentou: "Graças a Deus, a porta fica situada no lado que dá para a ilha. Se Padgett ainda estiver na parte virada para o mar, ele pode não ter nos escutado".

Eles estavam finalmente na galeria. A luz do dia quase cegava Kate e ela descansou por um momento contra o vidro da lanterna, ofuscada pela luz e pela cor, o azul do mar, o céu de um tom mais pálido e as nuvens alvas espalhando-se como tufos de fumaça branca na ilha multicolorida.

Tudo parecia exagerado ante seus olhos. Ela organizou sua respiração. Não havia absolutamente barulho nenhum. Eles tinham apenas uma distância irrisória a percorrer antes que pudessem saber se Millie permanecia viva ou não. Mas certamente, se Padgett a tivesse jogado, eles teriam ouvido, mesmo nessa altura, um grito de horror dos homens com a escada comprida que assistiam à cena lá de baixo.

Kate disse a Benton: "Eu vou na frente", e então eles se moveram silenciosamente em torno da galeria. Agora Padgett já os tinha escutado. Ele agarrava Millie com um braço e com o outro segurava a parte superior do parapeito, como se também estivesse em perigo. Padgett virou-se para Kate e lançou-lhe um olhar flamejante, no qual ela detectou medo e ódio, mas também uma resolução terrível. Toda a dor havia sido esquecida naquele momento. O que ela dissesse ou fizesse iria significar a vida ou a morte de Millie. Mesmo a forma de chamá-lo poderia ser a escolha errada. Era importante falar com tranqüilidade, mas naquela altura a brisa era errática. Ela precisava se fazer ouvir.

Ela avançou um passo na direção dele e falou: "Senhor Padgett. Precisamos conversar. Você não quer matar Millie e não precisa fazer isso. Você ficaria arrependido para o resto da vida. Por favor, me escute".

Millie estava gemendo, um som baixo e trêmulo, interrompido por gritinhos agudos como os de um gato com dor. E, então, uma torrente de palavras proferidas por Padgett chegou até Kate. Era um fluxo de obscenidades, pontuado por violência, sexualidade de baixo calão e muito ódio.

A voz quieta de Benton chegou-lhe aos ouvidos: "É melhor deixar eu tentar, detetive".

Ela assentiu com a cabeça e ele passou por ela, depois começou a mover-se de lado junto à grade, avançando pouco a pouco, com uma desenvoltura e uma segurança que ela jamais teria. Segundos se passaram e então Benton chegou próximo o bastante para levantar a mão e agarrar o braço de Millie. Ele o segurou e começou a falar, seu rosto moreno próximo ao de Padgett. Kate não conseguia escutar o que ele dizia, mas não houve nenhuma interrupção por parte de Padgett e ela teve uma visão ridícula de que estava assistindo a dois conhecidos conversarem com facilidade e compreensão mútuas. O tempo se estendeu e então a conversa acabou e Benton moveu-se um pouco para trás e, com os dois braços, levantou Millie por cima da grade do parapeito. Kate correu em direção à garota e abraçou-a com seu único braço bom.

Olhando sobre a cabeça de Millie, que chorava compulsivamente, ela viu o rosto de Padgett. O ódio continuava lá, mas agora havia algo mais complicado — resignação, talvez, mas também um olhar de triunfo. Kate virou-se para Benton, que tirou Millie dela, e, olhando Padgett nos olhos, proferiu a ordem de prisão.

11

Eles puseram Padgett no apartamento de Benton, com o sargento montando guarda. Ele ficou sentado numa cadeira de encosto reto, com as mãos algemadas entre os joelhos, fitando o espaço. Só quando Kate estava no aposento é que Padgett demonstrava alguma emoção, dirigindo a ela um olhar que era uma fusão de desprezo e aversão. Kate voltou para seu apartamento, telefonou para Londres e depois para o regimento policial de Devon e da Cornualha para arranjar a transferência. Com ou sem SARS, Padgett não poderia ser mantido na ilha. Esperando por uma resposta, ficou imaginando as consultas que estavam sendo feitas, os riscos a serem pesados e os procedimentos legais que precisavam ser seguidos. Estava satisfeita com fato de a decisão estar fora de suas mãos. Mas o risco de remover Padgett era certamente pequeno. Ele não tinha sido entrevistado por Dalgliesh e nem ela nem Benton exibiam nenhum sintoma da doença. O telefonema que aguardava veio num tempo relativamente curto. Ficou decidido que Padgett seria removido. Um helicóptero chegaria a Combe Island em cerca de quarenta e cinco minutos.

Em seguida, Kate dirigiu-se para a enfermaria, onde o dr. Staveley e Jo a esperavam. Com Jo segurando-a, Staveley puxou seu braço e encaixou o ombro no lugar. Eles a haviam prevenido de que ia doer, e ela resolvera encarar o procedimento sem chorar. A dor foi brutal, mas durou um segundo. Processo quase tão doloroso e mais prolongado foi o de cobrir com bandagens a pele esfolada dos dois braços e das coxas. Ela sentia dor ao respirar, e o dr. Staveley diagnosticou uma costela fraturada. Aquilo, aparentemente, teria de cicatrizar sozinho. Estava grata pela habilidade dos dois, e também tinha consciência de que o tratamento fora mais fácil de suportar devido à gentileza e à bondade de ambos.

A remoção do corpo de Boyde fora feita quase em silêncio, apenas com ela e Benton presentes e nenhum rosto vigilante nas janelas. De manhã, quando Padgett foi retirado, foi diferente. Staveley e Maycroft ficaram parados na porta e, por trás deles, Kate sabia que havia olhos atentos. Ela e Benton já haviam sido felicitados. Residentes e hóspedes estavam agitados com a euforia do alívio. O peso da suspeita fora afastado e a paz restaurada. Só o dr. Yelland parecia relativamente impassível. Mas as congratulações dos hóspedes, embora sinceras, haviam sido contidas. Todos, mesmo Millie, pareciam compreender que estavam celebrando um sucesso, mas não um triunfo. Kate entreouviu as vozes murmuradas, apertou brevemente as mãos ansiosas e tratou de fortalecer-se para não romper em lágrimas de dor e exaustão. Aceitara os analgésicos de Jo, mas não os engolira, temendo que afetassem sua capacidade de raciocínio. Precisava reportar-se a Dalgliesh. Enquanto não o fizesse, não podia relaxar.

Caminhando de volta para a sala de seu apartamento com Benton, após o helicóptero ter levantado vôo, ela perguntou: "Quando você estava montando guarda, como estava Padgett?".

"Perfeitamente tranqüilo, eu diria que até satisfeito consigo mesmo. Aliviado, é óbvio, como as pessoas em geral se sentem quando não têm mais que temer o pior, porque este já aconteceu. Acho que ele está ansiando avidamente por seu momento de fama, mas temendo-o também. Ainda não percebeu a enormidade daquilo que fez. A prisão provavelmente parece ser um preço baixo a pagar por seu triunfo. Afinal, é lá que ele esteve durante quase toda a sua vida. Uma prisão aberta, por assim dizer.

Padgett foi ofendido e humilhado desde o dia em que nasceu. Aquela tia horrenda e seu marido impotente. Eles até o fizeram mudar de nome, a mãe dele também foi obrigada a mudar. Para a titia, Bella obviamente não era um nome suficientemente bom."

Kate disse: "Essa tia provavelmente achava que estava fazendo o melhor que podia por eles. A desculpa habitual. As pessoas têm boas intenções quando estão fazendo o pior. Padgett lhe contou o que aconteceu quando ele confrontou Oliver?".

"Oliver subiu até a lanterna do farol e Padgett seguiu-o. Ele despejou sua história e tudo o que recebeu foi desprezo. Oliver disse: 'Se você fosse criança eu teria assumido alguma responsabilidade por seu sustento. Não lhe daria nada além disso. Mas você é um homem. Não lhe devo nada e você nada receberá. Se pensou, por um segundo, que um momento de estupidez com uma colegial vulgar irá me atrelar a você para o resto da vida, então pense de novo. Afinal, você dificilmente é o filho que um homem se orgulharia de chamar de seu. Eu não lido com chantagistas desprezíveis'. Foi então que Padgett voou no pescoço de Oliver e apertou a garganta dele."

Fez-se silêncio. Kate perguntou: "O que você disse a ele?".

Por um momento ela estava de volta à galeria superior, forçando seu corpo dilacerado a ficar ereto, os olhos ofuscados pelas cores brilhantes da terra, do mar e do céu. Ela complementou: "Lá em cima, na galeria do farol".

"Apelei para a emoção mais forte que ele sentia — o ódio pelo pai. E para algo que tinha importância para ele, a necessidade de ser alguém, de ser importante. Eu disse: 'Se você matar Millie, não terá a simpatia de ninguém. Ela não fez nada a você. Ela é inocente. Você matou seu pai e teve de matar Adrian Boyde. Isso é compreensível. Mas não Millie. Se quer de volta o que é seu, esta é a sua chance. Ele ignorou e desprezou você e sua mãe a vida inteira e você não tinha como se aproximar dele. Mas pode fazer isso agora. Mostrar ao mundo como era Oliver e o que ele fez. Você ficará tão famoso quanto ele, e será tão lembrado quanto ele. Quando mencionarem o nome de Nathan Oliver, pensarão em você. Você vai jogar tudo isso fora? Uma oportunidade concreta de vingança, apenas pela satisfação de empurrar uma criança para a morte?'."

"Engenhosamente esperto e cínico."

"É, detetive, mas funcionou."

Como ela o conhecia pouco, em sua mistura de brutalidade e sensibilidade! Kate se lembrou da cena do lado de fora do farol, as mãos de Benton espalhando o lubrificante em seu corpo seminu. Aquilo tinha sido bastante íntimo. Mas a mente de Benton estava fechada para ela. E não apenas sua mente. Será que ele morava sozinho? Como era seu relacionamento com os pais? Será que tinha irmãos? Qual tinha sido seu motivo para ingressar na polícia? Kate supunha que o sargento devia ter uma namorada, mas ao mesmo tempo ele lhe parecia apartado de todo relacionamento. Ainda agora, quando tinham se tornado verdadeiramente colegas, Benton era um enigma para ela.

Ela inquiriu: "E Boyde? Como Padgett tentou justificar aquele crime, se é que tentou?".

"Ele alega que foi um ato impulsivo, que ele tirou sua jaqueta e pegou uma pedra antes de seguir Boyde até a capela. Mas isso não vai colar. Padgett foi preparado, com as luvas, elas estavam entre os suprimentos médicos deixados no chalé Puffin quando a mãe dele estava doente. Ele disse que Boyde estava de joelhos na capela, mas levantou-se e o confrontou. Ele não tentou escapar ou se proteger. Padgett acha que ele queria morrer."

Fez-se silêncio e então Kate perguntou: "O que está passando pela sua cabeça?".

Era uma pergunta bastante comum, mas que Kate raramente fazia, vendo-a como uma invasão de privacidade.

"Um verso de Auden. Aqueles a quem o mal é feito, reagem fazendo o mal."

"Isso é desculpa. Milhares de crianças são ilegítimas,

maltratadas, ofendidas e indesejadas. Elas não se transformam em adultos assassinos."

Tentou sentir pena, mas a única coisa que sua imaginação conseguiu produzir foi certa compreensão impregnada de desprezo. Tentou imaginar a vida dele: a mãe fracassada fantasiando sobre um romance que não passara de uma triste sedução ou, na pior das hipóteses, de um estupro; um único ato de violação, planejado ou impulsivo, que a deixara — grávida, sem dinheiro e sem lar — à mercê de uma sádica mesquinha. Kate achou que conseguia imaginar a desolação da casa no subúrbio, a entrada escura, a sala cheirando a lustra-móveis, sempre imaculada à espera de visitas que nunca vinham, a vida familiar transcorrida na saleta dos fundos, com seu cheiro de comida e fracasso. E a escola, o ônus da gratidão só porque algum filantropo se excitava com o fato de sentir-se poderoso e fizera uma contribuição anual para que ele se transformasse numa criança que vivia da caridade. Teria sido melhor para ele freqüentar a escola pública, mas isso, claro, não teria resolvido o problema. Depois, a sucessão de empregos malsucedidos. Indesejado desde o nascimento, fora indesejado a vida inteira — exceto na ilha. Mas também na ilha sentira o agravo de ser visto de cima, de não ter qualificação. O que fazer? A infelicidade, acreditava Kate, é contagiosa. Carrega-se o cheiro dela como se carrega o fedor de uma doença temida.

Ainda assim, Padgett tinha sido uma criança dos anos 1970, uma década após os libertadores anos 1960. Agora a vida dele soava mais como um pesadelo de um passado distante. Era difícil acreditar que pessoas como essa tia gélida e distante pudessem existir, que tivessem a faculdade de exercer tanto poder sobre os familiares. Mas claro que podiam, e existiram. E não precisava ter sido assim. Uma mãe diferente, que tivesse inteligência, segurança e força física e mental, certamente poderia ter construído uma vida para si e para seu filho. Milhares de mulheres o fizeram. Será que sua mãe teria feito isso por ela se tivesse vivido? Kate se lembrava com terrível clareza das palavras de sua avó, ouvidas por acaso quando abrira a porta daquele apartamento no conjunto residencial subvencionado. A avó estava conversando com uma vizinha: "Ela joga a bastarda para cima de mim e, para completar, morre! E eu é que tenho que cuidar da criança!".

A avó dela não teria coragem de dizer essas palavras diretamente a ela. Mas Kate sabia desde a infância que era vista como um peso, e somente no final é que percebera que havia ali algum tipo de amor. E escapara do conjunto de prédios comunitários, do cheiro de desesperança, e do medo, quando os elevadores eram novamente alvo de vândalos, daquela subida com a violência espreitando a cada andar. Kate havia construído uma vida diferente para si. Conseguira isso através de trabalho duro, ambição e, claro, certa aspereza, lapidada por anos de pobreza e fracasso. Mas não escapara de seu passado. Sua avó certamente devia, pelo menos uma vez, ter mencionado o nome de sua mãe, mas Kate não conseguia se lembrar. Ninguém sabia quem era seu pai, e ninguém jamais saberia. Era como nascer sem o cordão umbilical, flutuando livre no mundo, sem peso, um nada. Mas mesmo sua escalada social era maculada pela culpa. Ao escolher esse emprego, não teria Kate violado a confiança, até traído, as pessoas às quais ela era irrevogavelmente ligada pela irmandade da pobreza e da exclusão?

Benton falou tão baixo que ela teve dificuldade em ouvi-lo: "Fico pensando se alguma vez a infância é realmente feliz. Talvez seja melhor assim. Ser enormemente feliz tão cedo na vida deixaria as pessoas sempre em busca de recapturar o impossível. Como aqueles que viveram os melhores momentos de suas vidas na escola ou na universidade. Ficam sempre voltando ao passado. Não perdem um encontro de escola. Isso sempre me pareceu um tanto patético". Ele fez uma pausa e então completou: "A maioria de nós recebe mais amor do que merece".

Novamente fez-se silêncio, quebrado pela voz de Kate:

"Como é mesmo aquela citação, toda ela? Afinal você é diplomado em literatura inglesa, não é?".

Novamente uma pequena fagulha de ressentimento, da qual ela nunca estaria inteiramente livre.

Benton disse, calmo: "É de um poema de Auden, chamado '1º de setembro de 1939'. Diz o seguinte: *Eu e o público sabemos/ O que todos os colegiais aprendem/ Aqueles a quem o mal é feito, reagem fazendo o mal*".

Kate comentou: "Nem todos. Não o tempo todo. Mas eles não esquecem, e pagam por isso".

12

Jo Staveley estava irredutível. Após inquirir Kate sobre seus ferimentos, ela disse: "Ele não está tossindo no momento, mas, se começar, coloquem esta máscara. Eu suponho que queiram vê-lo, mas não os dois de uma vez. O sargento pode esperar. O comandante Dalgliesh insistiu em sair da cama, portanto tente ser breve".

Kate perguntou: "Ele está suficientemente bem para estar fora da cama?".

"Claro que não. Se tiver alguma influência sobre ele, você pode enfatizar para aquele homem teimoso que eu sou a responsável pela enfermaria." Embora as palavras fossem duras, a voz de Jo Staveley traía a afeição que sentia.

Kate entrou sozinha no aposento. Dalgliesh, agasalhado por um roupão, estava sentado ao lado da cama. Os tubos de oxigênio não mais estavam em suas narinas, mas ele usava máscara e, ao vê-la entrar, levantou-se com grande esforço e ficou de pé. O gesto de cortesia inundou os olhos de Kate de lágrimas quentes, mas ela as afastou e caminhou devagar — tentando não fazer movimentos duros para que ele não percebesse o quanto seus ferimentos doíam — até a cadeira que Jo tinha colocado cuidadosamente distante de seu paciente.

Com a voz abafada pela máscara, Dalgliesh disse: "Nós somos uma dupla de decrépitos, não é mesmo? Como está se sentindo, Kate? Fui informado sobre a costela fraturada. Imagino que deve doer muitíssimo".

"Não dói o tempo todo, senhor."

"E Padgett, imagino que ele esteja fora da ilha, eu ouvi o helicóptero. Como ele estava?"

"Ele não deu trabalho. Acho que está gostando da possível notoriedade. Devo fazer o meu relato, senhor? Digo, está se sentindo bem?"

"Sim, Kate, eu estou bem. Fique à vontade."

Kate não tinha necessidade de consultar seu bloco de anotações. Ela teve o cuidado de fazer um relato factual desde a descoberta do cabelo e do sangue na geladeira, passando pela captura de Millie por Padgett e o que aconteceu quase minuto a minuto no farol. Deu o mínimo de relevo ao papel que desempenhou. E agora era hora de dizer algo a respeito de Benton, mas o quê? Falar que a conduta do sargento Benton-Smith tinha sido exemplar? Dificilmente. Muito típico de relatório trimestral glorificando a excessiva bondade da equipe.

Ela pensou por alguns segundos e depois disse, com simplicidade: "Eu não poderia ter feito nada disso sem ele".

"Ele fez o que se esperava dele, Kate?"

"Fez mais do que isso, senhor. Foi preciso coragem para me empurrar por aquela janela."

"E coragem para agüentar."

Não era o suficiente. Ela subestimara Benton e agora era hora de pôr as coisas em seus devidos lugares. A detetive falou: "E ele tem talento com as pessoas. A senhora Burbridge estava profundamente chateada após a morte de Boyde. Eu não conseguia ver uma maneira de obter informações dela. Pois Benton sabia exatamente o que dizer. Ele agiu com profunda humanidade".

Dalgliesh sorriu para ela e Kate teve a impressão de que aquele sorriso expressava mais que aprovação, que companheirismo diante de um serviço concluído, mais até que amizade. Instintivamente ele estendeu as mãos e ela se levantou para apertá-las. Era a primeira vez que se tocavam desde que, anos antes, tomada de remorso e tristeza, ela correra para os braços dele depois da morte da avó.

Dalgliesh disse: "Se nossos futuros policiais forem incapazes de demonstrar humanidade, não haverá esperança para nenhum de nós. A atuação de Benton não passará despercebida. Mande-o entrar agora, Kate. Eu vou dizer isso a ele".

Ele se levantou com dolorosa lentidão e, mantendo distância, andou até a porta com Kate, acompanhando-a como se ela fosse uma convidada de honra. No meio do caminho ele parou e oscilou. Quebrando a distância, ela o acompanhou de volta à cadeira, tendo o cuidado de não apoiar o braço nele.

Ao sentar-se, Dalgliesh falou: "Esse não foi um de nossos sucessos, Kate. Adrian Boyde não deveria ter morrido".

Ela ficou tentada a destacar que eles não poderiam ter evitado o assassinato de Boyde. Não tinham provas suficientes para prender Padgett nem ninguém, como não tinham como evitar a movimentação das pessoas, além de também não disporem de pessoal capaz de manter estrita vigilância, vinte e quatro horas por dia, sobre todos os suspeitos. Mas Dalgliesh sabia de tudo isso.

À porta, Kate se virou e disse: "Padgett acha que Boyde sabia o que ia acontecer com ele e poderia ter evitado. Ele acha que Boyde queria morrer".

Dalgliesh retrucou: "Fico tentado a dizer que se Padgett fosse capaz de compreender ao menos uma parte da mente de Boyde, ele não o teria assassinado. Mas o que me faz pensar que sei mais do que ele? Se o fracasso nos ensina alguma coisa, é a humildade. Dê-me cinco minutos, Kate, e depois mande Benton entrar".

EPÍLOGO

1

Enquanto vivesse, Kate sabia que iria lembrar-se dos dias entre a prisão e a expiração do período de quarentena como os mais surpreendentes e dos mais felizes de sua vida. Algumas vezes, recordando o que a tinha trazido para a ilha, ela sentia espasmos de culpa de que o pesar e o horror pudessem ser tão rapidamente substituídos pela satisfação física da juventude e da vida, uma fonte inesperada de alegria. Como algumas das pessoas ali iriam depor em julgamento, foi acertado que não haveria discussão sobre os assassinatos e nem se falou sobre eles, exceto entre as pessoas, em particular. E os membros da equipe, sem nenhuma aparente decisão policial, passaram a ser tratados como hóspedes VIPs que estavam em Combe em busca de paz e solidão — a única relação com hóspedes que a ilha era aparentemente capaz de reconhecer.

Gentil e suavemente, Combe exerceu seu misterioso poder. Benton continuou a fazer o café-da-manhã para os dois e ele e Kate coletavam o que precisavam para o almoço direto na cozinha, e então passavam o tempo, sozinhos ou não, obedecendo apenas à sua disposição individual. Millie tinha transferido sua afeição de Jago para Benton e o seguia por toda a parte como um animal de estimação. Benton passou a fazer escaladas com Jago. Em suas caminhadas solitárias, Kate ocasionalmente olhava para baixo e via um ou outro precariamente esticado sobre os penhascos de granito.

Quando ficou apto a andar, Dalgliesh mudou-se de

volta para o chalé da Foca. Kate e Benton deixaram-no em paz, mas ela às vezes ouvia música quando passava por perto e ele estava obviamente ocupado — caixas de arquivos da Nova Scotland Yard eram trazidos com regularidade por helicóptero e entregues por Jago no chalé. Kate suspeitava que o telefone de Dalgliesh raramente ficava em silêncio. Ela desconectou seu próprio aparelho e permitiu que a paz de Combe fizesse um trabalho curativo sobre sua mente e seu corpo. Frustrado e sem conseguir falar com ela, Piers Tarrant escreveu uma carta de congratulação engraçada, afetuosa e levemente irônica, e Kate escreveu uma outra em resposta. Ela ainda não estava pronta para confrontar os problemas de sua vida em Londres.

Embora as pessoas passassem sozinhas a maior parte das horas do dia, à noite elas se reuniam na biblioteca para tomar drinques antes de ir para a sala de jantar e, na companhia uns dos outros, saborear os excelentes pratos preparados pela sra. Plunkett, acompanhados por bons vinhos. Os olhos de Kate repousavam nas vivas faces, iluminadas pela luz de velas, e ficava surpresa por estar tão à vontade, tão pronta para conversar. Todo o seu tempo de trabalho e a maioria de suas horas fora dele tinham sido passadas com oficiais de polícia. Os policiais, assim como os exterminadores de ratos, eram vistos como apêndices necessários à sociedade, dos quais se exige que estejam disponíveis sempre que se precisa deles. As vezes eram elogiados, mas raramente conviviam com aqueles — que não compartilham de suas perigosas especialidades —, sempre cercados por uma leve penumbra de cautela e suspeita. Durante os dias que passou em Combe, Kate respirou um ar mais livre e ajustou-se a um horizonte mais amplo. Pela primeira vez na vida sabia que era aceita por si mesma, uma mulher, não uma detetive DI — a constatação foi libertadora e também sutilmente gratificante.

Uma tarde, usando sua única camisa de seda no quartinho de costura da sra. Burbridge, Kate comentou que gostaria de ter uma outra roupa para vestir à noite. Ela tinha um número suficiente de peças com ela, seria pouco razoável esperar que o helicóptero trouxesse alguma outra coisa. A sra. Burbridge tinha dito: "Tenho um corte de seda num tom sutil de verde-esmeralda que ficaria muito bem com o seu tom de pele e de cabelo, Kate. Eu posso fazer uma nova camisa para você em dois dias, se quiser".

A camisa foi feita e, na primeira noite que ela a usou, Kate viu os olhares apreciativos dos homens e o sorriso satisfeito da sra. Burbridge. Divertida, ela percebeu que a sra. Burbridge tinha detectado ou imaginado algum interesse romântico da parte de Rupert Maycroft e estava leve e inocentemente se permitindo agir como casamenteira.

Mas foi a mais volúvel sra. Plunkett quem confidenciou a Kate informações sobre as discussões a respeito do futuro de Combe: "Alguns dos conselheiros pensam que o local deveria transformar-se num recanto de férias para crianças desprovidas, mas a senhorita Holcombe não aceita. Ela diz que este país já fez muito pelas crianças e que dificilmente poderíamos trazer todas elas da África. Então a senhora Burbridge sugeriu que poderíamos receber padres estressados num tipo de homenagem a Adrian, mas a senhorita Holcombe também não aceita. Ela acha que padres estressados vindos da cidade provavelmente seriam jovens e loucos por formas modernas de devoção — você sabe, banjos e guitarras havaianas. A senhorita Holcombe não vai à igreja, mas ela é muito específica sobre o Livro de Preces".

Será que havia — Kate se perguntou — uma sugestão de ironia nas palavras dela? Olhando de relance para o rosto inocente da sra. Plunkett, ela concluiu que era improvável.

A cozinheira continuou: "E agora antigos hóspedes estão escrevendo para perguntar quando iremos reabrir, portanto espero que isso aconteça. Afinal de contas, não seria fácil modificar o Conselho Administrativo de Combe.

Jo Staveley diz que os políticos estão tão acostumados a enviar centenas de soldados para serem mortos nas guerras que dois cadáveres não irão tirar-lhes o sono, e eu ouso dizer que ela está certa. Houve uma conversa sobre nos preparamos para receber alguns convidados muito importantes, que viriam sozinhos, mas parece que agora isso não vai mais acontecer. Para alívio geral, se você me perguntar. Imagino que você tenha ouvido falar que os Staveley estão voltando para a clínica de Londres. Bem, não estou surpresa. Ele agora é um herói, com todos os jornais dizendo quão eficiente ele foi em fazer o diagnóstico de SARS tão rápido. Graças ao doutor Staveley a epidemia foi contida a tempo. Ele não deveria ficar perdendo seu tempo aqui".

"E Millie?"

"Ah, bom, ainda teremos Millie. O que é ótimo, agora que Padgett não está mais aqui. A senhora Burbridge e o amigo de Jago estão tentando achar algum lugar para ela morar no continente, mas isso levará algum tempo."

Os únicos hóspedes que se mantinham à parte eram Miranda Oliver e Dennis Tremlett. Miranda tinha anunciado que estava ocupada demais para juntar-se ao grupo durante o jantar; havia assuntos a serem discutidos por telefone com os advogados de seu pai e com seu editor, arranjos a serem resolvidos para o serviço fúnebre e seu casamento a ser planejado. Kate suspeitava que ela não era a única pessoa grata pela ausência de Miranda.

Era somente à noite, quando Kate estava na cama, pouco antes de dormir, que essa paz estranha e quase mágica era rompida por pensamentos sobre Dan Padgett deitado em sua cela entregue a suas perigosas fantasias. Ela o veria de novo quando ele fosse a julgamento no Tribunal Real, mas, por agora, preferia empurrar os crimes para o fundo da mente. Em uma de suas caminhadas solitárias, num impulso, fora até a capela e encontrara Dalgliesh lá dentro, observando as manchas de sangue.

Ele dissera: "A senhora Burbridge estava em dúvida se devia ou não pedir a alguém para esfregar o chão. No fim ela decidiu manter a porta aberta e deixar o problema a cargo do tempo e dos elementos. Fico imaginando se algum dia essas manchas vão sumir por completo".

2

Três dias antes de deixar Combe Island, o dr. Mark Yelland respondeu, por fim, à carta da esposa. Ele já acusara o recebimento da missiva dizendo que iria pensar sobre o assunto, mas, depois disso, mantivera silêncio. Agora, ele apanhou caneta e papel e escreveu com cuidado:

Essas semanas em Combe me mostraram que tenho de assumir a responsabilidade pela agonia que causo, tanto aos animais como a você. Posso justificar meu trabalho, ao menos para mim mesmo, e vou prosseguir a qualquer custo. Mas você se casou comigo, não com a minha profissão, e sua decisão tem tanta validade quanto a minha. Espero que sua despedida seja apenas uma separação, não um divórcio, mas a escolha é sua. Conversaremos quando eu voltar para casa, e desta vez realmente desejo que isso aconteça. Nós vamos conversar. Seja qual for a sua decisão, espero que as crianças ainda possam sentir que têm um pai e, você, um amigo.

A carta fora enviada e a decisão tomada. Agora Yelland olhava pela última para a sala do chalé, que, vazia, tinha se tornado subitamente estranha. Ele teria de enfrentar os seus problemas, mas voltaria a Combe. Pendurou suas bolsas de viagem nos ombros e andou vigorosamente em direção ao ancoradouro.

3

No chalé Peregrino, Dennis Tremlett não precisara de mais que dez minutos para tirar dos cabides as poucas roupas que trouxera, dobrá-las meticulosamente e acomodá-las na sacola de lona. Deixou a sacola fechada no quarto, pronta para ser transportada para o ancoradouro com as outras bagagens. Miranda, depois de calcular os custos mais significativos — de passagens de trem e corridas de táxi —, solicitara que um carro com motorista os esperasse em Pentworthy.

Na sala do chalé, Miranda ainda estava embalando os livros de Oliver nas pequenas caixas de papelão em que haviam vindo. Silenciosamente, Tremlett começou a retirar os últimos da estante e a entregá-los a ela. Miranda disse: "Não voltaremos a Combe".

"Não, imagino que você não queira voltar. Seria doloroso demais. Muitas lembranças." E acrescentou: "Mas, querida, nem todas são ruins".

"Para mim, são. Viajaremos de férias e ficaremos nos hotéis a que fui com meu pai. Cinco estrelas. Eu gostaria de rever San Francisco. No futuro vai ser diferente. Na próxima vez eles vão saber quem está pagando a conta."

Ele duvidava que alguém se importasse com isso, desde que as contas fossem pagas, mas sabia o que ela estava pensando. Agora ela seria a rica filha enlutada de um homem famoso, não a parasita ressentida. Ajoelhando-se ao lado dela, disse, num impulso: "Eu gostaria que não tivéssemos mentido para a polícia".

Miranda ergueu o rosto e encarou-o: "Não mentimos. Não de fato. Eu disse a eles o que meu pai gostaria que eu dissesse. Ele acabaria entregando os pontos. Ficou zangado quando ficou sabendo sobre nós dois, mas foi só o choque. Ele teria desejado que eu fosse feliz".

E será que vai ser? Será que eu vou ser? As perguntas não foram formuladas, as respostas não foram fornecidas. Mas havia uma outra coisa que ele precisava saber, fosse qual fosse o risco de perguntar. Perguntou: "Quando recebemos a notícia, quando você se deu conta de que ele estava morto, houve um momento, não mais que um ou dois segundos, em que ficou feliz?".

Ela lançou-lhe um olhar em que ele pôde identificar todas as emoções com terrível nitidez: surpresa, ultraje, incompreensão e obstinação: "Que coisa horrível de dizer! Claro que não. Ele era meu pai, me amava. Eu o amava. Devotei minha vida a ele. Por que você perguntou uma coisa assim tão ofensiva, tão horrível?".

"Esse era o tipo de coisa que interessava ao seu pai, a diferença entre o que sentimos e o que achamos que devemos sentir."

Com um golpe, Miranda fechou a tampa da caixa e pôs-se de pé: "Não sei o que quer dizer. Pegue, por favor, a fita adesiva e a tesoura. Eu as deixei ali, em cima da mesa. Suponho que temos de lacrar estas caixas".

Tremlett disse: "Vou sentir falta dele".

"Nós dois vamos. Afinal, você era apenas empregado dele; eu sou a filha. Mas não como se ele fosse jovem, meu pai já estava com sessenta e oito anos e havia construído uma reputação. Acho que não faz sentido você arrumar outro emprego. Vai ter muita coisa para você fazer com a organização da casa, do casamento e toda correspondência a que precisamos responder. É melhor ligar para a casa principal e dizer a eles que estamos quase prontos. Precisaremos do buggy, obviamente. Eu já ia falar que Padgett poderia trazê-lo. Engraçado pensar que ele se foi. Jamais o perdoarei, jamais."

Havia mais uma pergunta, a última, que Tremlett não ousava fazer e nem precisava; já sabia a resposta. Pensou nas provas, nas margens lotadas com a caligrafia precisa e quase ilegível de Oliver, nas cuidadosas revisões que poderiam fazer de seu trabalho final uma obra-prima, e perguntou-se se algum dia poderia perdoá-la.

Tremlett observou as estantes, seu vazio reforçando seu próprio sentimento de perda. Imaginou como Oliver o via. Como o filho que nunca tivera? Aquela era uma suposição arrogante que apenas agora, com a morte de Oliver, permitia que se alojasse em sua mente. Oliver jamais o tratara como filho. Mas será que isso tinha importância? Juntos, haviam se engajado na profunda e misteriosa aventura da linguagem. Na companhia de Oliver, Tremlett se sentira vivo.

Seguindo Miranda em direção à porta, ficou parado, em silêncio, dando uma última olhada no ambiente. Sabia que ali fora feliz.

4

Chegou o dia em que finalmente podiam deixar Combe Island. Dalgliesh estava pronto desde cedo. Mas aguardou no chalé da Foca até que o helicóptero pudesse ser avistado. Ele então colocou a chave sobre a mesa, onde ela ficou como um talismã prometendo que ele voltaria. Porém o comandante sabia que jamais voltaria a ver Combe novamente. Fechando a porta atrás de si, ele percorreu o cerrado em direção à casa. Caminhava tomado por uma confusão de emoções: saudade, esperança e medo. Ele e Emma tinham se falado raras vezes nessas últimas semanas. Ele, que amava a linguagem, tinha perdido a confiança em todas as palavras, particularmente naquelas ditas por telefone. A verdade entre amantes deveria ser escrita, ser medida e cuidadosamente pesada sem pressa e na solidão ou, ainda melhor, dita face a face. Ele tinha escrito para ela uma vez propondo-lhe casamento, e não um romance demorado, e imaginou já ter recebido sua resposta. Escrever de novo agora, com o mesmo pedido, seria insistir com ela como uma criança petulante, enquanto fazer o mesmo quando estava doente seria como convidá-la a ter pena dele. E ainda havia a amiga dela, Clara, que não gostava dele, devia falar mal dele. Emma era dona de suas próprias idéias, mas e se Clara ficasse repetindo seus temores não totalmente confessados? Ele sabia que quando ele e Emma se encontrassem ela diria que o amava. Disso, pelo menos, podia ter certeza. Mas e depois? Frases ditas no passado por outras mulheres e ouvidas sem nenhuma dor e, algumas vezes, com certo alívio vieram-lhe à cabeça como uma ladainha do fracasso.

Querido, foi maravilhoso, mas sempre soubemos que não era feito para durar. Nós nem mesmo vivemos na mesma cidade. E com esse novo emprego eu não posso comprometer minhas noites livres.

O que vivemos foi maravilhoso, mas seu emprego sempre vem em primeiro lugar, não é? Ou o emprego ou a poesia. Por que não encaramos a verdade e terminamos antes que um de nós se machuque? E se houver dor você sempre poderá escrever um poema sobre isso.

Eu sempre amarei você, Adam, mas você não consegue se comprometer, não é verdade? Você sempre guarda alguma coisa e provavelmente é o que de melhor você tem. Então, preciso dizer-lhe adeus.

Emma teria de encontrar suas próprias palavras e ele se preparou para ouvir a destruição de suas esperanças com dignidade e sem lamúrias.

O helicóptero pareceu pairar interminavelmente antes de por fim pousar no meio do heliponto. Houve uma nova espera até que as hélices parassem de girar. Então a porta do aparelho foi aberta e Emma apareceu e, após alguns passos, correu para os braços de Dalgliesh. Ele podia sentir as batidas de seu coração e podia ouvi-la sussurrando: "Eu te amo, te amo, te amo". E quando ele curvou a cabeça, as lágrimas dela, ainda mornas, molhavam-lhe a face. Mas quando Emma o olhou dentro dos olhos e falou, sua voz era firme: "Querido, se quisermos que o padre Martin nos case — e se você gostar da idéia, eu particularmente gosto muito — é melhor marcarmos uma data rapidamente ou ele pode dizer que está velho demais para viajar. Você vai escrever para ele ou prefere que eu mesma escreva?".

Dalgliesh atraiu-a para si e inclinou a cabeça de cabelos escuros na direção da dela: "Nenhum dos dois. Vamos vê-lo juntos. Amanhã".

Esperando na entrada traseira da casa, com a sacola

de viagem aos pés, Kate escutou sua risada exultante ecoar sobre a ilha.

Ela e Benton estavam prontos para partir. Benton pôs a sacola sobre os ombros e disse: "De volta à vida real".

Miranda e Dennis tinham ido embora de barco, juntamente com Yelland, no dia anterior. Dalgliesh precisava discutir os arranjos finais com Maycroft, e a equipe ficara agradecida por essas poucas horas para si. Subitamente, o resto do pequeno grupo estava ali, com eles. Todos tinham vindo para vê-los partir. As despedidas privadas haviam ocorrido mais cedo, e o adeus de Rupert Maycroft a Kate fora surpreendente.

Ele estava sozinho no seu escritório e, estendendo a mão, dissera: "Gostaria de convidá-la a voltar para nos visitar, mas isso não é permitido. Tenho que obedecer às regras, se desejo que a equipe o faça. Mas seria bom vê-la aqui novamente".

Kate brincara: "Eu não sou uma VIP, mas jamais vou me esquecer de Combe. As memórias que guardo daqui não são de todo más. Fui feliz nesta ilha".

Houve uma pausa, depois ele disse: "Não tanto como dois navios atravessando a noite como dois navios viajando lado a lado por algum tempo, mas sempre rumo a portos diferentes".

Dalgliesh e Emma estavam esperando por eles, parados um ao lado do outro. Kate sabia que, para ela, algo tinha finalmente acabado, o vestígio de esperança que, mesmo quando ela cedia à fantasia, sabia que era tão irreal quanto seus sonhos de infância — de que os pais não estavam mortos e de que qualquer dia os dois chegariam, com seu belo pai dirigindo um automóvel brilhante, com o qual iria levá-la embora para sempre daquele prédio na periferia da cidade. Aquela ilusão, cultivada durante a infância para lhe dar algum conforto, tinha sido apagada ao longo dos anos por seu emprego, seu apartamento e a satisfação de realizações, e fora substituída por uma esperança mais racional, embora mais frágil. Agora Kate abria mão dessa outra também, mas sem nenhum arrependimento ou dor.

Havia uma concentração de nuvens baixas, o breve veranico já passara. O helicóptero levantou vôo lentamente, como se relutasse, e fez um último circuito sobre a ilha. As figuras que acenavam lá embaixo foram se transformando em bonequinhos e, uma a uma, se foram. Kate observou os edifícios compactos, que pareciam brinquedos de criança: as grandes janelas arqueadas da casa principal, o antigo estábulo onde ficara hospedada, o chalé da Foca com suas memórias das reuniões noturnas, a capela quadrada com sua mancha de sangue, e o farol brilhantemente colorido, com sua cúpula vermelha, o mais encantador de todos os brinquedos. Combe Island a transformara de maneira que ela ainda não podia compreender. Mas Kate sabia que jamais a veria novamente.

Para Dalgliesh e Emma, sentados atrás dela, aquele dia era um recomeço. Talvez também para ela o futuro pudesse estar repleto de infinitas possibilidades. Resolutamente, virou o rosto para o leste — no rumo de seu trabalho e de Londres — enquanto o helicóptero se elevava até acima de uma massa de nuvens brancas e subia para o céu cintilante.

SÉRIE POLICIAL

Réquiem caribenho
  Brigitte Aubert

Bellini e a esfinge
Bellini e o demônio
Bellini e os espíritos
  Tony Bellotto

Os pecados dos pais
*O ladrão que estudava
  Espinosa*
Punhalada no escuro
*O ladrão que pintava como
  Mondrian*
*Uma longa fila de homens
  mortos*
Bilhete para o cemitério
*O ladrão que achava que era
  Bogart*
*Quando nosso boteco fecha as
  portas*
  Lawrence Block

O destino bate à sua porta
  James Cain

Post-mortem
Corpo de delito
Restos mortais
Desumano e degradante
Lavoura de corpos
Cemitério de indigentes
Causa mortis
Contágio criminoso
Foco inicial
Alerta negro
A última delegacia
Mosca-varejeira
  Patricia Cornwell

Vendetta
  Michael Dibdin

Edições perigosas
Impressões e provas
A promessa do livreiro
  John Dunning

Máscaras
Passado perfeito
  Leonardo Padura Fuentes

Tão pura, tão boa
Correntezas
  Frances Fyfield

O silêncio da chuva
Achados e perdidos
Vento sudoeste
Uma janela em Copacabana
Perseguido
Berenice procura
  Luiz Alfredo Garcia-Roza

Neutralidade suspeita
A noite do professor
Transferência mortal
Um lugar entre os vivos
  Jean-Pierre Gattégno

Continental Op
  Dashiell Hammett

O talentoso Ripley
Ripley subterrâneo
O jogo de Ripley
Ripley debaixo d'água
O garoto que seguiu Ripley
  Patricia Highsmith

Sala dos Homicídios
Morte no seminário
Uma certa justiça
Pecado original
A torre negra
Morte de um perito
O enigma de Sally
  P. D. James

Música fúnebre
Morag Joss

Sexta-feira o rabino acordou tarde
Sábado o rabino passou fome
Domingo o rabino ficou em casa
Segunda-feira o rabino viajou
O dia em que o rabino foi embora
Harry Kemelman

Um drink antes da guerra
Apelo às trevas
Sagrado
Gone, baby, gone
Sobre meninos e lobos
Paciente 67
Dennis Lehane

Morte em terra estrangeira
Morte no Teatro La Fenice
Donna Leon

A tragédia Blackwell
Ross Macdonald

É sempre noite
Léo Malet

Assassinos sem rosto
Os cães de Riga
A leoa branca
Henning Mankell

Os mares do Sul
O labirinto grego
O quinteto de Buenos Aires
O homem da minha vida
A Rosa de Alexandria
Manuel Vázquez Montalbán

O diabo vestia azul
Walter Mosley

Informações sobre a vítima
Vida pregressa
Joaquim Nogueira

Revolução difícil
Preto no branco
George Pelecanos

A morte também freqüenta o Paraíso
Lev Raphael

Serpente
A confraria do medo
A caixa vermelha
Cozinheiros demais
Milionários demais
Mulheres demais
Ser canalha
Aranhas de ouro
Clientes demais
Rex Stout

Fuja logo e demore para voltar
O homem do avesso
Fred Vargas

A noiva estava de preto
Casei-me com um morto
Cornell Woolrich

ESTA OBRA FOI COMPOSTA PELO GRUPO DE CRIAÇÃO EM GARAMOND E
IMPRESSA PELA GEOGRÁFICA EM OFSETE SOBRE PAPEL PAPERFECT DA
SUZANO BAHIA SUL PARA A EDITORA SCHWARCZ EM JUNHO DE 2006